Carl Djerassi · Das Bourbaki Gambit

CARL DJERASSI

Das Bourbaki Gambit

ROMAN

AUS DEM AMERIKANISCHEN
VON
URSULA-MARIA MÖSSNER

HAFFMANS VERLAG

Titel der Originalausgabe:
»The Bourbaki Gambit«

Für Gilbert, Koji, Kurt und Diane

Umschlagzeichnung: Nikolaus Heidelbach
Lektorat: Sabine Dörlemann

1.–8. Tausend, Frühling 1993

Gesamtherstellung: Schauenburg, Schwanau
ISBN 3 251 00217 1

Vorwort

Das Bourbaki Gambit ist der zweite Band einer geplanten Trilogie, die das erbarmungslos grelle Scheinwerferlicht des modernen Lebens auf die heutigen Wissenschaftler richtet. Wissenschaft wird inmitten einer Stammeskultur betrieben, deren Angehörigen es im allgemeinen widerstrebt, ihre Stammesgeheimnisse zu verraten. Dies mag ein Grund dafür sein, weshalb so wenige Romane, Theaterstücke oder Filme ganz normale Wissenschaftler als Hauptpersonen benutzen.

Ich nenne mein Genre »Science-in-Fiction«, um es von der Science-fiction zu unterscheiden. Als Stammesangehöriger verlange ich von mir ein Maß an Genauigkeit und Glaubwürdigkeit, das meinem Geschichtenerzählen ein hohes Verhältnis von Wahrheit zu Dichtung verleiht. Im vorhergehenden Band, *Cantors Dilemma,* schrieb ich über Vertrauen (ohne das der Wissenschaftsbetrieb nicht funktionieren kann); über Ehrgeiz (den unentbehrlichen Treibstoff des in der Forschung tätigen Wissenschaftlers, der ihn häufig aber auch vergiftet); über die Beziehung zwischen Lehrer und Schüler (eine Conditio sine qua non der Kultur der Wissenschaft); und über Frauen (die als Wissenschaftlerinnen die Hürden eines von Männern dominierten Feldes überwinden müssen). In dieser »Veri-fiction« ließ ich ein Dutzend echter Wissenschaftler in Nebenrollen auftreten. In *Das Bourbaki Gambit* konzentriere ich mich auf drei Punkte: das leidenschaftliche Verlangen der Wissenschaftler nach Anerkennung durch ihresgleichen; die inhärente

Kollegialität der Wissenschaft; und das Ergrauen der Westlichen Wissenschaft.

Mit einer Ausnahme haben meine Hauptpersonen das biblische Alter von siebzig Jahren entweder überschritten oder fast erreicht. Der Grund, daß ich mich dieser Altersgruppe zuwende, ist zwingender als die persönliche Identifikation, die ich offen zugebe. In Japan, Nordamerika und Westeuropa, wo gegenwärtig der Hauptteil der bahnbrechenden Forschungsarbeit auf dem Gebiet der Biomedizin geleistet wird, erleben wir derzeit die Entstehung geriatrischer Gesellschaften: Schon Anfang des 21. Jahrhunderts wird ein Viertel der Bevölkerung dieser Regionen über sechzig sein. Wir lesen ständig von den sozialen Problemen, die mit einer derart schiefen Altersstruktur verbunden sind – in der Medizin, der Politik, der Wirtschaft, ja sogar im Freizeitbereich. Andere Begleiterscheinungen der Überalterung unserer Gesellschaft werden wesentlich seltener angesprochen; zu ihnen gehört der rapide wachsende Umfang des geriatrischen Elements der intellektuellen Elite. *Das Bourbaki Gambit* geht in einem halbfiktiven Kontext einigen Herausforderungen nach, die derartige demographische Veränderungen in diesen Gesellschaftskreisen bewirken.

Der Titel spricht die zweifache Frage der Kollegialität und des Verlangens nach Ruhm an, da er auf die Spannung hinweist, die zwischen der der modernen Wissenschaft zugrundeliegenden Gemeinschaftsarbeit und dem Verlangen nach persönlicher Anerkennung im Herzen der meisten Wissenschaftler besteht. Er bezieht sich auf Nicolas Bourbaki, dessen Laufbahn einen der seltenen Fälle kennzeichnet, in denen es Wissenschaftlern scheinbar gelungen ist, diese Spannung zu überwinden. Es gilt jedoch zu beachten, daß dieser Triumph nur durch äußerst ungewöhnliche Mittel erzielt wurde: Trotz des anerkannten Rufes, der sich auf eine umfangreiche Bibliographie stützt, gibt es diesen Nicolas Bourbaki nicht. Er ist in gewissem Sinne selbst eine Fiktion, das Pseudonym einer Gruppe führender Mathematiker, in der Hauptsache Franzosen, die diesen Namen für eine Gemeinschaftsarbeit gewählt haben, die sich über Jahrzehnte erstreckte. Dennoch ist und bleibt die namentliche Anerkennung die ausgeprägteste Komponente des Ehrgeizes eines Wissenschaftlers. Mit *Das Bourbaki Gambit* habe ich versucht, eine Antwort zu finden auf die Frage: Wie viele Wissenschaftler wären damit zufrieden, eine sensationelle Entdeckung zu machen und sie dann *ohne* ihren eigenen Namen der Öffentlichkeit zu präsentieren?

Natürlich ist dies auch ein Roman über die Wissenschaft an sich. Im Jahre 1989 ernannte die renommierte multidisziplinäre Fachzeitschrift ›SCIENCE‹ die PCR – das Akronym für Polymerase-Kettenreaktion – zum »Molekül des Jahres«. Dieses Akronym war erst 1986 geprägt worden, aber die Methode, für die es stand, hatte sich als so erfolgreich erwiesen, daß sie schon drei Jahre nach ihrer Erfindung den biomedizinischen Bereich erobert hatte und die am häufigsten zitierte Technologie in der Biowissenschaft geworden war. Aber wie viele Laien haben jemals von der PCR gehört, die im Leitartikel von ›SCIENCE‹ als »eines der mächtigsten Werkzeuge der modernen Biologie« bezeichnet wurde? Und wie viele von denen, die schon davon gehört haben – vermutlich Leser des ›SCIENTIFIC AMERICAN‹ oder ähnlicher Blätter –, können das ihr zugrundeliegende Konzept erklären? Der Zweck meiner Geschichte ist es unter anderem, diese revolutionäre Entwicklung und einige ihrer Anwendungen in jedermann verständlicher Sprache darzustellen.

Abgesehen von unvermeidlichen dichterischen Kompromissen habe ich die Hoffnung, daß *Das Bourbaki Gambit* ein hohes Maß an Wahrscheinlichkeit bewahrt dank zahlreicher Berater, die mir bei so unterschiedlichen Themen wie der wissenschaftlichen Kultur Japans und französischem Feminismus im *Ancien régime* geholfen haben. Mein japanischer Gewährsmann für das erstgenannte Gebiet soll anonym bleiben, doch geschieht es nicht aus Mangel an Dankbarkeit oder Zuneigung, daß ich seinen Namen nicht nenne. Felicity Baker (University College, London), Nina L. Gelbart (Occidental College) und Guy Ourisson (Universität Straßburg) haben mir wertvolle Hinweise auf das halbfiktive Forschungsgebiet aus dem Frankreich des 18. Jahrhunderts gegeben, das ich für meine Heldin, Diana Doyle-Ditmus, gewählt habe, einschließlich einer seltenen Ausgabe von ›La Spectatrice‹, der ersten feministischen Zeitschrift, die 1728 erschien. Hyman Bass (University of Columbia) gestattete mir großzügigerweise, ihn namentlich als eine Figur einzuführen, die in meinem Roman (genau wie in der Realität) als eine meiner Informationsquellen über die usprüngliche Bourbaki-Gruppe fungiert; Liliane Beaulieu (University of California), eine angehende Biographin von Nicolas Bourbaki, lieferte zusätzliche Einzelheiten. Das Gebiet der katalytischen Antikörper, das von meinen fiktiven Wissenschaftlern als etwaiges Forschungsthema erwogen wird, ist ein Beispiel für tatsächliche, messerscharfe Wissenschaft; Pioniere auf diesem Gebiet waren Stephen J. Benkovic (Pennsylvania State University), Richard A. Lerner (Scripps Clinic) und Peter G. Schultz (University of California). Wie bereits bemerkt, ist die PCR, also die wissenschaftliche Entdeckung, die meine fiktiven Helden machen, keine Fiktion, sondern eine glorreiche Tatsache. Im wirklichen Leben wurde diese Erfindung von einer Gruppe Wissenschaftler der Cetus Corporation gemacht, insbesondere Kary B. Mullis, Randall K. Saiki, Henry A. Erlich, David H. Gelfand und vielen ihrer Kollegen. Obwohl mein Roman ihrer wissenschaftlichen Leistung Tribut zollt, sollte man die Handlungen oder das Verhalten meines Max Weiss, meines Hiroshi Nishimura, meiner Charlea C. Conway und meines Sepp Kržilska keinesfalls lebenden Personen zuschreiben.

Abschließend habe ich das Vergnügen, mich für zwei außerordentliche Vergünstigungen zu bedanken. In *Das Bourbaki Gambit* findet das letzte Treffen meiner Wissenschaftler an einem Ort von überwältigender Schönheit statt: in der Villa Malaparte auf Capri. Den Vorzug, Zutritt zu diesem privaten Refugium erhalten zu haben, verdanke ich Rosanna Chiessi. Aber es gibt noch eine weitere Verbindung zu Italien in meinem Roman. Die letzten elf Kapitel wurden geschrieben, während ich als Gast der Rockefeller Foundation in deren luxuriöser Villa Serbelloni in Bellagio am Comer See weilte, in einer Umgebung, um die mich vielleicht sogar meine Romanfiguren in Capri beneidet hätten.

Kapitel 0

»Ein Visionär ist ein Mensch, der mit geschlossenen Augen sehen kann.«

Meine Augen waren geschlossen; Sam zupfte mir gerade die Augenbrauen. Ich dachte an Virgin Gorda und versuchte mich zu erinnern, was sie dort gesagt hatte. Es war etwas in dieser Art gewesen. Und noch etwas – aber was?

»Immer mit der Ruhe, Professor«, sagte Sam und riß mich aus meinen Tagträumen. »Bin gleich fertig. Ich will Sie nur noch abbürsten. Weiße Haare sind auf einem blauen Anzug immer so gut zu sehen.«

Weiße Haare, dachte ich. Seit ich ihr begegnet war, hatte ich begonnen, mich als silberhaarig zu betrachten. Feine helle Härchen schwebten um mich herum und sanken sacht zu Boden. »Das ist meine Biographie«, wollte ich sagen, unterließ es jedoch. Wenn ich nach unten blickte, sah ich nichts als Biographien. Eine ganze Bibliothek lag da ungelesen auf dem Boden: Bände von *Who's Who,* Krankengeschichten, geheime Sünden.

Es ist schon fast soweit gekommen, daß ich es nicht mit ansehen kann, wie das Zeug weggekehrt wird. Wer hätte vor zwei Jahren gedacht, daß wir derzeit über ein einziges Haar – ein *Stück* von einem Haar – der zwei kostbaren Locken Abraham Lincolns verhandeln, die genau aus 183 Haaren bestehen, von denen keines länger als fünf Zentimeter ist? Wie konnte sich der Museumsdirektor wegen ein paar Millimetern Haar aufregen, wo es um die Antwort auf eine Frage ging, die

Historiker seit Jahrzehnten beschäftigt: Litt Lincoln am Marfan-Syndrom? Wäre er ohnehin in den sechziger Jahren des letzten Jahrhunderts gestorben, selbst wenn Booth ihn nicht ermordet hätte?

Es war schon eigenartig, dachte ich, während um mich herum meine Haare durch die Luft wirbelten, daß so viele dieser Fragen auf das Sterben hinausliefen; eigenartig, in der Quelle des Lebens so viele Informationen über den Tod zu finden. Aber genau damit hatte es ja angefangen, wie ich mich erinnerte. Mit einer Frage über den Tod.

So viel ist weggekehrt worden: ganze Biographien, wie mir scheint. Ich hatte nicht gewußt, daß sie so zerbrechlich sind. Oder so leicht zu fälschen. Noch viel weniger hatte ich jedoch vorausgesehen, wie leicht dabei das Leben anderer verändert werden konnte. Die ganze Zeit, in der ich meine Rachepläne geschmiedet hatte, war ich gegenüber dem, was sie nach sich ziehen würden, blind gewesen. Keiner von uns sollte je wieder so sein wie früher.

Sie dagegen hatte es von Anfang an kommen sehen. Ich erinnere mich noch, was sie sagte, als ich alles gestanden hatte, lange nachdem sie uns vier »Visionäre« genannt hatte. Damals hatte es mir gefallen, hatte meiner Eitelkeit in einer Art und Weise geschmeichelt, die ihrerseits zweifellos nicht beabsichtigt gewesen war. Sie kannte mich damals ja kaum. Aber schon damals hatte sie Fragen gestellt. Fragen, denen ich besser mehr Aufmerksamkeit geschenkt hätte.

»Sie sprachen vom Dünkel des Wissenschaftlers in bezug auf seine Veröffentlichungen?«

Ich unterbrach sie. »Ich sagte ›Stolz‹.«

»Stolz, Dünkel. Das ist doch das gleiche.« Sie hatte den Einwand mit einer Handbewegung abgetan. »Beide sind mit Bourbaki nicht zu vereinbaren.«

»Fertig«, sagte der Friseur, doch dann sah er meinen Blick. »Stimmt was nicht?«

»Nein, nein, alles in Ordnung«, erwiderte ich rasch. Was hätte ich denn sonst zu ihm sagen sollen?

Als ich in die Straßen Manhattans hinaustrat, die mich noch

immer jeden Morgen mit ihrer Vitalität, ihrer Energie – ihrer Jugend – in Erstaunen versetzen, mußte ich zugeben, daß ich, obwohl ich das ganz automatisch gesagt hatte, keineswegs gelogen hatte. Alles war in Ordnung. Zum erstenmal seit Jahren war einfach alles in Ordnung.

Es war ein herrlicher Tag, alt zu sein.

Kapitel 1

»Wie würden *Sie* Selbstmord begehen?«

Das ist der erste Satz aus ihrem Mund, an den ich mich erinnere. Jedenfalls behaupte ich das heute, obgleich wir beide wissen, daß das nicht ganz stimmt. Aber: *Se non è vero, è ben trovato*. Was sie tatsächlich als erstes sagte, war: »Sie *müssen* Professor Weiss aus Princeton sein«, und dann ließ sie sich im Sand nieder.

Ich wollte schon erwidern, daß ich über das Alter hinaus sei, in dem ich irgend etwas sein *mußte,* doch dann sah ich sie mir genauer an. Dieser zweite Blick überzeugte mich davon, daß sie wohl kaum mit einer schnoddrigen Bemerkung abzuwimmeln war. Ich bezweifle, daß ich damals hätte sagen können, warum. Vielleicht war es die Grandezza, mit der sie sich im Sand ausbreitete, die absolute Selbstverständlichkeit, mit der sie davon auszugehen schien, daß ich meine Aufmerksamkeit *ihr* zuwenden würde und nicht der Zeitschrift, die ich gelesen hatte. Vielleicht war es auch ihre Kleidung, die mich einen zweiten Blick auf sie werfen ließ, der ihr zwar nicht entging, ihr aber herzlich gleichgültig zu sein schien. Sie trug einen breitrandigen Strohhut, um ihr Gesicht vor der sengenden Sonne zu schützen. Der Hut und die dunkle Brille sowie das zart orangefarbene Strandkleid mit den langen Ärmeln verbargen ihren schlanken Körper fast völlig. (Natürlich wußte ich damals noch nichts von ihrer Onkophobie; ihrer Ansicht nach konnte alles, was Metastasen bilden konnte – Brust, Gebärmutter, Dickdarm, Lippen –, bei der kleinsten

Gelegenheit metastasieren.) Ich hielt sie für keinen Tag älter als 60.

»Warum *muß* ich Professor Weiss aus Princeton sein?« fragte ich. Es lag auf der Hand, daß sie mich nicht lesen lassen würde – so wie sie zu mir aufsah, die Arme fest um ihre bedeckten Knie geschlungen, wie ein Schulmädchen zu Füßen des Lehrers.

Sie sah mich unverwandt unter ihrem breitrandigen Strohhut hervor an und fügte dann sachlich hinzu: »Joss behauptet, Sie hätten ihr Leben verändert.«

»Joss?«

»Jocelyn, meine Enkeltochter. Sie war letztes Semester in Ihrem Seminar.«

»Ah . . .«, sagte ich und griff nach dem Sonnenöl. Auf diese Weise hatte ich etwas zu tun, während ich es mit meinem üblichen System versuchte: Jocelyn A., Jocelyn B., Jocelyn C., Jocelyn D. . . . Jocelyn P. – Powers . . . Jocelyn Powers. »Mrs. Powers?« murmelte ich, bemüht, zurückhaltend zu klingen.

»Nein, Doyle-Ditmus. Sie ist die Tochter meiner Tochter.«

»Natürlich«, sagte ich stupide. Daran war natürlich überhaupt nichts »natürlich«, doch es half mir, meine Verlegenheit zu überspielen. »Ihr Leben verändert« hatte diese Frau gesagt. Nur junge Leute konnten so erpicht darauf sein, daß etwas ihr Leben veränderte.

Eine Veränderung im Tonfall der Frau warnte mich, daß gleich eine Frage kommen würde. Meine Ohren schalteten wieder auf ihre Wellenlänge um: » . . . warum Sie sich dennoch zur Ruhe setzen? Sie sind doch höchstens siebzig.«

Höchstens siebzig! Frauen sagen mir gewöhnlich, ich sähe fünf Jahre *jünger* aus, als ich bin. Damals kannte ich ihr wahres Alter noch nicht, sonst wäre mir klar gewesen, daß sie mir ein Kompliment machte.

»Es ist besser, sich zur Ruhe zu setzen, solange die Leute einen fragen: ›Warum lassen Sie sich emeritieren?‹«, erwiderte ich, »und bevor sie fragen: ›Wann lassen Sie sich emeritieren?‹«

Ich hätte mir die Mühe sparen können, eine Antwort zu geben: Sie hatte sich bereits gewichtigeren Dingen zugewandt.

»Sagen Sie«, sagte sie langsam, die Sonnenbrille geradewegs auf mich gerichtet. »Wie würden *Sie* Selbstmord begehen?«

Es kam mir plötzlich in den Sinn, daß ich es womöglich mit einer Verrückten zu tun hatte, einer potentiellen Selbstmörderin – oder Schlimmerem. Ich beschloß, ganz ruhig zu bleiben und so zu antworten, als würde mir diese Frage jeden Tag gestellt. »Mit Cyanid«, sagte ich bedächtig.

»Hm«, nickte sie, »vermutlich schon. Aber wo würde ich Cyanid *bekommen?«*

»Sie haben mich gefragt, wie *ich* Selbstmord begehen würde. Ich habe in meinem Labor jede Menge Cyanid.«

»Würden Sie mir etwas davon abgeben?« fragte sie. Sie hätte mich ebensogut bitten können, ihr das Salz zu reichen.

»Natürlich nicht«, sagte ich lachend. »Das würde mich ja zum Komplizen machen.« Ich kniff die Augen zusammen, um sie besser in den Brennpunkt zu rücken. »Es ist Ihnen doch nicht ernst damit?«

»Daß ich Cyanid haben möchte? Todernst. Aber nicht mit dem Selbstmord. Ich möchte lediglich welches haben – nur für alle Fälle.«

Ich runzelte die Stirn und wartete darauf, daß sie das »nur für alle Fälle« näher erläuterte, doch da stand sie auf.

»Essen Sie heute abend mit mir?« Sie deutete in Richtung des mit Palmstroh gedeckten Daches des Speisepavillons. »Sagen wir um acht Uhr?«

Natürlich nahm ich an. Ich wollte den Zweifel ausräumen, den sie mit diesem sonderbar sachlichen Gespräch über Selbstmord hatte aufkommen lassen. Es erschien mir zwar nicht gerade wahrscheinlich, aber ich wollte doch – nur für alle Fälle – wissen, ob etwa *ich* ihr diese Flausen in den Kopf gesetzt hatte. Wir verabredeten uns, tauschten ein flüchtiges »Also bis acht«, und dann spazierte sie, in schimmerndes Orange gehüllt, über den Sand davon.

Aber wie hieß sie bloß? Ich bat den Mann an der Rezeption, mir ihren vollen Namen aufzuschreiben, und fragte mich im Laufe des Tages sporadisch ab: Nach lebenslanger Lehrtätigkeit scheine ich meine Aufnahmefähigkeit für Namen erschöpft zu haben. Also baute ich mir für Diana Doyle-Ditmus eine

Eselsbrücke: D_3. Die tiefgestellte Zahl gab der Sache einen beruhigenden chemischen Klang.

Erst am Abend, als sie mit einer halben Stunde Verspätung zum Dinner erschien – diesmal in einem ärmellosen malvenfarbenen Seidenkleid, über das ein feingemusterter Schal drapiert war – und ich ihr den Stuhl zurechtrückte, fielen mir die feinen Runzeln an ihren Händen auf. Woraufhin ich dem von mir zuvor geschätzten Alter ein halbes Dutzend Jahre hinzuaddierte. Wochen sollten vergehen, bevor ich herausfand, daß ich immer noch völlig daneben lag.

Die Art und Weise, wie der Oberkellner und die Kellner um uns herumschwirrten – es war ein richtiggehender kleiner Auflauf –, unterschied sich stark vom Faculty Club daheim oder auch vom Princeton Club in Manhattan – zwei Etablissements, die ich seit Nedras Tod häufig aufsuche. Für gewöhnlich bin ich an Orten wie Little Dix Bay nicht anzutreffen.

Ich überlegte mir noch, was ich bestellen sollte, als ich bemerkte, daß D_3 die aufwendig gedruckte und mit Troddeln geschmückte Speisekarte doch tatsächlich mit Hilfe eines Lorgnons las. Ich hatte noch nie einen Menschen mit Lorgnon gesehen – höchstens mal im Kino –, doch die Selbstverständlichkeit, mit der sie den langen silbernen Stiel hielt, nahm der Geste jede Spur von Theatralik. Sie sah von der Speisekarte auf und wandte sich an den Oberkellner. »Vichyssoisse. Einen kleinen Endiviensalat mit Palmherzen. Und die Tournedos. Englisch.« Sie sagte nicht »bitte«, doch dieses Versäumnis wirkte weder beleidigend noch herablassend. Vielleicht lag es an der Art der Blicke, die sie und der Oberkellner wechselten, an der Ungezwungenheit, die zwischen ihnen herrschte. »In dem Fall wünschen Madame gewiß den Pétrus«, murmelte er und wandte sich mir zu.

Ich habe keinen großen Weinkeller in Princeton, schon gar nicht in der Wohnung, in der ich lebe, seit ich Witwer bin. Dennoch verstehe ich etwas von Weinen. Nicht, daß ich jemals eine Flasche für 180 Dollar bestellen würde, aber ich bin immer neugierig, was ein Restaurant so führt. Und ich hätte schwören können, daß sich, als ich am Abend davor die Weinkarte studierte, kein Pétrus unter den vielen Bordeaux befand. Es war ein Wein, den ich noch nie gekostet hatte – obwohl es einmal beinahe dazu gekommen wäre, nämlich in Paris, beim letzten Biochemiker-Kongreß. In Paris hatte der Preis meine Kollegen abgeschreckt; doch nun, da ich mit offenem Hemd und Seersucker-Jackett dasaß, der Passatwind in meinen Haaren spielte und hinter mir die an den Strand schlagende Brandung rauschte, schien ich im Begriff zu sein, ein Glas dieses sagenhaften Bordeaux-Weines dank einer Frau kredenzt zu bekommen, die mich nur wenige Stunden zuvor gefragt hatte, wie man Selbstmord begeht. Vielleicht hätte ich sagen sollen: »Mit Pétrus und einer Prise Cyanid.« Mir begann aufzugehen, daß mein Leben eine seltsame Wendung zum Unerwarteten genommen hatte.

»Und was nehmen Sie, Professor Weiss?« fragte sie, während sie das Lorgnon in der mit Perlen besetzten Abendtasche neben sich verstaute.

Statt ihr zu antworten, wie es die Höflichkeit geboten hätte, wandte ich mich an den Oberkellner. »Sagten Sie ›Pétrus‹?«

Der Mann mußte geahnt haben, was ich fragen wollte. »Madame«, sagte er mit einer leichten Kopfbewegung in Richtung von D3, »hat eine Flasche davon mitgebracht; 1970er«, fügte er hinzu.

»Ach«, sagte ich und schluckte mühsam. »Ich verstehe.« Ich wußte, daß ich wie ein Banause klang und möglicherweise auch so aussah, aber plötzlich hatte der Pétrus das ganze Essen in den Hintergrund gedrängt. Und was für einen Jahrgang sie gewählt hatte! Ich versuchte die Speisekarte zu lesen, sah aber nur noch überall *Pétrus 1970* stehen. In meiner Verzweiflung blickte ich auf und merkte, daß mein zur Gastgeberin gewordener Gast mich musterte. Sie lächelte, sagte jedoch nichts. Rasch wandte ich mich an den Kellner. »Ich nehme das gleiche wie . . .«, begann ich zu sagen und wurde dann puterrot, da in meinem Kopf völlige Leere herrschte.

». . . Madame«, beendete er den Satz für mich und nahm mir die Speisekarte aus der Hand.

Kapitel 2

Zwei Glas dieses Bordeaux stellten mein Gleichgewicht wieder her. Ich ließ den Wein im Glas kreisen und schnupperte daran, als wollte ich ihn mir auf diese Weise zu Gemüte führen. »Himmlisches Bouquet«, sagte ich träumerisch. »Vielleicht ist es nur meine Einbildung, aber man kann tatsächlich das Aroma von Trüffeln herausschmecken. Sagen Sie ...« Ich brach wieder ab, von meiner Eselsbrücke völlig im Stich gelassen.

Sie hob ihr Glas. »Sie dürfen Diana zu mir sagen.«

Natürlich: D3. Im Wohlgefühl des Pétrus ging mir durch den Sinn, daß »Diana« doch viel einfacher war als »Doyle-Ditmus«. »Ich heiße Max«, sagte ich, und dann stießen wir miteinander an.

»Sie wollten mich etwas fragen, Max?«

»Ich wollte eigentlich nur fragen, wieso und warum der Pétrus?«

»Das Wieso ist einfach: Ich habe zwei Flaschen gekauft, um darauf zu trinken, daß ich den Jackpot gewonnen habe. Aber wir waren genügsam und leerten nur eine Flasche. Also beschloß ich, die andere mitzubringen.« Sie schien zu glauben, daß ich über ihren Jackpot Bescheid wußte, da sie ohne Pause weitersprach. »Das Warum ist ein bißchen komplizierter. Sie wissen vermutlich nicht«, sagte sie mit einer entschuldigenden Geste der Hand, die das Messer hielt, »daß ich Feministin bin. Darum.«

Ich dachte, daß noch etwas kommen würde, doch statt

dessen spießte sie ein Stückchen Fleisch auf und schob es sich anmutig in den Mund.

»Mir muß da etwas entgangen sein«, sagte ich zögernd.

Falls eine ältere Frau kokett aussehen kann, dann tat D3 genau das. »Ich wollte Sie nur testen, Max«, sagte sie leichtfertig. Bevor ich auch nur eine Chance hatte, mir zu überlegen, was für ein Test das gewesen war oder ob ich ihn bestanden hatte, schien das Thema erneut gewechselt zu haben. Ich hatte allmählich Probleme mitzukommen. »Sie erwähnten das Trüffelaroma des Weins. Wußten Sie, daß das für den Pètrus charakteristisch ist?«

Ich nickte – lässig, wie ich hoffte – und versuchte, das Gespräch wieder in den Griff zu bekommen. »Und was für eine Note bekomme ich? Zwei plus? Eins minus?« Es schien ein Fehler zu sein, mehr zu erhoffen.

Diana schüttelte den Kopf. »Für das Erraten des Warum? Bestenfalls eine Drei; vielleicht sogar eine Drei minus, aber ich will Sie nicht zu sehr entmutigen. Ich gebe strenge Noten, Max, nicht so wie Sie und Ihre Professorenkollegen in Princeton. Jocelyn sagt, wenn man in Princeton erst einmal aufgenommen wurde, kann man praktisch nicht mehr durchrasseln.«

»Hat Ihrer Enkelin mein Seminar *deshalb* gefallen? Weil ich gute Noten gebe?« Wenn es darum ging, an meiner Selbstachtung zu kratzen, schien diese Frau über ein unerschöpfliches Reservoir zu verfügen.

»Nein, Max.« Sie beugte sich vor und tätschelte meine Hand. Mir wurde plötzlich bewußt, daß dies unser erster Körperkontakt war.

»Warum dann?« fragte ich.

»Weil Sie ihre ganze Einstellung zur Naturwissenschaft verändert haben.«

Ich wurde rot, weil ich mich durchschaut fühlte. »Das habe ich nicht gemeint«, log ich. »Warum der Pétrus?«

»Ach, das.« Sie trank einen Schluck und nickte. »Pétrus – die Weinkellerei – gehörte einer der *grandes dames* der Weinwelt, nämlich Madame Loubat. Ihre Nachfolge übernahm wieder eine Frau – ihre Nichte, Madame Lacoste. Wenn alle Voraussetzungen gleich sind – tatsächlich sogar selbst dann, wenn die Voraussetzungen nicht ganz gleich sind –, ziehe ich immer ein Unternehmen vor, das von einer tüchtigen Frau geleitet wird. Außerdem lernte ich sie kennen, als ich mit meinem zweiten Mann in Pomerol war.«

Irgendwie schien die mit dem Ehemann verbundene Zahl genau zu Dianas Sinn für Effizienz zu passen: Alles schön zahlenmäßig erfaßt, dachte ich. Hinter meiner Belustigung verspürte ich jedoch das wachsende Bedürfnis, nähere biographische Einzelheiten zu erfahren. »Wie oft *waren* Sie verheiratet?« fragte ich.

»Bis jetzt zweimal«, sagte sie gelassen. »Und Sie?«

Dieser Punkt ging wieder an sie, und allmählich gefiel mir das Spiel nicht mehr. »Einmal. Meine Frau starb vor zwei Jahren. Aber Sie sagten ›bis jetzt‹, Diana. Lebt Ihr Mann nicht mehr?«

»Ich bin Witwe«, sagte sie unverbindlich. »›Bis jetzt‹ heißt einfach, daß ich theoretisch noch einmal heiraten könnte.« Sie nippte an ihrem Wein, wobei sie mich über den Rand ihres Glases hinweg musterte. Ich begann mich unter ihrem Blick zu winden. Vielleicht bemerkte sie mein Unbehagen, da sie plötzlich weitersprach. »Aber das ist unwahrscheinlich. In meinem Alter müßte ein Mann schon sehr außergewöhnlich sein, um mich zu interessieren. Übrigens, als Joss von Ihnen schwärmte, sagte sie, sie hätte Glück gehabt, als sie dieses Seminar belegte, weil es Ihr letztes war. Warum sich ein so gegnadeter Lehrer zur Ruhe setze, habe ich sie gefragt. Und wissen Sie, was sie sagte? ›Warum fragst du ihn das nicht selbst, Omi? Er fährt doch auf deine Insel.‹ Damit«, fügte sie hilfreich hinzu, »meinte Joss diesen Ort hier.« Ein neckischer Ton begleitete die beiläufig majestätische Geste ihrer rechten Hand. »Also dachte ich, dann frage ich den Mann eben selbst. Also. Warum lassen Sie sich emeritieren, Max?«

Es war nicht nur der Pétrus, wie ich plötzlich begriff, der die ganze Szenerie um mich herum ein klein wenig unwirklich gemacht hatte. Eine wildfremde Frau steuert am Strand geradewegs auf mich los, als trüge ich eine Art Kainszeichen auf der Stirn; sie schleppt mich mit und trichtert mir Pétrus ein, und das alles scheinbar nur, um mir dann genau *die* Frage zu stellen, der ich hier hatte ausweichen wollen. Ich versuchte, ihr noch etwas länger auszuweichen. »Woher wußten Sie, daß ich hier war?«

»Das sagte ich Ihnen bereits. Von meiner Enkeltochter.«

»Aber woher wußte *sie* es?«

»Sie werden es ihr wohl erzählt haben, Max.«

Tatsächlich? Der Gedanke verwirrte mich einen Moment lang; hatte mich McLeods Brief etwa derart aus dem Konzept gebracht, daß ich herumlief und meine Reisepläne mit Studenten erörterte? Was hatte ich damit beweisen wollen? Daß ich zumindest über die Mittel verfügte, meinen erzwungenen Ruhestand in einem teuren Ferienort zu beginnen?

»Aber woher wußten Sie . . .«

»Wie ich Sie am Strand finden würde? Elementar, mein lieber Max. Erstens einmal waren nicht viele Leute am Strand und nur wenige Männer ohne Begleitung.«

»Woher wußten Sie . . .«

»Daß Sie allein in Little Dix Bay waren? Ich habe mich am Empfang nach Ihnen erkundigt. Außerdem wußte ich in etwa, wie alt Sie sind. Und *Sie* haben mitgeholfen, weil Sie genau wie ein Professor aussehen: Brille, Bauchansatz . . .« Sie sah, wie ich zusammenzuckte, machte aber nur eine gutmütige Handbewegung. »Machen Sie sich nichts daraus. *Das* ist es, worauf es ankommt.« Sie tippte sich an den Kopf. »Wenn Ihnen Ihr Bauch so wichtig ist, sollten Sie Diät halten. Wie zum Beispiel ich. Aber das hat nichts damit zu tun, ob ein Mann interessant ist. Oder *produktiv.«* Sie trank einen Schluck Wein, und das erhobene Glas warf das Kerzenlicht als buntes Gefunkel auf unseren Tisch. »Und außer Ihrer professorenhaften Statur«, schloß sie, »hatten Sie auch eine wissenschaftliche Zeitschrift neben sich liegen.«

»Biochimica et Biophysica Acta.« Ich war gezwungen, ihr lateinisch zu antworten, wie ich gestehen muß.

»Oder so etwas Ähnliches. Nun sagen Sie schon: Warum setzen Sie sich zur Ruhe? Um in Ihrem Garten herumzuwerkeln?«

»Wer sagt denn, daß ich in meinem Garten herumwerkeln

will?« gab ich zurück. »Oder überhaupt in irgendeinem Garten.«

»Max«, sagte sie begütigend und legte zum zweiten Mal ihre beringte Hand auf meine unberingte. Diesmal ließ sie sie dort liegen. »Nehmen Sie doch nicht alles so wörtlich. Warum setzen Sie sich zur Ruhe? Warum unterrichten Sie nicht weiter junge Menschen wie Joss?«

»Das ist eine komplizierte Geschichte«, sagte ich und schenkte mir den Rest der Flasche ein. Schon beim ersten Schwenken bedauerte ich es: Nur eine trübe Tinte schwappte in meinem Glas hin und her. Statt den letzten Tropfen des dunkelroten, samtfarbenen Pétrus zu genießen, war mir einzig das Tannin der ganzen Jahre geblieben.

»Warum machen Sie nicht weiter?«

Sehen Sie sich doch an, was ich mir soeben eingeschenkt habe, wollte ich sagen, aber danach hatte sich D_3 nicht erkundigt.

»Ist es eine Geldfrage?«

War es der Bodensatz des Pétrus oder ihre Frage, was mir plötzlich die gute Laune verdorben hatte? »Ist es das nicht immer?« konterte ich. Dann, ruhiger, versuchte ich es ihr zu erklären. Schon allein wegen des herrlichen Weins war ich ihr wenigstens eine höfliche Antwort schuldig. »Nun, ja und nein. Oder vielmehr nein und ja. Um meine Forschungsarbeit fortzusetzen, brauche ich Geld. Aber das braucht jeder, und wir bekommen es alle von den gleichen Stellen: dem Staat und den Stiftungen, wie Rockefeller, Hughes, MacArthur . . .«

»Ich wußte gar nicht, daß man sich bei der MacArthur Foundation *bewerben* kann.«

Die Art ihrer Unterbrechung hätte mir etwas sagen müssen, doch ich war zu sehr auf mein eigenes Problem fixiert, um auf Nuancen zu achten.

»Dann vergessen Sie sie«, fauchte ich. »Es gibt genügend andere.« Mit einer ausladenden Handbewegung tat ich die ganze MacArthur Foundation ab – und warf prompt die schmale Vase mit der gelben Rose um.

Bevor ich sie auch nur wieder aufrichten konnte, war unser Kellner bereits zur Stelle. Eine gestärkte Serviette zauberte die

Pfütze weg. »Es tut mir leid«, sagte ich. »Ich bin eben gereizt. Überall in der akademischen Welt metastasieren Vorruhestandsregelungen.«

»Metastasieren! Was für ein gräßliches Wort!« Diana schauderte. »Der akademische Lehrkörper und Krebs. Vermutlich sitzt er im Gehirn.«

»Nein«, sagte ich und schüttelte den Kopf, »nicht im Gehirn. Wenn wir schon bei dieser Metapher bleiben wollen . . .«

»Lieber nicht«, warf sie ein, doch ich war viel zu verliebt in diesen Vergleich, um davon abzulassen.

»Dann würde ich die Leber und die Gallenblase wählen. Die Leber entgiftet, die Gallenblase gibt die Gallenflüssigkeit ab. Und warum wähle ich gerade diese beiden Organe? Weil die Universitäten heutzutage so verdammt erpicht darauf sind, die älteren Professoren loszuwerden – und mögen sie noch so hellwach und produktiv sein –, daß sie sie mit allen möglichen finanziellen Anreizen bestechen, um sie aufs Altenteil abzuschieben.«

»Und warum die Gallenblase?«

»Weil, selbst wenn man das Geld annimmt, ein bitterer Geschmack zurückbleibt.«

Ihre Fragen hatten mir Anlaß zum Nachdenken gegeben – zum ersten Mal, wie mir schien, seit dieser empörende Brief auf meinem Schreibtisch gelandet war. Warum hatte ich mich von der Verwaltung davon überzeugen lassen, in den vorgezogenen Ruhestand zu gehen? Rein rechtlich hätten sie mich erst in fünf Jahren emeritieren können. Statt dessen hatten sie mich schlicht und einfach erpreßt: Pensionierung jetzt und weiterhin ein Labor an der Universität haben; oder abwarten und ein laborloser Emeritus werden.

Damals war ich mir nicht im klaren darüber gewesen, daß die Saat schon früher eingepflanzt worden war, nämlich als ich den Dekan wegen des Vorsitzes im Fachbereichsrat aufsuchte, der alle drei Jahre wechselt. Ich hatte mich nie um diesen Posten gerissen; meine Forschung war mir zu wichtig, um sie undankbaren Verwaltungsaufgaben zu opfern. Aber einer muß den Job ja übernehmen, und so kam ich vor ein paar Jahren, als das Amt wieder besetzt werden mußte, zu dem Schluß, daß meine Zeit gekommen war. Als der Dekan mich schließlich in sein Büro bat, hielt ich das für den üblichen Salbungsakt. Auf dem Weg zu ihm hatte ich mich sogar entschlossen, auf einer zusätzlichen Vergünstigung zu bestehen: einem reservierten Parkplatz.

»Sie wissen ja, daß die Würde des Fachbereichsratsvorsitzenden auf Sie zukommt, Max.« Er beäugte mich verschlagen. »Nach all den Jahren müssen Sie ja ganz versessen darauf sein, den Vorsitz zu übernehmen.«

»Nun, ich bin nicht gerade darauf *versessen,* den Vorsitz zu übernehmen«, erwiderte ich. Wußte er das etwa nicht? Kein Forscher wird jemals zugeben, daß er sich für eine Verwaltungstätigkeit interessiert. »Aber . . .« Ich wollte hinzufügen, daß ich dennoch bereit sei, es *pro bono publico* zu tun, als der Dekan mir mit dem raffiniertesten Schlenker, den ich je erlebt habe, den Boden unter den Füßen wegzog.

»Wenn das so ist, Max, wen würden Sie vorschlagen?«

Es war nicht als Frage gemeint; er gab mir nicht einmal Gelegenheit zu antworten, nachdem ich in seine Falle getappt war. Es war schlicht eine Einleitung, um mir eine Entscheidung mitzuteilen, die er offensichtlich schon vor geraumer Zeit getroffen hatte. »Wie wär's mit Seymour? Ich glaube, der würde sich sehr gut machen: strikt, was das Finanzielle betrifft, und doch diplomatisch; noch im besten Mannesalter . . .«

Also bin ich ein Verschwender, taktlos und am Rande der Senilität? Er sagte das zwar nicht – tatsächlich beglückwünschte er mich zu meiner Klugheit, die angeblich der Grund war, weshalb er meinen Rat einholte –, aber ich konnte verdammt gut zwischen den Zeilen lesen. Nachdem Seymour Vorsitzender unseres Fachbereichs geworden war, kam ich dem Dekan nicht mehr in die Quere, bis er mich drei Jahre später abermals in sein Büro bat.

»Max«, sagte er mit hinterhältigem Grinsen, »ich appelliere an Ihre Einsicht. Sie sind jetzt seit . . .« Er blätterte in dem Aktenordner, der auf seinem Schreibtisch lag, und überflog dann eine Seite, »über dreiunddreißig Jahre hier.« Dieses Mal erwischte er mich nicht unvorbereitet. Ich lehnte mich zurück, schlug die Beine übereinander und ließ sein schwitzendes

Gesicht nicht einen Moment aus den Augen. Ich sagte kein Wort. Bis zum heutigen Tag erinnere ich mich an die entscheidenden Phrasen: ». . . hervorragende Dienste . . . zweimal in den Senat gewählt . . . Bewunderung Ihrer Kollegen . . . eine Zierde der Universität . . . National Medal of Science . . . ungünstige Altersstruktur . . . frisches Blut . . . wohlverdiente Anreize.«

»Wieviel?« war alles, was ich sagte.

»Wieviel?« wiederholte er, während sich Argwohn in seinem Gesicht breitmachte und er die Augen zusammenkniff. Ich weiß, was mich veranlaßte, ihn zu unterbrechen: Ich wollte ihn so überrumpeln, wie er damals mich überrumpelt hatte, als es um den Vorsitz ging. Und es war mir gelungen: Die Kaltblütigkeit meiner Frage brachte ihn aus dem Konzept, und das freute mich. Also stellte ich überzogene Forderungen, bedrängte ihn rücksichtslos, bis ich es mir schließlich nicht mehr leisten konnte, sein Angebot auszuschlagen. Ich wußte, daß ich in weiteren fünf Jahren, wenn *er* alle Trümpfe in der Hand hielt und es kein Überraschungsmoment mehr gab, nicht halb so gut abschneiden würde. Aber noch während ich glaubte, ihn in die Enge getrieben zu haben, machte ich einen Fehler.

»Selbstverständlich können Sie Ihre Forschungsarbeit fortsetzen, Max. Wie können Sie das nur fragen! Unsere Leuchte am biochemischen Firmament«, hatte er an dem Tag gesagt, an dem wir die großzügige Vereinbarung unterzeichneten. »Sie verstehen natürlich, daß die Vorschriften der Universität es ausschließen, langfristige vertragliche Verpflichtungen mit emeritierten Professoren einzugehen. Aber Sie können sich auf mich verlassen, Max. Ich werde Ihnen etwas Schriftliches schicken.« Also verließ ich mich auf ihn, und zu guter Letzt bekam ich tatsächlich etwas Schriftliches: den aus einem einzigen Satz bestehenden infamen Brief des Sekretärs des Kuratoriums – ein Schreiben, das noch heute mein Blut in Wallung bringt.

Geehrter Herr hatte McLeod geschrieben. Nicht *Geehrter Herr Professor Weiss* oder gar *Lieber Professor Weiss.* Meine vierunddreißig Jahre in Princeton – davon siebenundzwanzig als Donohue-Professor für Biochemie – zählten anscheinend nicht. Nur *Geehrter Herr, ich erlaube mir, Ihnen mitzuteilen, daß das Kuratorium der Universität Princeton Sie bei seiner heutigen Sitzung für die Zeit vom 1. Juni 1988 bis zum 31. Mai 1989 zum Emeritus des Fachbereichs Biochemie (ohne Bezüge) ernannt hat. Hochachtungsvoll Seth T. McLeod.* Es kommt nicht oft vor, daß man einen ganzen Brief im Wortlaut in Erinnerung behält, doch dieser, in seiner unverschämten Kürze, war für mein geistiges Archiv bestimmt. Es war nicht nur der Zusatz »ohne Bezüge«, obwohl man das auch etwas taktvoller hätte ausdrükken können. Aber jeweils nur für ein Jahr?

Trotz des bitteren Nachgeschmacks, den dieser Satz jedesmal hinterließ, wenn ich ihn im stillen aufsagte, war ich nicht sicher, ob ich ihn vergessen wollte: Nun, da man mich vor die Tür gesetzt hatte, war mein Groll zumindest etwas, an das ich mich klammern konnte.

Ich hatte mich derart über das Sendschreiben des Kuratoriums geärgert, daß ich mich nicht einmal entscheiden konnte, ob ich mich nach einem anderen Institut umsehen sollte, um meine Forschungsarbeit dort fortzusetzen. Aber das ist nicht so einfach. Das gesamte wissenschaftliche Establishment – nicht nur die Universitäten, sondern auch die Stiftungen – ist nur auf Jugend aus. Wenn man auf die siebzig zugeht – so wie ich, der ich gerade achtundsechzig geworden war –, hören außer den eigenen Altersgenossen alle auf, einen ernst zu nehmen. Warum verhält es sich in der Politik nicht ebenso? Warum sind Politiker Ende sechzig nur »gestanden«? Warum werden die Richter des Obersten Gerichtshofes der USA auf Lebenszeit ernannt?

Die Ankunft des Desserts riß mich aus meinen herben Erinnerungen. »Was ist das?« fragte ich. Ich erinnerte mich nicht, ein Dessert bestellt zu haben.

»Mango-Sorbet mit Litschies«, erwiderte D3. Ihre Zunge leckte graziös an einem Löffel voll davon. »Es ist köstlich. Und kalorienarm.«

Trotz des eigenartigen Namens mußte ich ihrer Beschreibung zustimmen. Aber ich konnte mich nicht länger auf vorhandene Genüsse konzentrieren: Ihre Frage nach meinem Ruhestand hatte meine Gedanken einen Pfad entlangeilen lassen, den sie in den vergangenen Wochen bereits stark ausgetreten hatten. Ich konnte mich nicht länger zurückhalten, trotz der Ablenkungen des Augenblicks. Aber vielleicht konnte ich es auch wegen eben dieser Ablenkungen nicht länger für mich behalten.

»Haben Sie schon einmal von Bourbaki gehört?« fragte ich sie.

»Ja, natürlich«, sagte sie sachlich und kratzte mit dem Löffel ihr Schälchen aus. »Warum fragen Sie?«

Ihr Löffel wanderte immer noch in ihrem Kristallschälchen herum. »Woher kennen Sie Bourbaki?« stotterte ich.

Die Art, wie sie mich anlächelte, ein unschuldiges Lächeln, aber mit einer Kante aus Stahl – vermutlich eher Platin –, hätte mich warnen müssen. »Ich lese viel«, sagte sie. »Ich lese sogar sehr viel. Und, wenn ich das sagen darf, ich vergesse sehr wenig.«

»Ja. Natürlich.« Jetzt sagte ich das schon wieder; dabei war daran doch überhaupt nichts *natürlich*. »Aber wo haben Sie von Nicolas Bourbaki gelesen?«

»Nicht Nicolas. Charles.«

»Er heißt Nicolas!« Ich merkte, daß ich mich wie ein Pedant benahm, aber das war einfach absurd. Sämtliche fünfzig oder mehr Veröffentlichungen trugen den Namen *Nicolas Bourbaki.*

»Charles! Wenn Sie den vollen Namen hören wollen, der lautet Charles Denis Sauter Bourbaki.« Sie unterstrich diese Erklärung mit einem Blick, der dazu geeignet war, mir den Mund zu stopfen, aber ich war nicht gewillt, mir einen derartigen Unfug anzuhören, nicht einmal von einer Frau, die mich mit Pétrus traktiert hatte.

»Diana«, sagte ich in dem Ton, der Nedra auf die Palme zu bringen pflegte, »es tut mir leid, aber ich *weiß,* daß er Nicolas heißt.«

»Max«, schnurrte sie, etwa so wie eine Tigerin, der das Adrenalin in die Blutbahn schießt, »zu Ihrer Information: Charles Denis Sauter Bourbaki war ein französischer General, der sich Mitte des 19. Jahrhunderts in Schlachten auf der Krim und in Italien einen Namen machte, seinen Ruf jedoch als Oberbefehlshaber der französischen Streitkräfte im Deutsch-

Französischen Krieg von 1871 einbüßte. Falls es Ihnen entfallen sein sollte: *Den* Krieg gewannen die Deutschen. *Charles* Bourbaki kandidierte später für das Parlament, wurde jedoch nicht gewählt. Als ich vorhin sagte, daß ich viel lese, vergaß ich zu erwähnen, daß mein Metier französische Geschichte ist.« Sie zog die Stola fester um sich und richtete sich auf, als wollte sie gehen. »Wie ich höre, gibt es hier in der Nähe herrliche Strände, wo kaum jemand ist. Hätten Sie Lust, morgen vormittag mit mir zum Mountain Trunk Beach zu fahren? Wir könnten ein Picknick mitnehmen und unser Gespräch fortsetzen. Schließlich haben Sie mir noch nicht verraten, was General Charles Bourbaki mit Ihren Ruhestandsplänen zu tun hat.«

Ich war sprachlos. Natürlich heißt Bourbaki mit Vornamen Nicolas. Aber gab es etwa zwei? War meiner der zweite? Ich erinnere mich noch, wie ich Nedra zum ersten Mal von Bourbaki erzählte. Ihre Reaktion? »Das würdet ihr nie fertigbringen. Dazu kenne ich dich und deine *confrères* zu gut.« Nedra hatte immer Worte zu wählen verstanden, wie *confrères,* die einen leichten Tadel enthielten. Damals dachte ich, sie hätte recht. Doch inzwischen waren drei Jahre verstrichen, und Nicolas Bourbaki war mir nicht aus dem Kopf gegangen. Und während der ganzen Zeit hatte ich nicht aufgehört, mich zu fragen, ob nicht doch einige *confrères* zu finden seien, um die Sache durchzuziehen.

Kapitel 3

Kein einziger Gast war zu sehen, als ich mich einige Minuten vor zehn an der Anlegestelle einfand. Gegen Viertel nach zehn fragte ich mich, ob ich sie verpaßt hatte. Um 10.25 Uhr machte ich mich auf den Weg zu einem freien Liegestuhl weiter unten am Strand.

Ich war schon ein gutes Stück von der Anlegestelle entfernt, als ich in der Ferne ein »Max!« hörte. Ich drehte mich um und sah D3 mit einer Art Kapitänsmütze auf dem Kopf. Sie winkte.

»Guten Morgen, Max«, sagte sie, als ich bei ihr ankam. »Tut mir leid, daß ich mich verspätet habe, aber die Küche hat ewig gebraucht.« Sie deutete auf den Isolierbehälter. »Ich hätte das Picknick gestern abend bestellen sollen. Hoffentlich haben Sie nicht gedacht, ich hätte Sie vergessen.« Ein verschmitztes Lächeln spielte um ihren Mund. »Sie sehen tatsächlich ein bißchen griesgrämig aus.«

Ich konnte mich nicht erinnern, in letzter Zeit von irgend jemandem griesgrämig genannt worden zu sein. »Ich habe schlecht geschlafen«, sagte ich griesgrämig. Im Geiste war ich noch in Princeton. Außerdem fahre ich vor Weihnachten gewöhnlich nicht in Urlaub – ich habe deswegen ein schlechtes Gewissen. Es wird mehr als ein paar Tage auf Virgin Gorda brauchen, um mich an einen neuen Rhythmus zu gewöhnen, tröstete ich mich.

Das Boot schoß vorwärts, so daß ich auf einen Sitz geschleudert wurde.

»Haben Sie Anpassungsschwierigkeiten?« fragte Diana mitfühlend.

»Er ist zu früh losgefahren.« Ich zeigte vorwurfsvoll auf den Bootsführer, doch sie schüttelte den Kopf.

»Ich meinte den Ruhestand, Max.« Sie richtete ihre Kapitänsmütze auf die an uns vorbeirasende Küste; eine gute Minute lang betrachteten wir beide die üppige Vegetation, die hinter einem schmalen Streifen aus weißem Sand lag und wo zwischen den Bäumen und Bougainvilleen gelegentlich ein Haus zu erkennen war. Alles zog in erstaunlich hohem Tempo vorbei. »Es ist herrlich hier, und sehr entspannend. Aber ich halte es nie länger als eine Woche aus. Und das nicht nur wegen der Sonne. Sie glauben ja gar nicht, was daheim alles auf mich wartet.« Ihre Stimme verlor sich.

Mir fiel nichts Passenderes als zu nicken ein. Fast während meiner ganzen Ehe waren faktisch genau diese Worte meine Standardausrede gewesen. Nedra zufolge äußerte ich sie schon fünf Tage nach Urlaubsbeginn. Wir schwiegen, bis das Boot Kurs auf das Ufer zu nehmen begann. »Dort drüben.« D3 deutete mit dem Finger. »Sehen Sie die großen Felsbrocken? Und die kleine Bucht daneben? Das ist Mountain Trunk Beach. Und es ist bestimmt niemand da.« Sie schaute auf ihre Uhr. »Es ist fast elf. Was halten Sie davon, wenn wir uns um drei abholen lassen?«

Der Bootsführer hatte uns so dicht an den Strand gebracht, daß der Bug über den Sand ragte. Man konnte hinunterspringen, ohne nasse Füße zu bekommen. Ich ging als erster von Bord, den mir angebotenen muskulösen Arm des Bootsführers ignorierend. Ich wollte zeigen, daß ich trotz Bauch und allem noch nicht ganz hilflos war. Der Bootsführer schwang sich wie ein Barrenturner mit gestreckten und geschlossenen Beinen über die Reling. Er drehte sich um und reichte D3 den Arm, um sie dann schwungvoll, wie bei einem *pas de deux,* an Land zu befördern. Es war wirklich sehenswert, wie sich ihr weißes Strandkleid in der Brise bauschte, als sie neben mir ankam. Im Geiste zog ich all die Jahre, die ich ihrem Alter gestern abend hinzugerechnet hatte, wieder ab.

»Dort drüben«, rief sie ihrem Tanzpartner über die Schulter

zu und begann den leicht ansteigenden Strand hinaufzugehen. Während wir so dahinschlenderten, überholte uns der Mann und rammte mit einer Entschlossenheit, die dieses Eiland für einen Monarchen in Besitz zu nehmen schien, zwei rotgestreifte Sonnenschirme in den Sand. Er breitete zwei Badetücher aus, auf denen in der Mitte *Little Dix Bay* eingestickt war, und kehrte dann mit der Kühlbox, einem weißen Weidenkorb und zwei weiteren Handtüchern zurück. »Sonst noch etwas, Madame?« fragte er.

»Holen Sie uns um drei Uhr ab«, sagte sie und ließ sich im Schatten des Sonnenschirms nieder. Genau wie am Tag zuvor war ihr Körper völlig bedeckt, diesmal ganz in Weiß. Sie hatte etwas Majestätisches und zugleich Jungfräuliches an sich, als sie auf das Handtuch neben sich deutete.

»Machen Sie es sich bequem, und dann wollen wir uns unterhalten.«

Ich entkleidete mich bis auf die Badehose, zog den Bauch ein, bis ich fast außer Atem war, und streckte mich in der Sonne aus. »Max«, rief sie scharf, »gehen Sie um Himmels willen sofort unter den Schirm und reiben Sie sich mit Sonnenschutzmittel ein.« Im Handumdrehen brachte sie eine Flasche zum Vorschein. »Wollen Sie etwa Hautkrebs bekommen?«

»Nein«, sagte ich, um sie zu besänftigen. »Ich will nur braun werden. Wir Akademiker – oder zumindest dieser hier – bekommen nicht viel Sonne ab.«

»Sie werden auch unter dem Schirm genug abbekommen.«

Ich gab nach und verzog mich teilweise in den Schatten. »Worüber wollen wir uns unterhalten?«

»Über Bourbaki natürlich. Sie sind der erste Amerikaner, dem ich begegne, der diesen Namen schon einmal gehört hat. Auch wenn Sie seinen *prénom* verwechseln. Aber was hat nun Charles Bourbaki mit Ihrem Ruhestand zu tun?«

»Ihr Charles Bourbaki? Gar nichts. Mein Nicolas dagegen eine ganze Menge.« Und dann breitete ich alles vor ihr aus – dem ersten Menschen seit Nedra, der die ganze Geschichte zu hören bekam. Als erstes erzählte ich ihr den amüsanten Teil: wie 1934 eine Gruppe französischer Mathematiker – darunter angeblich Weil, Chevalley, Dieudonné und der Sohn des weltberühmten Cartan – beschloß, eine streng logische und konzeptionell kohärente Darstellung der Grundstrukturen der Mathematik zu verfassen, und zwar unter dem Pseudonym »Nicolas Bourbaki«. Inzwischen waren rund ein Dutzend Bücher und über vierzig weitere Veröffentlichungen unter diesem Namen erschienen. Gerüchten zufolge änderte sich die Zusammensetzung der Gruppe im Laufe der Jahre; als die Bücher aber immer bekannter wurden und die Jahrzehnte vergingen, machten sich nur noch relativ wenige Mathematiker, und so gut wie niemand aus anderen wissenschaftlichen Disziplinen, Gedanken über Bourbakis Identität. Heute sprechen die meisten von *ihm* und nicht von *ihnen*.

Diana hörte mit gespannter Aufmerksamkeit zu, die Arme in der gleichen schulmädchenhaften Art um die Beine geschlungen wie am Nachmittag davor, als wir uns zum ersten Mal begegnet waren. Ihre Augen waren unverwandt auf mein Gesicht gerichtet. Mein Gott, dachte ich, wäre es nicht phantastisch, einen Hörsaal derart aufmerksamer Studenten zu haben? Genau in dem Moment unterbrach sie mich.

»Aber, Max, wollen Sie denn gar nicht wissen, warum sie gerade diesen Namen gewählt haben? Und wer sie sind?«

»Eigentlich nicht«, gestand ich. »Ich bin ja kein Historiker.«

»Dann gehen Sie mal davon aus, daß ich einer bin.« D3 klang gereizt, als hätte ich sie um etwas betrogen. »Warum bringen Sie sie dann überhaupt aufs Tapet?«

Nun war es an mir, eine gewisse Gereiztheit an den Tag zu legen. »Weil ich mich nicht für Nicolas Bourbaki interessiere, für die Person oder Gruppe von Personen, für ihn oder sie. Was mich interessiert, ist das Bourbaki-Konzept.«

»Tut mir leid, daß ich Sie unterbrochen habe, Max. Fahren Sie fort.«

»Kennen Sie viele Wissenschaftler?«

»Persönlich? Eine ganze Reihe, aber keinen sehr gut. Und ich bin nicht sicher, ob ich *Sie* schon wirklich kenne.«

Im nachhinein wundere ich mich, daß ich sie nicht fragte, wo und wie sie »eine ganze Reihe« Wissenschaftler kennengelernt hatte. Vielleicht hatte Nedra recht: Ich höre eigentlich nie zu, was man mir auf maßgebliche Fragen antwortet. Ich sprach weiter. »Ein Wissenschaftler, besonders einer aus dem Universitätsbereich, hat in der Öffentlichkeit das Image, ein Eierkopf zu sein, ein Mann, der bis spät in die Nacht hinein an mysteriösen Apparaten herumhantiert, um unverständliche Entdeckungen zu machen. Und abgesehen von den Doktoren Frankenstein, Strangelove und Konsorten hält man die meisten Wissenschaftler im allgemeinen für harmlos.«

Dianas Augenbrauen waren leicht über den Rand ihrer Sonnenbrille nach oben gewandert. Ich konnte sehen, daß sie nicht beeindruckt war. Mir wurde klar, daß ich von oben herab mit ihr sprach. Und schlimmer noch, daß sie es wußte. Aber das lebenslange Vorlesungenhalten hatte zu Eigenheiten geführt, die ich mir nicht mehr abgewöhnen konnte. »Es gibt jedoch einen ganz bestimmten Charakterzug«, fuhr ich fort, »der ein wesentlicher Bestandteil der geistigen Kultur des Wissenschaftlers ist und den das öffentliche Image nicht oft einschließt: nämlich seine extreme Egozentrik, die sich hauptsächlich in seinem überwältigenden Verlangen nach Anerkennung seitens der Kollegen äußerst. Eine andere Anerkennung zählt nicht. Und diese Anerkennung erfolgt nur in einer einzigen Form, ganz egal, wer man ist oder wen man kennt. Möglicherweise kennt man die anderen Wissenschaftler nicht einmal persönlich, aber *die* kennen Sie – nämlich durch Ihre Veröffentlichungen.«

»Ich würde sagen, daß das auf die meisten in der Forschung tätigen Akademiker zutrifft, nicht nur auf Naturwissenschaftler.« Ihre Augenbrauen waren wieder an ihren angestammten Platz gewandert. »Auf Historiker zum Beispiel. Aber sprechen Sie weiter.«

»Und damit kommen wir zu Bourbaki. Das heißt, zu Nicolas. In Anbetracht dieser Egozentrik, dieses Verlangens nach *persönlicher* Anerkennung sollte man . . .«

»Kommen Sie zur Sache, Max.« Ihr herrischer Ton verblüffte mich derart, daß ich mich zu ihr umdrehte. Ihre dunkle Sonnenbrille starrte mich unverwandt an. »Sie sagten bereits, daß Sie sich nicht für diese Mathematiker interessieren, und ich auch nicht. Ich möchte wissen, warum *Sie* sich für das, wie Sie es nennen, ›Bourbaki-Konzept‹ interessieren. Sind Sie etwa kein egozentrischer Wissenschaftler?«

Himmel, dachte ich, diese Frau erlaubt nicht einmal ein gesprächsweises Vorspiel. Aber wenn Nedra dagewesen wäre, hätte sie vermutlich das gleiche gesagt. »Na schön«, sagte ich. Wenn sie eine klare Antwort haben wollte, dann sollte sie sie auch bekommen. »Die Sache, um die es geht, ist Rache.«

Diana sah mich erwartungsvoll an. »Sprechen Sie weiter«, sagte sie. »Sie können doch jetzt nicht aufhören.«

Ich fand, daß es an der Zeit war, zwischen uns wieder für Gleichheit zu sorgen. »Selbst auf die Gefahr hin, unhöflich zu sein«, sagte ich, »glaube ich nicht, ohne eine kleine Stärkung fortfahren zu können. Es ist nämlich eine lange Geschichte.«

»Das klingt aber ernst«, sagte sie schelmisch.

»Ist es auch«, antwortete ich. Es klang ernster, als ich beabsichtigt hatte.

Sie lächelte mich an, bevor sie die Kühlbox öffnete. »Hoffentlich nicht so ernst, daß es nach etwas Deftigem verlangt. Da wir *beide* auf Diät sind, Max, ist die Auswahl begrenzt. Aber dafür ist die Qualität gut. Hier«, sagte sie und reichte mir einen Teller, Besteck und eine Serviette. *»Crudités,* Cracker, *taramasalata* und viel Obst. Was möchten Sie trinken?«

Ich lachte. »Pétrus?«

Sie drohte mir mit dem rechten Zeigefinger. Mir fiel auf, daß sie heute keine Ringe trug. »Nicht am Strand«, sagte sie. »Das wäre denn doch *de trop*. Außerdem haben wir die Flasche gestern abend geleert. Heute gibt es Gewürztraminer oder Perrier.«

Ich hatte mich ausgestreckt, diesmal ganz im Schatten des Sonnenschirms. Sie hatte recht: Die Mittagssonne war glühendheiß. Die vom Sand reflektierten Strahlen waren mehr als ausreichend, um braun zu werden.

»Max«, fragte sie, bevor es mir gelang, einzudösen, »wäre es Ihrer Verdauung sehr abträglich, wenn wir dort weitermachen würden, wo wir aufgehört haben?«

Ich schüttelte träge den Kopf. »Nichts könnte meiner Verdauung heute abträglich sein. Aber warum die Eile?«

»Rache«, sagte sie, ein geheimnisvolles Lächeln im Gesicht.

Meine momentane Verwirrung muß mir deutlich anzusehen gewesen sein. »Ihre«, fügte sie hinzu. »Bourbaki und Ihre Rache.«

»Ach ja«, erwiderte ich und fühlte, wie meine Augenlider leichter wurden. Ich drehte mich auf die Seite, um ihr das Gesicht zuzuwenden. Ich hatte es solange wie möglich hinausgeschoben. Es war an der Zeit, die Katze aus dem Sack zu lassen oder den Sack ein für allemal zuzubinden. »Ich fände es großartig«, begann ich, »wenn eine Gruppe älterer Wissenschaftler imstande wäre, dem Jugendkult den Kampf anzusagen und ihm eine Lektion zu erteilen. Und zwar Wissenschaftler, die noch eine Menge auf dem Kasten haben, so wie . . .«

Ich versuchte mich auf Namen zu besinnen, die ihr etwas sagen würden, doch sie kam mir zuvor.

»Wie Sie?« fragte sie.

Nun ja, natürlich so wie ich. Ich hatte vorgehabt, bescheiden zu sein und jemanden wie Linus Pauling zu erwähnen, aber da sie meinen Namen ins Spiel gebracht hatte, warum nicht? »Richtig«, sagte ich, »zum Beispiel ich. Nehmen wir einmal an, ein paar von uns tun sich zusammen. Nicht viele – ein halbes Dutzend, maximal. Wir haben schon eine Menge veröffentlicht, viele Ehren eingeheimst« (wenn auch nie genug, dachte ich), »so daß ein paar Veröffentlichungen mehr oder weniger nicht weiter ins Gewicht fallen. Nehmen wir nun einmal an . . .«

»Genau«, unterbrach sie mich und packte meinen Arm, »warum nicht einen Bourbaki aus alten Wissenschaftlern gründen?« Als sie sah, wie ich zusammenzuckte, verbesserte sie sich rasch. »Sie wissen schon, was ich meine, nicht wirklich alt, lediglich . . .« Sie suchte vergebens nach einem passenden Wort, und wir brachen beide in Gelächter aus.

»›Reif‹?« schlug ich vor. »Ja, ich weiß, was Sie meinen. Das ist genau die Art Rache, die mir vorschwebt. Falls sich die Sache nicht als Patentrezept für meinen verletzten Stolz erweist, wird sie doch wenigstens die Funktion eines Placebos erfüllen. Ich werde einige Männer zusammenbringen . . .«

»Warum nur Männer? Warum nicht auch Frauen?«

»Kein Grund«, sagte ich schnell. »Ich kenne nur im Moment keine Frauen, die sich in dieser Situation befinden.«

»Hm. Na schön, ich verzeihe Ihnen. Zunächst jedenfalls. Sprechen Sie weiter.«

»Wir werden die Köpfe zusammenstecken und uns ein paar riskante intellektuelle Projekte vornehmen. Sachen, an die sich jüngere Wissenschaftler nicht herantrauen, weil sie dadurch ihre Professur oder ihre Karriere aufs Spiel setzen könnten. Wenn wir Erfolg haben, wird das für gewaltiges Aufsehen sorgen. Alle werden den neuen Star kennenlernen wollen, und dann werden sie feststellen . . .«

Jedesmal, wenn ich mir meine Vision erzählt hatte, war meine Phantasie an diesem Punkt versiegt, und ich hatte mich wieder in der Welt befunden, in der »reife« Professoren so angelegentlich ohne Bezüge dastehen. Vermutlich hatte ich mich an dieses Erwachen gewöhnt, denn als Diana ausrief: »Warum tun Sie es dann nicht?«, schreckte ich zunächst zurück.

»Tja«, seufzte ich, »weil es da praktische Probleme gibt.«

»Würden Sie nicht genügend rachedurstige *reife* Wissenschaftler finden?«

»Ach, das wohl weniger. Ich denke dabei an etwas viel Prosaischeres: zum Beispiel an Geld. Und eine Adresse.«

»Das Geld kann ja wohl kaum ein Problem sein.« Sie hob abwehrend die Hand, damit ich sie nicht unterbrach, ein mädchenhaftes Grinsen im Gesicht. »Sie sagten doch, daß Sie mit einer guten Begründung noch immer Forschungsmittel aus einem öffentlichen oder privaten Topf bekommen können. Bestimmt könnte Ihr *erfahrener* Bourbaki einen entsprechend begründeten Antrag einreichen.«

»Sie haben offenbar noch nie einen solchen Antrag gesehen. Ein ganz entscheidender Bestandteil ist ein detailliertes Curriculum vitae. Verraten Sie mir, wie das bei einem Nicolas Bourbaki zu bewerkstelligen ist. Und das bringt uns direkt zur Frage der Adresse: Man braucht eine Institution, beispielsweise eine Universität, bevor man derartige Mittel beantragen kann. Wir sind keine freischaffenden Künstler. Forschungsmittel werden in der Naturwissenschaft nie an Einzelpersonen vergeben.«

»Hm . . .«, murmelte sie und sah mich lange durchdringend an. »Ist das wirklich so? Was ist mit dem MacArthur-Stipendium? Das wird doch *nur* an Einzelpersonen vergeben.«

Das war das zweite Mal, seit wir uns kannten, daß sie die MacArthur Foundation aufs Tapet brachte. An diesem Punkt hätte ich ebenfalls nachhaken müssen.

»Sie meinen den Genie-Preis?« Ich merkte, daß der Ton, in dem ich »Genie-Preis« sagte, ein wenig abfällig war. Unter Druck hätte ich vermutlich zugegeben, daß es sich um puren Neid handelte. Wer würde schließlich *nicht* gerne fünf Jahre lang 50 000 Dollar oder mehr kassieren, an die keinerlei Bedingungen geknüpft sind? »Vergessen Sie den MacArthur«, sagte ich. »Das ist eine der Ausnahmen, die die Regel bestätigen.«

Unsere Unterhaltung war versandet. Ich lag auf dem Rücken und fragte mich, wie es kam, daß ich einer praktisch wildfremden Frau von meinen Racheplänen erzählte.

»Wissen Sie, wie spät es ist?« fragte sie plötzlich. »Ich habe keine Uhr.«

»Zwei«, sagte ich. Uns blieb noch eine weitere Stunde an diesem Robinson-Crusoe-Strand. Genug Zeit, um etwas über D3 zu erfahren. »Diana. Ich glaube, daß nach Bourbaki nun ich an der Reihe bin.«

»Mit was?« fragte sie träge.

»Mit dem Fragenstellen.«

»Oh?«

Ich bin immer wieder erstaunt, welche Vielfalt in diesem einfachen Laut liegt.

»Was sollte die Frage nach dem Cyanid gestern nachmittag? Ist das Ihre übliche Art, ein Gespräch anzufangen?«

»Um die Wahrheit zu sagen, ich habe darüber schon mit Freunden gesprochen.«

»Warum?« fragte ich und stützte mich auf einen Ellbogen.

Sie schien sich hinter ihre Sonnenbrille zurückgezogen zu haben. Als sie sprach, war es, als käme ihre Stimme mitten aus ihren voluminösen Strandkleid heraus. »Unabhängigkeit. Ich habe schon zwei Männer überlebt; meine Freunde sterben weg wie . . . wie die Fliegen.«

»Mein Gott, was für ein Vergleich!«

»Ich weiß«, seufzte sie, »aber es stimmt. Wenn das«, sie deutete auf ihren Kopf, »oder das«, sie strich sich mit der Hand über den Körper, »ein bestimmtes Stadium erreicht – sagen wir Alzheimer oder unheilbaren Krebs –, dann möchte ich sagen können: ›Jetzt reicht's!‹ und der Sache ein Ende machen.« Sie wandte sich mir zu und schob die Brille hoch. Die Augen, die darunter hervorsahen, suchten meinen Blick. »Das ist doch nur vernünftig, oder?«

»Zumindest verständlich«, räumte ich ein, bemüht, unbeschwert zu klingen.

»Dann werden Sie mir also etwas Cyanid geben?«

»Diana, das meinen Sie doch nicht ernst!«

»Doch. Todernst.«

»Den Ausdruck haben Sie schon einmal gebraucht.«

»Ich weiß. Und genau so meine ich es auch.«

»Na schön«, sagte ich begütigend. »Nur habe ich für gewöhnlich kein Cyanid im Reisegepäck.«

»Eines schönen Tages vielleicht doch. Wann fahren Sie übrigens nach Princeton zurück?« fragte sie.

»In fünf Tagen. Fragen Sie das, um herauszufinden, wann Sie das Cyanid abholen können?«

»Eigentlich nicht.« Wieder erschien das verschmitzte Lächeln. »Jedenfalls noch nicht. Aber ich würde trotzdem gerne mit Ihnen in Verbindung bleiben. Was machen Sie Silvester?«

»So weit habe ich noch nicht vorausgeplant.«

»Ich habe allmählich keine Lust mehr, auf große Silvester-Partys zu gehen. Sie sind mir einfach zu kindisch. Wie wäre es mit einem Tête-à-tête in meiner New Yorker Wohnung?«

Ich hätte gerne gewußt, warum sie diese Verabredung so lange im voraus traf, doch sie schien meine Gedanken erraten zu haben. »Ich reise morgen ab«, sagte sie und sah an mir vorbei aufs Meer hinaus.

Auf der Bootsfahrt zurück nach Little Dix Bay sprachen wir beide nicht viel. Ich hoffte, sie würde vorschlagen, abends wieder gemeinsam zu essen – mir begann klar zu werden, daß ich ihre Gesellschaft anregend fand. Daß ich so lange gebraucht hatte, um das herauszufinden, lag vielleicht daran, daß der ursprüngliche Zweck meiner Reise nach Little Dix Bay genau das Gegenteil gewesen war: Ich hatte allein sein wollen. Ich war hierhergekommen, um meinen verletzten Stolz mit Rachegedanken zu beschwichtigen – davon zu träumen, daß mein berufliches Leben noch nicht zu Ende war. Jetzt, da ich Diana von diesem Traum erzählt hatte, empfand ich den Gedanken an ihre Abreise als deprimierend.

Als wir an der Anlegestelle ausstiegen, griff sie in ihren Korb und holte eine kleine Handtasche heraus. Nachdem sie kurz darin gekramt hatte, reichte sie mir eine Visitenkarte. »Meine Wohnung liegt am Central Park West nahe der 71. Straße«, sagte sie mit leicht entschuldigendem Glucksen. »Sagen wir am einunddreißigsten um halb zehn?«

Kapitel 4

Durch meine Reise auf die Jungferninseln und die gesellschaftlichen Verpflichtungen über Weihnachten – der einzigen Zeit, in der sich alle Welt an Witwer zu erinnern scheint – war einiges liegengeblieben, was vor Jahresende erledigt werden mußte. Zu den unaufschiebbaren Dingen gehörten die unbezahlten Rechnungen, besonders die, die ich von der Einkommensteuer absetzen konnte; sie mußte ich heute noch zur Post bringen. Bevor ich diese lästige Arbeit in Angriff nahm, wollte ich mir einen Tee machen. Aber als ich zum Schrank ging, war keiner mehr da. Es sind Kleinigkeiten wie die, daß einem der Tee ausgeht – nicht nur die undefinierbare Leere inmitten vieler Menschen, wenn man beispielsweise alleine in einem Restaurant ißt –, die ständig die Erinnerung an Nedra wachrufen. Wenn ich schon aus dem Haus gehen mußte, dachte ich, sollte ich lieber auch für den nächsten Tag einkaufen, weil dann alles geschlossen sein würde. Erst als ich aus der Haustür trat, sah ich, daß während der Nacht mindestens 30 Zentimeter Schnee gefallen waren. Und es schneite noch immer. Ich machte kehrt, um meine dicken Stiefel anzuziehen und eine Umhängetasche zu holen, damit meine Einkäufe auf dem Heimweg nicht naß wurden.

Die unbezahlten Rechnungen waren nicht die einzige lästige Pflicht. Nedra war eine große Weihnachtskartenschreiberin gewesen, was sich von mir nicht behaupten läßt. Ich hatte die diesjährige Lawine in zwei Häufchen sortiert. Der bei weitem größere Stapel bestand aus Karten, deren Absender eben einsehen mußten, daß ich mich damit nicht mehr abgeben konnte. Der Rest – noch immer eine ganze Menge – erforderte eine Antwort: die wenigen verbliebenen Verwandten, einige alte Freunde und – ich gestehe es errötend – ein paar Leute, deren Gunst ich mir nicht verscherzen wollte. Sie alle bekamen eine Karte mit einer dieser raffiniert verwirrenden Lithographien von M. C. Escher und einem handgeschriebenen *Alles Gute zum Neuen Jahr, Max*. Die Tatsache, daß ich Federhalter und Tinte benutzte, statt einfach einen vorgedruckten Gruß zu verschicken, sollte zeigen, daß ich wirklich meinte, was ich schrieb. Das Ausgraben der diversen Adressen dauerte ebenfalls seine Zeit – eine weitere Erinnerung an Nedras Effizienz –, so daß bereits früher Nachmittag war, ehe ich an meine Silvestereinladung in New York dachte. Selbstverständlich mußte ich ein Geschenk mitbringen. Aber was? In Anbetracht des scheußlichen Wetters hatte ich keinesfalls vor, mit dem Wagen nach Manhattan zu fahren, und Blumen auf die Bahnfahrt mitzunehmen war zu umständlich. Wein? Was für einen Wein konnte man schon einer Frau mitbringen, die mit einem 1970er Pétrus nach Virgin Gorda reist? Handgemachte belgische Pralinen? Tatsächlich haben wir am Palmer Square einen richtigen *chocolatier* – aber dann erinnerte ich mich an die Anspielung auf meinen Bauch und ihre Diät. Somit blieb nur ein Buch.

Bücher zu kaufen ist in Princeton kein Problem. Da es noch immer stark schneite, zog ich wieder meine Stiefel an und wollte schon nach meinem Mantel greifen, als ich – in einer raschen Folge von Bildern, die uns manchmal zu Geistesblitzen verhelfen – D3 vor mir sah und sie sagen hörte: »Ich lese viel«, und »Ich bin Feministin«, und mir einfiel, daß der einzige Professor für Englisch der Universität Princeton, den ich gut genug kannte, um mich beraten zu lassen, eine Frau war.

Also rief ich Elaine Showalter an. Sekunden später hatte sie den passenden Titel für eine feministische Leserin zur Hand und versicherte mir, daß die Universitäts-Buchhandlung, die nur wenige Blocks von mir entfernt lag, das Buch bestimmt vorrätig hatte. Fünfundvierzig Minuten später war ich wieder in meiner Wohnung und klopfte mir den Schnee vom Mantel.

Als Geschenk verpackt und in einer Plastiktüte verstaut, wog *The Madwoman in the Attic* von Sandra Gilbert und Susan Gubar bestimmt mehrere Pfund. In der Buchhandlung hatte ich als Widmung auf das Vorsatzblatt geschrieben: *Für eine eminent gescheite Frau von Max Bourbaki.*

Ich besitze einen dunkelblauen Anzug, und ich dachte, daß er für diesen Anlaß genau das richtige sei. Weißes Hemd, orange und schwarz gestreifte Krawatte (D3 wußte ja wohl, daß das die Farben von Princeton sind) und schwarze Schuhe boten sich dazu quasi von selbst an. Es schneite immer noch, aber nur leicht, und so holte ich meine Galoschen heraus, die weltmännischer aussehen als die dicken Winterstiefel, die ich beim Einkaufen angehabt hatte. Um meine Haare vor Nässe zu schützen (weil sie sonst ganz kraus werden), entschied ich mich für die Astrachanmütze, die ich vor drei Jahren in Moskau gekauft, aber kaum getragen hatte. Wieder eine Erinnerung an Nedra. Sie hatte mich nach Moskau begleitet, als ich gebeten worden war, bei der Einweihung des Schemjakin-Instituts zu sprechen. Nedra hatte die Mütze für mich im Kaufhaus GUM ausgesucht, aber in Moskau war August gewesen, und in den letzten zwei Wintern hatte New Jersey nicht viel Schnee gesehen.

Im Dinky, dem nur aus zwei Waggons bestehenden Zug nach Princeton Junction, war kaum jemand, und im Amtrak nach New York saßen nur sehr wenig Leute. Als ich die Penn Station verließ, stellte ich fest, daß Manhattan im Schnee versank. Ein Taxi war nicht zu bekommen. Die Eighth Avenue hatte sich in ein zweispuriges Sträßchen verwandelt, auf dem sich der dünne Verkehrsstrom im Schneckentempo vorwärts bewegte. Nach einem einzigen Blick auf diese Szenerie verzog ich mich wieder in den Bahnhof und fuhr mit der U-Bahn zum Columbus Circle. Als ich am Central Park South ausstieg, war mir klar, daß mir nichts anderes übrigblieb, als die zehn Blocks bis zu D3 zu Fuß zu gehen.

Da so wenig Verkehr herrschte, war New York trotz des mühsamen Gehens eigentlich sehr schön – fast zu schön. Während ich mich durch die wadenhohe Masse des zertrampelten Schnees nach Norden vorarbeitete, rissen die Wolken auf.

Es waren schon einige Sterne zu sehen – ich konnte die Andromeda erkennen, das arabische Sternbild, wie sie ein Witzbold in Princeton zu nennen pflegte –, und die Lichter der Hochhäuser entlang des Central Park glitzerten im Schnee. Aber es war kalt, so kalt, daß ich zum ersten Mal die Ohrenklappen meiner Russenmütze herunterzog und so schnell ging, wie es die Straßenverhältnisse erlaubten. Ich brauchte fünfzehn Minuten, um mein Ziel zu erreichen, und dann waren meine Füße taub und meine Hosenaufschläge steifgefroren. Ich wünschte, ich wäre weniger auf mein Äußeres bedacht gewesen und hätte statt dessen meine Winterstiefel angezogen. Nachdem mich der imposante Portier eingehend gemustert hatte, wurde ich zum Fahrstuhl geführt und per Knopfdruck in den fünfzehnten Stock befördert.

Die Tür der Wohnung 1501 stand schon offen, aber statt meiner Gastgeberin sah ich mich einer jungen Frau mit erstaunlich grünen Augen gegenüber, deren Haar die Farbe von kristallisiertem Honig hatte. Ich brauchte einen Moment, um meine ehemalige Studentin und Kupplerin Jocelyn Powers zu erkennen.

»Ein gutes Neues Jahr, Professor Weiss!« Jocelyn, in einen langen Mantel und Schal eingemummt, schüttelte energisch meine Hand. »Das ist mein Freund Alan.« Sie deutete auf den jungen Mann hinter ihr. »Wir gehen auf einen Silvesterball und sind schon furchtbar spät dran.« Sie grinste befangen. »Ich hätte zu gerne von Ihnen gehört, wie Sie meine Großmutter kennengelernt haben. Vielleicht nächstes Mal.«

»Erfreut, Sie kennenzulernen, Sir«, murmelte der junge Mann, während er an mir vorbei zum Fahrstuhl drängte. »Und nochmals vielen Dank für den Drink, Doktor Ditmus«, rief er über die Schulter in die Wohnung.

Bevor ich etwas sagen konnte, tauchte D3 hinter ihm auf. »Max!« rief sie, die Arme ausgebreitet, um dann innezuhalten und in Gelächter auszubrechen. »Sie sehen aus, als wären Sie gerade der Transsibirischen Eisenbahn entstiegen!«

Sie begann mir aus dem Mantel zu helfen. Als ich aus den Ärmeln schlüpfte und mich zur Seite drehte, erblickte ich mich in dem großen Spiegel. Ich sah tatsächlich albern aus: blauer

Anzug und dazu eine Pelzkappe, deren Klappen noch über meine Ohren hingen. »Es ist wunderbar, Sie wiederzusehen«, sagte D3 und küßte mich auf die Wange. »Aber Sie sind ja ganz naß und kalt! Wir scheinen uns nur in extremen Situationen zu begegnen: erst in den Tropen und nun in der Arktis.« Sie trat einen Schritt zurück und inspizierte mich. »Ziehen Sie die Schuhe aus«, befahl sie, »und setzen Sie sich an die Heizung.«

Gewöhnlich pflege ich bei gesellschaftlichen Anlässen nicht die Schuhe auszuziehen, doch in diesem Fall kam ich der Aufforderung bereitwillig nach und trottete hinter meiner Gastgeberin her, die mich in ein riesiges, hohes Wohnzimmer führte. »Mietpreisbindung«, sagte sie mit einem leicht entschuldigenden Lächeln.

Sie bugsierte mich in einen Ohrensessel neben dem leise glucksenden Heizkörper. »Ich hole Ihnen rasch etwas zum Aufwärmen.«

Die dem Heizkörper entströmende Wärme begann die Zirkulation in meinen Zehen wieder in Gang zu setzen, brachte aber gleichzeitig auch meine vereisten Hosenaufschläge zum Tauen, so daß Wasser auf den Orientteppich zu tropfen begann. »Max, einen Cognac?« begann Diana, um dann abzubrechen. »Sie Ärmster!« rief sie aus. »Sie sind ja patschnaß! Sie müssen unbedingt Ihre Hose ausziehen.« Bevor ich protestieren konnte, wurde mir klar, daß es sich nicht um eine Aufforderung handelte, sondern faktisch um ein *fait accompli.* »Kommen Sie mit ins Gästezimmer und ziehen Sie einen Morgenmantel und Hausschuhe an. Und dann wollen wir mal versuchen, Ihre Schuhe trocken zu bekommen«, fügte sie hinzu, während sie meine Schuhe an sich nahm und mich aus meinem Sessel zerrte.

Als ich zurückkam, in ledernen Hausschuhen und einem königsblauen Morgenmantel, der (da er mir bis zu den Knöcheln reichte) ursprünglich einem Basketballspieler gehört haben mußte, empfing mich D3 beifällig. »So ist es doch *viel* besser«, rief sie und führte mich wieder zu dem Sessel am Heizkörper. Was natürlich stimmte, aber ich kam mir trotzdem lächerlich vor, als ich mich in meinen Sessel sinken ließ, barfuß und unbehost, in Jackett und Unterwäsche, um so das Neue

Jahr zu begrüßen. Ich zog den Morgenmantel fester um mich. Ich wollte nicht, daß sie sah, daß ich noch mein Jackett anhatte.

»Cognac?« fragte sie noch einmal, als sie neben mir Platz nahm.

»Offen gestanden wäre mir ein Tee jetzt lieber«, erwiderte ich, da mir einfiel, daß ich seit Stunden nichts gegessen hatte.

Als ich die zweite Tasse Tee trank, begann ich mein Augenmerk auf D3 zu richten. Sie trug ein hochgeschlossenes, langes schwarzes Kleid mit weißer Stickerei an den Ärmeln, eine Perlenkette und Perlenohrringe und, abgesehen von ihren dezent geschminkten schmalen Lippen, praktisch kein Make-up. Ihr Haar kam mir noch schwärzer vor, als ich es von Little Dix Bay her in Erinnerung hatte. Wieder staunte ich darüber, daß eine Frau ihres Alters so gut wie keine Falten im Gesicht hatte. Aber woher hätte ich schon die Gründe kennen sollen? Obwohl ich eine Menge über die chemische Struktur und die biologische Wirkung von Collagen weiß, hatte ich mir noch nie Gedanken über die kosmetischen Anwendungsmöglichkeiten dieses Proteins gemacht.

Als ich mich wieder rundum wohl fühlte, fiel mir mein Geschenk ein. »Diana, ich habe Ihnen etwas mitgebracht. Ich habe es draußen liegenlassen«, sagte ich und stand auf, um es von dem Tischchen in der Diele zu holen.

Diana hatte eine reizende, mädchenhafte Art, ein Paket auszupacken. »Wie aufmerksam von Ihnen«, rief sie aus, nachdem sie den Klappentext des Schutzumschlags gelesen hatte. »Und was für eine nette Widmung! Das erinnert mich an mein eigenes Geschenk.« Sie rauschte hinaus, ließ mir aber nur ganz kurz Zeit, mich im Zimmer umzusehen, bevor sie wieder erschien, mit einem Lächeln, das breiter und geheimnisvoller zugleich geworden war. »Das, Max Bourbaki, ist ein Neujahrsgeschenk für Sie.« In ihren ausgestreckten Händen lag ein sehr dünnes, flaches Päckchen, das in zartes Seidenpapier gewickelt war. Es enthielt nur zwei mit der Maschine geschriebene Seiten, die in eine exquisite venezianische Mappe gebunden waren: *Die Genealogie des Nicolas Bourbaki.*

Zunächst amüsierte mich, was ich da las: Im 17. Jahrhundert kämpften zwei kretische Brüder, Emanuel und Nicolas Skordylis, so tapfer gegen die einfallenden Türken, daß der Feind sie voller Bewunderung als *vour bachi* bezeichnete, was im Türkischen etwa »Anführer von Killern« heißt. Stolz machten sich die Brüder diesen Namen zu eigen, der in leicht modifizierter griechischer Form als *Bourbaki* auf ihre Nachkommen überging. Emanuels Urenkel, Sauter Bourbaki, half Napoleon bei dessen Rückkehr von Ägypten nach Frankreich. Zum Dank sorgte der Kaiser für die Erziehung der drei Söhne von Sauter. Einer wurde der Vater von General Charles Bourbaki, der die französische Armee im Krieg von 1870/71 befehligte. Die Schwester des Generals heiratete einen Nachfahren von Nicolas Skordylis, und diesem Zweig der Bourbaki-Sippe entsprang ... Meine Belustigung hatte sich längst in Verwunderung verwandelt: Ich hatte das Ganze zuerst für einen Witz gehalten, doch es wirkte überzeugend echt.

Ich blickte auf und begegnete Dianas triumphierendem Blick. »Wo um alles in der Welt haben Sie das nur ausgegraben?« stammelte ich. »Und ist das wirklich wahr?«

Sie zuckte die Achseln. »Ich habe so meine Quellen. Aber ob es wahr ist? So wahr wie der Bourbaki Ihrer Mathematiker. Ich finde, darauf sollten wir trinken.«

Ich liebäugelte noch mit den beiden letzten Scheiben des mit Dill garnierten Räucherlachses, als meine Gastgeberin verkündete, daß das Souper bereit sei.

Während wir die Seezunge aßen, griff ich, scheinbar ganz beiläufig, den Ball auf, den Jocelyns Freund mir beim Betreten der Wohnung von D3 zugespielt hatte. »Sagen Sie, Frau *Doktor* Diana Doyle-Ditmus ...«

»Wenn Sie meinen Titel benutzen, Max, dann nur zusammen mit ›Ditmus‹«, sagte sie nachsichtig, »sonst sind es wirklich zu viele D.«

»Na schön, Doktor *Ditmus,* warum haben Sie mir nicht gesagt, daß Sie promoviert haben? Sind Sie Doktor med.? Oder gar Doktor der Theologie?« Ich war auf dem besten Wege, einem gefährlichen Sarkasmus zu verfallen, als sie mich bremste.

»Doktor phil.«

»Und warum mußte ich das erst vom Verlobten Ihrer Enkeltochter erfahren?«

»Alan ist nicht ihr *fiancé*. Nur ein guter Freund.«

»Na schön, dann eben guter Freund.« Ich merkte, daß sie zu Späßen aufgelegt war, aber ich war viel zu neugierig, um mich darauf einzulassen. »Warum mußte ich erst von Jocelyns *gutem Freund* erfahren, daß Sie einen Doktortitel haben?«

»Weil Sie mich nie danach gefragt haben, Max.«

»Hätten Sie nicht wenigstens eine Andeutung machen können?«

Der Blick, den sie mir zuwarf, war gar nicht mehr spaßig. »Wie denn? Stellen Sie sich etwa als *Doktor* Weiss vor?«

»Natürlich nicht.«

»Na also. Als wir damals über Bourbakis Vornamen stritten, hätte ich da die Diskussion etwa mit der Bemerkung beenden sollen: ›Sie müssen schon entschuldigen, aber ich *weiß*, daß er Charles heißt, weil ich in französischer Geschichte *promoviert* habe‹?«

Ich schüttelte hilflos den Kopf. »Diana, Sie sind wirklich eine erstaunliche Frau.«

Sie streckte die Hand aus und kniff mich leicht in die Wange. »Ist Ihnen das endlich aufgegangen?«

Wenn man bei einem Experiment einen bestimmten Sachverhalt ermittelt hat, macht man von dort aus weiter. In diesem Fall war der Sachverhalt, daß D3 einen Doktortitel hatte.

»Wahrscheinlich hätte ich nie promoviert – jedenfalls nicht in französischer Geschichte –, wenn ich in Swarthmore nicht Philip Doyle begegnet wäre. Genau wie Jocelyn Sie, lernte ich Philip erst gegen Ende des Grundstudiums kennen.«

Und so hörte ich die erste Folge der Biographie von Diana Doyle-Ditmus.

Philip Doyle stammte aus einer wohlhabenden Familie, »gutsituiert«, wie sie es nannte, »aber nicht reich. Vielleicht war er deshalb Gelehrter.« Er war Professor für Geschichte in Swarthmore, sein Spezialgebiet das Frankreich des 18. Jahrhunderts. Er hatte zwei Söhne im Teenageralter und war Ende Vierzig, als Diana Ransome in seiner Vorlesung auftauchte. Da das Seminar, das sie eigentlich hatte belegen wollen, bereits voll war, entschied sie sich für Doyles Vorlesung – und wurde bald darauf seine Frau. »Ich war intelligent«, sagte D3 und nippte zwischendurch an ihrem Kaffee, »und hatte ein erstklassiges Mädcheninternat besucht. Ich hatte keine Probleme mit dem Studium in Swarthmore. Aber ich fühlte mich nicht gefordert. Meine Familie war ziemlich vermögend, und zu der Zeit wollten Eltern nur, daß ihre Töchter keinen Ärger machten – und heirateten. Leistungen wurden nicht erwartet. Doch dann belegte ich Philips Seminar, und danach war ich ein anderer Mensch. Das war . . . egal, reden wir nicht davon, jedenfalls ist es Jahrzehnte her, aber ich erinnere mich noch immer an seine erste Vorlesung. Er begann nicht mit den üblichen Personen – also den Männern –, sondern mit den Frauen der betreffenden Epoche. Er begann mit den Salons von Frauen wie . . .«

»Madame de Sévigné?« Das war das einzige historische Krümelchen, das mir im Zusammenhang mit französischen Salons einfiel; also bot ich es Diana an.

Sie sah überrascht auf, aber erfreut, wie ich merkte. »So weit ging Philips Vorlesung nicht zurück; er begann mit Madame de Tencin. Aber ich möchte Ihnen erst etwas über Philip erzählen. Er war so alt wie mein Vater, doch das machte mir nichts aus. ›Wenn ich 101 bin, bist du 128. Wen interessiert das dann noch?‹ sagte ich zu ihm. Vom ersten Tag an mochte ich sein sandfarbenes Haar und seine sanften, durchdringenden Augen: Er brauchte nie eine Brille. Er war ein leidenschaftlicher Squashspieler, und seine Schultern und seine Schenkel bewiesen es. Das fand ich natürlich erst später heraus.

In den Osterferien machte er mit einigen von uns eine Frankreichreise. Als wir zurückkamen, ließ er sich von seiner Frau scheiden, und im Sommer, gleich nach dem Examen, heiratete er mich.

Sie können sich denken, daß das nicht gerade die Ehe war, die meinen Eltern vorgeschwebt hatte. Alle waren entsetzt und prophezeiten, daß es nicht gutgehen würde; schließlich waren seine Kinder fast so alt wie ich. Aber die Ehe hielt elf Jahre, und die meiste Zeit war es wunderbar, obwohl wir auch unsere Probleme hatten.«

Ich runzelte die Stirn, sagte jedoch nichts.

»Max, haben Sie Kinder?«

Ich schüttelte den Kopf.

»Dann werden Sie es nicht verstehen ... oder vielleicht doch – Sie sind ja aus der gleichen Generation. Gleich nach unserer Hochzeit schrieb ich mich wieder an der Universität ein – an der Penn, die leicht zu erreichen war. Aber im dritten Jahr, gerade als ich mit meiner Dissertation angefangen hatte, wurde ich schwanger.« Sie zuckte die Achseln und verzog das Gesicht. »So etwas kommt vor. Trotzdem war Pamelas Geburt im Grunde ein erfreuliches Ereignis, nur daß man damals glaubte, eine Mutter müsse den ganzen Tag für ihr Kind dasein. Auf jeden Fall sah Philip es so, und ich war vermutlich zu angepaßt, um zu widersprechen. Also gab ich mein Studium auf.«

»Sehr schade«, sagte ich mitfühlend.

»Das dachte ich damals auch, aber später entdeckte ich dann, daß es auch sein Gutes hatte: Diese Erfahrung hatte mich zur Feministin gemacht. Als ich an die Universität zurückkehrte, entschied ich mich für ein völlig anderes Dissertationsthema, ein Thema, das mein Leben veränderte.«

»Und was war das?«

Sie tat die Frage mit einer Handbewegung ab. »Genug davon, Max. Ein andermal.«

»Was passierte nach dem elften Jahr?« fragte ich leise.

»Philip hatte einen Herzinfarkt und starb. Auf dem Squashplatz. Ich war völlig verzweifelt. Ich war sicher, daß ich nie wieder heiraten würde. Wir hatten eine achtjährige Tochter – Jocelyns Mutter. Sie war Philip wie aus dem Gesicht geschnitten. Pamela war groß für ihr Alter und schlaksig: ein richtiger Wildfang. Das war zwei Jahre nach Kriegsende, und so beschloß ich, nach Frankreich zu fahren, wo Philip und ich uns ineinander verliebt hatten. Ich hatte ein ausgezeichnetes Kindermädchen und außerdem meine Eltern, die in Philadelphia lebten, und so ging ich einfach für ein paar Monate fort.«

»Hört sich an wie bei Hemingway«, warf ich ein.

Sie nickte. »Fast zu sehr. Da war ich nun, eine ziemlich junge Witwe ...«

Plötzlich begann ich zu rechnen: Wenn der Krieg seit zwei Jahren vorbei war, als sie nach Frankreich ging, dann mußte das etwa 1947 gewesen sein; zog man davon elf Jahre ab, dann hatte sie im Juni 1936 geheiratet, als sie in Swarthmore im letzten Semester war. Aber das würde bedeuten ...

»Was ist los, Max? Warum sehen Sie mich so seltsam an?«

Was sollte ich darauf antworten? Daß mir plötzlich klar geworden war, daß sie über siebzig sein mußte statt Anfang oder Mitte sechzig? »Ach, nichts«, stammelte ich. »Ich dachte nur gerade ...«

»Daß ich sehr schnell wieder geheiratet habe?«

Diesen Teil der Geschichte mußte ich wohl verpaßt haben, aber ich nickte trotzdem.

Sie schien jedoch zufriedengestellt zu sein, da sie mit der Geschichte ihres zweiten Mannes fortfuhr, dem 44jährigen ehemaligen Generaladjutanten, den sie in Paris kennenlernte und der ebenfalls kurz davor Witwer geworden war. Nach ihrer Rückkehr nach Amerika zogen die beiden in die riesige Wohnung am Central Park. Von dort pendelte ihr Mann, Alexander J. Ditmus, zu seiner Anwaltskanzlei im Süden Manhattans. Er hatte nichts dagegen, daß seine Frau den Namen ihres ersten Mannes behielt; Diana Doyle-Ditmus klang so distinguiert, richtiggehend britisch. Zu ihrem vierzigsten Geburtstag (nach meiner Berechnung, nicht laut ihrem Eingeständnis) schenkte Alexander Ditmus ihr ein heruntergekommenes Château in der Dordogne. »Sie kennen ja die Dordogne«, sagte sie und gab mir keine Gelegenheit zu erwähnen, daß dies nicht der Fall war. »Es muß da Hunderte von Schlössern geben. Unseres lag in der Nähe von Beynac-et-Cazence und war ziemlich klein; wir bekamen es für ein Butterbrot. Aber ich habe es wieder in Schuß gebracht, und solange die Kinder – meine Pamela und die drei von Alex – klein waren, fuhren wir jeden Sommer hin. Alex war ausgesprochen frankophil. Und so habe ich etwas über Weine gelernt – von Alex, der im Château einen ausgezeichneten Weinkeller anzulegen begann. Er starb, als er 82 war. Ja, ich hatte Glück mit meinen beiden ersten Männern.«

Sie fing schon, wie ich merkte, mit einer weiteren Epoche

ihrer, wie mir klar wurde, langen Lebensgeschichte an. Ich begann mich zu fragen, wann ich erfahren würde, warum, wo und wann sie promoviert hatte, doch da schaute sie auf die Uhr.

»Du meine Güte«, rief sie, »es ist ja schon Viertel vor zwölf! Wieder ein Jahr fast vorbei.« Sie stand auf und streckte mir die Hand hin. »Kommen Sie, Max. Wir holen uns noch etwas Champagner. Wir trinken drüben am Fenster auf das Neue Jahr. Die Aussicht ist dort so schön.«

Falls drunten auf der Straße irgendwelche Neujahrsfestivitäten stattfanden, dann war hier oben im 15. Stock nichts davon zu hören. Genau um Mitternacht stießen wir miteinander an: Das Klirren der Kristallgläser schwang durch den Raum; in einem anderen Teil der Wohnung schlug eine Uhr melodiös zwölf. »Auf Ihren Bourbaki, Max«, sagte sie leise und trank einen Schluck. »Wir machen es.«

Kapitel 5

Vielleicht hatte der viele Champagner mein Reaktionsvermögen beeinträchtigt, denn einen Moment lang hatte ich keine Ahnung, wovon sie sprach. »Was denn?« hörte ich mich sagen. »Wer denn?«

»Seien Sie nicht so begriffsstutzig, Max. Erinnern Sie sich nicht, was Sie am Strand zu mir gesagt haben: daß Sie nicht imstande wären, es durchzuziehen?«

Ich erinnerte mich an nichts dergleichen.

»Daß man Geld und eine Adresse braucht?«

Ich konnte sie nur verdutzt anstarren.

»Das soll mein Beitrag sein. Ich wollte nämlich schon immer einen Salon haben, genau wie Mesdames de Sévigné und Tencin oder Mademoiselle de l'Espinasse. Ich möchte, daß Ihr Bourbaki mein ganz privater wissenschaftlicher Salon wird.«

Eine Kombination aus Überraschung, Verwirrung und Verärgerung machte mich einen Moment lang sprachlos. Ein Salon war das *letzte,* was mir vorschwebte. Nicolas Bourbaki ein Salon?

»Haben Sie eigentlich eine Vorstellung davon«, wandte ich ein, »was es kostet, die Forschungsarbeit auch nur eines einzigen . . .«

»Max.« Es war erstaunlich, wie viele Silben D3 in meinen Namen zu legen wußte. »Wenn ihr Wissenschaftler über ein neues Vorhaben redet, beklagt ihr euch als erstes immer darüber, wie wenig Geld ihr habt und wieviel ihr braucht. Warum gehen Sie statt dessen nicht einmal . . .«

»Was wissen *Sie* schon über Naturwissenschaftler und ihren Geldbedarf, ob übertrieben oder nicht!«

»Hatte ich Ihnen nicht gesagt, daß ich zu meiner Zeit eine ganze Reihe kennengelernt habe?«

In meinem Kopf klingelte es. »Was heißt ›zu meiner Zeit‹?«

»Als ich Dekanin war.« Sie sprach das Wort übertrieben exakt aus.

»Dekanin von was?« Krächzte ich tatsächlich oder kam es mir nur so vor?

»Der Geistes- und Naturwissenschaften an der NYU. Sechs Jahre lang – lange genug, um mit einer ganzen Reihe davon zu tun zu haben, mit Chemikern, Physikern, Biologen . . .«

»Hören Sie auf, Diana.« Ich sagte es nicht gebieterisch, sondern flehentlich. In meinem Kopf drehte sich alles, und ich mußte diese Information erst einmal verdauen. Dekanin der Geistes- und Naturwissenschaften an der New York University? Wollte sie mich auf den Arm nehmen? Wieso hatte sie mir das nicht schon auf Virgin Gorda erzählt? Meine Gefühlsregungen müssen mir im Gesicht abzulesen gewesen sein, denn sie beugte sich vor und legte ihre Hand unter mein Kinn. Es war zweifellos eine wirksame Methode, den Blickkontakt aufrechtzuerhalten.

»Max, seien Sie nicht böse. Warum ich es Ihnen nicht erzählt habe, als wir uns kennenlernten?« Sie gab mein Kinn frei und ließ sich wieder in ihren Sessel sinken. »Sie wissen doch, was Professoren von einem Dekan wollen: Geld oder Vergünstigungen oder beides. Vor ein paar Wochen – und mehr noch heute abend – dachte ich: Hier ist eine Gelegenheit, einen Wissenschaftler einmal *wirklich* kennenzulernen. Hoffentlich bereuen Sie es nicht; ich bereue es jedenfalls überhaupt nicht.«

»Nein, das nicht.«

Sie schenkte mir ein warmes Lächeln. »Und Sie werden es auch nicht zu bereuen haben. Zu Ihrem Bourbaki, Max. Ich glaube, daß ich Ihnen helfen kann.«

»Wie?« Ich krächzte tatsächlich.

Ihr Lächeln war wieder geheimnisvoll geworden. »Ein guter Dekan lernt, wie man Geld beschafft, wo nicht viel zu holen ist. Und ich war ein außergewöhnlich guter Dekan.«

Sie stand auf. »Aber alles zu seiner Zeit. Es ist spät geworden. Kommen Sie, Max. Ich möchte Ihnen noch etwas zeigen.«

Diana nahm mich bei der Hand und führte mich in ihr Arbeitszimmer. Ich folgte ihr gehorsam. Mir war noch schwindlig von dem Schock, den ihre Worte mir versetzt hatten – der Erkenntnis, wieviel ich in bezug auf Diana einfach vorausgesetzt hatte und wie weit diese Vermutungen von der Wahrheit entfernt waren. Gab es noch mehr, was ich nicht wußte? Ich war gewillt, es herauszufinden – und begierig zu erfahren, was sie im Sinn hatte.

Die Bücherregale in ihrem Arbeitszimmer reichten bis unter die Decke; überall waren chaotisch Bücher aufgestapelt – ein sicheres Zeichen für eine funktionierende Bibliothek –, und der Schreibtisch war mit Zeitungen und Fachzeitschriften übersät: Wieder konnte ich nur staunen. Das war kein von einem Innenarchitekten entworfenes Studierzimmer einer Dame, sondern ein Raum, in dem wirklich gearbeitet wurde. D3 rauschte an den Schreibtisch und wühlte in einem Papierstoß. »Hier«, sagte sie stolz, »sehen Sie sich das an.«

Nicolas Bourbaki und die heutige Mathematik stand auf der Titelseite. Ich hatte keine Mühe, den deutschen Text zu überfliegen, aber was mich verblüffte, war der Ursprung des Artikels, nämlich eine derart obskure Zeitschrift, daß ich noch nie von ihr gehört hatte: ›Arbeitsgemeinschaft für Forschung des Landes Nordrhein-Westfalen‹. Es handelte sich um den Text eines Vortrags, den kein Geringerer als Henri Cartan, der berühmte französische Mathematiker, der angeblich einer der ursprünglichen Bourbakisten war, am 8. Januar 1958 gehalten hatte. »Das ist ja ein Ding«, murmelte ich schließlich, ein Eingeständnis, über das sich D3 wie eine Schneekönigin zu freuen schien.

»Ich wollte Ihnen zeigen, daß ich Ihre Bourbaki-Idee ernstgenommen habe – wenigstens als Historikerin. Meine Nachforschungen sind noch nicht abgeschlossen, aber ich habe schon genug herausbekommen, um mir darüber im klaren zu sein, daß Sie die Sache ohne eine neue Adresse und ohne einen Haufen Geld durchziehen könnten.«

In meinem Kopf drehte sich nun wirklich alles, und nicht nur wegen des vielen Champagners. Es war einfach zuviel für einen Abend. »Diana«, sagte ich, »sehen Sie nur, wie spät es geworden ist.« Ich hielt ihr meine Armbanduhr hin. »Ich muß jetzt nach Hause.«

»Und wie wollen Sie das anstellen?«

»So, wie ich hergekommen bin natürlich.«

»Max«, sagte sie in dieser unverschämt gedehnten Art, die für sie typisch war, »ich bin zwar schon lange nicht mehr mit der Bahn gefahren, zumindest nicht in diesem Land, aber ich kann mir nicht vorstellen, daß am Neujahrstag morgens um zwei Uhr Züge nach Princeton fahren.«

»Großer Gott, das habe ich total vergessen. Es ist ja Feiertag!«

»Max. Wie schaffen es nur unpraktische Männer wie Sie, praktische Forschung zu betreiben?«

Ihr Ton war verspielt, nicht sarkastisch, und die Grandezza, mir der ich antwortete, war es ebenfalls. »Meine Forschung ist nicht praktisch. Sie ist lediglich wichtig.«

Sie lachte. »Sie haben recht. Aber Sie können von Glück sagen, daß zumindest *einer* von uns praktisch denkt. Ich habe Ihnen ein Bett gerichtet und einen Schlafanzug herausgelegt. In dem Zimmer, in dem Sie sich vorhin umgezogen haben. Sie finden alles Nötige im Bad.«

Ich breitete die Hände aus und neigte den Kopf. Natürlich war es vernünftig anzunehmen. »Diana, Sie sind eine mustergültige Gastgeberin.«

»Nicht unbedingt«, sagte sie und stand auf. »Nur wenn es mir gefällt. Und Sie gefallen mir, Max. Ein glückliches Neues Jahr.«

Ich hatte schreckliche Probleme einzuschlafen. Es konnte weder an der fremden Umgebung noch an dem ungewohnten seidenen Pyjama liegen. Im allgemeinen machen mir andere Betten nichts aus. Ich bin ziemlich oft auf Reisen, meist aus beruflichen Gründen, und habe schon in weit weniger luxuriösen und mit Sicherheit merkwürdigeren Unterkünften als diesem Gästezimmer am Central Park West genächtigt. Und um zwei Uhr morgens schlafe ich normalerweise längst. Der Grund war Dianas »Wir machen es«. Früher waren meine Spekulationen über einen Bourbaki genau das gewesen – Spekulation, eine Vision von Rache, eine Bruderschaft (jawohl, meine Phantasie war immer davon ausgegangen, daß es Männer sein würden) älterer Akademiker – Männern wie mir, die meine verletzten Gefühle nachempfinden konnten, die meine Entschlossenheit teilten, mich vor einer Welt zu rechtfertigen, die mich für alt und folglich zu nichts nütze hielt. Doch nun, da mein langgehegter Traum Wirklichkeit zu werden drohte, wenn auch in einer Form, die ich mir nie ausgemalt hatte, und noch dazu durch eine Frau, die von französischen Salons träumte, bekam ich kalte Füße. Der Effekt ähnelte irgendwie dem unvollständigen Abbau eines doppelten Espresso.

Ich versuchte es mit meinem üblichen Trick: mich auf etwas Angenehmes und Unkompliziertes zu konzentrieren, bis mich der Schlaf übermannte. Ich dachte an den Château d'Yquem, den D3 zum Dessert aufgetischt hatte, doch statt mich einschlafen zu lassen, erinnerte er mich nur an den letzten Biochemikerkongreß in Paris. Damals hatte im *Taillevent* in der Rue Lamennais ein Herrenessen stattgefunden; auf der Weinkarte hatte ein Yquem gestanden, und ich hatte ebenso erfolglos wie bei dem Pétrus versucht, meine Begleiter dazu zu bewegen, sich den exorbitanten Preis für eine Flasche mit mir zu teilen, um das Essen in völlig unakademischem Stil zu beenden.

Ich lag einige Zeit da und versuchte mich darauf zu besinnen, wer meinem Vorschlag schließlich den Garaus gemacht hatte, indem er einen witzigen Vergleich zwischen der Schmalheit seiner Brieftasche und der Großzügigkeit seines Dekans zog, bis meine Synapsen zündeten: Sepp Krzilska. Auf seiner Weihnachtskarte, die ein verschneites Innsbruck zeigte, hatten ein paar Zeilen in Sütterlinschrift gestanden: »Ich muß Ihnen schon heute mitteilen, daß wir uns in Zukunft nicht mehr bei dem Essen im *Taillevent* sehen werden. Unsere *damned* Universitätsverwaltung hat mich mit 65 in den Ruhestand geschickt! Also *bye-bye* Molekularbiologie.« Ich hatte nicht gewußt, daß Sepp schon so alt war. Der Gedanke an Sepp übte eine beruhigende Wirkung auf meine Nerven aus; ich fühlte, wie ich mich entspannte und in die vertrauten Träume verfiel, die Dianas Eingreifen so seltsam real gemacht hatte. Sepp Krzilska würde ein großartiges Bourbaki-Mitglied abgeben. Wenn er über seine Verwaltung wirklich so verärgert war, konnte er bereit sein, seinen verletzten Stolz dann eben so zu kurieren. Bis mich der Schlaf übermannte, schwebte der Name *Dan E. Benso* vor mir in der Dunkelheit. Ich fragte mich, was D3 von diesem Namen für unseren Bourbaki halten würde.

Kapitel 6

»Dan E. Benso?« Sie ließ sich den Namen auf der Zunge zergehen, ähnlich wie die Grapefruit, die sie zum Frühstück aß. »Ich weiß nicht recht, Max. Irgend etwas daran gefällt mir nicht. Das Ganze soll ja schließlich kein Scherz sein.«

»Sie haben recht«, räumte ich ein und gab noch ein Löffelchen Orangenmarmelade auf meinen Toast. »Außerdem ist ›Benso‹ zu kurz.«

Diana sah leicht amüsiert drein. »Sind wir nicht ein bißchen voreilig? Schon darüber nachzudenken, wie der Autor heißen soll, wo wir noch nicht einmal die Leute ausgewählt haben, die die Arbeit machen sollen?«

Sie tat es schon wieder: mich auf den Boden der Tatsachen holen. »›Voreilig‹ ist eine kolossale Untertreibung«, sagte ich. »Es ist sinnlos, an Personen zu denken, solange wir nicht die Geldfrage geklärt haben.«

»Die typische Antwort eines Wissenschaftlers.«

Ich gab ihr mit einer spöttischen Verbeugung recht. »Dann klären Sie mich bitte auf, Dekan Ditmus.«

»Das werde ich, vorausgesetzt, Sie schminken sich diesen selbstgefälligen Ausdruck auf Ihrem Professorengesicht ab und hören mir zu.«

»Jawohl, Frau Dekan.« Bis dahin faßte ich das Ganze als Spiel auf, doch an der plötzlichen Veränderung in ihrem Verhalten – der Art, wie sie sich vorbeugte und mit ihrem Löffel auf mich zielte – merkte ich, daß es ihr ernst war.

»Wie groß soll die Gruppe Ihrer Meinung nach sein?«

»Für den Anfang? Vier Leute. Mehr nicht.«

»Das dürfte nicht allzu schwer zu finanzieren sein. Was ist mit zusätzlichem Personal? Falls Ihre Gruppe typisch ist, dann haben Sie alle doch längst vergessen, wie man alleine forscht; Sie werden Hilfskräfte brauchen, Diplomanden und Doktoranden, die die eigentliche Arbeit für Sie erledigen.«

Ich wollte etwas einwenden, doch ihr Löffel hinderte mich daran. »Im Gegensatz zu uns in den Geisteswissenschaften, wie ich hinzufügen möchte. Wir machen unsere Arbeit bis zu dem Tag, an dem wir uns zur Ruhe setzen, *selbst*. Einige von uns meinen, daß wir auf diese Weise anständig bleiben.«

»Das ist nicht fair, Diana. Sie lesen und schreiben doch nur.«

»Nur?«

»Ich will damit nicht sagen, daß das nichts ist«, fügte ich rasch hinzu, während ich vor dem Löffel zurückwich. »Aber man braucht dazu keine große Ausstattung. Außer einer Bibliothek.«

»Und Computern.«

»Na schön, und Computern. Gewissermaßen. Aber worauf wollen Sie eigentlich hinaus?«

»Ich versuche, eine Vorstellung von dem Budget zu bekommen, das Sie benötigen werden. Außer Personal geht es vermutlich ja auch um Labors und Geräte.«

»Offen gestanden«, sagte ich, »nein.«

»Keine Labors?«

Ich nutzte die momentane Verwirrung, die das stiftete, um wieder das Wort zu ergreifen. Ihrem Löffel setzte ich einen mahnenden Zeigefinger entgegen, eine Geste, die ich mir während meiner jahrelangen Lehrtätigkeit angewöhnt hatte.

»Der Grund, weshalb der ursprüngliche Bourbaki auf dem Gebiet der Mathematik tätig war, ist der, daß er, oder die Gruppe hinter ihm, sich auf die Theorie konzentrierte. Das wird auch bei uns der Fall sein. Dadurch werden nicht nur die Ausstattungskosten auf ein Minimum begrenzt: Wenn keine technische Unterstützung erforderlich ist, brauchen auch nur ganz wenige Leute eingeweiht zu werden. Es gibt in der Biologie mehrere theoretische Bereiche, wo die gleichen der

Anonymität förderlichen Bedingungen herrschen, vorausgesetzt, man hat Zugang zu Bibliotheken *und* Computern.« Die Art und Weise, wie ich das abschließende *»und* Computern« betonte, hatte etwas allzu Deklamatorisches an sich, als stünde ich tatsächlich vor Studenten im Hörsaal. Da es mir peinlich war, daß ich doziert hatte, schloß ich mit einer zögerlichen Erklärung: »Der einzige Grund, weshalb ich die ›theoretische Biologie‹ erwähnte, ist der, daß dies ein ziemlich breites Feld ist; sie paßt sogar zu meinen letzten Forschungsarbeiten. Das ist alles.«

»In dem Fall«, sagte sie nachdenklich, »müssen wir nur vier Leute finanzieren . . .«

»Nur«, murmelte ich. Es überraschte mich, daß ich das Wort laut ausgesprochen hatte.

»Richtig, *nur,* und natürlich kostenlosen Zugang zu Computern haben, was wohl selbst ein Emeritus ohne Bezüge arrangieren kann. Bei den Bibliotheken verhält es sich ähnlich. Und da Ihre Bourbakisten alle im Ruhestand sind, brauchen wir nur ihre Pensionen etwas aufzubessern. Das dürfte nicht allzu schwierig sein. Die MacArthur zum Beispiel . . .«

Das Wort ließ auf meinem geistigen Radarschirm ein Signal aufleuchten. Warum immer wieder die MacArthur Foundation?

»Sie vergeben gerne Forschungsmittel an ältere Leute – und obendrein sehr großzügige, für jeweils fünf Jahre.«

Ich erinnerte mich an unser früheres Gespräch. »Aber man kann sich nicht darum bewerben, man muß vorgeschlagen werden.«

»Na und? Wenn man vier helle Köpfe hat, könnten sie durchaus vorgeschlagen werden. Und wenn auch nur einer von ihnen ein MacArthur-Stipendium bekommt, geht es dabei immerhin um rund 350 000 Dollar über einen Zeitraum von fünf Jahren.« Sie warf mir einen Blick zu, in dem deutlich *quod erat demonstrandum* zu lesen war.

Ich muß zugeben, daß ich gelegentlich von diesem »Genie-Preis« geträumt habe – gewöhnlich dann, wenn ich in der ›New York Times‹ die jährliche Liste der Preisträger sah. Doch die näheren Einzelheiten des Auswahlverfahrens waren mir unbekannt. »Kennen Sie irgendwelche Leute, die bei MacArthur vorschlagsberechtigt sind?« fragte ich.

»Ja.«

»Und wissen Sie auch, wie die Kandidaten ausgewählt werden?«

»Ja.«

Mein Interesse war geweckt. »Und die Preisträger? Kennen Sie welche persönlich?«

»Ja.«

Nicht zu fassen, dachte ich. Hatte sie das als Dekanin für Geistes- und Naturwissenschaften der New York University aufgeschnappt? »Heißt das, daß Sie sie gut kennen?«

»Außerordentlich gut sogar.«

Das Wort »außerordentlich« und der ganz leise, aber dennoch nicht zu übersehende Ausdruck des Triumphes in ihren Augen halfen mir schließlich auf die Sprünge.

»Sagen Sie«, sagte ich langsam, »hatten die beiden Flaschen 1970er Pétrus etwas mit der MacArthur Foundation zu tun?«

»Mhm«, war alles, was sie sagte.

»Gratuliere. Wann haben Sie ihn bekommen?«

»Ein paar Monate, bevor ich nach Little Dix Bay fuhr.«

Mir war klar, daß meine Neugier ungehörig erscheinen mochte, aber ich mußte einfach fragen: »Und was machen Sie mit dem ganzen Geld?«

Sie grinste. »Guten Wein an interessanten Orten trinken und meine Forschung finanzieren.«

»Auf welchem Gebiet?«

»Diane de Poitiers. Ich schreibe eine neue Biographie über sie. Aus feministischer Sicht«, fügte sie hinzu.

»Ah.«

»Der Name sagt Ihnen nichts, stimmt's?«

Mein »Ah« hatte mich verraten. Die Szene kam mir vertraut vor: der Professor, der das Wissen eines Studenten auslotet, während der Student sich nach Kräften bemüht, seine lückenhaften Kenntnisse zu verschleiern. Es war allerdings schon ein Weilchen her, seit ich mich in der Rolle des Studenten befunden hatte.

»Eine Französin, die einen Salon unterhielt?« äußerte ich vorsichtig.

»Zu früh. Sie wurde 1499 geboren. Später wurde sie die Mätresse von Henri II.«

»Ah.«

»Sie war neunzehn Jahre älter.«

»Ah.« Mein unbewußtes Stirnrunzeln muß mich verraten haben.

»Ich sehe, daß Sie das nicht billigen.« Bevor ich mich dagegen verwahren konnte, fuhr sie fort: »Und er liebte sie bis zu seinem Tode. Mit 40 Jahren. Sein Alter, nicht ihres.«

»Ah«, sagte ich wieder, bevor ich mich entschloß, eine weniger einsilbige Antwort zu riskieren. »Ist der Altersunterschied das, was Sie interessiert?«

»Teilweise schon, aber auch die Rolle der Frau im Frankreich des 16. Jahrhunderts. Sehen Sie, *mein* Jahrhundert ist das 18., und nach meiner Pensionierung dachte ich, ich könnte ruhig ein paar Jahrhunderte weiter zurückgehen. Wie Frauen finanzielle Unabhängigkeit erreichen, ist nur eines der Themen, die Feministinnen interessieren. Und meiner Diane gelang das sehr gut.«

»Und das haben die MacArthur-Leute zu fördern beschlossen?« Kaum hatte ich es gesagt, war mir klar, daß es herablassend klang.

Falls sie es so empfand, dann ließ sie es sich nicht anmerken. »Das Schöne an der MacArthur Foundation ist, daß sie einem nichts vorschreiben – sie lassen einen einfach machen, was man will. In meinem Fall ist das eine feministische Analyse einer Französin aus dem 16. Jahrhundert, und bei Ihnen, falls Sie einen MacArthur bekämen« – war meine aufsteigende Röte zu sehen? –, »wäre es der Anstoß zu einem neuen Bourbaki in theoretischer Biologie.«

»Erzählen Sie mir etwas von *Ihrem* Jahrhundert. Warum das achtzehnte?«

Ihre Hand wischte das ganze Jahrhundert beiseite. »Ein andermal. Kehren wir zu Ihrem Bourbaki und der Geldfrage zurück.« Mit dieser Geste hatte sie sich wieder in die Dekanin verwandelt.

»Ich bin nicht einmal sicher, ob Ihre Pensionen überhaupt aufgestockt werden müssen. Vielleicht sind sie reichlich bemessen, oder es gibt daneben noch andere Einkünfte.« Sie lächelte. »Mir ist aufgefallen, daß Sie sich Little Dix Bay auch ohne Zuschüsse leisten konnten. Aber obwohl Sie sagten, daß Ihr Bourbaki ein reiner Theoretiker wäre, bin ich sicher, daß weitere Mittel erforderlich sind: für Reisen zu wissenschaftlichen Kongressen, zu Ihren eigenen Treffen – es sei denn, Sie kämen alle aus der gleichen Hochschule.«

»Höchst unwahrscheinlich«, warf ich ein.

»Da stimme ich Ihnen zu«, sagte sie nickend. »Und gefährlich. Das Geheimnis könnte leichter ausgeplaudert werden. Eine Dezentralisierung ist sicherer. Außerdem sind dadurch die nötigen Mittel leichter aufzutreiben.«

»Ach.« Ich stellte fest, daß ich erneut auf ein einsilbiges Wort zurückgriff.

»Max, Sie wissen doch genau, wie man an Gelder herankommt. Man kann von Forschungsmitteln immer etwas für andere Zwecke abzweigen. Das macht ihr Wissenschaftler doch ständig. *Sie* wissen es, Ihr *Dekan* weiß es, und der Geldgeber weiß es auch. Wenn man es nicht übertreibt, hat er vermutlich nichts dagegen einzuwenden. Illegale Gelder werden – bei Akademikern zumindest – gewöhnlich sparsam und für interessante Projekte verwendet.«

»Und?«

»Und wenn Sie zu viert sind, weit voneinander entfernt leben und bereits Drittmittel für laufende Forschungsvorhaben bekommen, dann könnte jeder von Ihnen ein bißchen für das Bourbaki-Projekt abzweigen. Außer natürlich, einer von Ihnen bekäme den MacArthur.«

»Vergessen Sie den MacArthur.« Ich glaubte mich vage zu erinnern, daß ich das schon einmal gesagt hatte. Im übrigen hatte sie recht: Das Budget, das wir brauchten, konnte von vier emeritierten Professoren, die noch am Ball waren, vermutlich aufgebracht werden. »Aber was ist mit der Adresse unseres Bourbaki?«

»Was soll damit sein? Der ursprüngliche Nicolas Bourbaki

löste dieses Problem mit Leichtigkeit: Er behauptete, an der Universität Nancago zu arbeiten.«

Ich runzelte die Stirn. »Nancago? Nie davon gehört. Wo liegt das?«

Diana strahlte mich an. »Sie können es auch nicht kennen. Es ist erfunden: eine Kombination aus Nancy und Chicago. Ich nehme an, Sie wissen, daß einige der frühen Bourbakisten von der Universität Nancy kamen, andere wiederum aus Straßburg und Clermont-Ferrand waren; aber zumindest einer von ihnen, nämlich André Weil, ging später an die Universität von Chicago. ›The Journal of Symbolic Logic‹ brachte 1949 einen Artikel von Nicolas Bourbaki von der Universität Nancago.«

»Und wo haben Sie diese Information her?«

Ihr Gesicht verzog sich zu einem spröden, erfreuten Lächeln. »Ich habe so meine Quellen.«

Ich hatte das dumme Gefühl, diese Worte bereits gehört zu haben, beschloß jedoch, sie durchgehen zu lassen.

»Lassen wir den bürokratischen Kram zunächst einmal beiseite und konzentrieren wir uns auf den entscheidenden Punkt. Die Qualität eines Salons hängt nicht vom Mobiliar oder von der Adresse ab, sondern von der Qualität« – sie tippte sich zur Betonung an den Kopf – »der Teilnehmer. Sie sagten, Sie wollten mit nicht mehr als vier anfangen. Fehlen also nur noch drei. Wie wollen Sie die finden?«

»Vielleicht fehlen uns sogar nur noch zwei.« Ich erzählte ihr so viel über Sepp Krzilska, daß sie mir beipflichtete, daß er ein in Betracht zu ziehender Kandidat war. Sepp hatte schon immer zur Avantgarde gehört: Er war der erste Österreicher gewesen, der an einem der superexklusiven Cold Harbor Spring Symposia in Woods Hole teilnahm, dem Mekka der Molekularbiologen. Er sprach ausgezeichnet Englisch, wenn auch mit Germanismen durchsetzt. Unsere erste Begegnung hatte mit einer entwaffnenden Note geendet, als Sepp mich fragte, ob ich ihm eine *security needle* leihen könnte, weil er sich die Hose zerrissen hatte. Daß er die deutsche »Sicherheitsnadel« wörtlich übersetzt und nicht, wie es korrekt gewesen wäre, *safety pin* benutzt hatte, war unter uns zu einem geflügelten Wort geworden. Bis zum heutigen Tag hefte ich die Sonderdrucke, die wir austauschen, mit Sicherheitsnadeln zusammen. Ich wußte, daß er auch vom Temperament her für unseren Bourbaki der Richtige war: Er hatte den erforderlichen verletzten Stolz.

»Was ist mit den beiden übrigen?«

Ich zuckte die Achseln. »Das muß ich mir noch durch den Kopf gehen lassen. Ich will erst mal sehen, was Sepp davon hält. Offen gesagt, Diana, weiß ich nicht einmal, wie ich ihm die Idee beibringen soll. Ich kann doch nicht sagen: ›Ich bin da am Strand dieser erstaunlichen Frau begegnet, die – nachdem sie sich hatte beraten lassen, wie man Selbstmord begeht, aber ohne zu erwähnen, daß sie ein MacArthur-Genie ist – anbot, die intellektuellen Ergüsse aufs Altenteil abgeschobener gelehrter Rentiers zu fördern . . .«

Dianas Lachen war ansteckend, doch dann wurde sie wieder geschäftsmäßig, als hake sie Posten auf einer Liste ab. »Wie lange werden Sie brauchen, um die anderen Kandidaten zu finden?«

»Zwei bis drei Monate, schätze ich.«

»So lange?«

»Sie wissen ja, wie lange Briefe brauchen«, sagte ich zu meiner Verteidigung. »Ich muß nach Österreich schreiben, vielleicht sogar nach Japan. Ich muß mir die entsprechende Literatur vornehmen und biographische Werke einsehen, um Alter und derzeitige Position zu überprüfen. Ich muß . . .«

»Max«, sagte sie mitleidig. »Sie haben doch wohl nicht vor, das auf dem üblichen Korrespondenzweg zu erledigen – noch dazu mit einem Federkiel, wie ich mir vorstellen könnte. Rufen Sie sie an. Faxen Sie ihnen . . .«

Ihre gönnerhafte Art, auch wenn sie nur gespielt war, irritierte mich. »Es gibt Momente, in denen ein Fax nicht das geeignete Mittel ist, jemandem eine dramatische Veränderung seines Lebensstiles anzutragen.«

»Beispielsweise bei einem Heiratsantrag?«

Wer spricht denn hier von Heiratsanträgen, wollte ich sagen. Doch ich unterließ es.

Kapitel 7

Komprimieren, aussieben, wegwerfen, aufräumen – im Labor sind dies ganz normale Tätigkeiten, ein Teil der Routine, denen man kaum noch Beachtung schenkt. Als Vorbereitung auf den Umzug aus dem eigenen schönen Büro in die recht spartanischen Räumlichkeiten, die für den *Emeritus des Fachbereichs Biochemie (ohne Bezüge)* reserviert sind, schenkt man ihnen sehr wohl Beachtung, und dann ist das alles nicht nur schmerzlich, sondern auch zeitraubend. Diese Arbeit ließ sich nicht einfach delegieren, weil nur ich selbst entscheiden konnte, welche Unterlagen man wegwerfen konnte und welche verpackt und eingelagert werden mußten, damit der Rest in dem ganze drei Schubladen aufweisenden Aktenschrank in meinem neuen »Büro« Platz fand.

Nun, da das neue Jahr vor mir lag, hatte ich beschlossen, jeden Tag zwei Stunden dem Sichten des angesammelten Schrotts zu widmen: Nur so war das Ganze zu schaffen. Dennoch hatte sich meine Stimmung gebessert, und ich mußte zugeben, daß an dieser Veränderung hauptsächlich Diana schuld war. Mein Groll auf die Universität, mein Kummer über den Widerhall der Vergänglichkeit, der nach Jahrzehnten komfortabler Solidität mit einem Umzug verbunden war – all das hatte angefangen, sich zu legen. Als ich meine Akten auszusortieren begann, stellte ich fest, daß ich mit Namen für meinen neuen Bourbaki herumjonglierte. Ich war wie ein Vater, der Vornamen für einen neuen Sprößling ausprobiert – ein Vergnügen, das mir bis dahin nicht vergönnt gewesen war.

»Professor Weiss. Eine Studentin aus Ihrem Seminar im letzten Semester möchte einen Termin. Sie heißt Jocelyn Powers. Möchten Sie sie sprechen?«

Jessica war seit über zehn Jahren – dreizehn, um genau zu sein – meine Sekretärin, und sie nannte mich noch immer »Professor«, eine Geste, die ich zu schätzen wußte. Ich habe nie verstehen können, warum manche Professoren ihren Sekretärinnen und Studenten gestatten, sie zu duzen; das ist, als ginge man ohne Jackett und Schlips zu einer offiziellen Veranstaltung. Sicher, es ist kumpelhaft; aber hat es etwa Stil? Und warum nenne ich sie dann nicht »Miß Szabo«? Weil sie gleich am ersten Tag, als sie bei mir zu arbeiten begann und ich sie in dieser Form anredete, sagte: »Bitte nennen Sie mich Jessica.«

Es gibt wenig, was Jessica über mich nicht weiß. Seit Nedras Tod hat sie mir sogar bei persönlichen Dingen geholfen. Ich sah keinen Grund, weshalb Jessica nichts von Bourbaki wissen sollte, insbesondere deshalb nicht, weil sie viel damit zu tun haben würde, falls wir die Sache durchzogen. Der Anruf von Jocelyn Powers war genau die Gelegenheit, die ich brauchte. Ich sagte Jessica, sie solle einen Termin für den nächsten Tag ausmachen, und rief sie dann in mein Büro. Ich deutete auf die Tür. »Machen Sie sie zu, Jessica, und setzen Sie sich. Ich habe Ihnen etwas mitzuteilen.« Sie unterbrach mich nicht ein einziges Mal; selbst meine offenkundig ausweichenden Hinweise auf Dianas Rolle bei der ganzen Sache riefen nur ein Stirnrunzeln hervor. Aber am Ende überraschte sie mich doch. Sie sah mich versonnen an und sagte: »Ich habe schon immer davon geträumt, ein Doppelleben zu führen.« Ich kann mich nicht erinnern, in all den Jahren jemals das Wort »träumen« von Jessica gehört zu haben.

»Ich bin so froh, daß meine Großmutter Sie in Little Dix Bay getroffen hat. Sie beide scheinen sich ja blendend amüsiert zu haben. Aber das hat mich gar nicht überrascht.«

Ich hätte viel darum gegeben herauszufinden, wie D_3 ihrer Enkelin unsere Begegnung geschildert hatte, doch statt dessen nickte ich nur. »Ja«, sagte ich. »Wir sind uns tatsächlich begegnet. Was kann ich für Sie tun?« Ich lehnte mich zurück, legte die eine Hand ans Kinn und trommelte mit den Fingern der anderen bedächtig auf die Armlehne des Schreibtischsessels: die gekünstelte Pose des akademischen Beraters. Das Fingertrommeln war eine tiefverwurzelte Gewohnheit – *Kommen Sie zur Sache!* –, nur daß ich es diesmal nicht so meinte. Ich war neugierig und überhaupt nicht in Eile.

Was ich für sie tun konnte, schien einiger Erklärungen zu bedürfen. Ohne meinerseits nennenswert gedrängt worden zu sein, erzählte sie mir ihren Lebenslauf. Sie war in Andover in Naturwissenschaften und Mathematik sehr gut gewesen und hatte sich in Princeton – der *Alma mater* ihres Vaters – für den auf das Medizinstudium vorbereitenden Kurs eingeschrieben. Sie war jedoch nicht auf irgend etwas Spezielles »abgefahren« (ich zucke immer zusammen, wenn Studenten auf etwas »abfahren« oder »stehen« – fast so sehr, wie wenn sie mir erzählen, ein Seminar oder ein Professor sei »echt geil«), und als ihre Großmutter, die sich immer solche Sorgen wegen Krebs machte, gefragt hatte: »Warum nicht Medizin?«, hatte sie den Weg des geringsten Widerstandes eingeschlagen. Es war eine seltsam entschuldigende Geschichte, und ich verstand nicht ganz, warum. Entschuldigte sie sich bei mir? Aber wofür?

Während sie sprach, nahm sie eine Locke ihres glänzenden Haares und wickelte sie langsam und rhythmisch um ihren Zeigefinger. Es wirkte wie eine Geste aus der Kindheit, lenkte gleichzeitig aber auch die Aufmerksamkeit auf ihr vornehm schmales Gesicht. Allmählich wurde ihr Finger jedoch still, und sie wandte mir ihre volle Aufmerksamkeit zu. »Letzten Herbst hatte ich alle erforderlichen Scheine, und darum wollte ich mal etwas anderes belegen. Ich hatte an Kunstgeschichte gedacht – aber dann hörte ich von Ihrem biochemischen Seminar.«

»Ein ziemlicher Unterschied zu Kunstgeschichte«, bemerkte ich.

»Eigentlich nicht, wenn man an einige der Molekülmodelle denkt, die Sie uns gezeigt haben. Kennen Sie die Kenneth-Snelson-Skulptur? Die im Procter Court des Graduate College steht?«

Bei Gott, sie hatte recht: Die Röhren, Kugeln und Drähte dieses Snelson hätten fast eine ausgefallene Molekularstruktur sein können. Aber warum erzählte sie mir das alles? Schmeichelte sie mir, weil sie ein Empfehlungsschreiben wollte?

»Nach einiger Zeit in Ihrem Seminar begann ich mich zu fragen, warum ich eigentlich Medizin studieren wollte. Um mich weitere vier Jahre wie ein Studienanfänger behandeln zu lassen? Ich wollte schon immer in die Forschung gehen. Dafür brauche ich keinen Doktor med.«

Ich hob die Hände, um ihr zu bedeuten, daß sie es sich sorgfältig überlegen sollte, ein Haus zu verlassen, das sie noch nicht richtig betreten hatte. Doch sie gab mir keine Gelegenheit dazu; mit jugendlicher Begeisterung, die ich noch immer rührend finde, begann sie sich für ihr Thema zu erwärmen.

»Ich habe beschlossen, entweder in Biochemie oder in Molekularbiologie zu promovieren – und zwar hier in Princeton.«

»Nun mal langsam«, unterbrach ich sie. »Haben Sie auch einige der anderen Eliteeinrichtungen in Betracht gezogen? Das Whitehead am MIT? Oder die Westküste: Paul Berg zieht da in Stanford eine größere Sache auf; oder einen Campus der University of California, beispielsweise Berkeley, San Francisco oder San Diego? Warum wollen Sie Ihre ganze Studienzeit an einem einzigen Ort verbringen?«

»Warum nicht?«

»Inzucht.«

»Aber es gefällt mir hier. Ich meine nicht *genau hier,* sondern die Nähe zu New York, zu meiner Familie, zu . . . Sie wissen schon . . .« Ihr Wortschwall versickerte.

»Ich weiß«, sagte ich ruhig, obwohl ich mir keineswegs sicher war. »Aber trotzdem: Sie sollten auch andere Standpunkte kennenlernen, andere Betrachtungsweisen. Sie wissen schon . . .« Ich ertappte mich dabei, daß ich sie nachahmte.

»Andere Standpunkte?« Sie schien verwirrt zu sein, irgendwie beleidigt. »Aber es geht doch um Naturwissenschaften! Außerdem hätte ich ja andere Professoren als bisher, außer Ihnen natürlich, und das war auch nur für ein Semester. Ich kann immer noch als Postdoc woanders hingehen.«

»Na schön«, räumte ich ein, bemüht, mir ein Lächeln zu verkneifen. War ich jemals derart ernst gewesen? »Was für einen Rat wollen Sie denn nun von mir hören?«

Als sie sich wieder beruhigt hatte, begann sie erneut mit ihren Haaren zu spielen. Dieses Mal streichelte sie sie geraume Zeit, als ließe sich dadurch ein dienstbarer Geist oder eine andere Quelle der Inspiration hervorzaubern. Dann legte sie abrupt die Hand auf meinen Schreibtisch und beugte sich vor. »Es ist nicht direkt ein Rat. Ich bin gekommen, um Sie zu fragen, ob Sie mich in Ihre Gruppe aufnehmen würden.«

Ich hatte es natürlich kommen sehen, aber es freute mich trotzdem. Nach all den Jahren als Professor, nach all den jungen Menschen, erröte ich noch immer vor Freude, wenn ein Student kommt und darum bittet, in meine Forschungsgruppe aufgenommen zu werden. Ich stelle mir immer vor, daß es so den Prioren im Mittelalter ergangen sein muß, wenn ein Novize an der Klosterpforte erschien. Der Abt in mir erteilte lächelnd seinen Segen. »Ich weiß Ihre Bitte zu schätzen, Jocelyn.« Es gibt mehrere richtige Augenblicke, um damit anzufangen, einen Studenten beim Vornamen zu nennen. Dies war ein solcher Moment, auch wenn ich das Mädchen enttäuschen mußte. »Aber ich nehme keine neuen Studenten mehr auf.«

Sie sah ganz niedergeschlagen aus. »Sie geben die Forschung doch nicht etwa auf?«

»Selbstverständlich nicht!« Ich richtete mich in meinem Sessel auf. »Aber einen Doktoranden in diesem Stadium meines Lebens anzunehmen, würde eine zu lange Verpflichtung bedeuten. Es wäre dem Studenten gegenüber nicht fair.« Warum sagte ich Jocelyn Powers nicht schlicht und einfach die Wahrheit? Ohne um den heißen Brei herumzureden: Ein *Emeritus des Fachbereichs Biochemie* konnte nicht als Doktorvater fungieren.

»Könnten Sie nicht eine Ausnahme machen?« Sie sah mich ernst an, mit diesem flehenden Ausdruck, den nur ganz junge Leute anderen gegenüber zeigen.

»Eine Ausnahme?« Noch während ich darüber nachgrübelte, sah ich schon, worauf das Ganze hinauslief.

Warum eigentlich nicht? Versuchte ich etwa nicht, durch die Erschaffung meines Bourbaki die Ausnahme zu werden – der Mann, den sie nicht in den Ruhestand schicken konnten? Und war es schließlich nicht in erster Linie Jocelyn zu verdanken, daß es soweit gekommen war? Ich brauchte im Grunde gar nichts zu entscheiden – alles war, wie mir schien, längst für mich entschieden worden. Wie üblich brauchte ich mich nur noch zu fügen.

»Ich mache Ihnen einen Vorschlag. Sie machen doch im Juni Examen. Vom kommenden Sommer an brauche ich einen Assistenten auf Teilzeitbasis, der mir bei bestimmten Forschungsprojekten zur Hand geht. Höchstwahrscheinlich ist damit keine Labortätigkeit verbunden, und der Betreffende könnte sich seine Arbeit weitgehend selbst einteilen. Es wäre nicht das gleiche, wie in meiner Gruppe zu arbeiten – und ich wäre auch nicht Ihr Doktorvater. Aber wenn es Ihnen damit ernst ist, in Princeton zu promovieren, und Sie einen Professor finden, der für Ihr Forschungsgebiet geeignet ist, dann sehe ich keinen Grund, warum Sie nicht beides miteinander verbinden könnten.«

Ich stand auf und streckte ihr die Hand über den Schreibtisch hin. Wie die meisten wohlerzogenen jungen Princetonianer stand sie sofort auf; der Händedruck erlaubte mir, sie hinauszukomplimentieren. Ich ermuntere Studenten gewöhnlich nicht, sich länger als nötig bei mir aufzuhalten, doch in diesem Fall war ich noch erpichter darauf als üblich, wieder allein zu sein. Als ich zum Schreibtisch zurückging und den Knopf der Sprechanlage drückte, wurde mir klar, daß mein Bourbaki-Zug vielleicht tatsächlich im Begriff war, den Bahnhof zu verlassen. Ich hatte nicht nur eine Forschungsassistentin gefunden, sondern darüber hinaus vermutlich die einzige auf der Welt, die nicht überrascht sein würde, wenn sie erfuhr, welche Rolle ihre Großmutter bei der ganzen Sache spielte.

»Jessica«, sagte ich in die Sprechanlage. »Ich möchte einen Brief an Professor Krzilska in Innsbruck diktieren.«

Einige Tage später rief D3 an. »Was gibt's Neues von der Bourbaki-Front?«

»Ich fange an, Fortschritte zu machen.«

»Wirklich?«

Ich konnte ihre Neugier durch das Telefon spüren. »Ich habe eine Forschungsassistentin gefunden.« Anscheinend hatte Jocelyn ihr nichts gesagt.

»Ist das alles? Heißt das nicht, das Pferd am Schwanz aufzuzäumen? Oder gewissermaßen einen Leiterwagen vor einen Ackergaul zu spannen?«

Ich war versucht zu erwidern, daß wir das im Labor nur allzu oft tun: winzige Wägelchen vor riesige Pferde spannen. »Eigentlich nicht«, sagte ich glucksend und erzählte ihr dann von dem Gespräch mit ihrer Enkeltochter.

»Nicht zu fassen! Und sie hat mir kein Sterbenswörtchen davon gesagt! Ich bin beeindruckt.«

Ich war nicht sicher, ob die letzte Bemerkung Jocelyns Diskretion galt oder der Tatsache, daß ihre Enkelin für mich arbeiten würde. Aber wie üblich hatte ich keine Zeit, es herauszufinden: Die nächste Frage war bereits im Anmarsch.

»Haben Sie außer Joss noch jemanden gefunden?«

»Noch nicht. Ich habe an Professor Krzilska geschrieben und ihm zu verstehen gegeben, daß ich ihm im Zusammenhang mit seiner Pensionierung etwas Interessantes vorzuschlagen hätte. Ich habe ihm mitgeteilt, daß ich ihn in einigen Wochen anrufen werde. Ich wollte ihn nicht völlig unvorbereitet damit überfallen.«

»Und was ist mit den beiden anderen?«

»Diana, Sie tun gerade so, als ob man solche Leute aus dem Hut zaubern könnte.« Ich fing an, ärgerlich zu werden. »Ich kann schließlich keine Annonce aufgeben.«

»Natürlich nicht. Ich habe mich nur gefragt, wie Sie die Sache anpacken. Falls Geld in diesem Stadium eine Rolle spielt, dann lassen Sie es mich bitte wissen. Vielleicht kann der MacArthur aushelfen.«

»Geld?« sagte ich langsam. »Mit Geld ließe sich die Angelegenheit zu diesem Zeitpunkt tatsächlich beschleunigen, aber ich glaube, ich weiß, wo ich es auftreiben kann. Für meine augenblicklichen Bedürfnisse kann ich vermutlich den Seminaretat anzapfen.«

Dianas Bemerkung, damals in ihrer Wohnung, über den Wert einer Dezentralisierung hatte mich erwägen lassen, mein Netz weit auszuwerfen. Die Universität Tokio mit ihrer absurd niedrigen Altersgrenze schien mir vielversprechende Fischgründe zu bieten. Ich glaubte nicht, daß es mir schwerfallen würde, meine Abteilung davon zu überzeugen, daß Hiroshi Nishimura genau der Richtige für unseren alljährlichen Bowman-Vortrag wäre. Die dafür bezahlten Honorare konnten praktisch Redner aus der ganzen akademischen Welt verlocken.

Das eigentliche Problem war nicht das Geld, sondern wie ich Nishimura dazu bewegen konnte anzunehmen. Kurzfristig in die Staaten fliegen zu müssen, konnte eher eine Zumutung als ein Anreiz für jemanden von seinem Ruf sein, besonders wenn der Betreffende, wie Hiroshi, außergewöhnlich gut Englisch sprach und daher sehr gefragt war. Er konnte die Einladung leicht ausschlagen. Wie konnte ich sie so formulieren, daß er sie unbedingt annehmen mußte?

Die Jahrestagung der National Academy of Sciences sollte am 24. April beginnen. Für den Tag darauf war die Arbeitssitzung anberaumt, auf der die Wahl der ausländischen Mitglieder bekanntgegeben wurde. Ich hatte keine Ahnung, ob Hiroshi wußte, daß er zu den Kandidaten gehörte, und ich wollte selbstverständlich nicht den Anschein erwecken, etwas zu versprechen, was unter Umständen nicht klappte. Aber warum sollte ich nicht etwas über seine Aussichten durchblicken lassen? Ich rief einen meiner Kollegen im Fachbereich Physik an, der ebenfalls Akademiemitglied war. »Herman«, sagte ich, »ich habe mir mal die Liste der ausländischen Kandidaten angeschaut. Wie ich sehe, haben wir zwei Japaner, darunter einen Physiker. Können Sie mir etwas über ihn sagen?« Das war keineswegs unlogisch – sich nach den Qualifikationen eines Kandidaten aus einem anderen Fachgebiet zu erkundigen, bevor man seinen Stimmzettel ausfüllte.

»Vergeuden Sie Ihre Stimme nicht. Auf der Liste stehen zwei Physiker, und der andere ist aus Venezuela. Sie wissen doch, daß der Rat ständig moniert, daß die Sektionen immer nur

Europäer, Japaner und hin und wieder einen Israeli oder einen Australier vorschlagen. Der Venezolaner ist der sichere Gewinner.« Bevor ich Nishimura schrieb, sah ich mir noch einmal die Liste der ausländischen Mitglieder an. Es waren keine Biochemiker darunter.

Mein Brief an Nishimura schloß: *Ich würde den 27. April für den Bowman-Vortrag in Princeton vorschlagen. Auf diese Weise könnten Sie auch an der Jahrestagung der Academy of Sciences in Washington teilnehmen, die einige Tage davor stattfindet. Alle Sitzungen sind öffentlich, außer der Arbeitssitzung, in der die neuen Mitglieder sowie die ausländischen Mitglieder gewählt werden. Aber selbst das könnte für Sie von Interesse sein. Anschließend können wir gemeinsam mit dem Zug nach Princeton fahren. Ich bringe den Champagner mit – für alle Fälle.*

Der letzte Satz war vermutlich etwas hinterhältig, und ich weiß auch nicht, ob er wirklich den Ausschlag gab. Auf jeden Fall sagte Nishimura zu.

Falls ich geglaubt hatte, daß D3 mit meinen Fortschritten zufrieden war, dann irrte ich mich. »Was ist mit dem vierten Mitglied?« wollte sie wissen. »Haben Sie keine Frau finden können?«

»Es ist schon schwierig genug, einen geeigneten *Mann* zu finden«, stöhnte ich. »Wo soll ich denn eine *Frau* finden? Die kurz vor der Emeritierung steht und obendrein auch noch aus unserem Fachgebiet kommt.«

»Sie müssen es eben versuchen«, sagte sie besänftigend. »Wenn Sie einen Österreicher und einen Japaner auftreiben können, dann können Sie bestimmt auch eine Amerikanerin finden. Zeigen Sie wenigstens, daß Sie es versucht haben. Haben Sie übrigens schon meinen Artikel gelesen? Ich habe Ihnen eine Fotokopie geschickt.«

Ich sagte ihr, daß ich ihn gelesen hatte. Ich hatte ihn recht ansprechend gefunden: »La Spectatrice: Ein Geheimblatt französischer Feministinnen des 18. Jahrhunderts.« Ich hatte mir sogar einige Absätze für etwaige Plauderstündchen mit D3 angestrichen.

»*Ein Zimmer für sich allein* auch?« fragte sie weiter. »Das habe ich ganz spontan mitgeschickt. Ich dachte, vielleicht haben Sie noch nie etwas von Virginia Woolf gelesen.«

»Danke, daß Sie es mitgeschickt haben.«

»Und wie hat Ihnen die Bibliotheksszene gefallen?«

Ich lasse mich nicht gern abfragen, insbesondere dann nicht, wenn ich meiner Sache nicht ganz sicher bin. Um Zeit zu schinden, sagte ich: »Bibliotheksszene?«

»Finden Sie es nicht empörend, daß vor nicht allzu langer Zeit – zu Ihren Lebzeiten – eine Frau nicht die Universitätsbibliothek betreten durfte?«

»Nun ja«, sagte ich, bemüht, einen neutralen Kurs zu steuern, »Sie kennen ja die Briten.«

»Glauben Sie etwa, daß das die einzigen waren? Die Briten in Oxbridge? Wußten Sie nicht, daß in Harvard, lange nach dem Zweiten Weltkrieg, keine Frau die Lamont Library benutzen durfte?«

»Ist das wahr?«

»Wollen Sie Beweise?«

»Nein, nein – natürlich nicht.« Und dann sagte ich etwas, was ich sofort bereute, aber da war es bereits zu spät. »Ich will mal sehen, ob ich nicht doch eine Nicole Bourbaki finden kann.«

Ich hatte D_3 jedoch die Wahrheit gesagt: Es ist wirklich furchtbar schwer, potentielle Kandidaten zu finden, egal welchen Geschlechts, wenn dies *in camera* geschehen muß. Am effizientesten wäre es gewesen, auf die sprichwörtlichen Verbindungen der Alten Herren zurückzugreifen, doch sind diese nicht gerade geeignet, *weibliche* Kandidaten zutage zu fördern. Einen Moment lang spielte ich mit dem Gedanken, Jessica zu bitten, *American Men and Women of Science* durchzugehen und alle in den biologischen Disziplinen tätigen Frauen über 64 herauszusuchen. Ich schwenkte sogar meinen Sessel herum, um das Bücherregal hinter meinem Schreibtisch zu inspizieren, doch dann verwarf ich den Gedanken: acht Bände, jeder so dick wie ein Telefonbuch. Das konnte ich Jessica wirklich nicht zumuten. Meine Augen wanderten noch über die blaugrauen Bände besagten Kompendiums, als mein Blick auf das Mitgliederverzeichnis der National Academy of Sciences fiel. Der schmale Band enthielt weniger als zweitausend Namen: die Elite der amerikanischen Wissenschaftler – zumindest behaupten das die Akademiemitglieder. Wer bin ich, dem zu widersprechen? Das Durchschnittsalter der Mitglieder liegt vermutlich über sechzig – eine wahre Fundgrube für potentielle Bourbakis –, und es konnten insgesamt nicht mehr als fünfzig Frauen darunter sein.

Ich brauchte ganze zehn Minuten, um die weiblichen Vertreter der relevanten Spezies – Biochemie, Genetik, Zell- und Evolutionsbiologie – zusammenzutragen. Es waren tatsächlich nicht viele Frauen in dem Verzeichnis aufgeführt, aber als ich es durchgesehen hatte, war ich doch überrascht, daß fast ein Dutzend Namen auf meiner Liste standen. Etwa die Hälfte davon kannte ich persönlich und die meisten aufgrund ihres Rufes.

Als nächstes ging ich daran, ihre Biographien in *American Men and Women of Science* zu überprüfen. Vor nicht allzu langer Zeit schloß der Titel dieses Verzeichnisses Frauen nicht einmal ein. Es dauerte nicht lange, bis es mich mit dem beruflichen Werdegang einer geeigneten Nicole versah. Rückblickend bin ich noch immer überrascht, wie schnell ich das Gefühl hatte, daß sie die richtige Kandidatin war, obwohl ich über Charlea Cherith Conway, Professorin für Mathematische Biophysik an der Universität Chicago, weniger wußte als über alle anderen Frauen auf meiner Liste. Ich kannte gerade eben ihren Namen, was jedoch nicht verwunderlich war, da sie auf einem völlig anderen Gebiet arbeitete als ich. Ich wußte nicht einmal, daß es in Chicago Professuren gab, die so klar umrissen waren wie Mathematische Biophysik. (Erst später erfuhr ich, daß die Universität Chicago dieser Abteilung ihre Eigenständigkeit genommen und sie in die Theoretische Biologie eingegliedert hatte. Charlea Conway hatte sich jedoch geweigert, ihren Titel zu ändern, und dadurch ihren Status als *avis rarissima* untermauert.) Ihr Lebenslauf war imponierend: eine beachtliche Reihe von Auszeichnungen, Vorträgen, Ehrenmitgliedschaften in gelehrten Gesellschaften – sogar zwei Ehrendoktorhüte, von Holyoke und Brown. Was mich an ihrer Biographie jedoch fesselte, waren drei scheinbar untergeordnete Einträge: ihr

Familienstand – sie war ledig und auch nie verheiratet gewesen –, was bedeuten konnte, daß sie auf ihr Einkommen angewiesen war; ihre Mitgliedschaft in der Redaktion des ›Journal of Theoretical Biology‹ und ihr Alter – 64 im letzten Oktober. Ich griff zum Telefon und wählte die Nummer ihres Büros an der Universität Chicago.

»Conway!«

Selbst wenn ich den Betreffenden kenne, fühle ich mich durch eine derartige Antwort immer in die Defensive gedrängt. Wer nur seinen Nachnamen nennt, ohne ein »Hallo« oder einen anderen abschwächenden Zusatz, tut dies gewöhnlich in gereiztem Ton. Im Klartext heißt das stets: *Was soll diese Störung?*

Ich kam sofort zur Sache. »Hier ist Max Weiss, Biochemie Princeton. Ich rufe an, um mich zu erkundigen, ob Sie dieses Jahr zur Jahrestagung der Akademie kommen.«

»Weiss?« fragte sie. »Sind Sie der, der etwas über die Regulierung früher Aktivierungsgene von T-Zellen veröffentlicht hat?«

Sieh an, sieh an, dachte ich, vielleicht habe ich mit Charlea Conway die richtige Wahl getroffen. »Ja«, antwortete ich, bemüht, eine gewisse Bescheidenheit in das kurze Wort zu legen. »Sie haben die Veröffentlichung gelesen?«

»Mhm. Sie sind da auf etwas Interessantes gestoßen, aber ich glaube, daß Sie sich beim Regulator irren.«

Ich wollte schon fragen, was zum Teufel sie damit andeuten wollte, aber sie war noch nicht fertig. »Ja, ich bin in Washington. Wir sollten uns treffen und uns über T-Zellen-Aktivierung unterhalten. Ich beschäftigte mich mit theoretischen Aspekten dieses Prozesses.«

Ich konnte mein Glück kaum fassen: Ich mußte nicht einmal erklären, warum ich sie treffen wollte. Jetzt konnte ich sie mir ansehen und feststellen, ob sie eventuell eine Kandidatin war. Aber wie konnten wir uns bei unserem NFAT irren? Es steht außer Frage, daß dieses Protein auf *aktivierte* T-Zellen beschränkt ist. Genau das bedeutet NFAT ja: *Nuclear Factor of Activated T-cells*. Ich war gespannt, was sie dazu zu sagen hatte, wenn ich ihr unsere Mobility Shift Assays zeigte. Es steht außer Frage, daß wir recht haben.

Kapitel 8

Die *Royal Society* in London, die *Académie des Sciences* in Paris, die *Leopoldina* in Halle, die Königlich-Schwedische Akademie der Wissenschaften in Stockholm – keine von ihnen kann, was das Frühstück betrifft, das den Mitgliedern und ihren Gemahlinnen geboten wird, unserer amerikanischen *National Academy of Sciences* das Wasser reichen. In der Mitte des Großen Saales des Akademiegebäudes an der Constitution Avenue in Washington bogen sich die riesigen runden Tische förmlich unter den frischesten Mini-Bagels, die ich je gegessen habe, zusammen mit Rahmkäse, Lachs ohne eine Spur von Öl und exquisitem winzigem Blätterteiggebäck – nicht diesen mächtigen teigigen Dingern, wie sie bei Kongressen in Hotelfoyers serviert werden. Der Kaffee ist frisch aufgebrüht, das Wasser für den Tee kochend heiß, der Orangensaft frisch gepreßt. Philip Handler, der erste jüdische Präsident der Akademie, führte diese Tradition ein, die mit geringfügigen Änderungen bis heute fortbesteht.

Am zweiten Vormittag der diesjährigen Jahrestagung hatte ich gerade mein Glas Orangensaft geleert und schob mich nun, in der einen Hand eine Teetasse, in der anderen einen vollen Teller, rückwärts vom Tisch durch die dichte Menge, als meinem linken Ellbogen ein kräftiger Stoß versetzt wurde und Tee auf mein Jackett spritzte.

»Verdammt noch mal«, schimpfte ich, »nun sehen Sie sich das an!«

»Tut mir leid«, sagte eine Frauenstimme ohne eine Spur von

Bedauern. »Kommen Sie, ich wische es ab.« Noch bevor ich etwas erwidern konnte, wurde ich an die Peripherie der wogenden Menge bugsiert und mit einer Serviette bearbeitet.

Die Tagungen unserer Akademie zeichnen sich noch durch einen weiteren Aspekt aus, den ich erwähnen sollte, nämlich durch die Namensschilder. Ich habe schon an mehr als genug Kongressen auf der ganzen Welt teilgenommen. Ich könnte einen Roman über die Mannigfaltigkeit der Namensschilder schreiben, die bei diesen Anlässen benutzt werden. Ganz besonders mißfallen mir die selbstklebenden Schildchen, die vorzeitig erkahlte Revers hinterlassen. Oder die Schilder ohne Nadel: nur eine gefaltete Karte, die in die Brusttasche zu stecken ist – es sei denn, man trägt einen Pullover, wie es bei mir hin und wieder der Fall ist. Und dann die Beschriftung: Entweder ist sie so klein, daß man sich nach vorn beugen muß, um den Namen seines Gegenübers lesen zu können, oder aber es wurden derart viele nebensächliche Informationen auf die kleine Fläche gequetscht, daß für den Namen des Trägers nicht mehr viel Platz bleibt. Dagegen verwendet unsere National Academy of Sciences – vielleicht mit Rücksicht auf die nachlassende Sehkraft ihrer betagten Mitglieder – ziemlich große Karten, die sich in einem Plastikhalter befinden, mit einer stabilen Sicherheitsnadel anzustecken sind und einzig und allein den Namen des Teilnehmers aufweisen, fett gedruckt und in riesigen schwarzen Buchstaben. Selbst auf drei Schritte Entfernung braucht man keine Brille, um so zu tun, als kenne man den Betreffenden, mit dem man gerade zusammengestoßen ist.

Als ich »*Sie* sind also Max Weiss!« vernahm, brauchte ich mich daher nicht vorzubeugen, um auf dem Namensschild der gedrungenen Frau, die mir den Tee vom Jackett wischte, *Charlea C. Conway* zu lesen. »Ich hatte mich schon gefragt, wie wir uns in diesem Gewühl treffen würden«, fuhr sie fort, während sie weiter an meinem Jackett rubbelte. »Ich hatte Sie mir irgendwie anders vorgestellt. Das lag wohl an Ihrer Stimme am Telefon.«

»Oh?« schnurrte ich und dachte, daß das auch auf sie zutraf. Der herrische Ton, den sie am Telefon benutzt hatte, hatte mich an ein großes, ziemlich strenges Mannweib denken lassen – nicht an eine stämmige, nachlässig gekleidete Frau mit einem warmen und belustigten Ausdruck in den Augen. »Und was hatten Sie sich vorgestellt?«

»Jemand jüngeres.«

Na ja, dachte ich, ich habe nie behauptet, daß ich auf der Suche nach einem Diplomaten bin. »Wieviel jünger?«

Sie zuckte die Achseln. »Ist doch egal. Sagen Sie, haben Sie gerade etwas vor?«

»Die Arbeitssitzung fängt gleich an. Ich wollte eigentlich teilnehmen. Ich möchte wissen, wie die Wahlen ausgehen.«

Sie musterte mich neugierig. »Sofern nicht irgendein Querkopf beschließt, sich mit Gewalt unbeliebt zu machen, und öffentlich einen der Kandidaten boykottiert, ist alles längst per Post entschieden. Sie haben doch die Präferenzliste der einzelnen Sektionswahlen gesehen.«

»Eigentlich interessiere ich mich mehr für die ausländischen Mitglieder. Sie wissen ja, daß diese der Rat auswählt.«

Sie ging mit einem Achselzucken darüber hinweg. »Das können Sie auch nach der Sitzung erfahren. Warum gehen wir nicht irgendwohin und reden? Es ist so ein herrlicher Tag. In Chicago kriegen wir solches Wetter frühestens in einem Monat.«

Es war ein wunderschöner, milder Frühlingstag, und die Aussicht, ihn in einem fensterlosen Saal zu verbringen, war nicht gerade verlockend. Außerdem war die Angelegenheit, die ich mit Charlea Conway zu besprechen hatte, wichtiger als die weitgehend schon im voraus entschiedenen Angelegenheiten der Akademie. An ihr mußte ich noch arbeiten. »Na gut«, sagte ich und steuerte auf den Ausgang C zu, gegenüber vom State Department.

Sie packte mich am Arm und drehte mich herum. »Kommen Sie, Max, gehen wir zum Einstein-Denkmal in der Constitution Avenue. Ich sehe mir gern diesen gigantischen Kopf an.«

Nun bin ich also schon Max, dachte ich, als ich ihr durch das grauweiße Meer von Köpfen mit gelegentlichen kahlen weißen Hauben folgte. »Soll ich Sie Charlea nennen?« fragte ich, da ich mir überlegte, ob sie womöglich »Chuck« genannt wurde.

»Selbstverständlich. Ich halte nichts von Titeln – nicht, wenn man sie erst einmal erworben hat.«

»Ich verstehe«, sagte ich, obwohl ich das keineswegs verstand. Wozu sind Titel denn sonst da, außer um benutzt zu werden?

Als wir auf der Betonbank an Einsteins Seite saßen, betrachtete ich den Teppich aus roten, weißen und rosafarbenen Tulpen, der sich bis zu den Hartriegelsträuchern im Hintergrund ausdehnte, deren flache weiße Blätter wie japanische Gebetsfahnen aussahen – leer und darauf wartend, beschrieben zu werden. Charlea Conway hatte sich neben Einsteins rechten Fuß gesetzt und strich hin und wieder über sein braunes Bronzeschienbein. Dabei fiel mir auf, daß ihr Unterrock hervorschaute. Der schmale weiße Streifen des Unterrocks leuchtete hell im Sonnenschein, so hell, als hätte sie ihn absichtlich unter dem Saum ihres dunkelgrünen Rockes hervorgezogen: um zu zeigen, daß es auf Kleidung oder Äußerlichkeiten überhaupt nicht ankam. Sie trug keinerlei Make-up, und ihr Haar schien von einem Herrenfriseur geschnitten worden zu sein. Was für ein Gegensatz zu D3! Aber trotz dieses Gegensatzes schienen beide genau zu wissen, was sie wollten, und verschwendeten keine Zeit ~~damit~~, zur Sache zu kommen. Charlea Cherith Conway, dachte ich und ertappte mich dabei, wie ich daraus C3 machte. Ich sah mich schon zwei chemische Formeln miteinander bekannt machen: »Darf ich den drei Deuteriums die drei Kohlenstoffe vorstellen?«

»Sprechen wir über Ihre T-Zellen-Aktivierung. Das Thema hat mein Interesse geweckt.«

»Nein«, sagte ich, »nicht darüber. Reden wir lieber über das, weswegen ich Sie wirklich aus Princeton angerufen habe. Haben Sie schon einmal von Nicolas Bourbaki gehört?«

C3 lehnte sich etwas zurück, als wollte sie mich besser in den Brennpunkt rücken. »Natürlich habe ich schon von Nicolas Bourbaki gehört. Welcher Mathematiker hat das nicht? Aber woher kennen *Sie* ihn?«

Ich hätte es besser wissen müssen: C3 war schließlich keine gewöhnliche Biophysikerin, sondern *mathematische* Biophysikerin. Aber ich war noch immer verblüfft, daß jede der letzten zwei Frauen, denen ich diese Frage gestellt hatte, darauf mit Ja geantwortet hatte.

»Persönliche Gründe«, erwiderte ich. Und dann legte ich ihr den ganzen Plan in groben Zügen dar.

»Das könnte ganz lustig werden«, sagte sie nachdenklich. »Aber warum haben Sie mich ausgesucht? Hat es etwas damit zu tun, daß ich eine Frau bin?« In ihrem Blick lag weder Belustigung noch Wärme.

»Es hat nicht geschadet.«

»Stand die Tatsache, daß ich eine Frau bin, an erster oder letzter Stelle? Ich möchte eine ehrliche Antwort.«

»An erster.« Ich sah keinen Grund, es zu leugnen; ich machte mich auf Vorwürfe gefaßt, doch es kamen keine.

Charlea Conway saß einfach leicht vornüber gebeugt da und starrte nachdenklich auf Einsteins mächtigen Kopf mit der braunen Bronzepatina, während ihre rechte Hand wieder langsam das Schienbein der Skulptur streichelte. Schließlich wandte sie sich mir zu. »Ich habe noch ein paar Jährchen bis zum Erreichen der Altersgrenze. Aber mein Dekan hat in letzter Zeit schon Bemerkungen fallenlassen. Ich habe den Verdacht, daß er sich nicht lumpen lassen würde, wenn ich vorzeitig in den Ruhestand ginge. Und was Sie da vorschlagen, klingt verlockend: Forschung unter einem anderen Namen. Ich weiß schon, welche Gesichter ich sehen möchte, falls wir es schaffen. Eines davon gehört unserem Dekan.«

»Noch andere Gründe?« Ich kam mir irgendwie betrogen vor. Es schien zu einfach zu sein. Sie mußte noch ein anderes Motiv haben.

»Brauchen Sie noch mehr Gründe?« Sie warf mir einen fragenden Blick zu.

»Nein, natürlich nicht«, sagte ich schnell. »Aber was ist mit dem Namen? Sind Sie bereit, anonym zu bleiben, damit . . .«

Sie zupfte kurz an meinem Revers. »Haben wir uns nicht gerade geeinigt, daß es keiner weiteren Gründe bedarf?«

»Ich meine es ernst, Charlea. Wie würden Sie darüber denken, unter einem anderen Namen zu veröffentlichen, einem Kollektivum wie Nicolas Bourbaki?«

»Das würde mir nicht allzuviel ausmachen.«

Ich schaute auf meine Uhr und merkte, daß die Arbeitssitzung inzwischen vermutlich vorbei war. Mit Charlea Conway an Bord war es an der Zeit, mich auf Nishimura zu konzentrieren. Als wir aufstanden und an der sitzenden Gestalt Einsteins vorbeigingen, fiel mir zum ersten Mal auf, daß die Rückseite der Stützmauer verschiedene Inschriften aufwies. Ich deutete auf die Worte hinter Einsteins linkem Fuß: *The right to search for truth implies also a duty; one must not conceal any part of what one has recognized to be true*. Das Recht, nach der Wahrheit zu suchen, birgt auch eine Verpflichtung; man darf nichts von dem verheimlichen, was man als wahr erkannt hat. »Glauben Sie, daß Einstein unser Projekt als Verheimlichung eingestuft hätte?« fragte ich.

C_3 warf mir einen seltsamen Blick zu. Sie drohte mir mit dem Finger und verkündete: »Sie sind viel zu sehr mit der Verschleierung beschäftigt. Nach meiner Einschätzung hätte Einstein sich auf die *Idee* konzentriert.«

»Und?«

»Sie hätte ihm gefallen.«

Als wir den Großen Saal erreichten, strömten die Akademiemitglieder bereits durch die offenen Türen heraus, über denen sich ein riesiges Mosaik mit Szenen aus Aischylos' *Gefesseltem Prometheus* befand. Ich ging auf das erstbeste Mitglied zu, das ich kannte, und erkundigte mich, ob Nishimura es in die Akademie geschafft hatte.

»Auf unser neuestes ausländisches Mitglied!« Ich hob mein Glas. Ich war bereits bester Stimmung; als ich auch noch ein Glas Champagner intus hatte, war meine Laune nicht mehr im Zaum zu halten. »Ich beneide Sie um Ihre erstaunliche Promiskuität«, sagte ich grinsend. Hiroshi schien schockiert zu sein. »Ich meine, Ihre Fähigkeit, gleichzeitig an einer Vielzahl von Projekten zu arbeiten«, fügte ich hastig hinzu.

Hiroshi schien erleichtert zu sein, und nachdem er, mit geschlossenen Augen, an seinem Glas genippt hatte, erwiderte er gnomisch: »Ich bin nur ein Tourist auf meinem privaten Planeten. Ich versuche, möglichst viele Sehenswürdigkeiten mitzunehmen.«

»Was würden Sie davon halten, Ihre Reiseroute mit etwas Neuem abzurunden?«

Er zog eine Augenbraue hoch. Der Blick, den er mir zuwarf, war nicht zu deuten.

»Haben Sie schon einmal von Nicolas Bourbaki gehört?« begann ich.

Ich war erfreut, wie schnell Hiroshi alles begriff – obwohl er noch nie von Nicolas Bourbaki gehört hatte –, aber seine Reaktion überraschte mich. Seine Einstellung zu seiner bevorstehenden Pensionierung war für mich schwer zu begreifen. Statt an eine private Universität in Japan zu gehen – er hatte bereits mehrere Angebote erhalten –, hatte er vor, die Forschung ganz aufzugeben.

»Aber Sie werden doch erst sechzig!« protestierte ich.

Er warf mir einen langen, prüfenden Blick zu. »Sie wissen nicht viel über unser System, stimmt's?«

»Wie kommen Sie darauf?« fragte ich. »Ich habe in Japan mehrfach Vorträge gehalten, ich kenne eine Menge japanischer Wissenschaftler meines Fachgebiets; ich kenne sogar die lächerlich frühe Altersgrenze an der Universität Tokio.«

Hiroshi streckte die Hand aus und berührte mich leicht am Ärmel. »Ich meine von innen: Wie wir ausgebildet werden, wie unsere Unversitäten funktionieren ... was es heißt, als *erai sensei* behandelt zu werden.«

»Als was?«

»Das ist die japanische Bezeichnung für ›großer Meister‹.«

»Das hört sich doch sehr gut an«, gluckste ich. »Ich wünschte, meine Studenten würden mich so nennen.«

»Sagen Sie das nicht!« Sein Ton war überraschend scharf. »Natürlich ist das als Ausdruck der Ehrerbietung gemeint, aber bei uns beinhaltet Respekt dieser Art auch das Gefühl, daß der Betreffende über jeden Tadel erhaben ist. Die meisten unserer Ordinarien werden so behandelt; darum sind sie so einflußreich. Aber es ist für einen Wissenschaftler gefährlich, über jeden Tadel erhaben zu sein.« Er trank wieder einen Schluck Champagner und stellte dann sein Glas ab. »Außerdem ist diese ganze Macht schrecklich zeitraubend. Unsere staatlichen Universitäten – die ›kaiserlichen Universitäten‹, wie sie vor dem

Krieg hießen – sind eine Mischung aus Autokratie und Demokratie. In gewisser Hinsicht sind wir zu demokratisch: Alles muß in Ausschüssen und auf Fakultätssitzungen geregelt werden. Wir wenden unglaublich viel Zeit für Verwaltungskram auf; wir arbeiten zehn bis zwölf Stunden am Tag, einschließlich samstags. Und wissen Sie, warum?« Hiroshi wartete meine Antwort nicht ab. »Weil alle unsere staatlichen Universitäten dem Ministerium für Erziehung unterstehen – einer gräßlichen Einrichtung, in der nur Leute sitzen, die von Forschung keine Ahnung haben. Sie kontrollieren alles, von der Grundschule bis hin zum Universitätsabschluß, und haben seit Jahrzehnten nichts verändert. Ist Ihnen unsere *koza* ein Begriff?«

Ich schüttelte den Kopf.

»Das ist eine administrative Einheit mit eigenem Budget, die vor Jahrzehnten von diesem Ministerium eingeführt wurde, und die Quelle fast des ganzen Autoritätismus an unseren Hochschulen.«

»Autoritarismus«, verbesserte ich ihn.

Das entlockte ihm endlich ein Lächeln. »Ich habe Probleme mit diesem Wort – in jeder Hinsicht. Eine *koza* ist eine Gruppe, bestehend aus einem ordentlichen Professor, einem Habilitierten und einigen Assistenten; sie läßt sich auch mit moderner Sklaverei vergleichen. Aber obwohl Sie mich sie verdammen hören, habe ich nie etwas dagegen unternommen. Ich habe sie einfach toleriert – vielleicht weil ich lange genug durchhielt, um selbst ordentlicher Professor zu werden.« Er hob die Hände zu einer entschuldigenden Geste. »Bei Ihnen in Amerika sind jüngere Leute völlig unabhängig: Sie stellen selbst Anträge auf Drittmittel, bestimmen selbst, welches Forschungsthema sie interessiert, und werden dann aufgrund ihrer Originalität beurteilt. Bei uns ist es genau umgekehrt. In einer *koza* ist der Habilitierte total von dem ordentlichen Professor abhängig; er bringt Jahre damit zu, die Studenten zu beaufsichtigen, die die Forschungsarbeit des Ordinarius durchführen; und wenn sich der Ordinarius schließlich zur Ruhe setzt, bekommt der Habilitierte die Stelle seines Chefs – nicht aufgrund seiner Originalität, sondern für geleistete Dienste. So sah die Lage zumindest bis vor etwa zehn Jahren aus. Inzwischen fangen wir an, etwas zu ändern. Trotzdem wechseln wir nicht von einer Universität an eine andere – nicht einmal, um ein oder zwei Jahre irgendwo in Japan als Postdoc zu arbeiten. Unser Ministerium für Erziehung begreift nicht, wie wichtig eine Tätigkeit als Postdoc oder ein Wechsel an eine andere Einrichtung ist, um Inzucht zu vermeiden. Jetzt hat man in Japan endlich ein bescheidenes Postdoktoranden-Programm gestartet, und wissen Sie, wie man diese Leute nennt?« Er forderte mich mit einem vorwurfsvollen Blick heraus. »›Oberdoktoren‹, weil diese Posten lediglich geschaffen wurden, um frischgebackenen Doktoren, die noch keine Stelle gefunden haben, ein Gehalt zu bezahlen. Darum gehen so viele von uns ins Ausland – und vor allem nach Amerika –, aber wenn wir zurückkommen, geht es wieder im alten *koza*-Trott weiter. Ist es nicht peinlich, daß die USA unsere Gehälter bezahlen, obwohl wir ein reiches Land sind?«

Ich fragte ihn, warum er nicht in Erwägung zog, von Tokio an eine amerikanische Hochschule zu wechseln. Besonders jetzt, da er eines der ganz wenigen japanischen Mitglieder unserer National Academy of Sciences war. Manch eine amerikanische Universität beurteilt ihren Rang in der wissenschaftlichen Welt nach der Zahl der NAS-Mitglieder in ihren Reihen.

»Sie haben nie meine Frau kennengelernt. Sie ist sehr japanisch und spricht kein Englisch. In unserem Alter«, er machte eine kleine Verbeugung, »fällt es sehr schwer, eine neue Sprache zu lernen. Außerdem ist sie eine traditionelle japanische Malerin. Ziemlich bekannt. Hier hätte das nichts zu bedeuten.«

»Aber warum sich zur Ruhe setzen? Was ist mit einem Forschungsinstitut oder der Industrie?«

Er schüttelte den Kopf. »Nicht nach so vielen Jahren an unserer besten Universität.«

Und dann gab er dieses verlegene Lachen von sich, das für Japaner so typisch ist und immer unverzüglich hinter einer vor den Mund gelegten Hand versteckt wird. »Wußten Sie, daß ich auch Lyriker bin, Max? Auf meine alten Tage habe ich vor, mich meiner Lyrik zu widmen.«

»Lyrik? In Ihrem Alter?«

»Ach«, seufzte er. »In der Literatur und in der bildenden Kunst ist das Alter etwas ganz anderes als in der Wissenschaft. Sind Sie mit dem Werk von Hokusai vertraut?«

Einen Moment lang hatte ich eine Vorstellung davon, wie anderen zumute ist, wenn ich sie nach Bourbaki frage. Ich schüttelte den Kopf.

»Das ist einer der großen Meister der japanischen Malerei, geboren 1760. Ich will Ihnen verraten, was er geschrieben hat. Ich kenne es auswendig.« Hiroshi ließ sich zurücksinken und sah an mir vorbei zum Fenster hinaus. Seine Stimme war leise geworden, als spräche er zu sich selbst. *»Alles, was ich vor dem siebzigsten Lebensjahr geschaffen habe, verdient nicht, in Betracht gezogen zu werden. Mit fünfundsiebzig habe ich ein wenig über den wahren Aufbau der Natur gelernt – über Tiere, Pflanzen und Bäume, Vögel, Fische und Insekten. Folglich werde ich, wenn ich achtzig bin, weitere Fortschritte gemacht haben. Mit neunzig werde ich das Rätsel der Dinge ergründen; mit hundert werde ich zweifellos ein wunderbares Stadium erreicht haben, und wenn ich hundertundzehn bin, wird alles, was ich mache – sei es ein Strich oder ein Punkt – lebendig sein. Ich bitte alle, die so lange leben wie ich, darauf zu achten, ob ich mein Wort nicht halte.«* Ein paar Sekunden lang nickte Hiroshi schweigend vor sich hin. »Das kann man über die Dichtkunst sagen, aber nicht über die Wissenschaft.«

Ich wußte, wann ich verloren hatte. »Dann wünsche ich Ihnen und Ihrer Lyrik viel Glück für die nächsten fünfzig Jahre.« Ich erhob mein Champagnerglas, bereit, mich geschlagen zu geben.

Doch Hiroshi hob sein Glas nicht. Er spielte damit, ließ es langsam kreisen, so daß die Bläschen an die Oberfläche stiegen. »Wollen Sie nicht auf Ihre Lyrik trinken?« fragte ich und erhob abermals mein Glas.

»Ich nehme an, daß Ihnen das Wort Renga oder Haikai nichts sagt?«

Wieder mußte ich den Kopf schütteln.

»Das ist eine ganz spezielle Form der japanischen Dichtkunst: das Aneinanderreihen von Gedichten, die von verschiedenen Dichtern verfaßt wurden. Nicht sehr viel anders als das, was Sie mit Ihrem Bourbaki vorhaben.« Auf seinem Gesicht begann sich ein scheues Lächeln abzuzeichnen. »Theoretische Biologie im Renga-Stil?« sagte er versonnen. »Warum nicht? Das könnte ein Gedicht über die Bedeutungslosigkeit von Namen wert sein.« Er erhob sein Glas.

Als er es so ausdrückte, spürte ich plötzlich, wie meine Begeisterung schwand. »Aber ist in der Forschung nicht die Bedeutung des Namens das einzige, was zählt? Oder fast das einzige?« setzte ich lahm hinzu.

»Warum sind Sie dann bereit, den Namen Weiss zu verstekken?«

»Rache – schlicht und einfach Rache.«

Er lachte. »Das ist zu einfach. Zu westlich. Denken Sie an das Kabuki, wo alle weiblichen Rollen von Männern gespielt werden. Denken Sie an die Bedeutung, die Masken für einen Japaner haben: Wir tragen sie fast unser ganzes Leben lang. Je älter wir werden, desto wichtiger werden sie. Und gerade, da ich im Begriff bin, ein neues Leben als Dichter anzufangen, kommen Sie und bieten mir eine völlig neue Maske an.« Er lachte wieder. »Wie sagt man doch im Englischen so schön? ›Den Kuchen haben und ihn essen‹? Ich habe schon einen neuen Kuchen, und nun bieten Sie mir einen zweiten an. Vielleicht esse ich alle beide!«

»Wie schreibt man Renga?« fragte ich. Die Idee der Aneinanderreihung faszinierte mich. War das wirklich ein Präzedenzfall für Bourbakis Arbeitsweise?

Er dachte einen Moment nach und buchstabierte das Wort dann.

»Dann wollen wir auf die Stätte trinken, an der unsere neuen Masken tätig sein werden«, rief ich aus. »Auf das Renga-Institut für Theoretische Biologie.« Es sollte ein Scherz sein, aber je länger ich darüber nachdachte, desto besser gefiel es mir; ich konnte spüren, wie meine Erregung zurückkehrte. »Könnten Sie mir ein Buch mit Übersetzungen japanischer Gedichte empfehlen?« fragte ich Hiroshi.

Er sah mich seltsam an, als überlegte er sich, ob es mir damit ernst war. »Ich lese häufig Gedichte auf englisch, aber nicht viele Übersetzungen. Ich will mal sehen, ob ich etwas für Sie finden kann.« Er strich sich über das Kinn. »Hier ist eines der wenigen japanischen Gedichte, dessen Übersetzung ich kenne, ein Tanka, das Minamoto Sanetomo vor rund achthundert Jahren geschrieben hat. Vielleicht reizt es Sie, weitere zu lesen:

Die Welt –
nenn sie ein Abbild
in einem Spiegel –
sie ist nicht real,
irreal auch nicht.«

Kapitel 9

Ich habe versucht, den Moment zu bestimmen, in dem mir dämmerte, daß D_3 eine von Nedras unauffälligen, aber wichtigen Rollen in meinem Leben übernommen hatte: nämlich die einer Kulturministerin. Vermutlich war es bei dem langen Mittagessen im Russian Tearoom kurz vor der Tagung der Akademie in Washington. Wir hatten schon zweimal dort gegessen – jedesmal vor einem Konzert in der Carnegie Hall.

Wir hatten uns leichthin über Musik unterhalten – D_3 war finster entschlossen, mir meine Vorurteile gegen Wagner auszutreiben (die ich, wie mir klar wurde, von Nedra übernommen hatte) –, als sie plötzlich das Thema wechselte. Ihr Ton wurde ernst.

»Max«, sagte sie. »Was wissen Sie über Frauen in der Forschung?«

»Nicht viel. Auf meinem Gebiet gibt es nicht allzu viele. Außer Studentinnen natürlich.« Ich war entschlossen, die Sache im bestmöglichen Licht darzustellen, doch Diana war nicht beeindruckt.

»Ich habe über Bourbaki nachgelesen«, sagte sie. »Das heißt über Nicolas, nicht über meinen General. Wissen Sie, daß sie nie eine Frau aufgenommen haben? Wenn sie sich nach neuen Mitgliedern umsahen, luden sie die potentiellen Kandidaten – sie nannten sie *courbail* – zu einer Probesitzung ein, um sie unter die Lupe zu nehmen. Ich glaube, daß in den siebziger Jahren zwei dieser Versuchskaninchen Frauen waren, doch es wurde nichts daraus. Warum versuchen Sie nicht, anders zu sein?«

»Ich will es gerne versuchen«, sagte ich in der Hoffnung, daß das Thema damit erledigt wäre – zumindest für die Dauer des Essens.

»Tun Sie das, Max«, sagte sie. »Wenn Sie etwas über die geschichtlichen Hintergründe dieser Frage wüßten, würden Sie die Notwendigkeit einsehen.«

»Nur wenige Wissenschaftler schenken der Wissenschaftsgeschichte große Beachtung.«

»Das ist mir bekannt, aber das ist kein Grund, sich damit zu brüsten.«

»Ich sage das nicht, um diese Unwissenheit zu rechtfertigen. Wir sind nur so damit beschäftigt, in der Literatur auf dem laufenden zu bleiben, daß unsere historische Perspektive nur einen sehr engen Bereich umfaßt: In einem sich rapide entwikkelnden Fachgebiet sind schon zehn Jahre ein historischer Zeitraum.«

Diana schüttelte langsam den Kopf. »Haben Sie meinen ›Spectatrice‹-Artikel ganz gelesen oder haben Sie ihn nur überflogen?«

»Ich habe ihn gelesen«, sagte ich vorsichtig, da ich mir überlegte, ob sie mich wohl über irgendeine esoterische Einzelheit abfragen würde. Ich hatte den Gegenstand der Abhandlung – ein unbedeutendes feministisches Blatt, das vor zweieinhalb Jahrhunderten veröffentlicht wurde – nicht sonderlich interessant gefunden; doch da D3 die Identität der anonymen Herausgeberin aufgedeckt hatte, war ich doch neugierig geworden und hatte vorgehabt, ihr zu ihrer akademischen Detektivarbeit zu gratulieren.

In ihrem Artikel hatte D3 angemerkt, daß in Frankreich in der ersten Hälfte des 18. Jahrhunderts alle Publikationen der Kontrolle der königlichen Zensoren unterlagen, die tendenziöse Schriften häufig »denaturierten«. (Der Gebrauch dieses Wortes gefiel mir, weil ich bei meiner eigenen Arbeit oft Proteine »denaturiere«, um sie aufzuspalten.) In einer sauberen Kehrtwendung von der alten Methode des *cherchez la femme* hatte sich Dianas Artikel auf einen gewissen François-Denis

Camusat konzentriert, den königlichen Zensor, der fünfzehn Ausgaben von ›La Spectatrice‹ in »undenaturierter« Form hatte erscheinen lassen. Dianas Recherchen in der Bibliothèque de l'Arsenal in Paris hatten eine Fülle privater Unterlagen Camusats zutage gefördert. Darunter befand sich auch ein Bündel glühender Liebesbriefe an eine der großen *salonnières* jener Zeit, mit kryptischen Anspielungen auf Camusats »Nachgeben« als Gegenleistung für amouröse Gunstbeweise seitens ›La Spectatrice‹.

»Erinnern Sie sich, was ich über die Pariser Salons dieser Epoche gesagt habe?« fragte D3.

»Meinen Sie Ihre Entdeckung, daß die *salonnière* die Herausgeberin war?« erwiderte ich rasch. Ich konnte mich um nichts in der Welt auf den Namen der ›Spectatrice‹-Herausgeberin besinnen. Ich konnte schon von Glück sagen, daß mir das französische Wort für eine Frau, die einen Salon unterhält, eingefallen war.

»Nicht direkt«, sagte sie mit einem Lächeln, von dem ich weiß, wie sehr Studenten sich darüber freuen. »Ich meinte über die Institution der Pariser Salons ganz allgemein. Übrigens, haben Sie schon einmal etwas von Londa Schiebinger gelesen?«

»Nie von ihr gehört.«

»*The Mind Has No Sex.*«

»Wie bitte?«

Diana lächelte, aber ich konnte sehen, daß sie nicht zu Scherzen aufgelegt war. »Das ist der Titel ihres Buches. Es handelt von Frauen in den Anfangszeiten der modernen Wissenschaft. Ich kann Ihnen mein Exemplar leihen. Das ist ein Buch, das jeder wissenschaftliche Pedant männlichen Geschlechts lesen sollte.«

Bloß nicht, hätte ich gern gesagt, aber laut brachte ich nur »Ja, bitte!« heraus.

Sie tätschelte meine Hand. »Regen Sie sich ab, Max. Es war nicht abfällig gemeint. Jedenfalls nicht in diesem Moment. Aber zwischen Londa Schiebinger und den frühen Pariser Salons besteht eine Verbindung, die mich interessiert – und die *hat* etwas mit der Wissenschaft zu tun und gewissermaßen auch mit Ihrem geplanten Unternehmen. Schiebingers These lautet, daß die modernen wissenschaftlichen Einrichtungen ihre Wurzeln zunächst in den Klöstern und Universitäten des Mittelalters hatten und dann in den Fürstenhöfen und königlichen Akademien der Renaissance. Nun frage ich Sie, Max, was hatten alle diese Stätten miteinander gemein?«

»Sprechen Sie nur weiter«, sagte ich und dachte mit einem gewissen Neid an Nishimuras »große Meister«. Jede Wette, daß eine Japanerin nie derartige Fragen stellen würde.

»Alle waren rein männliche Einrichtungen. Frauen hatten damals keine Chance in der Wissenschaft.«

»Und?«

»Und da kommt nun der Salon auf – der auf seine Art genauso einflußreich war wie die frühen europäischen Akademien – und hebt die Beschränkung des geistigen Lebens der Frau auf. Drei der bedeutendsten *salonnières,* nämlich die Marquise de Lambert, Madame Tencin und Madame Geoffrin, zogen nicht nur Wissenschaftler an; diese Frauen hatten auch die Macht, aus einem Akademiemitglied etwas zu machen oder es zu erledigen. Zeitgenössische Beobachter – Männer natürlich«, fügte sie hinzu – »fanden das nicht gerade erstrebenswert.«

»Natürlich nicht«, tönte ich pflichtschuldig. Sie warf mir einen scharfen Blick zu, um zu sehen, ob ich mich über sie lustig machte. Ich blickte unschuldig zurück, ganz Ohr. Und es interessierte mich *wirklich,* auch wenn ich noch nicht begriffen hatte, was das Ganze mit unserer Forschungsgruppe zu tun hatte.

»Rousseau«, fuhr sie fort, »der damals Sekretär bei Madame Dupin war, die selbst einen Salon unterhielt, klagte, daß die Frauen die französische Literatur und Kunst ruinierten: ›Jede Frau in Paris‹, schrieb er, ›schart in ihrer Wohnung einen Harem von Männern um sich, die weibischer sind als die Dame selbst.‹ Das wird auch heute noch von Frauen behauptet, die Führungspositionen in der Wirtschaft oder im Staat innehaben: daß sie sich mit schwächeren Männern umgeben.«

»Halten Sie das für zutreffend?«

Sie beäugte mich schelmisch. »Was meinen *Sie?*«

Ich zuckte die Achseln, aber bevor ich etwas entgegnen

konnte, sagte sie: »Wissen Sie, was die Herausgeberin der ›Spectatrice‹ im allerersten Satz der ersten Ausgabe schrieb? ›Manchmal bewundere ich den Hochmut der Männer, die uns des Wankelmuts und der Leichtfertigkeit bezichtigen. Mir scheint, daß wir, was Ehrgeiz, Liebe und manch andere Dinge betrifft, mehr wollen als die Männer, und daß wir, wenn wir etwas wollen, nicht weniger beharrlich sind als sie.‹«

Eine Zeitlang sagte keiner von uns etwas. »Natürlich überlebten die Salons die Revolution nicht«, fuhr Diana fort und rührte verstimmt ihren kalt gewordenen Tee um. »Und ich glaube nicht, daß Frauen später je wieder dieses Mäzenatentum in der Wissenschaft ausübten. Ich hätte nicht übel Lust, zu versuchen es wiederzubeleben, hier und jetzt, Ende des 20. Jahrhunderts.« Sie sah mich lange an, so lange, daß ich schließlich zur Seite sah. »Abgesehen von feministischen Themen habe ich mich eigentlich nie mit sozialen Fragen beschäftigt. Mir ist klar, daß Ihr Bourbaki nicht gerade ein typisches soziales Anliegen ist, aber irgendwie findet er bei mir Anklang. Und ich glaube, mir gefällt der Gedanke, einer hochintellektuellen Sache einen boshaften kleinen Dreh zu geben.«

War es das Geräusch, das meiner Kehle entwich und das ein bißchen besorgt, ein bißchen verlegen klang, was sie veranlaßte, meine Hand zu tätscheln? »Keine Angst«, sagte sie, »was ich vorhabe, wird Sie bei Ihrer Forschung nicht stören. Es wird sie nur eleganter machen.«

»Und was genau haben Sie vor?« fragte ich. Ich hatte irgendwie das Gefühl, daß es in diesem Stadium auf Genauigkeit ankam, so als würden wir das Kleingedruckte eines Vertragstextes erörtern.

»Männer und Frauen wieder in die Wissenschaft zu integrieren; die Naturwissenschaften mit den Geisteswissenschaften zu versöhnen, aufzuzeigen, was beide wirklich sind – nämlich integrale Bestandteile eines größeren Ganzen, für das wir nicht einmal einen richtigen Namen haben.«

»Ist das alles?« sagte ich, aber sie lächelte nicht.

»Bis jetzt – und es ist eigentlich schon ziemlich spät – waren Wissenschaftler kein fester Bestandteil meines Lebens. Daß ich als Dekan mit ihnen zu tun hatte, zählt nicht; da waren wir eher Gegner. Ich möchte herausfinden, wie Menschen funktionieren. Vor allem hier«, sagte sie, indem sie mir mit dem Zeigefinger viermal fest an die Stirn tippte. »Und vielleicht ihr institutioneller Klebstoff sein«, fügte sie hinzu.

An Dinge, die wir in einem Maßstab von Minuten oder Stunden erleben, erinnern wir uns in Schüben, die nur Picosekunden dauern. An jenem Abend frönte ich daheim in Princeton einer meiner liebsten Freizeitbeschäftigungen: einem langen, heißen Bad vor dem Zubettgehen. Als ich so im Wasser lag und meine Gedanken schweifen ließ, ertappte ich mich dabei, daß ich über meine zukünftigen Kollegen nachdachte: Wie würden sie darauf reagieren, in einem modernen Salon tätig zu sein? Ich glaubte nicht, daß es mir etwas ausmachen würde; bis jetzt schienen meine Kontakte mit D_3 größtenteils ein einziger langer Salon *à deux* gewesen zu sein. Was mir überhaupt nichts ausgemacht hatte. Aber vor einigen Wochen hatte sich Diana, beim Kaffee nach einem guten Essen, plötzlich mir zugewandt. »Sagen Sie mal, Max«, hatte sie mit völlig normaler Stimme gesagt, »was für ein Mensch sind Sie auf sexuellem Gebiet?«

»Meinen Sie jetzt oder überhaupt?« stotterte ich und wurde rot. Um meine Verlegenheit zu kaschieren – oder vielleicht zu steigern –, drehte ich mich zu dem Tisch links von mir um, um zu sehen, ob das Pärchen, das dort aß, Zeuge dieser monumentalen Einmischung in meine Privatangelegenheiten gewesen war. Die beiden sahen nicht einmal zu mir herüber; sie schienen sich nur für sich selbst zu interessieren.

»Nun, beides«, sagte sie fröhlich, als hätte sie mir eine ganz normale Frage gestellt, beispielsweise, was ich von Erdnußbutter hielt. »Aber in erster Linie letzteres.«

Das kann doch nicht ihr Ernst sein, dachte ich. Ich bin einer dieser seltenen Männer – jedenfalls nach dem Kinsey-Report zu schließen –, die ihr ganzes Leben nur eine einzige Sexualpartnerin gehabt haben. Nedra und ich sprachen nicht viel über Sex, und in den letzten zehn Jahren oder so hatten wir auch keinen mehr gehabt. Nedra war gegen Ende ihres Lebens sehr krank. Und seit ich Witwer war, dachte ich so gut wie nie an Sex.

Meine Verlegenheit muß mir wohl anzusehen gewesen sein, denn plötzlich spürte ich, wie Dianas Hand mein Gesicht in ihre Richtung drehte.

»Max«, rief sie aus, »Sie werden ja richtig rot!« Sie hielt mein Gesicht noch einen Moment fest, und dann ließ ihre Hand los und legte sich auf meine. »Lesen Sie nicht zuviel hinein. Ich möchte nur gerne wissen, wie Sie, der Wissenschaftler Max Weiss, als *Mensch* sind. Außerdem ist es die Pflicht der *salonnière,* etwas über die Sexualität ihrer Gäste zu wissen. Einige der großen unter ihnen – Mademoiselle de Lespinasse, ein besonders bekannter Fall – nahmen ihre Liebhaber aus ihren eigenen Salons.« Sie hob die Hand, offenbar um mich zu hindern, etwas zu sagen, was mir gar nicht in den Sinn gekommen wäre. »Nicht alle verhielten sich so. Meine *salonnière* griff diese Promiskuität sogar in ›La Spectatrice‹ an. Im übrigen bezog sich meine Frage nicht auf die sexuelle *Leistung,* sondern auf die Einstellung und das Gefühl. Ein Mensch kann sehr sexuell sein und dennoch prüde und korrekt. Nehmen Sie mich zum Beispiel.«

Ich spürte, wie mir wieder die Röte ins Gesicht stieg. In meiner Verzweiflung konzentrierte ich mich auf eine x-beliebige Stelle der Tischdecke. Falls D3 es sah, ließ sie sich nichts anmerken. »Ich bin mein ganzes Leben lang ein sexueller Mensch gewesen, aber sexuell intim war ich nur mit zwei Männern – meinen Ehemännern. Das hindert einen aber nicht daran, Phantasievorstellungen zu haben oder Selbstbefriedigung . . .«

Ich glaube, das war der Moment, in dem ich endgültig abschaltete. Ich wollte einfach nicht wissen, wann die Reihe an mir war, etwas darauf zu erwidern.

»Max«, sagte sie lachend, »ich hätte nicht gedacht, daß Sie so spießig sein können. Machen Sie sich nichts daraus«, fügte sie hinzu und tätschelte wieder meine Hand, bevor sie ihre zurückzog. »Ich werde das Thema nicht weiterverfolgen. Zumindest nicht heute. Aber ich will Ihnen doch etwas zu bedenken geben. Sexuelle Phantasien – und alles, was damit zusammenhängt – sind am häufigsten in den extremen Lebensabschnitten: in der Jugend, wenn man noch keinen Partner hat, und im Alter, wenn der Partner nicht mehr kann oder tot ist.«

Ich zog den Stöpsel heraus und stieg aus der Wanne. Aber ich war überhaupt nicht schläfrig. Also griff ich zur neuesten Ausgabe des ›Journal of Biological Chemistry‹, um die letzten brandaktuellen Artikel zu lesen. Erst eine gute halbe Stunde später ging mir auf, daß ich kein einziges Wort davon behalten hatte.

Kapitel 10

»Dann ist Ihre Mannschaft also komplett?« Diana stellte diese Frage eher gelassen, doch ihre Erregung war sogar durch das Telefon zu spüren.

»In der Tat.«

»Sie haben mir noch gar nichts über Ihren Österreicher erzählt. Wie ist er Ihnen denn ins Netz gegangen?«

Er sprang einfach hinein, wollte ich sagen, aber das wäre nicht fair gewesen. Sobald ich am Telefon das Wort »Ruhestand« erwähnte, ging eine wahre Wortlawine vom Berg seines aufgestauten Ärgers nieder. Einiges davon war geradezu komisch; beispielsweise seine dramatische Schilderung eines übereifrigen Bürokraten am Biologisch-chemischen Institut. Genau an dem Tag, an dem seine Pensionierung wirksam wurde, hatte Sepp, wie er behauptete, besagten Bürokraten dabei angetroffen, wie er in Lederhosen (vielleicht habe ich das auch nur erfunden) durch die Gänge marschierte und den Namen *Professor Dr. S. Krzilska* von sämtlichen Türen und Wegweisern, die er nur finden konnte, entfernte.

»Wenn man bedenkt, wer den Ruf dieses Instituts begründet hat!« schäumte Sepp. »Und die konnten noch nicht einmal eine Anstandsfrist einhalten.«

Als ich mit meiner Beschreibung des Renga-Instituts geendet hatte, wollte er sofort wissen: »Wann fangen wir an?« Ich machte mir gewisse Sorgen, daß das, was ich in bezug auf ein gemeinsames Pseudonym gesagt hatte, bei ihm noch nicht ganz eingedrungen war, beschloß jedoch, die Sache nicht weiter zu vertiefen. Das war ein Punkt, den wir zweifellos auf unserer ersten Sitzung ausführlich miteinander erörtern mußten: ein Ersatz für »Nicolas Bourbaki«.

»Und wer ist der vierte?« fragte Diana.

Ich machte eine Pause. Auf diesen Moment hatte ich mich seit Tagen gefreut. »Professor Conway. Professor für Mathematische Biophysik in Chicago – und obendrein Mitglied der National Academy of Sciences.«

»Gratuliere«, sagte sie. Die Enttäuschung war ihrer Stimme deutlich anzuhören. »Zu schade, daß Sie keine Frau finden konnten.«

»Professor *Charlea* Conway.« Ich hätte viel darum gegeben, wenn ich in diesem Moment ihr Gesicht hätte sehen können.

»Da bin ich aber platt! Wie sieht sie aus?«

»Was für eine sexistische Frage!«

»Sie haben recht«, sagte sie lachend. »Aber trotzdem: Wie sieht sie denn aus? Und wann kann ich alle kennenlernen?« fuhr sie fort. »Kennen sie sich schon?«

»Nein, sie sind . . .«

»Das ist ja wunderbar!« rief sie aus. »Dann wird das erste Zusammentreffen entscheidend sein. Wir machen es bei mir. Ich lasse einen Partyservice kommen und sorge dafür, daß es richtig vornehm wird.«

Dann fangen wir also gleich mit einem Salon an, dachte ich. Warum auch nicht? »Nishimura bleibt noch eine Woche an der Ostküste, bevor er wieder nach Tokio fliegt«, sagte ich ihr, »und Charlea Conway könnte ohne weiteres für ein bis zwei Tage herkommen. Aber wie sollen wir Sepp derart kurzfristig hierherschaffen? Unmöglich.«

»Ich nehme etwas aus meiner MacArthur-Schatulle . . .«

»Seien Sie nicht albern«, unterbrach ich sie. »Wir können nicht zulassen, daß Sie Ihr Geld für derartige Zwecke ausgeben.«

»Wer immer ›wir‹ sein mag, sollte lernen, sich nicht mit einem von der MacArthur-Stiftung gesalbten Genie anzulegen. Das Schöne an diesen Geldern ist doch, daß das Genie keine Rechenschaft über ihre Verwendung ablegen muß.«

»Aber . . .«, stammelte ich.

»Kein Aber«, erwiderte sie bestimmt. »Außerdem biete ich nur ein Ticket zum Superspartarif an. Und *das* kann sich mein MacArthur leisten.«

Es lag nicht sosehr daran, daß Dianas Eßzimmer lang und schmal war – lang genug, um den rechteckigen Eßtisch mit der Platte aus dunklem Rauchglas und die acht mit Brokat bezogenen Polsterstühle aufzunehmen. Es lag auch nicht an dem Spiegel, der sich an der einen Längswand befand und in dem sich die mit dem Gesicht zu ihm Sitzenden selbst beim Essen zuschauen konnten, während sie gleichzeitig die Vorder- und Rückseite der anderen Gäste sahen. Es lag nicht einmal an dem dritten, mysteriösen Satz von Reflexionen, die zwischen den Platzdeckchen in der dunklen spiegelnden Tischplatte schimmerten. Was mich wirklich irritierte, war der Spiegel an der Decke. Er hatte genau die Größe des Tisches. Wenn man nach oben blickte, sah man eine ganze Tischgesellschaft auf dem Kopf zu Abend speisen. Obwohl wir bei diesem von unserer *salonnière* gegebenen und von einem Partyservice ausgerichteten Abendessen nur zu fünft waren, wirkte das Tableau, das einem ins Auge fiel, egal wohin der Blick auch schweifte, merkwürdig vollgestopft.

Ob in ihrem Schlafzimmer wohl auch einer hing? Von der anderen Seite starrte mich mein eigenes Gesicht an – grübelnd, dann verlegen.

»An was denken Sie, Max?«

Ich wurde rot, da ich im ersten Moment dachte, D_3 könne Gedanken lesen. »Bei was?«

»Als Namen, Max. Hatten Sie alle nicht vereinbart, sich heute abend auf einen Namen zu einigen?«

Über diese Frage hatte ich seit Wochen ernsthaft nachgedacht, da mir klar war, daß wir nicht mit einer namenlosen Kabale anfangen konnten. Ich spielte mit verschiedenen Möglichkeiten, einschließlich diversen Akronymen, doch dann war ich auf *Skordylis* gekommen. Ohne das Neujahrsgeschenk von D_3 hätte ich niemals an den Urnamen der Bourbaki-Sippe gedacht.

»Skordylis.«

»Griechisch?« Charlea Conway hatte am schnellsten geschaltet. »Das kapiere ich nicht. Warum?«

Nachdem ich sie über die Herkunft des Namens Bourbaki aufgeklärt hatte, schloß ich mit einer spöttischen Verbeugung vor D3 – einer Reverenz, die vor und über mir in den Spiegeln reproduziert wurde.

»Gefällt mir«, sagte C3. »Aber Sie reden, als ob Skordylis ein Mann wäre. Was ist gegen eine Frau einzuwenden?« Ich warf einen schnellen Blick auf die anderen und schaute dann an die Decke, wo ich zusah, wie C3 verkehrt herum ihre Suppe löffelte.

Während der folgenden fünf Minuten benahmen wir uns wie Eltern in spe, die über einen Vornamen streiten. Am Ende obsiegte C3 mit dem Vorschlag »Diana«. Das sei zwar nicht griechisch, räumte sie ein, aber warum sollten wir uns nicht für die Göttin der Jagd und der Geburt entscheiden? Hatten wir etwa nicht vor, Jagd auf Probleme zu machen und dann Lösungen zu gebären? Ich hoffte, daß D3, die kein Wort gesagt hatte, diese Wahl so interpretieren würde wie ich: als eine diskrete Reverenz vor der Muse unseres Bourbaki.

Das ließ sich ja nicht schlecht an, dachte ich: Kaum ist die Suppe vorbei, schon haben wir einen Namen. Bevor der Faden der Unterhaltung ganz abriß, hatte C3 ihn wieder aufgenommen.

»Sagen Sie, Frau Doktor Ditmus . . .«

»Nennen Sie mich doch Diana.«

»Na gut, Diana«, fuhr Charlea fort, »was ist Ihr Fachgebiet?«

»Französische Geschichte. Das Ancient régime.«

Ich wartete darauf, daß mehr kam, aber als D3 nicht weitersprach, versuchte ich, auszuhelfen. »Und ein faszinierendes Thema: ›La Spectatrice‹, eine Frauenzeitschrift, die von einer anonymen Herausgeberin veröffentlicht wurde.«

»Eine feministische Zeitschrift, Max, keine Frauenzeitschrift«, wies mich D3 nachsichtig zurecht. »Das ist nämlich ein Unterschied.«

»Natürlich«, sagte ich. *»Excusez-moi pour le faux pas.«* Ich dachte, mein Rückgriff auf die französische Sprache würde ihr ein Lächeln entlocken. Dem war nicht so. »Sie sollten mal den

Artikel von Doktor Ditmus lesen, in dem sie schildert, wie sie die Identität des Herausgebers aufgedeckt hat«, sprach ich hastig weiter, bemüht, ein Schweigen zu füllen, das sich von Sekunde zu Sekunde zu vertiefen schien. »Wirklich eine tolle Geschichte.«

»Warum Feminismus? Würden Sie sich als Feministin bezeichnen?« C3s Kinn war trotzig vorgeschoben.

»Die Art und Weise, wie ich mich gegenüber Frauen wie Ihnen charakterisiere«, sagte Diana beiläufig, »soll heißen: ›Ich bin keine Feministin, aber . . .‹ Das ist die Art und Weise, um Frauen zu gewinnen, die vergessen, daß sie sich für die Ziele, die sie erreichen wollen, selbst einsetzen müssen, weil nur wenige Männer es an ihrer Stelle tun werden.«

»Und was bringt Sie auf die Idee, daß ich das nicht getan habe oder nicht tue?« Diesmal konnte ich Charlea Conways Ton nicht bestimmen: War sie verärgert oder wollte sie Diana nur aufstacheln?

»Es allein zu tun, genügt nicht.«

Bravo, wollte ich ausrufen. Diana mochte nicht mit mir in Washington gewesen sein, aber sie hatte C3 offenbar durchschaut.

»Solange Sie keine kritische Masse zusammenbringen, eine Gruppe, die politischen Druck ausüben kann, haben Sie nichts weiter als . . . private Abmachungen.« Ich sah, wie sich C3 kaum merklich auf ihrem Stuhl aufrichtete. »Wenn Sie irgend etwas verändern wollen«, fuhr Diana fort, »müssen Sie alles verändern. Vom Kinderzimmer bis zum Arbeitsplatz, von den Clubs bis hin zu den Fakultätsräten.« Sie lehnte sich in ihrem Stuhl zurück und senkte die Augen auf die Tischplatte. Ich war mir nicht sicher, ob sie nur den Blickkontakt mit C3 abbrechen wollte oder ob sie die spiegelnde Tischplatte benutzte, um ihr Publikum aus einer anderen Perspektive zu betrachten. Als sie wieder sprach, war ihr Ton ruhiger, weniger aggressiv. »Ich habe Jahre gebraucht, um zu lernen, diese Probleme zu artikulieren, Charlea – erst in meinem Kopf und dann laut und vernehmlich. Die finanzielle Sicherheit meines Mannes hatte mich vor so vielen Problemen abgeschirmt, denen die überwiegende Mehrzahl der Frauen gegenübersteht. Beispielsweise dem Muttersein: Meine Tochter wurde kurz vor Kriegsausbruch geboren, als es noch Dienstboten gab – und zwar nicht nur für die Reichen. Der Samen wurde . . .«

Sie zuckte zusammen und rückte das silberne Besteck neben ihrem Teller zurecht. »Vielleicht nicht ganz das richtige Wort – jedenfalls war das 1950, ein Jahr nachdem Simone de Beauvoirs *Das andere Geschlecht* in Frankreich erschien. Ich las es in dem Sommer in der Dordogne. Es übte einen ungeheuren Einfluß auf mich aus, was sich später auch auf die Wahl meines Dissertationsthemas auswirkte. Grob vereinfacht und sogar romantisch ausgedrückt war meine Motivation folgende: Ich stellte mir die Herausgeberin der ›Spectatrice‹ als eine frühere Inkarnation Simone de Beauvoirs vor. Für mich besteht kein Zweifel, daß die Beschäftigung mit im 18. Jahrhundert anstehenden feministischen Themen und Frauenthemen«, sie warf mir einen wissenden Blick zu, unterstrichen von einem Lächeln, »mein Bewußtsein für Frauenprobleme des 20. Jahrhunderts geschärft hat. Wie Max weiß, heiratete ich wieder, als meine Tochter elf war, und zog nach New York – in diese Wohnung hier. Mein Mann war Syndikus und hatte ein Büro in Manhattan, meine Tochter besuchte eine Privatschule, und ich beschloß, auch wieder zur Schule zu gehen und meinen Doktor zu machen. An der Columbia-Universität, die für mich sehr günstig lag.«

Die Art, wie C3 ganz leicht nickte, schien Sympathie auszudrücken. »Und was hat Sie zu dem Entschluß veranlaßt, den Doktor zu machen? Ich meine, in Ihrem Alter . . .«

»Ganz einfach«, unterbrach D3 mit einer Geschwindigkeit, die ich nur auf den Wunsch zurückführen konnte, daß dieser Satz unvollendet blieb. »Das hing stark mit meinem fehlenden Berufsabschluß zusammen. Ich wollte mir beweisen, daß ich meinen Verstand gebrauchen konnte. Ich schätze Wissen um seiner selbst willen. Wie so viele Frauen bin ich auf dieses Wissen stolz. Die meisten Männer benutzen Wissen anders, wie mir scheint: Sie glauben, daß sie es nutzen müssen.« Eine Sekunde lang begegneten sich unsere Augen im Spiegel. Ich war verdutzt: War diese Anschuldigung an mich adressiert oder war dies nur eine allgemeine Feststellung? Jetzt war nicht der Zeitpunkt, danach zu fragen, aber ich nahm mir fest vor, es mir für später zu merken.

»Und dann?« C3 war offensichtlich darauf aus, die ganze Biographie zu hören.

»Ich hatte Glück«, bemerkte D3. »Als ich schließlich promovierte, genügte es mir nicht mehr, mir – oder meinem Mann – zu beweisen, daß ich meinen Verstand gebrauchen konnte: Ich wollte selbst beruflich Karriere machen.«

»Wie die Männer?« Ich konnte Charleas Ton nicht entnehmen, ob es sarkastisch gemeint war.

Einen Moment lang schien Diana verdutzt zu sein, doch dann lachte sie. »Ich glaube, Sie haben recht. Wie ich schon sagte, hatte ich Glück. Ich war zwar nicht gerade mobil: Zu der Zeit wurde von Ehemännern in etablierten Positionen nicht erwartet, daß sie umzogen, wenn die Ehefrau woanders eine vielversprechende Stelle angeboten bekam. Ich fand vorübergehend etwas am Hunter College und ein paar Jahre später eine feste Stelle an der NYU.«

»Wo sie zu guter Letzt Dekanin für G und N war«, verkündete ich stolz.

Hiroshi hatte schweigend dagesessen und sich nichts entgehen lassen. »G und N?« fragte er jetzt.

»Geistes- und Naturwissenschaften. Sogar die naturwissenschaftlichen Bonzen hatten sich ihr zu beugen«, mußte ich einfach hinzufügen.

»Ach so.« Er atmete aus und machte eine kleine Verbeugung. »In Tokio hätte das nicht passieren können.«

»Genug von mir.« Diana legte den Zeigefinger an die Lippen. »Vermutlich erzähle ich Ihnen meine kleinen Geheimnisse, weil Sie alle hier im Begriff sind, ein Doppelleben zu beginnen.« Sie ließ ihren Blick langsam durch die Runde schweifen und auf jedem Gesicht kurz verweilen. Mir wurde dabei etwas mulmig: Es war, als würde mir ein Eid abgenommen. Als ihr Blick zuletzt bei Charlea anlangte, war C3 diejenige, die als erste wegsah. »Was für eine Art Feministin sind Sie?« fragte D3.

Ein kurzes Kopfschütteln, gepaart mit leichtem Stirnrunzeln, ging Charleas Antwort voraus. »Ich bin keine Feministin.

Nicht in Ihrem Sinn des Wortes. Ich habe nichts daran auszusetzen – abgesehen von Frauenförderplänen – davon halte ich nicht viel, besonders nicht heutzutage. Wenn eine Frau entsprechend tüchtig ist, kann sie es praktisch überall schaffen.«

»Lassen Sie dabei nicht etwas außer acht?« Dianas Gesicht hatte sich zu röten begonnen. »Angenommen, Sie wollen Berufstätigkeit und Familie miteinander verbinden und sind nicht finanziell unabhängig?«

»Das ist allerdings schwierig«, räumte C3 ein. »Aber um *das* Problem zu lösen, braucht es mehr als Frauenförderpläne.«

»Wie haben *Sie* denn das Problem gelöst?« fragte Diana.

Einen Moment lang schien C3 verwirrt zu sein. »Ich habe keine Kinder. Und auch keinen Mann. Ich wollte beides noch nie. Aber wenn ich zwischen Forschung und Familie hätte wählen müssen, weiß ich genau, was gesiegt hätte.«

»Aber ist das nicht ein großes Opfer?« bohrte unsere Gastgeberin weiter. »Ein Opfer, das nur Frauen bringen müssen?«

Charlea zuckte die Achseln. »Für mich war das kein Opfer. Wissenschaftliche Forschung macht im besten Sinn des Wortes süchtig. Ich habe mir nie viel aus Männern gemacht. Verstehen Sie mich nicht falsch«, sagte sie, indem sie kurz mich und dann Sepp und Hiroshi ansah, die beide eisig zurückstarrten. »Einige meiner besten Freunde sind Männer.« Zum ersten Mal an diesem Abend lachte sie aus vollem Herzen. »Nicht, daß ich auf meinem Gebiet viel Auswahl hätte.«

Das Lächeln verschwand, und dann wandte sie sich wieder an D3. »Ich will damit nichts gegen einen Lebensgefährten sagen. Zufällig lebe ich jetzt mit einer Frau zusammen – was, nebenbei bemerkt, heutzutage wesentlich leichter ist als vor fünfzehn Jahren.« Ihr Blick senkte sich auf ihre gefalteten Hände und verweilte dort nur einige Sekunden, die mir damals aber wie Minuten vorkamen. Einen Moment lang dachte ich, sie würde beten, doch dann wurde mir klar, daß sie ihre Worte bewußt eindringen ließ. Als sie wieder aufsah, geschah es in Richtung von D3. »Sie sprachen vorhin von einem Doppelleben. Lassen Sie sich von jemandem, der Bescheid weiß, folgendes sagen: Die meiste Zeit ist ein Doppelleben für die Katz.«

Kapitel 11

Charlea wandte sich an mich. »Wenn wir schon ein Doppelleben führen werden, Max, könnten Sie uns vielleicht sagen, was Ihnen eigentlich vorschwebt.«

»Nun ja«, sagte ich zögernd. »Was mir wirklich vorschwebt, ist gewissermaßen, Rache am akademischen Establishment zu nehmen.«

»Völlig richtig!« Sepp nickte lebhaft. »Das ist genau das, was ich an der Idee von Max so verlockend fand. Stellen Sie sich mal vor . . .«

Sepp war durch keine Macht der Welt davon abzuhalten, lang und breit die Geschichte vom Sturm des Bürokraten auf seine Namensschilder zu erzählen. Charlea wartete ungeduldig, daß er zum Ende kam, und sagte dann unwirsch: »Da haben Sie noch Glück gehabt. Es hätte schlimmer kommen können. Erwin Chargaff – der Nukleinsäure-Mann an der Columbia«, fügte sie, an Diana gewandt, hinzu, »mußte feststellen, daß das Türschloß seines Büros ausgewechselt wurde, kaum daß er den Vorsitz des Fachbereichs Biochemie aufgegeben hatte. Wissen Sie, wenn er ein bißchen später geboren wäre, hätte er ein guter Kandidat für Max' Projekt sein können.«

Charlea beugte sich vor, um meine Hand zu tätscheln. »Aber Rache ist nicht alles. Ich muß jedoch zugeben, daß der Gedanke, etwas Neues auszuprobieren, mich ungeheuer reizt.« Sie drehte sich um, um zu sehen, ob Diana zuhörte. »Ich habe viel darüber nachgedacht, seit Max mich in Washington darauf ansprach. Im Endeffekt ist es der Gedanke, die Sache unter einem anderen Namen zu machen, was mir daran am besten gefällt. Mir geht es weniger um Rache als vielmehr darum, es anderen noch einmal richtig zu zeigen – und zwar nicht nur dem Establishment. Wie wär's mit uns selbst?« Ihre Gabel beschrieb einen Halbkreis. »Wir haben unser ganzes Leben damit verbracht, uns einen Namen zu machen. Ich wüßte gerne, ob wir noch das Zeug dazu haben, das man braucht, um es als Unbekannter zu schaffen.« Sie sah Hiroshi an, der ihr gegenübersaß. »Was ist mit Ihnen? Soviel ich weiß, muß man bei Ihnen in Tokio mit sechzig in den Ruhestand gehen. Wie rachelüstern sind *Sie* denn?«

Hiroshis Unbehagen stand ihm im Gesicht geschrieben. Er räusperte sich. »In Japan ist das etwas anderes.«

»Sie wollen damit sagen, daß die Japaner bessere Manieren haben«, warf sie mit einem Lachen ein.

Hiroshi schüttelte den Kopf. »Möglicherweise.« Ich bewunderte die Prägnanz seiner diplomatischen Antwort. »Der Ruhestand ist keine Überraschung; man ist darauf vorbereitet; und . . . ich wurde sehr respektvoll behandelt«, sagte er nach einigem Zögern. Er wurde rot. »Letzten Monat habe ich den Preis des Kaisers von Japan bekommen.«

»Gratuliere.« Charlea sprach das Wort langsam und auf jeder Silbe betont aus. Ich war im Begriff, sie zu unterbrechen, um zu fragen, warum er uns das nicht früher erzählt hatte, doch C_3 gab mir keine Gelegenheit dazu. »Also, warum sind Sie hier, Hiroshi?«

Er sah bestürzt aus, da er offenkundig nicht erwartet hatte, zum Mittelpunkt des Interesses zu werden. »Max weiß es.«

Ich merkte, daß ich ihm helfen sollte, aber was konnte ich sagen? Daß ich ihn falsch eingeschätzt hatte, als ich zum ersten Mal das Thema Bourbaki anschnitt? Daß er mich überrascht hatte – mit seiner freimütigen Kritik am japanischen Bildungssystem, mit seinen Äußerungen über Lyrik? Ja sogar damit, wenn ich es mir recht überlegte, daß er meine Einladung angenommen hatte?

Ich beschloß, es wenigstens zu versuchen. »Ich glaube, Hiroshi reizte die Idee, vom japanischen System wegzukommen.«

Er nickte. »Auf diese Weise kann ich das und kann trotzdem in Japan leben.«

»Und die Anonymität?« hakte Charlea nach.

Ich fragte mich, warum sie so darauf herumritt.

Er strich sich über das Kinn. »Die macht mir nichts aus. Vor über zwei Jahren hatte ich beschlossen, meinen Ruhestand dazu zu nutzen, ein völlig neues intellektuelles Leben anzufangen, außerhalb der Forschung. Alles, was ich gegebenenfalls in diesem neuen Leben veröffentliche – selbst unter meinem eigenen Namen –, wäre dennoch anonym: Der Name würde meinem neuen Publikum nichts sagen. Und meine ehemaligen wissenschaftlichen Kollegen? Sie werden wohl kaum lesen, was ich dann schreibe.« Er spreizte beide Hände, wie um etwas zu enthüllen. »Weil ich das bereits akzeptiert hatte, war der Vorschlag von Max kein allzu großer Schritt. Sein Projekt fasziniert mich. Genau so, wie Sie es geschildert haben, Charlea.«

»Und der Kabuki-Aspekt?« fragte ich. »Damals in Washington haben Sie gesagt, daß es zum Wesen des Japaners gehöre, eine Maske zu tragen.«

Eine Sekunde lang sah Hiroshi überrascht aus. »Daran erinnern Sie sich, Max? Ja, das mit den Masken stimmt, auch wenn beim Kabuki Schminke und Schauspielkunst an die Stelle der Masken treten.« Er nickte Charlea zu und schloß uns dann alle in diese Geste ein. »Beim Kabuki können das Geschlecht des geschminkten Gesichts und das Geschlecht des wahren Gesichts durchaus verschieden sein.«

Diana, die schweigend zugehört hatte, mischte sich ein: »Dann betrachten Sie das Ganze als ein Spiel?«

Er runzelte die Stirn. »Kabuki ist im Grunde kein Spiel – es ist eine stilisierte Form, das Leben zu schildern. Diana Skordylis wird eine stilisierte Form sein, Forschung zu betreiben . . .«

»Ein ziemlicher Unterschied zum üblichen Stil«, warf Charlea ein.

»Einverstanden.« Hiroshi nickte lebhaft. »Genau das interessiert mich. Und daß ich es als weibliche Figur machen kann.«

Sepp schien völlig perplex zu sein. Er schüttelte den Kopf. »Das Geschlecht hat doch nichts mit Forschung zu tun . . .«

»Ganz im Gegenteil«, bemerkte Diana mit einem leisen Lächeln. »Aber ich glaube, Sie meinen ›Genus‹.«

C3 brummte zustimmend. »Geschlecht *und* Genus haben sehr viel mit Forschung zu tun. Nehmen wir Sie, Hiroshi: Sie, ein Mann, wollen die Wissenschaftlerin Diana Skordylis ›spielen‹. Und Sie?« Sie sah Sepp über den Tisch an. »Sie wollen sie in jeder Hinsicht geschlechtslos machen. Aber sind wir denn nicht alle androgyn?«

Einen Moment lang herrschte betretenes Schweigen, das schließlich von Diana gebrochen wurde. »Wie wählen Sie eigentlich Ihre Forschungsthemen aus?« Sie schien dieser Frage weniger Beachtung zu schenken als dem Standort ihres Weinglases.

»Darüber haben wir noch nicht gesprochen«, sagte ich dankbar. »Das ist vermutlich der entscheidende Punkt, auf den wir uns konzentrieren sollten.«

Aber D3 hatte nicht versucht, die Sitzung voranzutreiben. »Ich meinte nicht als Diana Skordylis«, fuhr sie genauso bedächtig und zerstreut wie vorher fort. »Ich meinte, Sie alle als Wissenschaftler. Wie entscheiden Sie, woran Sie arbeiten wollen?«

Hiroshi atmete so hörbar aus, daß ich genau wußte, was er dachte: Wie soll man einen Prozeß erklären, den man selbst kaum versteht und der sich eigentlich nicht in Worten abspielt? »Das kommt darauf an«, begann er und verstummte wieder. Wir drei nickten vor uns hin aber ich bemerkte nicht, daß sich einer von uns in die Bresche geworfen hätte.

»Auf was?« Diana stützte einen Ellbogen auf den Tisch, die Wange in die Hand geschmiegt. Sie war bereit zu warten.

»Nun ja«, begann er wieder mit einem Blick auf mich. Alles, was ich zu bieten hatte, war meine plötzliche Konzentration auf ein ganz spezielles Champignonstückchen, eine Inspektion, die derart eingehend war, daß ich ohne weiteres mit einem größeren ungelösten Problem der Pilztaxonomie hätte beschäftigt sein können. »Es kommt darauf an, wer man ist«, sagte er lahm.

»Ja?« bohrte sie weiter.

»Auf Ihr Arbeitsgebiet«, sagte er rasch. »Auf die Größe Ihrer

Gruppe, das Stadium Ihrer Karriere, die finanzielle Ausstattung. Auf viele Faktoren. Es ist nicht so, als würde man einen Hahn aufdrehen; neue Ideen sprudeln nicht einfach so heraus. Sie kommen in . . .«

Er schien nach dem richtigen Wort zu suchen. »Schüben?« schlug ich vor, um mich dann schleunigst wieder meinem Champignon zuzuwenden. Ich wollte hinzufügen, daß ich das Alter des Betreffenden sehr hoch einstufen würde. Ich fragte mich, ob er es auch auf seine Liste setzen würde.

»Aber wie ist es bei Ihnen, Hiroshi?« Der sanfte Ton von Dianas Stimme verblüffte mich. »Wie funktioniert es bei Ihnen?«

»Ah.« Sein Gesicht hatte sich zu der starren Grimasse verzogen, die mir bei ihm schon aufgefallen war, wenn er Probleme hatte, etwas aus dem Japanischen zu übersetzen. »Wenn man jahrelang auf einem bestimmten Gebiet gearbeitet hat«, fing er wieder an, »auf dem von Max, auf meinem, dem der anderen, dann ist das, als wäre man mit dem Bau eines komplexen Hauses beschäftigt. Man fügt immer wieder Flügel an, Erweiterungen, Türme, Brücken. Man tut dies je nach Bedarf, aber die Art und Weise, wie man die Anbauten ausführt, wird zum Teil durch das bestimmt, was man bereits gebaut hat. Wenn das Hauptgebäude aus Backstein ist, wird man für den Anbau wohl kaum Bambus verwenden. Man mag sich interessante Variationen einfallen lassen, neue Konstruktionsmethoden, vielleicht sogar neue Techniken, aber man wird dennoch durch den ursprünglichen Bau beeinflußt.«

»Das scheint aber nicht viel Spielraum für Innovation oder auch nur Originalität zu lassen.«

Er nickte – eine kurze, knappe, merkwürdig förmliche Geste. »Gewiß, das ist ein Risiko. Die Versuchung ist groß, bei einem Thema zu bleiben, das einem sehr vertraut ist. Man kann sich in ein Projekt verlieben und sich zeit seines Lebens damit beschäftigen. Und genau da ist ein gescheiter junger Wissenschaftler gegenüber einem älteren im Vorteil: Er kann nämlich irrsinnig originelle Pläne präsentieren, die sämtliche zur Verfügung stehenden Materialarten nutzen: Backstein, Kacheln, Holz, Kunststoff.«

»Aber tut er das auch?« fragte ich. Ich fand, daß Hiroshi die Sache der Jugend etwas zu eifrig vertrat. *Irrsinnig originell?* »Es gibt jede Menge junge Wissenschaftler, die nichts riskieren wollen. Außerdem haben ältere Wissenschaftler, insbesondere erfahrene Leute, ein Gespür für Probleme, die reif für eine Lösung sind; sie wissen, welche man nicht weiterverfolgen sollte und welche man sich besser für später aufspart.«

»Wie ich schon sagte, es kommt immer darauf an.« Hiroshi lächelte mir kaum merklich zu und wandte sich dann an Diana. »Sie dürfen nicht vergessen, daß Diana Skordylis kein – wie sagt man doch gleich – kein junger Hund ist.«

Ich hatte nicht vor, ihn das letzte Wort haben zu lassen – nicht in dieser Sache. »Junger Spund«, sagte ich. »Und haben Sie nicht erst vor ein paar Monaten die Worte eines japanischen Künstlers über die Fähigkeiten des Alters zitiert?«

Er warf mir einen langen, ironischen Blick zu, ehe er antwortete. »Da habe ich von Weisheit, Verständnis, Schönheit gesprochen – nicht von Innovation. Über Lyrik, nicht über Forschung.«

»Sagten Sie Lyrik?« rief Diana aus. »Sind Sie etwa auch Lyriker?«

Hiroshi hob die Hand, die Finger gespreizt, als hätte er einen Fächer aufgeklappt, um sein Gesicht zu verbergen. »Ich bemühe mich, einer zu werden«, sagte er und kicherte leise.

Diana beugte sich vor und zog seine Hand weg. »Erzählen Sie mir davon.«

Er schüttelte den Kopf und kicherte heftiger. »Nicht jetzt.«

»Ist das das neue Leben, das Sie anfangen wollen – wo Sie als Unbekannter veröffentlichen können?« Charleas Interesse war wieder geweckt worden.

Er nickte.

»Lyrik?« Sie lachte schallend. »Das kann doch nicht Ihr Ernst sein!«

Hiroshi sah sie mit hochgezogenen Augenbrauen an. »Warum nicht? Was ist gegen japanische Lyrik einzuwenden?«

»Ich bitte um Verzeihung«, sagte Charlea rasch. »Ich habe keine Ahnung von japanischer Lyrik – nicht einmal von unserer eigenen. Es ist nur so, daß Sie mich überraschen: Es ist ein ziemlicher Sprung von der Biochemie zur Lyrik.«

»Was hat Sie veranlaßt, Gedichte zu schreiben, Hiroshi?« fragte Diana.

»Ich habe mich schon immer für japanische Lyrik interessiert – schon seit der Oberschule«, begann er, das Gesicht seinen Händen zugewandt, die gefaltet vor ihm auf dem Tisch lagen, so daß es aussah, als sei er im Begriff zu rezitieren. »Vor einigen Jahren fing ich an, amerikanische Dichter ins Japanische zu übersetzen, um ein Gefühl für eure Prosodie zu bekommen.«

»Was ist ›Prosodie‹?« flüsterte Sepp.

»Hat was mit Lyrik zu tun«, flüsterte ich zurück.

»Was genau?«

Ich nahm keine Notiz von ihm. »Haben Sie sie veröffentlicht?« Ich stellte die unvermeidliche Frage des Wissenschaftlers.

Hiroshi schien schockiert zu sein. »O nein. Ich tat es nur für mich selbst. Wir lernen in der Schule sehr wenig amerikanische Gedichte, daher ging ich nicht sehr systematisch oder logisch vor. Ich wollte nur die Prosodie lernen. Ich nahm mir eine dicke Anthologie vor und begann darin zu schmökern. Und raten Sie mal, wen ich mir als erstes aussuchte. Ganz allein.« Er sah sich um und wartete darauf, was wir sagen würden.

»Frost?« stieß ich aus. Vermutlich weil seine Lesung bei Präsident Kennedys Amtseinführung mein letzter Kontakt mit Lyrik gewesen war.

»Robert Frost?« Hiroshi klang erstaunt. »Wie kommen Sie auf ihn?«

Ich zuckte die Achseln. Indem ich einen Namen fallenließ, hatte ich gehofft, Anspruch auf gewisse Kenntnisse zu erheben und gleichzeitig von der weiteren Beteiligung befreit zu werden. Schlecht vorbereitete Schüler probieren es oft mit dieser Taktik, aber erfahrene Lehrer – wie ich – erwischen sie oft dabei. Wieso dachte ich dann, daß ich mit einem so albernen Trick durchkommen würde?

Ich zog mich auf die nächste Verteidigungslinie zurück, die

da hieß: Beantworte eine Frage mit einer Gegenfrage. »Wen haben Sie sich denn ausgesucht, Hiroshi?«

»William Carlos Williams.«

»Wer ist das?« flüsterte mir Sepp ins Ohr.

Diana bewahrte mich davor, weitere Ausflüchte gebrauchen zu müssen. »Warum Williams?«

»Für einen Japaner klingen seine Gedichte vertraut: seine Knappheit des Ausdrucks, seine lebendigen, konkreten Bilder, sein ästhetisches Ideal: *›No ideas but in things‹.«* Einen Moment lang saß er still da, die Ellbogen auf den Tisch gestützt, so daß seine Arme ein Dreieck bildeten, auf dem sein Kinn ruhte. »Und weil er in der Norton-Anthologie noch am ehesten einem Wissenschaftler ähnelte. Die entscheidende Entdeckung in bezug auf Williams war für mich, daß sein Arbeitsgebiet, nämlich die Medizin, in seiner Lyrik kaum eine Rolle spielte. Zu der Zeit wollte ich nicht, daß sich meine Forschung mit meiner Lyrik überlagert. Jetzt«, er fuhr sich mit der Hand durch das Haar, eine Geste, die mir an ihm noch nie aufgefallen war, »bin ich da nicht mehr so sicher. Ich dachte, daß ich es leicht finden würde, Williams zu übersetzen, und so war es meistens auch, weil er eine einfache Sprache benutzt. Ich erinnere mich noch an einige Zeilen des ersten Gedichts, das ich übersetzt habe: *›All this – was for you old woman. / I wanted to write a poem / that you would understand. / For what good is it to me / if you can't understand it? / But you got to try hard.‹«* Wieder brach er ab und nickte still vor sich hin. »Nur wenn man Lyrik laut liest, kann man ein Gefühl für den Rhythmus, die Betonungen, die Technik des Dichters bekommen. Wenn man das oft genug macht – und besonders, wenn man das Gedicht in eine andere Sprache überträgt –, lernt man das alles in- und auswendig kennen.«

Er sah, daß ich verwundert den Kopf schüttelte. »Ich bin sicher, daß Sie es auch könnten, Max. Man braucht nur Übung.«

»Würden Sie etwas für uns rezitieren?« fragte Diana.

»Nein!« Hiroshis Antwort kam fast explosionsartig. »Nein«, fuhr er mit ruhigerer Stimme fort, »das kann ich nicht. Ich rezitiere nur für mich selbst. Ich bin viel zu verlegen, um öffentlich vorzutragen.«

Ich war versucht, ihn daran zu erinnern, wie er sich damals in dem Geisha-Haus in Kyoto das Mikrofon geschnappt hatte und eine achtbare Imitation von Tony Bennetts *I left my heart in San Francisco* zu säuseln begann. Als er an die Stelle kam, wo die *little cable cars* bis *halfway to the stars* fahren, hatte er schon so laut zu grölen begonnen, daß eine der Geishas heimlich den Verstärker abstellte.

»Aber Hiroshi«, sagte ich statt dessen. »Das tun Sie doch ständig, wenn Sie Vorträge halten. Und noch dazu in Englisch.«

Er tat meinen Einwand mit einer knappen Handbewegung ab. »Das ist Wissenschaft, nicht Lyrik. In der Wissenschaft besteht die Sprachbarriere nur für den Zuhörer, nicht für den Redner. Anders in der Lyrik: Da kommt es ganz gewaltig darauf an, wie man ein Gedicht vorliest. Wenn jemand eine wissenschaftliche Abhandlung in japanischem Englisch vorträgt, mit starkem Akzent und kaum verständlich, ist man dennoch beeindruckt, solange der wissenschaftliche Inhalt gut ist. Aber stellen Sie sich einmal vor, was passiert, wenn ein Gedicht auf diese Weise vorgetragen wird.«

Ich hatte nicht vor, ihn so leicht davonkommen zu lassen. »Aber Ihr Englisch ist ausgezeichnet. Sie haben nur einen winzigen Akzent.«

»Max, Sie verstehen nicht. Mein Englisch ist nicht gut genug, um Gedichte vorzutragen . . . nicht vor diesem Publikum.« Er nickte Diana zu.

»Gilt das auch für Gedichte in japanisch?« fragte ich.

»Nein, die kann ich öffentlich vortragen. Besonders, wenn es meine eigenen sind.«

»Warum bringen Sie uns dann nicht eines auf Japanisch zu Gehör?«

Er schüttelte den Kopf. »Warum? Weil Sie nicht ein einziges Wort verstehen würden; keine einzige Feinheit der Struktur; nichts von der Schönheit des Gedichts. Sie würden vermutlich nicht einmal den Rhythmus erkennen. Es wäre so etwas wie eine Zirkusnummer.«

Diana hatte kein einziges Wort gesagt, aber mir fiel auf, daß ihre Augen unverwandt auf Hiroshi gerichtet waren. »Wir sollten Hiroshi sein Dessert aufessen lassen«, sagte sie. »Und dann«, sie richtete den Blick auf ihn, »könnten Sie uns wenigstens ein bißchen mehr über Ihre Lyrik erzählen. Welche Art Lyrik schreiben Sie? Welche prosodischen Techniken wenden Sie an?«

Ich glaubte in Hiroshis Augen einen Schimmer der Besorgnis zu entdecken. *»Meine?«* Er schüttelte den Kopf. »Aber ich könnte es mit etwas Passendem für unseren . . . Salon versuchen. Kann ich ein Blatt Papier haben?«

Während Diana hinausging, um es zu holen, dachte ich über seine Anspielung auf den Salon nach. Hatte sie mit ihm über französische Salons gesprochen? Einen Moment lang verspürte ich einen Anflug von Eifersucht.

Hiroshi spielte geistesabwesend mit dem Blatt, bevor er eine Zeile niederschrieb. »Das ist ein hokku – die Anfangszeile eines Renga.« Er sah mich kurz an; ich, ganz der Musterschüler, nickte lächelnd zurück. »Ein Renga ist ein Kettengedicht, das in einem Zug geschrieben wird, jede Strophe von einem anderen Dichter, in manchen Fällen von bis zu fünf Dichtern.« Hiroshis Zeigefinger wanderte um unseren Kreis herum, als zählte er ab.

»Das Entscheidende an einem hokku ist, daß er sich auf die tatsächliche Situation und den Zeitpunkt der Entstehung bezieht.« Er sah von dem Blatt auf. »›Ein Mann auf einem Stuhl kann keinen Berg besteigen.‹ Wer ist der nächste?« Hiroshi hielt das Blatt hoch. »Wir wollen uns zunächst nicht um die Regeln kümmern, die die Zahl der Silben und Zeilen betreffen. Aber an *eine* Tradition werden wir uns halten: Jeder Dichter hat für seine Antwort zwei Minuten Zeit.«

Ich gerate immer in Panik, wenn ich zu einer Veranstaltung gehe, wo das Publikum plötzlich zum Mitspielen aufgefordert wird. »Wie viele Zeilen?« krächzte ich.

»Nur fünf – für jeden von uns eine. Wer ist der erste Freiwillige?«

»Ich.«

Ich sah Sepp erstaunt an; ich hätte gedacht, daß er der letzte wäre, der sich freiwillig meldet.

»›Auf dem Berg gibt es Bäume und an dem Baum Äste.‹« Er lehnte sich mit einem befriedigten Ausdruck zurück. Ich hatte ihn im Verdacht, bei einem österreichischen Barden abgekupfert zu haben.

»Nicht schlecht«, murmelte Hiroshi und schrieb Sepps Zeile auf.

Die nächste Zeile kam von Charlea. »›Die Frau, die am Herd steht, denkt nicht an Berge.‹«

Hiroshi blickte verdutzt auf. Ich konnte seine Verwirrung verstehen: War das ein Kommentar oder ein Beitrag?

»Schreiben Sie es auf, Hiroshi«, sagte Charlea. »Das ist meine Zeile.«

Ich begann zu schwitzen. Das letzte, was ich wollte, war, der letzte sein. »›Der Gedanke an Gipfel läßt mich weiterklettern‹«, rief ich aus. Während Hiroshi die Worte notierte, fragte ich mich, woher sie stammten.

»›Auf meinem edlen Rappen reite ich den Berg hinauf‹«, sagte Diana gelassen.

»Das scheint mir ein großartiger Renga zu werden.« Hiroshi schaute auf seine Uhr. »Erstaunlich. Wenn wir in diesem Tempo weitermachen, können wir einen *hyakuin* oder einen *senku* schaffen.«

»Und das wäre?« fragte Diana.

»Ein Renga mit einhundert und eintausend Strophen.«

»Zu ehrgeizig«, verkündete ich. Von unserem Erfolg beflügelt – so langsam hatte ich bei unserem Renga im Catch-as-catch-can-Stil den Bogen raus –, war mir plötzlich eine Idee zu einem völlig anderen Thema gekommen, das mich schon ein Weilchen beschäftigt hatte. »Als ich Hiroshi in Washington traf«, begann ich, »erzählte er mir etwas über Rengas. Wir werden einen Institutsnamen brauchen, wenn wir erst einmal zu veröffentlichen beginnen. Da das Grundprinzip des Renga soviel Ähnlichkeit mit unserem eigenen Projekt hat, könnten wir diesen Begriff doch übernehmen. Wie wäre es mit ›Renga-Institut für Theoretische Biologie‹?« Ich sah mich im Kreis um, vielleicht etwas zu verschlagen.

»Mir gefällt's«, sagte Charlea ohne merkliches Zögern. »Aber nicht ›theoretisch‹. Das ist zu prätentiös. Und wir wissen ja alle, daß Diana Skordylis keine große Theoretikerin ist. Jedenfalls noch nicht.«

»Ich stimme Charlea zu«, sagte Sepp. »Das wäre zu konkret.«

»Hiroshi?« fragte ich.

Er nickte. »Lassen Sie ›theoretisch‹ weg.«

»In Ordnung«, verkündete ich. »Dann hätten wir also einen Namen für unsere Institution: Das Renga-Institut für Biologie.«

»Aber warum ›Biologie‹?« meinte Charlea nachdenklich. »Ich bin Biophysikerin, Sie sind Biochemiker . . . wer weiß, wo Diana Skordylis das meiste veröffentlichen wird. ›Renga-Institut‹ klingt prägnant, ist leicht auszusprechen und läßt dennoch jede Menge Spielraum. Ich wette, daß sich die Leute überlegen werden, ob RENGA ein Akronym ist. Sollen sie ruhig.«

»Hätten Sie je gedacht, daß Ihre Lyrik einmal so nützlich werden würde?« fragte ich Hiroshi, als wir zum Fahrstuhl gingen.

Er blieb stehen und sah mich lange an. »Ja«, nickte er, »dessen war ich mir immer sicher.«

Kapitel 12

Bei dem Abendessen in Dianas Wohnung war mir Sepp alles andere als gesprächig erschienen – ein Beobachter, dem offenbar nicht ganz wohl in seiner Haut war. Merkwürdig, dachte ich, daß sich der Japaner mehr zu Hause fühlte als der Europäer. Meine diesbezüglichen Gedanken wurden jedoch verscheucht, als mich D_3 am Ende des Abends beiseite genommen hatte.

»Ich werde mich nicht in Ihre Beratungen einmischen«, hatte sie gesagt. »Aber ich wäre gerne dabei, wenn Sie die Regeln Ihres Bourbaki festlegen. Ich verspreche, das Gespräch nicht zu dominieren.«

Ich wollte schon allein die Möglichkeit bestreiten, daß sie jemals ein Gespräch dominieren würde, doch sie ließ mich nicht zu Wort kommen. »Halten Sie die Besprechung im Century Club ab«, fügte sie hinzu. »Er ist gut zu erreichen – mitten in Manhattan . . .«

»Was spricht gegen den Princeton Club?«

»Nichts. Es ist nur . . .« Sie zögerte. »Ich würde bei der Besprechung morgen gerne als Gastgeberin fungieren.«

»Sind Sie Mitglied des Century Club?« Ich gehöre keinen Clubs an, abgesehen von denen, die etwas mit Princeton zu tun haben, aber ich glaubte mich vage zu erinnern, daß der Century Club eine Domäne der Männer war. »Sind Frauen denn dort . . .« Ich wußte nicht, wie ich den Satz beenden sollte, ohne schwankenden Boden zu betreten.

»Gern gesehen? Nicht sehr.« Sie zuckte die Achseln. »Geduldet? Ja. Zugelassen? Endlich – nach einem ausgedehnten Rechtsstreit. Deshalb hätte ich gerne, daß Sie die morgige Besprechung dort abhalten. Und wegen Charlea«, fügte sie scheinbar nachträglich hinzu.

»Wie das?«

»Ich möchte ihr nur etwas beweisen. Etwas Nebensächliches.«

»Sie waren gestern abend ja schwer in Form«, sagte ich zu Hiroshi, der im Foyer gewartet hatte. »Aber mir ist aufgefallen, daß Sie während der Unterhaltung zwischen Diana und Charlea die meiste Zeit sehr still waren.«

»Ich habe mir überlegt, was meine Frau gedacht hätte, wenn sie dabeigewesen wäre. Ich glaube nicht, daß sie es verstanden hätte. Selbst wenn sie Englisch könnte«, fügte er nachdenklich hinzu.

»Und Sie, Hiroshi?«

»Ich habe es auch nicht verstanden. Vielleicht, weil ich es nicht billige.«

Mir wurde plötzlich klar, daß ich zwar viel über Hiroshis Arbeit wußte, daß es aber über ihn persönlich vieles gab, was ich nicht wußte.

»Die ganze Sache?« fragte ich.

Er wiegte den Kopf hin und her. »Für Sie bin ich vermutlich altmodisch. Nein, ich mißbillige nicht alles.« Er beugte sich vor, ohne mir jedoch in die Augen zu sehen. »Aber, Max, als Professor Conway von einer Lebensgefährtin sprach, heißt das ...« Er sprach nicht zu Ende, und die folgende Stille machte uns beide verlegen.

»Hiroshi«, sagte ich, »wir leben in den letzten Atemzügen des 20. Jahrhunderts.«

Er nickte. »Schon. Aber Japan ist nicht Amerika. Und ich habe zwei Töchter.«

»Wie alt?«

»Vierundzwanzig und dreißig.«

»Verheiratet?«

»Nein«, sagte er. »Nein«, wiederholte er und sah an mir vorbei zum Eingang.

»Was hätten sie empfunden, wenn sie dabeigewesen wären?« Ich war selbst überrascht, daß ich dieses Gesprächsthema weiterverfolgte, obwohl es uns beiden Unbehagen verursachte.

»Das weiß ich nicht. Wir reden nicht über solche Dinge. Warum fragen Sie?« Zum ersten Mal sah er mir voll in die Augen.

»Neugier vermutlich. Und weil Sie die Unterschiede zwischen Japan und Amerika erwähnt haben. Ich habe sagen hören, daß man viel über eine Gesellschaft erfahren kann, indem man ihre Kinder studiert. Es ist sogar möglich, auf diese Weise etwas über die Eltern zu erfahren.«

»Wie viele Kinder haben Sie?«

»Keine.«

»Dann kann man also nur von Ihnen selbst etwas über Sie erfahren?«

Wir waren wohl beide erleichtert, als wir Sepp hereinkommen sahen, die rechte Hand ausgestreckt. »Guten Morgen, Max.« Er schüttelte mir so herzhaft die Hand, daß es weh tat. »Und guten Morgen, Herr Professor Nishimura.« Er strahlte uns an, und die rosigen Wangen seines gotischen, dreieckigen Gesichts ließen seine weißen Zähne noch heller wirken. »Was für ein Morgen!« rief er aus. »Ich habe einen Fitnessraum in meinem Hotel entdeckt. Fahrrad, Gewichte, Langlauftrainer – einen Moment lang kam ich mir vor wie daheim in Innsbruck. Ich bin seit sechs Uhr auf.« Er grinste ein bißchen verlegen. »Ich fing schon an, mir Sorgen zu machen. Erst die Zeitverschiebung und dann diese Tischgespräche.« Er verdrehte die Augen, wie um den Himmel um Beistand zu bitten. »Aber jetzt«, sagte er, indem er seinen flachen festen Bauch tätschelte, »fühle ich mich wieder wohl. Ich hole uns einen Kaffee.«

»Sie waren gestern beim Abendessen sehr still«, sagte ich, als Sepp zurückkam. Ich fragte mich, ob er auf seine Bemerkung von vorhin näher eingehen würde.

»Na ja.« Er zuckte die Achseln. »Sie waren der einzige, den ich kannte, Max. Und ich war auf die Frau Doktor Ditmus neugierig. Nach dem, was Sie geschrieben haben, dachte ich, sie sei nichts weiter als eine Dame aus der besseren Gesellschaft. Sie haben nie etwas davon gesagt, daß sie promoviert hat. Was für eine Kombination: Eleganz und Intellekt! Fabelhaft! Sagen Sie mal, wie alt ist sie eigentlich?«

»Ende sechzig, schätze ich.«

»Ach was!« Er klang überrascht. »So alt? Na ja, reiche Frauen verblühen eben nicht so schnell wie unsereins. Wenigstens habe ich den Eindruck, daß sie reich ist.«

Ich begann mir schon zu überlegen, ob sein Gesicht gestern abend schlicht Bewunderung für Diana und ihr Tun ausgedrückt hatte, als er fortfuhr: »Aber die Frau Professor Conway!« Wieder wanderten seine Augen gen Himmel. »Ich hatte nicht damit gerechnet, daß wir eine Lesbierin in unserer Gruppe haben würden.«

»Nun mal langsam, Sepp«, begann ich, »woher wollen Sie wissen . . .«, daß sie eine Lesbe ist, wollte ich sagen, ließ es dann aber bleiben. »Was macht das schon?« fügte ich schwach hinzu. »Ich glaube kaum, daß sexuelle Vorlieben irgendeine Rolle spielen werden.« Oder etwa doch? Ich mußte an Dianas Frage nach meiner Sexualität denken. »Ich glaube, es ist höchste Zeit, daß wir vier anfangen, über unser Projekt zu reden.«

»Aber Frau Doktor Ditmus hat gesagt . . .«

»Sepp«, unterbrach ich ihn, »vergessen Sie die *Frau* und den *Herrn.*«

»Ich bitte um Verzeihung«, sagte er förmlich mit einer kleinen Verbeugung. »Ich bin ziemlich lange nicht mehr in Amerika gewesen. Das«, er machte eine ausladende Handbewegung, »wird auch für mein Englisch gut sein. Und ich stimme Ihnen zu: Es ist höchste Zeit, wie man so schön sagt, daß wir anfangen.«

Ich hatte mich gerade erhoben, um Charlea Conway meinen Stuhl anzubieten, und fragte mich schon, wo D3 blieb, als der Portier – oder wie immer man den Türsteher des Century Club nennt – auf uns zukam.

»Dr. Doyle-Ditmus ist aufgehalten worden. Ich soll Sie in den für Sie reservierten Konferenzraum führen. Und ich schicke Ihnen den Getränkekellner.«

Nachdem wir uns dort niedergelassen hatten, veranlaßte

mich Sepps Frage von vorhin, die Gesprächspause mit einer Schilderung der Referenzen von D3 zu füllen. »Wissen Sie, daß sie letzten Herbst ein MacArthur bekommen hat?« verkündete ich.

»Jetzt bin ich platt.« Charlea sah beeindruckt aus. »Und sie hat nie etwas davon erwähnt.«

»Hätten Sie es denn erwähnt, wenn *Sie* ein MacArthur bekommen hätten?«

C3 tat meine Frage mit einer Handbewegung ab. »Ich will Ihnen mal *meine* MacArthur-Story erzählen. Vor einigen Jahren bekam ich per Federal Express einen Brief von der MacArthur Foundation, der vor *Persönlich* und *Vertraulich* nur so strotzte. Ich war so aufgeregt, daß ich kaum das Kuvert öffnen konnte. Und wissen Sie, was es war? Eine Bitte um eine Beurteilung eines Kandidaten. Ich war so stinksauer, daß ich ihn nach dem Motto ›Guter Mann, aber . . .‹ abfertigte.«

Erst als wir beide aufgehört hatten zu lachen, fiel uns Sepps und Hiroshis verständnislose Miene auf. »Unglaublich«, verkündete Sepp und schüttelte benommen den Kopf, nachdem er über das mit 350 000 Dollar dotierte Stipendium aufgeklärt worden war. »Ihr Amerikaner mit euren Superpreisen.«

»Die brauchen wir armen Amerikaner auch, weil wir keinen Kaiser haben.« C3 war zu Neckereien aufgelegt.

Hiroshi zuckte erschreckt zurück, als Charleas Zeigefinger sich auf seine Nase richtete. »Erzählen Sie uns von Ihrem Kaiser-Preis.«

»Dazu brauche ich einen Drink.« Erst als er sein Whiskyglas fast zur Hälfte geleert hatte, erlaubte er uns, das Thema wieder zu erwähnen. Und selbst dann bedurfte es der inständigen Bitten von uns dreien, um ihn zum Sprechen zu bringen.

»*Aota-gai*«, sagte er schließlich und leerte sein Glas. »Das könnte auch für Sie ein nützliches Wort sein – so, wie Sie schon *hara-kiri* in Ihr Vokabular aufgenommen haben.«

Wir standen im Kreis um ihn herum, jeder mit einem Drink in der Hand und einer Miene, die schieres Unverständnis ausdrückte.

»*Aota-gai* ist die Praxis, Reis zu ernten, während er noch grün ist«, erläuterte er. »Man macht das, um als erster auf dem

Markt zu sein. Heutzutage benutzen wir das Wort allgemein im Sinne von ›die Konkurrenz schlagen‹.« Er senkte die Stimme, um uns ein Geheimnis zu verraten. »Ich gestehe es: *Aota-gai* hat mir den Preis des Kaisers von Japan eingetragen.« Er stieß mich mit dem Ellbogen an. »Aber Sie sind ja selbst ein gewiefter Reishändler, nicht wahr, Max?«

»Sind wir das nicht alle? Aber *Sie* haben dafür einen Preis bekommen. Und warum haben Sie uns das nicht schon früher erzählt?«

»Es ist gerade erst passiert.«

»Aber Sie müssen es doch schon lange davor gewußt haben. Oder?«

Er neigte den Kopf. »Es gehört sich nicht, vor der eigentlichen Zeremonie darüber zu sprechen.«

»Wie war es? Jetzt können Sie es uns doch erzählen.« Ich hatte vage gehört, daß dies die größte Auszeichnung war, die ein japanischer Wissenschaftler erhalten konnte, aber das war auch praktisch alles. Welcher Wissenschaftler ist nicht begierig, etwas über neue Lorbeeren zu hören? Und besonders zu erfahren, um wieviel Geld es dabei geht. »Mußten Sie eine Prostration ausführen, als Sie sich dem Kaiser genähert haben?«

»Max!« kicherte Charlea. »Prostration!«

»Na schön«, gab ich nach. »Erzählen Sie uns einfach, was passierte, nachdem Sie sich tief verbeugt hatten.«

»Wo soll ich anfangen?«

»Wer verleiht den Preis?« fragte Sepp.

»Die Japanische Akademie.«

»Sind in Ihrer Akademie auch Frauen?« Charlea, fluchte ich im stillen, laß den Mann doch erst mal reden, bevor du ihn unterbrichst.

Hiroshi schien verblüfft zu sein. »Nein«, sagte er nach kurzem Nachdenken. »Keine Frauen.«

»Warum nicht?«

»Es sind eben . . . keine drin«, stammelte er.

»Angenommen, Sie wären eine Frau, Hiroshi, mit Ihrem Lebenslauf. Wären Sie dann in die Japanische Akademie gewählt worden?«

»Nein«, sagte er, und auf seinem Gesicht zeichnete sich Erleichterung ab. »Auf gar keinen Fall!«

»Das ist ja furchtbar, Hiroshi!« rief Charlea. »Aber wie können Sie so sicher sein?«

»Weil *ich* nicht Mitglied bin. Und wenn ich, Hiroshi Nishimura, nicht gewählt werden kann, dann hat Charlea Nishimura überhaupt keine Chance.«

Er hielt das offenbar für komisch, und ich gab zu, daß ich bei dem Gedanken an eine Charlea Nishimura lächeln mußte. Aber wieso konnte Hiroshi – ein ausländisches Mitglied *unserer* Akademie – nicht in *seine* Akademie gewählt werden? Ausnahmsweise mußte nicht ich diese Frage stellen.

»Aber warum?« fragten Sepp und C_3 unisono.

Hiroshi trank sein Glas aus und sah sich nach der Flasche um.

»Ganz einfach«, sagte er und füllte wieder sein Glas. Hiroshis Fähigkeit, erstaunliche Mengen Äthylalkohol zu metabolisieren, war allgemein bekannt, aber ich fing doch langsam an, mir Sorgen zu machen. »Ich bin zu jung. Das Durchschnittsalter der 131 Mitglieder beträgt 79,5 Jahre. Der einzige Biochemiker, Hayaishi, ist in den Siebzigern. Die einzigen zwei Organiker, Nozoe und Akabori, sind um die neunzig Jahre alt.«

»Sie kennen die Zahlen aber sehr genau«, bemerkte Sepp trocken.

Hiroshi zuckte die Achseln. »Wie will man sich sonst seine Chancen ausrechnen? In unserer Akademie muß erst ein Mitglied sterben, bevor ein neues gewählt werden kann. Außerdem kommen die 131 Mitglieder nicht nur aus den Naturwissenschaften. Wir haben auch drei Sektionen ›Humanistische Wissenschaften‹.«

»Und die wären?« Es war Dianas Stimme. Hiroshis Worte hatten uns derart gefesselt, daß wir ihr leises Eintreten nicht bemerkt hatten.

»Unter ›Humanistischen Wissenschaften‹ versteht die Akademie Literatur, Philosophie, Geschichte; außerdem Rechts-, Politik- und Wirtschaftswissenschaften; und sogar Betriebswirtschaft.«

»Dann haben Sie also eine doppelte Chance«, sagte D3. »Wenn Sie es als Biochemiker nicht schaffen, kommen Sie vielleicht als Lyriker hinein.«

»Völlig ausgeschlossen«, sagte er mit Nachdruck. »Sie verstehen nicht, wie die Japanische Akademie funktioniert: Ihre Sektionen entsprechen den verschiedenen Fakultäten der japanischen Universitäten. Die Kategorie eines Mitgliedes richtet sich einzig und allein nach dem Fachgebiet, in dem er – vor Jahrzehnten – seinen akademischen Grad erworben hat, ganz egal, in welchem Fachgebiet er sich beruflich einen Namen gemacht hat. Das erklärt vielleicht, warum es keine Frauen gibt«, sagte er mit einer entschuldigenden Verbeugung vor Charlea.

»Könnte es in der Literatur ein weibliches Akademiemitglied geben?« fragte Diana.

»Ich habe keine Ahnung«, sagte Hiroshi kategorisch. »Vielleicht sind unsere Literatinnen nicht gut genug.«

»Hiroshi!« Sie gab seinem Arm einen scherzhaften Stups. »Was ist mit der *Geschichte vom Prinzen Genji?* Die wurde doch von einer Frau geschrieben. Ist Ihnen dieses Werk nicht gut genug?«

»Murasaki Shikibu lebte in der mittleren Heian-Zeit. Damals existierte die Japanische Akademie noch nicht.«

»Was ist mit Frauen und dem Preis des Kaisers?« Charlea war noch nicht bereit, sich geschlagen zu geben. »Da man nicht Akademiemitglied sein muß, um ihn zu bekommen, könnte doch . . .«

»Charlea«, flüsterte ich ihr zu, »warum geben Sie nicht auf? Inzwischen müßten Sie die Antwort doch kennen.«

Aber ich irrte mich. Hiroshi, der ihre Frage erwartet hatte, nickte lebhaft. »Ja, es gab eine: Aki Ueno, und zwar 1960. Sie restaurierte die Wandgemälde in der Pagode des Daigo-Tempels.«

Dies schien C3 zufriedenzustellen, und so konnte Hiroshi ein Weilchen in seinem eigenen Tempo fortfahren. Es war ergreifend anzuhören, wie er von seiner letzten Auszeichnung erzählte. Sein Stolz, sein Mitteilungsbedürfnis – seine frühere Zurückhaltung war völlig verschwunden – waren nur zu offenkundig. Warum sollte er auch *nicht* stolz sein? Wir akademischen Wissenschaftler sind doch alle von der Lorbeeritis infiziert, ein Wort, das ich in diesem Moment prägte und zur späteren Verwendung zu speichern beschloß.

Wie wir hörten, hatte Hiroshi sich im Jahre seiner offiziellen Pensionierung an der Lorbeerfront außergewöhnlich tapfer geschlagen. Er hatte sogar *zwei* Auszeichnungen eingeheimst: den Preis des Kaisers von Japan *und* den Preis der Japanischen Akademie. Er erläuterte uns, daß letzterer alljährlich an weniger als ein Dutzend Gelehrte verliehen wird, die auf den in der Akademie vertretenen Fachgebieten tätig sind. Aus diesem erlauchten Kreis werden zusätzlich ein bis zwei mit dem Preis des Kaisers ausgezeichnet – der höchsten Auszeichnung Japans.

»Im Januar erfuhr ich – inoffiziell –, daß ich wahrscheinlich einer der Preisträger der Akademie sein würde. Am 13. Februar wurde mir offiziell mitgeteilt, daß ich einen Preis der Akademie und den Preis des Kaisers erhalten hatte.« Hiroshis enthusiastischer Ton wurde sarkastisch. »Auf der Pressekonferenz an jenem Tag baten mich die Reporter, meine Arbeit in zwei Minuten in einfachen Worten zu erläutern. Dann fragten sie, was ich über den Unterschied zwischen japanischer und amerikanischer Forschung dächte.«

Das interessierte mich, da ich mich daran erinnerte, wie bitterlich er sich vor wenigen Monaten bei mir beklagt hatte. »Was haben Sie gesagt?« fragte ich.

Er zuckte die Achseln. »Ich war diplomatisch. Ich sagte, daß unsere Ausbildung im Durchschnitt rigoroser ist als Ihre, aber daß Sie gewisse Vorteile hätten, was die Finanzierung von Grundlagenforschung, Postdocs und ähnlichem betrifft.«

»Das entscheidende Wort ist *›hatten‹*. Wir *hatten* gewisse Vorteile.« Charlea klang verbittert. »Aber schauen Sie sich doch an, was derzeit mit unseren Forschungsmitteln passiert. Meine verdammten NIH-Gelder, und die aller anderen im Land, wurden um 11 Prozent gekürzt.«

Hiroshi schnalzte mitfühlend mit der Zunge.

»Lassen wir das«, sagte Sepp. »Erzählen Sie uns von der Auszeichnung.«

»Der Zeremonie? Die fand letzte Woche im Haus der Japanischen Akademie im Ueno Park statt, in Anwesenheit des Kaisers und der Kaiserin, des Ministers für Erziehung, aller Akademiemitglieder. Und Gästen natürlich.«

Ich hatte mir das Rascheln von Kimonos und prunkvollen zeremoniellen Gewändern zu schleifenden Schritten auf Tatamimatten ausgemalt, doch Hiroshi zerstörte meine Illusionen mit einem Satz.

»Es war alles ganz westlich: Das Akademiegebäude ist internationaler Baustil, das Mobiliar europäisch, die Männer trugen alle gestreifte Hosen und Cut, und die Musik kam aus dem Lautsprecher – Mendelssohn.«

Bevor ich mich wegen meiner kulturellen Klischees allzusehr schämen konnte, fügte Hiroshi hinzu: »Die Zeremonie selbst war *sehr* förmlich, und wir mußten alles am Tag davor auf die Minute genau proben. Wir versammelten uns um 10.20 in dem Raum mit den Exponaten, die unsere Arbeit veranschaulichten, um für die Ankunft von Kaiser Akihito und Kaiserin Michiko um 10.33 bereit zu sein. Um 10.39, angefangen bei mir, hatte jeder Preisträger drei Minuten Zeit, um sein Exponat zu erläutern, und zwei Minuten, um Fragen Ihrer Majestäten zu beantworten. Um 11.29 war alles beendet.« Hiroshi grinste, als er unsere skeptischen Blicke sah.

»Die offizielle Verleihungszeremonie im Auditorium der Akademie begann um 11.33. Der Kaiser und die Kaiserin – es war das erste Mal in der Geschichte der Akademie, daß die Kaiserin zugegen war – saßen auf der Bühne. Die Preisträger saßen in der ersten Reihe, unsere persönlichen Gäste in der Reihe hinter uns, und dann kamen die übrigen.«

»Alle Ihre Gäste in einer einzigen Reihe?« fragte Diana. »Wie haben Sie alle untergebracht?«

»Kein Problem«, versicherte er ihr. »Nur drei. Mehr durften wir nicht mitbringen.«

»Nur drei? Aber was ist mit Kindern, Geschwistern, Eltern?«

»Ah.« Es war das erste Mal an diesem Abend, daß ich Hiroshi laut einatmen hörte. »Eltern.« Er stieß die Luft aus und trank einen Schluck. »Abgesehen von den Mathematikern waren vermutlich die Eltern der wenigsten noch am Leben. Meine Frau war da.«

»Und Ihre Töchter«, rief ich.

»Nein, meine Töchter nicht. Meine Frau, mein älterer Bruder und mein Onkel – der jüngste Bruder meines Vaters.« Er machte eine Handbewegung, wie um dieses Bild wegzuwischen. »Auf der einen Seite der Bühne war ein Podium, wo der Präsident der Akademie – er ist 91 – stand, halb dem Kaiser und halb uns zugewandt. Ein Schreiber verlas die Namen, wobei er nur das Wort ›Herr‹ benutzte – keine Titel.«

»Sehr gut«, flüsterte Charlea.

Hiroshi blinzelte sie verständnislos an und blickte dann zur Decke, als durchlebte er das Ganze noch einmal. »Da ich auch den Preis des Kaisers erhalten hatte, wurde ich als erster aufgerufen. Ich näherte mich der Bühnenmitte, verneigte mich vor dem Kaiser, ging die Stufen hinauf, verbeugte mich abermals und wandte mich dann dem Präsidenten zu. Er gab mir zwei Urkunden für die beiden Preise und ein Holzkästchen, in dem sich das mit dem Akademie-Preis verbundene Geld befand. In bar – kein Scheck.«

Ich hatte mich schon die ganze Zeit gefragt, ob es dabei auch um Geld ging. Nun, da ich es wußte, fragte ich mich, um wieviel.

Das fragte sich Sepp anscheinend auch. »Das muß ja ein Riesenkasten gewesen sein«, sagte er. »Wo der Dollar bei 130 Yen steht.«

Hiroshi schüttelte den Kopf. »Ein kleines Kästchen, ziemlich klein. Und nicht einmal lackiert.«

Mein geistiger Taschenrechner arbeitete auf Hochtouren: Der Nobelpreis ist mit rund einer Million Dollar dotiert, der israelische Wolf-Preis mit einhunderttausend; selbst wenn die Japaner nicht großzügiger sind als die Israelis, wären das immer noch 13 Millionen Yen. Wie konnte eine solche Menge Papiergeld in ein kleines Kästchen passen?

»Wieviel Geld gibt es bei diesem Preis eigentlich?« Charleas Stimme war sachlich und präzis.

Hiroshi schürzte die Lippen. »Fünfhunderttausend.«

»Yen?« Das kann ja wohl nicht wahr sein, dachte ich.

Das wäre ja nur knapp ein Hundertstel von Dianas MacArthur.

Doch Hiroshi nickte. »Yen.«

»Und der Preis des Kaisers?« Ausnahmsweise stellte Charlea einmal die richtigen Fragen.

»Eine wunderschöne silberne Vase. Ziemlich groß.« Hiroshi beugte sich vor und streckte die Hand mit dem Whiskyglas aus, um die Höhe der Vase anzudeuten. »Schätzungsweise mindestens 70 Zentimeter hoch. Und mit einer erhaben gearbeiteten goldenen Chrysantheme geschmückt – dem Symbol der kaiserlichen Familie.«

»Was für eine reizende Idee!« rief Diana aus.

Das konnte nur ein MacArthur-Preisträger sagen, dachte ich und erinnerte mich an die größte Auszeichnung, die ich je erhalten hatte, die National Medal of Science. Kein Geld, nicht einmal eine silberne Vase. Eine Urkunde und eine Medaille – aus Bronze – war alles, was ich krampfhaft festhielt, als ich das Weiße Haus nach meinem einzigen Besuch dort verließ: das und die taktile Erinnerung an Richard Nixons Händedruck, den ich noch spürte. »Was passierte dann?« fragte ich.

»Ich ging wieder zum Kaiser, der sich dieses Mal erhob. Ich verneigte mich, kehrte an meinen Platz zurück, und die ganze Prozedur wurde mit den anderen wiederholt. Um 11.48 sprachen der Stellvertretende Ministerpräsident und der Minister für Erziehung jeweils etwa fünfzig Worte, und um 11.52 war alles vorbei.«

»Und was gab's dann?«

»Anschließend gab es Bier und Sandwiches.«

Sandwiches! Ich dachte an Sushi, an ganz frischen Sashimi, kunstvoll auf hellem Holz angerichtet, und mußte mir eingestehen, daß das die größte Enttäuschung von allen war. Aber Hiroshi war noch nicht fertig.

»Die Zeit reichte nur für ein Bier, weil wir uns dann für den Besuch im Palast umziehen mußten, wo wir im Straßenanzug zu erscheinen hatten. Man erwartete uns dort um 14.25 – die Preisträger und die fünfzehn neugewählten Mitglieder der Akademie, die meisten in den Siebzigern. Max«, sagte er grinsend zu mir, »was glauben Sie, wie wir in den Palast transportiert wurden?«

»In Pferdekutschen?« fragte ich hoffnungsvoll.

Hiroshi brüllte vor Lachen. »Durch den Verkehr von Tokio? Raten Sie noch einmal.«

»Dann eben in einer Pullmanlimousine.«

»Schon besser. Ihr Amerikaner nehmt so etwas, um zum Flughafen zu fahren.« Er machte eine Pause, um etwas Bitteres auszukosten. »Sie stopften alle Männer in ein paar Kleinbusse.«

»Und die Frauen?« Aus Charleas Gesicht war auch der letzte belustigte Ausdruck gewichen.

»Was für Frauen?«

»Ihre Gattin, andere weibliche Gäste . . .«

»Frauen waren nicht in den Palast eingeladen.«

»Allmächtiger!« Charleas Ton klang so ominös, daß ich sie nicht anschauen konnte. Hiroshi zog es jedoch vor, nichts gehört zu haben. Er sprach gelassen weiter.

»Das denkwürdigste Ereignis war das Mittagessen. Der Kaiser hatte darauf bestanden, daß alles so zwanglos wie möglich sein sollte. Wir waren auf sechs Tische verteilt, an denen jeweils Mitglieder der kaiserlichen Familie saßen. Ich saß an dem Tisch mit dem Kaiser und der Kaiserin, an einem anderen saß der Kronprinz, am dritten Prinz Hitachi mit seiner Frau und so weiter. Nach jedem Gang des französischen Menüs« – ich sah, daß seine Augen vor Vergnügen funkelten, weil er unsere Enttäuschung über die kulinarische Wahl des Kaiserhauses korrekt erraten hatte –, »wenn die Kellner die Teller abräumten, wechselte die kaiserliche Familie den Tisch. Der Kaiser ist Ichthyologe, also unterhielten wir uns über den Farbensinn der Fische. Sie, Charlea, hätte Prinz Hitachi interessiert. Er ist Molekularbiologe am Japanischen Krebsforschungsinstitut. Er hätte sich mit Ihnen vermutlich über Lymphokine unterhalten.«

»Ich wäre gar nicht eingeladen gewesen«, knurrte sie.

»Wenn Sie Japanerin wären, hätten Sie vermutlich einen Preis der Akademie erhalten«, sagte er diplomatisch.

»Nicht den des Kaisers?« gab sie zurück.

»Hiroshi«, mischte sich Diana ein. »Was für eine Auszeichnung für einen Theoretiker!«

Hiroshi hielt die Hand hoch. »Ich behaupte nicht von mir, Theoretiker zu sein.«

»Das ist keine Behauptung. Für einen Biochemiker ist das ein Eingeständnis.«

Hiroshi sah Charlea verwirrt an.

»Vielleicht liegt es an diesem wunderbaren Scotch«, sagte er und erhob sein leeres Glas, »daß ich das nicht verstehe. Ich gebe zu, daß ich Biochemiker bin. Ich *behaupte* von mir, gelegentlich theoretisch gearbeitet zu haben. Sie sind die einzige echte Theoretikerin hier, Charlea. Wir übrigen sind nur . . . wie nennt man doch gleich einen Mann in Frauenkleidern?«

»Transvestit«, sagte Charlea mißtrauisch.

»Genau.« Der Japaner in ihm konnte die kleine anerkennende Verbeugung nicht unterdrücken. »Wir sind theoretische Transvestiten.« Er sprach die Worte behutsam und mit verzückter Miene aus. »Aber, Diana«, fügte er hinzu, indem er wieder den Schulmeister spielte, »eine Theorie kann Ihnen nur eine Antwort liefern, wenn experimentell Rahmenbedingungen festgelegt werden. Ohne Eingrenzungen kann es keine Theorie geben, und dann wäre Charlea arbeitslos. Wir drei theoretischen Transvestiten«, sagte er mit einer ausladenden Handbewegung, die mich, Sepp und ihn selbst einschloß, »werden die Rahmenbedingungen liefern. Eine sehr wichtige Funktion!« Er machte wieder eine kleine Verbeugung vor Charlea.

»Warum sagten Sie *drei* Transvestiten?« Diana blickte von Hiroshi zu mir und Sepp. Ich konnte nicht ausmachen, ob ihre Augenbrauen wegen Hiroshis Metapher oder aus einem anderen Grund hochgezogen waren.

»Weil Max und Sepp wie ich sind. Wenn Sie sich unsere Veröffentlichungen ansehen, werden Sie feststellen, daß wir in erster Linie experimentell arbeiten. Auf theoretischem Gebiet dilettieren wir nur.«

»Max!« rief Diana aus. »Ich wußte gar nicht, daß ihr Männer allesamt *Dilettanten* seid! Wie wollen Sie verhindern, daß Diana Skordylis eine Dilettantin wird?«

Bevor ich meine Referenzen als Theoretiker verteidigen konnte, mischte sich Charlea ein.

»Keine Angst, Diana. Ich werde schon dafür sorgen, daß DS anständig bleibt. Außerdem war Hiroshi zu streng gegen sich . . . oder zu bescheiden. Was die Theorie betrifft, ist er nämlich weder ein Dilettant noch eine Niete. Er ist nur nicht *rein.*«

»Und das heißt?«

»Als ›nasser‹ Wissenschaftler – also als Laborchemiker – operiert er innerhalb der marschigen Ränder der Theorie: Er selbst stellt die Bedingungen für seine theoretische Arbeit auf. Den *reinen* Theoretikern würde es nicht im Traum einfallen, sich die Hände schmutzig zu machen.«

»Und wie steht es mit Ihren Händen?«

Charlea hob die linke Hand hoch und sah sie sich scheinbar ganz genau an. »Nicht direkt schneeweiß. Bloß ein bißchen schmutzig, aber dieser Schmutz läßt sich nicht abwaschen.«

Ich begann mich zu fragen, wo Sepp und ich auf der Conwayschen Dilettanten-Nieten-Skala standen. Und warum mich das interessierte. Trotz ihres Sarkasmus war ich von C_3 beeindruckt: Ihre geistige Energie hatte etwas Zähes, geradezu Athletisches an sich – ganz im Gegensatz zu ihrer eher rundlichen Statur. Ich ertappte mich bei dem Gedanken, daß sie vielleicht recht hatte, dafür Sorge tragen zu wollen, daß Diana Skordylis anständig blieb.

Kapitel 13

Als wir uns zu Tisch setzten, brachte Diana einen gelben Notizblock zum Vorschein. »Ich hatte Max versprochen, mich heute nicht in Ihre Beratungen einzumischen«, begann sie. »Aber ich dachte, während wir zu Mittag essen, könnte ich Sie ein wenig über den historischen Hintergrund Ihres Projekts informieren. Es gibt einige wichtige Unterschiede zwischen dem, was Sie hier vorhaben, und dem, was Ihre Vorgänger gemacht haben. Bourbakis ursprüngliches Ziel war es, ein streng logisches Lehrbuch der Mathematik zu verfassen, einen modernen *Cours d'analyse*. Zunächst hatten sie zweifellos nicht die Absicht, neue Theoreme aufzustellen, geschweige denn, sie zu veröffentlichen. Sie dagegen haben genau das im Sinn. Insbesondere«, sagte sie mit einem flüchtigen Lächeln in meine Richtung, »zu veröffentlichen. Während also die Bourbakisten sehr wenig Hilfe von außerhalb brauchten . . .«

»Woher *wissen* Sie das alles?« Charleas Attacke hatte den Ton eines Prüfers, der in einer Dissertation fragwürdige Resultate entdeckt.

»Ich bin Historikerin«, erklärte Diana selbstgefällig. »Als ich von Max zum erstenmal von Nicolas Bourbaki hörte, beschloß ich, ein bißchen zu recherchieren. Das ist schließlich mein Metier, Charlea.« Sie streckte versöhnlich die Hand aus und legte sie halbwegs zwischen sich und C_3 auf den Tisch. »Möchten Sie etwas über die Ähnlichkeiten zwischen den beiden Aktionen hören, die ich vor kurzem entdeckt habe?«

Charlea hatte Diana nicht aus den Augen gelassen. »Nur zu.«

Mit einem huldvollen Nicken griff Diana zu ihrem Block und begann vorzulesen – das Abbild der strebsamen Studentin, die sich einem strengen Prüfer stellt. Nur das ähnliche Alter der beiden widersprach der Illusion. »Die Bourbakisten, oder NB, wie sie selbst von sich im Singular sprechen, halten pro Jahr drei Versammlungen ab – *congrès,* wie sie sie nennen –, die jeweils sieben bis zehn Tage dauern. Der einzige Unterschied hier ist, daß Ihre Treffen vermutlich länger dauern werden, oder irre ich mich? Ich zitiere: ›Für diese *congrès* sucht NB abgelegene und verschwiegene Örtlichkeiten aus, die äußere Schönheit und sinnliche Genüsse bieten: Landschaft, Küche, Weine . . .‹« Sie blickte auf und grinste. »NBs Arbeit erfordert Denken aggressiver Art. Nichts und niemand ist heilig. Es gibt keine Autorität außer einer intellektuellen: dem *›vorläufigen‹*«, sie hob zur Betonung den Finger, »›Konsens, der aus dem freien Wettstreit der Ideen hervorgeht. Doch wie sind Bedingungen zu schaffen, unter denen die intellektuelle Debatte nicht die Freundschaft einer so intimen Gruppe zerstört?‹«

Was liest Diana da bloß, dachte ich die ganze Zeit, und konnte mich kaum davon abhalten, sie zu unterbrechen.

»›NBs Anonymität ist eine der Voraussetzungen, die dieses Unternehmen möglich machen‹«, las D3. »›Eine weitere ist das Fehlen jeglicher interner Machtstrukturen.‹ Max hatte mir gegenüber bereits erwähnt, daß dies auch bei Ihnen der Fall sein wird«, bemerkte sie. »›Einen amtierenden Vorsitzenden gibt es nicht. Die einzige Person, die eine gewisse Autorität besitzt, ist der Adjutant, dessen Aufgabe es ist, sicherzustellen, daß die anderen rechtzeitig aufwachen‹«, sie grinste wieder und drohte mit dem Zeigefinger, »›und sich pünktlich zu den Arbeitssitzungen einfinden. Der Adjutant hält darüber hinaus alle getroffenen Entscheidungen schriftlich fest; im übrigen ist jede Sitzung, abgesehen von der gemeinsam aufgestellten Tagesordnung, eine allgemeine hitzige Diskussion‹«.

»Na, was sagen Sie dazu?« fragte sie und legte den Notizblock weg. »Ich finde, Sie sollten unbedingt einen Adjutanten bestimmen.«

»Wo haben Sie das her?« fragte Charlea. Ihr Ton war

argwöhnisch, geradezu kriegerisch. »Was haben Sie da vorgelesen?«

»Meine Notizen.«

Ich konnte sehen, daß D_3 ihren Auftritt genoß – aber aufgepaßt, warnte ich sie im stillen: Mit dem weiblichen Exemplar des Spezies *Homo scientificus* war womöglich nicht so leicht fertigzuwerden wie mit den männlichen Vertretern dieser Art.

»Notizen? Von was?«

»Von einer Unterredung, die ich heute vormittag hatte. Mit Professor Hyman Bass. Deshalb habe ich mich verspätet.«

»Ach.«

Ich konnte nicht feststellen, ob Charleas einsilbige Antwort eine Bestätigung oder eine Frage war. Wußte sie, wer Bass war? Ich hatte nie von ihm gehört.

»Sie wissen schon, Charlea: der Mathematikprofessor von der Columbia.«

Das war raffiniert: so zu tun, als würde sie Charleas Bekanntschaft mit Bass einräumen, und ihr gleichzeitig die richtige Antwort zu liefern. Ein Besserwisser hätte gesagt: »Sie kennen doch Bass, nicht wahr, Charlea?« und dann auf die Antwort gewartet.

»Wenn ich es mir recht überlege, Max«, wandte sie sich an mich, »dann müssen Sie ihm schon begegnet sein. Er ist Mitglied der National Academy of Sciences.«

»Die NAS hat fast zweitausend Mitglieder«, konterte ich. »Da kann man nicht alle kennen. Außerdem habe ich mit der mathematischen Sektion nichts zu tun. Kennen Sie ihn, Charlea?« Wenn wir schon dabei waren, uns gegenseitig in Verlegenheit zu bringen, dann hielt ich es für angebracht, nun meinerseits herauszufinden, wieviel C_3 über Bourbaki wußte – oder ob sie geblufft hatte.

»In der mathematischen Sektion sind lauter *reine* Mathematiker; ich kenne ja nicht einmal die rund sechzig Mitglieder meiner eigenen Sektion.«

Sie hat noch nie von Bass gehört, schloß ich daraus mit einer gewissen Genugtuung: Sie will es bloß nicht zugeben.

»Ich mußte ihn natürlich befragen, sobald mir klar geworden war, daß ich einen *amerikanischen* Bourbaki entdeckt hatte.«

»Was meinen Sie mit ›amerikanischer Bourbaki‹? Wie um alles in der Welt haben Sie *den* entdeckt?« fragte Charlea herrisch.

»Ganz einfach. Ich habe in *Who's Who* nachgeschlagen.«

»Und da stand, daß er ein Mitglied der Bourbakisten ist? Das glaube ich nicht«, sagte ich kategorisch.

»Hier«, sagte Diana, griff in ihre Aktentasche und brachte eine Fotokopie zum Vorschein. »Lesen Sie selbst.«

BASS, HYMAN, *Mathematiker, Pädagoge; geb. 5. 10. 1932 in Houston,* hieß es da, gefolgt von den üblichen persönlichen Informationen über erste Frau, zweite Frau, Namen der Kinder, Ausbildung. »Großer Gott!« rief ich aus. »Charlea, hören Sie sich das an: Er hat in Princeton studiert und – jetzt kommt's – in Chicago promoviert. Halten Sie es für möglich, daß er in einer unserer Vorlesungen saß?« Während ich den Rest überflog, las ich regelmäßig laut die erstaunliche Liste seiner Auszeichnungen und Reisen vor – er schien schon an jedem Institut und in jeder Denkfabrik des Planeten gewesen zu sein. »Ich dachte immer, *wir* würden viel herumreisen, aber schaut euch diese Mathematiker an! Wann ist er eigentlich in Columbia?« Und dann sah ich es: *Collaborateur N. Bourbaki.* »Ich werd' verrückt! Da steht's!« Ich reichte das Blatt an Hiroshi vorbei an Sepp und Charlea weiter. »Ganz unten. Ist das denn die Möglichkeit? Und noch dazu in Französisch.«

Eine Minute lang schwiegen alle, während D3 sich aufplusterte – zu Recht, wie ich fand. Charlea gab die Fotokopie mit einem Glucksen zurück. *»Das* muß man den Mathematikern lassen: Sie haben Klasse. Wie viele *Who's Who*-Leser haben Ihrer Meinung nach auch nur den blassesten Schimmer, was N. Bourbaki bedeutet? Selbst die meisten Mathematiker wissen nicht, wer diesem erlauchten Club angehört. Ich hatte immer den Eindruck, alle Bourbakisten seien Franzosen. Gratuliere, Diana, daß Sie all diese Insiderinformationen ausgegraben haben. Besonders über Bourbakis ›sinnliche Genüsse‹. Stammt das wirklich von Bass?«

Diana nickte lebhaft. »Ich habe es erst heute vormittag

erfahren. Direkt in seinem Büro. Aber es gibt da noch etwas, was Sie über Bourbaki wissen sollten.«

»Und das wäre?«

»Sie haben nämlich eine Regel, auch wenn schon ein paarmal dagegen verstoßen wurde: Mit 50 scheidet man aus.« Sie blickte wieder kurz auf ihre Notizen. »Wie sagte Bass doch gleich? Ah, hier ist es: ›Ein Alter, das weit genug vom Stadium verminderter Geistesfähigkeiten entfernt ist, um keine Peinlichkeiten aufkommen zu lassen.‹« Sie sah von ihrem Blatt auf. »Ziemlich taktvoll ausgedrückt, nicht wahr?«

Charlea murmelte etwas vor sich hin, das ich nicht mitbekam; Sepp schaute finster drein; und ich mußte an den unverzeihlichen Schrieb denken, der mir meine »Beförderung« mitteilte. Nur Hiroshi hüllte sich in nicht zu deutendes Schweigen.

»Das beste Rezept gegen ›verminderte Geistesfähigkeiten‹«, knurrte Charlea, »ist Unvoreingenommenheit. An diese Regel sollten wir uns halten und nicht an eine x-beliebige Altersgrenze.«

»Ich glaube, wir haben jetzt genug über Nicolas Bourbaki gehört«, sagte ich.

Ich war im Begriff weiterzusprechen, als Hiroshi mich unterbrach. »Nur noch *eine* Frage, Diana. Ich habe von Max schon gehört, woher der Name ›Bourbaki‹ kommt.« Er lächelte befangen, weil er mit dem Namen Probleme hatte. »Aber warum haben sie sich für Nicolas entschieden?«

»Das weiß ich nicht.« Es war das erste Mal heute, daß ich von Diana ein derartiges Eingeständnis hörte.

»Aber ich«, warf Charlea ein. »Der Name geht angeblich auf Sankt Nikolaus zurück, der den Mathematikern Geschenke bringt.«

»Warum setzen Sie sich nicht zu uns?« fragte Charlea.

Diana steuerte das Sofa an, während wir vier uns um den Tisch unseres Privatzimmers gruppierten. »Ich habe versprochen, mich nicht einzumischen. Es wird Zeit, daß ihr Wissenschaftler euch auf einen Modus operandi einigt. Ich höre von hier aus zu.«

»Nein, setzen Sie sich zu uns.«

»Soll das heißen, daß Sie eine zweite Frau brauchen?«

»Keineswegs«, erwiderte C3, »aber ich beginne einzusehen, daß es nützlich sein könnte, eine historische Perspektive zu bekommen.«

»Das habe ich Diana auch schon gesagt«, fügte ich hinzu. »Außerdem könnte sie uns, als ehemalige Dekanin, finanzielle Tips geben.«

»Ich schlage vor, daß wir uns zuerst einmal über die Person Skordylis unterhalten«, sagte Charlea. »Diana Skordylis kann nicht einfach aus dem Nichts auftauchen, eine Abhandlung veröffentlichen und wieder verschwinden. Damit wäre der Zweck dessen, was wir hier vorhaben, nicht erfüllt. Also keine Eintagsfliege.«

Sepp blickte zweifelnd drein. »Warum nicht? Was ist, wenn wir eine wirklich *brillante* Abhandlung veröffentlichen?«

»Seien Sie realistisch. Wir müssen die Leute daran gewöhnen, den Namen in der Literatur zu sehen. Ich finde, sie sollte in den nächsten Jahren eine Reihe von Veröffentlichungen herausbringen, natürlich über verwandte Themen, egal, ob sie nun ›brillant‹ sind oder nicht.«

Sepp fühlte sich durch den sarkastischen Anflug beleidigt, doch Hiroshi intervenierte. »Was ist mit Mitautoren?«

»Das ist eine heikle Frage.« Charlea blickte mit hochgezogenen Augenbrauen in die Runde. »Irgendwelche Vorschläge?«

»Verzeihen Sie«, mischte sich Diana ein und fuchtelte mit ihrem Bleistift herum. »Sie sprachen von einer Reihe von Veröffentlichungen in den nächsten Jahren. Wie viele sind ›eine Reihe‹?«

Charlea sah sie irritiert an. »Das ist doch völlig belanglos. Sagen wir ein halbes Dutzend.« Sie begann sich von Diana abzuwenden, doch es half nichts.

»Gut, ein halbes Dutzend also«, bohrte D3 weiter. »Und wie lange dauert es auf Ihrem Arbeitsgebiet, bis ein Artikel im Druck erscheint, nachdem er eingereicht wurde?«

»Mindestens einige Monate.« Charleas Stimme klang barsch. »Manchmal ein Jahr oder länger. Das hängt immer davon ab, wo man veröffentlicht; ob es ein Vorausbericht ist oder eine vollständige Abhandlung mit allen Einzelheiten; ob es Probleme mit den Gutachtern gibt; und natürlich in erster Linie davon, wie bekannt der Autor ist. Und genau das ist der Grund, warum DS lieber schleunigst einiges veröffentlichen sollte. Wir – ich meine Sie – haben nicht viel Zeit. Ich nehme an«, sagte sie mit einem vielsagenden Blick in Dianas Richtung, »daß fünf Jahre so ziemlich das Maximum sind, um alles auszuführen: Sepps ›brillante‹ Idee, Max' Rache . . .«

»Aber müssen Sie vorher nicht erst einmal arbeiten – ich meine *wissenschaftlich* arbeiten? Ich begreife noch immer nicht, wie DS innerhalb von zwei Jahren sechs Veröffentlichungen schaffen soll.«

Charlea sah sie nachdenklich an. »Ich glaube allmählich, daß wir Bourbakis Beispiel folgen und Sie zum Adjutanten wählen sollten.« Ich konnte an Dianas Gesichtsausdruck ablesen, daß sie Charleas Bemerkung als Kompliment aufgefaßt hatte. Dann wandte sich C3 an uns. »Ich würde vorschlagen, daß wir Diana Skordylis zu einem guten Start verhelfen, indem jeder von uns etwas zu ihrer Mitgift beisteuert.«

»Mitgift?« fragte Diana. Die Frage des Familienstandes von DS schien ihre Neugier geweckt zu haben.

»Wenn wir das praktische Problem lösen wollen, das unsere Adjutantin gerade angeschnitten hat«, sagte sie mit einem überraschend liebevollen Blick auf D3, »wie wäre es dann, wenn jeder von uns etwas Eigenes beisteuern würde – Arbeiten, die ganz oder fast abgeschlossen sind, aber noch nicht veröffentlicht wurden? Auf diese Weise dürfte es nicht lange dauern, ein halbes Dutzend Manuskripte zusammenzubringen, stimmt's?« Sie hob die Hand, um das Gemurmel verstummen zu lassen, das am Tisch eingesetzt hatte. »Selbstverständlich müssen das Projekte sein, an denen man allein gearbeitet hat – was, wie ich vermute, bei allen dreien von Ihnen sehr unwahrscheinlich ist –, oder zumindest Arbeiten, bei denen Sie sich sonst niemandem verpflichtet fühlen.«

»Wie soll das gehen?« fragte Sepp mißtrauisch.

»Wir sind doch alle lange genug in der Forschung tätig. Zusammengenommen mehr als ein Jahrhundert.« Ich gab vor, zu erschauern, doch sie nahm keine Notiz von mir. »Im Laufe dieser Zeit haben wir doch bestimmt alle irgendeine experimentelle oder theoretische Arbeit veröffentlicht, die einer Ergänzung oder Gott bewahre gar einer ernsthaften Korrektur bedarf.« Sie wandte sich an mich. »Ihr NFAT-Projekt, Max.«

»Was ist das?« fragte Diana.

»Nuklearfaktor aktivierter T-Zellen«, sagte ich unbehaglich. »Charlea, das kann nicht Ihr Ernst sein.«

»Was? Sie DS zu geben oder sie zu korrigieren?«

»Sie *braucht* nicht korrigiert zu werden.«

»Ach, kommen Sie doch von Ihrem hohen Roß herunter. *Falls* – und ich sage das jetzt nur mal um der Debatte willen –, *falls* Ihr NFAT-Projekt es verdient, überprüft zu werden, was wäre dann dagegen einzuwenden, wenn wir beide es uns gemeinsam vornähmen? Und *falls* – wiederum nur mal angenommen – wir in Ihrer ursprünglichen Abhandlung tatsächlich etwas finden sollten, das einer bescheidenen, aber nicht unerheblichen Korrektur bedarf, was wäre dann dagegen einzuwenden, diese unter dem Namen Diana Skordylis zu veröffentlichen? Das wäre jedenfalls besser, als wenn ein anderer den Fehler entdecken und publik machen würde.«

Noch vor wenigen Augenblicken war ich nicht sicher gewesen, ob sie mich auf den Arm nahm. Es hatte auf jeden Fall den Anschein; aber jetzt sah ich, daß sie es ernst meinte. »Sie dürfen nicht denken, daß ich auf Ihnen herumhacke, Max. Ich habe nur zufällig Ihren NFAT-Artikel gelesen. Ich sage lediglich, daß wir *alle* einen Blick auf unseren kollektiven *corpus* werfen sollten«, fügte sie hinzu, während ein amüsierter Ausdruck über ihr Gesicht huschte, »um festzustellen, ob wir irgend etwas zur Mitgift von DS beitragen können. Sehen wir doch in der Schublade mit den abgebrochenen Projekten nach, was sich dort versteckt. Wir müssen langsam lernen, mit unserem geistigen Eigentum freigebig zu sein. Wenn wir das nicht fertigbringen, dann hat Diana Skordylis keine Chance.«

»Einverstanden«, sagte Hiroshi.

»Einverstanden«, wiederholte Sepp.

»Ich auch«, sagte ich mit einem Blick auf Charlea, »vorausgesetzt, daß das Wort *corpus* im Protokoll durch *opus* ersetzt wird. *Corpus* verbinde ich nämlich immer mit *delicti*.«

»Der Punkt geht an Sie«, sagte Charlea feierlich und schrieb ein einziges Wort auf ihren Block. Ich hatte den Eindruck, als würde sie sich nicht sosehr Notizen machen, als vielmehr den Spielstand festhalten.

Das Stöbern nach geringfügigen Fehlern oder gar groben Schnitzern in unseren jeweiligen *œuvres* konnte für Diana Skordylis jedoch nur eine Starthilfe sein. Um aus ihr eine wissenschaftliche Sensation zu machen, war etwas ganz anderes erforderlich: eine völlig neue Entdeckung, die mit unseren jüngeren oder derzeitigen Forschungsarbeiten nicht in Verbindung stand. Welcher Wissenschaftler würde schon den grandiosen Diamanten, den er bereits gefunden und geschliffen hatte, einem anderen zum Polieren überlassen, nur damit man ihn unter einem anderen Namen verkaufen konnte?

»Wir könnten nach folgendem Prinzip verfahren«, bemerkte Charlea. »Von heute an wird jedes *neue* Forschungsprojekt, das einem von uns einfällt, in den Skordylis-Korb geworfen. Als erstes sollten wir uns eine vernünftige Frist setzen, sagen wir drei Monate?«

»Was dann?«

Charlea sah Sepp an. »Wenn wir uns wieder treffen, nehmen wir die Vorschläge auseinander: ohne Rücksicht auf Verluste, genau so, wie Diana die Nicolas-Bourbaki-Tagungen geschildert hat. Jedes Projekt, das überlebt, wird das geistige Eigentum von Skordylis.«

»Und dann?«

»Dann überlegen wir uns, wer was, wo, wann und wie macht.«

»Hört sich gut an«, sagte ich.

Sepp beugte sich vor und schüttelte energisch den Kopf. »Sie beide haben gut reden. Sie, Charlea, sind nicht einmal pensioniert. Und Sie, Max, können immer noch in Princeton arbeiten. Aber ich habe in Innsbruck, an der Universität, nichts – nicht einmal ein Büro.«

Wie ein wohlerzogener Schüler, der wartet, bis er aufgerufen wird, hob Hiroshi die Hand hoch. »Sepp hat da auf etwas Wichtiges hingewiesen«, sagte er. »Wir sind nicht wie Ihre

Mathematiker, Max. Unsere Bemühungen sind nicht auf ein einzelnes Projekt gerichtet, beispielsweise ein Lehrbuch.« Er verschränkte die Arme vor der Brust, und seine Miene verhärtete sich. »Diese Sache betrifft unser ganzes Leben. Wie wollen wir – wir vier als *eine* Person – zusammenarbeiten, obwohl unsere äußeren Umstände, unsere Fähigkeiten, ja unser ganzer Lebensstil so verschieden sind?«

Neben mir klopfte sich Sepp mit dem Daumennagel an die Zähne – ein leises, aufreizendes Geräusch. Jetzt hörte er damit auf. »Mir wird langsam klar, daß unser Vorhaben echte Disziplin erfordert.«

»Und Altruismus«, warf Charlea ein.

»Wie bitte?« fragte Sepp stirnrunzelnd.

»Uneigennützigkeit.«

Sepp zuckte unverbindlich die Achseln. »Ich möchte einen Vorschlag machen, der gut für unseren . . . Altruismus wäre«, sagte er und nickte Charlea zu, »und *außerdem* gut für die Disziplin. Wir haben jetzt eine Methode, um Vorschläge zu verwerfen. Aber was ist, wenn zu viele gute Ideen übrigbleiben? Wir werden irgendwelche Prioritäten setzen müssen.«

Großer Gott, dachte ich, wollen wir etwa die NIH neu erfinden? »Sie haben vermutlich nie Gelder bei unseren National Institutes of Health beantragt«, begann ich.

»Doch«, unterbrach er mich. »Mein Antrag wurde abgelehnt.«

Sepps Antwort brachte mich aus dem Konzept. Ich wußte nicht recht, wie ich darauf reagieren sollte. »Was ich sagen wollte, ist: Wenn man anfängt von Prioritäten zu sprechen, dann fängt man an, das Auswahlverfahren zu umreißen, das die NIH-Gremien anwenden, wenn sie Anträge auf Forschungsmittel prüfen. Ich dachte, wir wollten versuchen, von dem ganzen Papierkrieg und Bürokratismus wegzukommen.«

»Disziplin kann nie schaden . . .«

»Zum Teufel mit der Disziplin«, knurrte ich.

»Regen Sie sich ab, Max«, sagte Charlea. »Er meint doch nur die Disziplin bei der Bewertung. Anders lassen sich hohe Maßstäbe nicht aufrechterhalten. Außerdem besteht ein großer Unterschied zwischen uns und jeder anderen Prüfungskommission: Wir setzen uns hin und kritisieren unsere eigenen Sachen. Richtig, Sepp?«

Sepps Brummen sollte wohl »ja« bedeuten. Er klang eingeschnappt. »Als Max mich unterbrach, wollte ich einen Vorschlag machen, um zu Charleas Altruismus beizutragen, und nicht, um den von Max angeführten Papierkrieg auszuweiten.«

»Tut mir leid«, sagte ich. Ich fragte mich, ob ich ebenso ungnädig klang wie Sepp.

»Angenommen, wir hätten zwischen zwei sehr guten Vorschlägen zu entscheiden, einem von Max und einem von mir«, sagte Sepp.

»Angenommen«, sagte ich vorsichtig.

»Dann müßte ich den von Max vor der Gruppe verteidigen und er den von mir. Erst dann würden wir uns auf eine Rangfolge einigen. Können Sie mir folgen?«

Er sah Hiroshi an, der langsam nickte. Da Charlea merkte, daß aus dieser Ecke nichts mehr kommen würde, gab sie den Ball an mich ab. »Es ist einen Versuch wert. Was meinen Sie, Max?«

»Ich muß mir das durch den Kopf gehen lassen.« Ich war doch etwas bestürzt über die technischen Einzelheiten, die hier aufs Tapet gebracht wurden; als ich das Ganze auf den Jungferninseln und daheim in Princeton ausgearbeitet hatte, war mir nichts von alledem in den Sinn gekommen.

»Darf ich einen Vorschlag machen?« Diana sprach überraschend stockend. »Wenn Sie das Stadium erreicht haben, das Sepp gerade beschrieben hat, wie wäre es dann, wenn Sie den Fall *mir* vortragen würden? In einer Sprache, die ich verstehe? Vielleicht könnten Sie auch einige der gesellschaftlichen Fragen ansprechen, die sich unter Umständen ergeben. Es sei denn«, sagte sie abschließend und sah geradewegs zu mir, »Ihre Arbeit ist reine Theorie.«

Der Ausdruck »reine Theorie« klingt für mich immer etwas abfällig. Ich weiß nicht, was für ein Gesicht ich in dem Moment machte, aber sie muß meine erste Reaktion, die bestenfalls lauwarm war, falsch gedeutet haben.

»Max, ich biete mich als ehrlicher Makler an. Und im übrigen: Wenn Sie alle hier mir die Arbeit von Skordylis nicht verständlich machen können«, sagte sie und richtete ihren Blick auf den Tisch, »dann muß doch wohl irgend etwas mit Ihnen nicht stimmen.«

Wenn das ein Fehdehandschuh war, dann war ich gespannt, wer ihn als erster aufheben würde. *Ich* bestimmt nicht.

Charlea legte ihre Hand auf Dianas Rechte, die den Bleistift hielt. Es sah fast so aus, als wollte sie sie daran hindern, ihn zu benutzen. »Ein Mäzen sollte wissen, wofür das Geld ausgegeben wird. Haben Sie *das* gemeint?«

Diana zog ihre Hand weg. »Das hatte ich *nicht* gemeint, denn ich bin nicht Ihre Mäzenin – so gerne ich diese Funktion auch ausüben würde. Aber wenn Sie mich so fragen, warum eigentlich nicht?« Sie klopfte einmal fest mit dem Bleistift auf den Tisch. »Ich habe Sie alle über Drittmittel reden hören; wie man sie beantragt, sie nicht bekommt.« Sie warf einen schuldbewußten Blick auf Sepp, der sie nicht ansah. »Aber ich habe noch keinen von Ihnen erwähnen hören, woher diese Mittel stammen. Sie haben schon immer einen Mäzen gehabt – nämlich die Gesellschaft.«

»Und?« fragte Charlea herrisch.

»Und deshalb ist Förderung keine Einbahnstraße«, sagte sie hitzig. »Ist es nie gewesen. Wenn Sie gefördert werden wollen, müssen Sie sich am Austausch beteiligen. Zumindest sollten Sie sich Mühe geben, Ihre Ideen in einer für Laien verständlichen Sprache darzulegen.«

»Warum nicht? Abgemacht.«

Diana starrte Charlea an. »Soll das heißen, daß Sie einverstanden sind?«

»Klar«, sagte Charlea grinsend. »Haben Sie von mir etwas anderes erwartet?«

»Na ja«, stammelte D3, »ich dachte eben . . .« Ich sah, daß Diana auf einen Kampf vorbereitet gewesen war; nun, da kein Grund mehr dazu bestand, erging es ihr wie einem Teekessel, der vom Feuer genommen wird.

»Bei uns ist diese Frage umstritten«, bemerkte Hiroshi, doch dann brach er ab und starrte auf seine Hände. Sollte das heißen, daß er nichts damit zu tun haben wollte? »Aber ich begreife nicht, wie das unser Problem lösen soll. Wir vier müssen eine

Möglichkeit finden, wie wir unter uns zu einer Entscheidung kommen . . .«

»Und da liegt das Problem«, konterte Diana. »Genau das sagen Wissenschaftler immer. Aber vielleicht können Sie sich untereinander nicht gleich einig werden. Wenn Sie das Material einem relativ unvoreingenommenen Beobachter vorlegen, machen Sie die Sache zumindest einfacher.«

»›Wir sollten alles so einfach wie möglich machen, aber nicht einfacher.‹ Wissen Sie, wer das gesagt hat?«

Der Ton war reinster Herr Professor Krzilska, der sich die Studentin Doyle-Ditmus vorknöpft. Diana konnte nur den Kopf schütteln.

»Einstein! Und ich stimme ihm voll und ganz zu. Wer soll also die Vereinfachung im Namen von Diana Skordylis vornehmen?«

Falls Sepps Frage für Diana bestimmt war, so wurde sie nicht zur Kenntnis genommen: D3 hatte auf ihrem Block zu kritzeln begonnen.

Charlea kam ihr zu Hilfe. »Offensichtlich Sie und Max – vorausgesetzt, es handelt sich um Projekte, die von Ihnen beiden vorgeschlagen wurden.«

»Und Frau Doktor Doyle-Ditmus trifft dann die endgültige Entscheidung?« Sepps Augen verengten sich. Diana hatte zu kritzeln aufgehört.

»Warum nicht?« gab C3 zurück. »Wenn wir bei zwei Projekten angelangt sind, die beide gleichermaßen lohnend sind, warum sollen wir dann nicht einen Außenstehenden entscheiden lassen?«

»Auf welcher Basis? Wer sein Projekt mit den einfachsten Worten erklären kann?« Sepps Verärgerung war nicht zu überhören.

Es war an der Zeit, die Diskussion zu beenden. Vielleicht hatte Charlea nur Spaß gemacht, doch Sepp schien es für bare Münze zu nehmen. Und ich hatte keinen Schimmer, was Hiroshi dachte. »Das wird allmählich kontraproduktiv«, sagte ich.

»Das?« Charleas Augenbrauen begannen nach oben zu wandern. »Was genau? Sepps Beitrag zu unserem Altruismus-

Training? Dianas Vorschlag, ihr unsere Ideen in verständlicher Form vorzutragen? Oder daß sie die letzte Instanz ist?«

Ich holte tief Luft und begann zu zählen. Dies war nicht der Zeitpunkt, die Geduld zu verlieren. »Darf ich jetzt meine Meinung äußern?« fragte ich, bemüht, nichts weiter als schalkhaft zu klingen. »Wir können es ohne weiteres einmal mit Sepps Idee versuchen, aber wir wollen sie nicht gleich in Stein meißeln. Und Ihnen, Diana«, sagte ich und blickte so lange in ihre Richtung, bis sie endlich aufsah, »möchte ich sagen, daß nichts dagegen einzuwenden ist, unsere wissenschaftlichen Ideen in der Sprache des Salons zu erläutern.« Ich schaute Sepp an. »Einstein würde Ihnen aus dem Grab applaudieren. Aber was das betrifft, daß Diana tatsächlich *entscheiden* soll . . .« Meine Augen wanderten himmelwärts. »Also da . . .« Diplomatischer kann ich wirklich nicht sein, sagte ich mir und brach ab.

»Max«, sagte Diana, »und Sepp. Sie beide müssen völlig übergeschnappt sein. So etwas würde mir nicht im Traum einfallen. Ich habe gar nicht die nötigen Voraussetzungen, um eine solche Entscheidung zu treffen, und ich möchte diese Verantwortung auch gar nicht übernehmen. Ich habe in meinem Leben ein Stadium erreicht, wo ich es leid bin, Entscheidungen für andere zu treffen. Ich unterstütze Ihre Pläne, weil mich die Ihrem Vorhaben zugrundeliegende Idee fasziniert. Ich bin gerne Zuschauerin, vielleicht sogar Ihrer aller Vertraute oder Freundin – aber mehr nicht. Sie sollten sich also lieber noch ein wenig über Ihre kollektive Entscheidungsfindung unterhalten. *C'est tout, mes amis«,* verkündete sie und erhob sich.

»Nun, da haben wir unsere Antwort«, murmelte ich.

»Eine fabelhafte Frau«, pflichtete Sepp bei.

Kapitel 14

»Ich begleite Sie zu Ihrem Hotel«, sagte ich zu Sepp. »Ich brauche frische Luft.« In Wahrheit ging es mir nur darum, ein Weilchen mit ihm alleine zu sein. Falls der Nachmittag irgendwelche Spannungen hinterlassen hatte, wollte ich diese unbedingt abbauen.

»Wo wohnen Sie?« fragte er, als wir die Fifth Avenue in nördlicher Richtung entlanggingen. Es war eine völlig harmlose Frage, die mich jedoch in Verlegenheit brachte. Ich wollte nicht zugeben, daß ich in Dianas Gästezimmer schlief.

»Bei einem Freund«, sagte ich schnell. Ich war im Begriff, das Thema zu wechseln, als Sepp mich überrumpelte.

»Wie haben Sie die Frau Doktor kennengelernt?«

»Welche?« fragte ich unschuldig, um Zeit zu schinden.

Sepp war fast zehn Zentimeter größer als ich, und als er nun mit leicht provozierendem Grinsen auf mich herabschaute, erschien er mir plötzlich aufdringlich und bedrohlich. »Bestimmt nicht Charlea«, sagte er. »Sind Sie beide nur befreundet?«

Was hatte dieses »nur« zu bedeuten? Sahen wir etwa wie ein Liebespaar aus? »Nur befreundet«, sagte ich nickend. »Wir haben uns im Urlaub kennengelernt.«

»Und jetzt? Treffen Sie sich oft?«

Ich wollte schon sagen, daß ihn das nichts angehe, als er abrupt vor einem Schaufenster von Mark Cross stehenblieb. »Ein Filofax?« las er und deutete auf einen ledergebundenen Terminkalender. »Das kaufe ich für meinen Sohn. Ich möchte ihm etwas aus Amerika mitbringen, und das kann er bei der Arbeit brauchen.«

»Ihr Sohn?« fragte ich, dankbar für den Themenwechsel – und neugierig, etwas über Sepps Privatleben zu erfahren. »Wie alt ist er?«

»Zweiundvierzig. Er hat sich schon immer für Amerika interessiert. Als er ein kleiner Junge war, haben wir zusammen viel über Indianer, Totempfähle, Büffel und so weiter gelesen – all die Dinge, die für uns Europäer die Romantik des Wilden Westens verkörpern.«

»Was macht er beruflich?«

»Er ist Psychoanalytiker, Jungianer.«

»Wirklich?« Ich sagte, was man immer sagt, wenn man mit einer Tatsache konfrontiert wird, die nirgendwo hinzuführen scheint. Und dann fragte ich ohne jeden ersichtlichen Grund: »Haben Sie schon einmal eine Psychoanalyse gemacht?«

Sepp schien diese Frage jedoch nicht für aufdringlich zu halten. Er schüttelte lediglich den Kopf. »Dauert zu lange.«

Was sollte *das* nun wieder heißen? Daß er eine Psychoanalyse gemacht hätte, wenn er Zeit gehabt hätte?

»Und Sie, Max?«

»Was?«

»Haben Sie schon mal eine Analyse gemacht?«

»Nein«, sagte ich mit Nachdruck. »Ich habe noch nie das Bedürfnis nach einem Klapsdoktor verspürt.«

»Ach«, sagte Sepp und musterte mich forschend. »Mein Sohn kann das Wort ›Klapsdoktor‹ nicht ausstehen. Er sagt, Leute, die es benutzen, sind unsicher.«

Da mir unter Sepps Blick plötzlich unbehaglich wurde, fragte ich: »Und Sie? Haben Sie jemals das Bedürfnis verspürt?«

»Ja«, sagte er, und sein Blick wandte sich nach innen. »Vor allem in letzter Zeit.«

Ich wartete auf weitere Ausführungen, doch er strich sich nur geistesabwesend über das immer noch rotblonde Haar.

»Wegen Ihrer Pensionierung?« hakte ich nach.

»Vorher.«

»Ach ja?«

»Als meine Ehe in die Brüche ging.« Er hörte auf, sich

durch das Haar zu fahren, und warf mir einen prüfenden Blick zu.

»Nach fast vierzig Jahren . . . Das ist eine lange Zeit.«

Ich versuchte vergebens, mir ein Bild von Sepps Frau in Erinnerung zu rufen. Ich war ihr nur einmal begegnet, als er uns das erste Mal in Princeton besuchte, aber ich konnte mich nicht daran erinnern, wie sie aussah. »Das ist wirklich eine lange Zeit«, sagte ich verlegen.

Als wir das Geschäft verließen und Richtung Norden weitergingen, lief ein verspäteter Zug arithmetischer Berechnungen in meinen geistigen Bahnhof ein. »Fast vierzig Jahre«, hatte Sepp gesagt. Aber hatte er nicht gesagt, sein Sohn sei zweiundvierzig? »Sepp, waren Sie davor schon einmal verheiratet?«

»Eine Ehefrau, zwei Söhne. Das ist alles.«

Was ging es mich an, wenn sein ältester Sohn unehelich war? Und doch verhielt ich mich wie ein Spürhund, der einfach weiterschnüffeln muß. »Wie alt ist Ihr anderer Sohn?«

»Achtunddreißig. Ludwigs Liebe gehört den Klassikern – er hatte sogar Griechisch am Gymnasium. Jetzt ist er Antiquar in Wien. Sie sehen: der Ältere Jungianer, der Jüngere Antiquar.« Sepp lachte in sich hinein. »Aber genug von meiner Familie. Sie haben keine Kinder, oder?«

»Nur eine Ehefrau. Und die ist tot.«

Beim Abendessen fehlte etwas. Lag es daran, daß wir uns ausschließlich mit wissenschaftlichen Dingen beschäftigten, oder weil wir nur zu viert waren? Und die anderen – vermißten sie D_3 auch? Wir schienen die meiste Zeit aneinander vorbeizureden, während wir das einzige verbliebene technische Detail besprachen, nämlich die erforderliche experimentelle Unterstützung. Abgesehen von Charlea waren wir immer auf die Verifizierung unserer theoretischen Überlegungen im Labor angewiesen gewesen. Nun, da wir uns mit den Auswirkungen befaßten, die unsere neue Situation auf unsere Arbeit haben konnte, wurde uns klar, daß wir zu alt waren – uns »zu sehr in ausgefahrenen Gleisen bewegten«, wie Charlea es in einem ihrer taktvolleren Momente ausgedrückt hatte –, um die Metamorphose zu reinen Theoretikern durchzumachen.

»Aber wie wollen Sie die erforderliche Laborarbeit mit der notwendigen Geheimhaltung vereinbaren?« Charlea verstand sich darauf, Tatbestände kurz und bündig zusammenzufassen. »Ich nehme doch an, daß keiner von Ihnen seit Jahren im Labor gearbeitet hat.«

»Seit Jahrzehnten«, gab ich zu.

»Wie wollen Sie es also anstellen? Sie können schließlich nicht erwarten, daß Laborhelfer etwas für sich behalten.«

Die Antwort auf diese Frage kannte ich bereits – tatsächlich hatte ich die Antwort schon seit Wochen parat, noch bevor das Problem überhaupt angesprochen worden war. Eines der Probleme mit Mitarbeitern ist, daß man gelegentlich abwarten muß, bis sie sich mit einem Problem erst einmal selbst herumgeschlagen haben.

Charlea zupfte mit den Fingern an ihrer Unterlippe herum, als versuchte sie, eine Lösung herauszuziehen. »In meiner Umgebung gibt es viele Laborchemiker: in Chicago, an der Northwestern, der University of Illinois ... Ich könnte sagen, ein Theoretiker hätte mich wegen einer Idee angeschrieben, die experimentell verifiziert werden müsse. Das würde sie vielleicht interessieren.«

»Aber angenommen, sie haben Fragen«, warf Sepp ein. »Und versuchen, sich mit diesem Theoretiker in Verbindung zu setzen?«

Sie ging mit einem Achselzucken darüber hinweg. »Sollen sie doch. Sie können ja an das Renga-Institut schreiben. Wir werden keine Adresse angeben – nur ein Postfach in einer Großstadt, sagen wir New York oder Chicago.«

Sepp schien nicht überzeugt zu sein. »Angenommen, sie rufen statt dessen an? Ein- oder zweimal könnte man sie abwimmeln, aber was ist, wenn sie darauf bestehen, den Betreffenden persönlich zu sprechen?« Er nahm seinen Löffel in die Hand und begann ungeduldig auf die Tischplatte zu trommeln. »Und selbst wenn alles nach Plan verläuft – ein brandaktuelles, theoretisches Problem, eine erfolgreiche Bestätigung –, verstehe ich nicht, wie wir uns verstecken wollen, wenn Ihre Laborchemiker anfangen, ihre Arbeit für die Veröffentlichung zusammenzuschreiben. Dann werden sie sich doch bestimmt mit Skordylis beraten wollen, oder etwa nicht?«

Hiroshi beugte sich vor, die Ellbogen auf den Tisch gestützt. »Wir könnten einen japanischen Wissenschaftler einsetzen. Ich kenne genau den richtigen Mann. Er ist in Niigata, einer kleinen Universität an der Westküste Japans. Seine Technik ist exzellent, aber sein Englisch ist furchtbar. Und er ist sehr schüchtern: Wenn Sie ihn mit Diana Skordylis bekannt machen würden, würde er nur zu Boden starren. Es würde ihm nicht im Traum einfallen, einen *erai sensei* wegen irgendwelcher Auskünfte zu belästigen.« Hiroshi setzte die strenge Miene eines *erai sensei* auf, der nicht gestört werden will.

»Ich weiß nicht recht«, meinte Charlea nachdenklich. »Es ist schon schwer genug, sich mit Laborchemikern herumzuschlagen, die die gleiche Sprache sprechen.«

Darauf folgte ein hartnäckiges Schweigen. Keiner der Laborchemiker am Tisch schien gewillt zu sein, sich von Charlea ködern zu lassen.

»Wäre es nicht das beste, wenn wir jemand finden könnten, vor dem wir uns nicht verstecken müßten?« sagte ich. »Jemand, der gelegentlich dabeisein könnte, wenn wir uns alle treffen?«

»*Das* wäre natürlich verdammt nützlich«, mischte sich Charlea ein. »Aber wir wollen doch nicht zu viele Leute einweihen, stimmt's?«

»Deshalb schlage ich vor, daß wir niemand von außerhalb nehmen«, erwiderte ich und lächelte Charlea wohlwollend an. »Sondern Jocelyn Powers: das einzige Enkelkind unserer verehrten Diana.«

Natürlich gab es Einwände. Daß diese Experimente mit ihrer eigenen Arbeit in Princeton wohl kaum zu vereinbaren seien. Daß man nicht einfach erwarten könne, daß ihr Doktorvater ihr gestatten würde, nach Lust und Laune neue Projekte in Angriff zu nehmen. Und daß wir von Jocelyn auch nicht erwarten könnten, im verborgenen zu wirken. Nein, verkündete ich, das könnten wir wirklich nicht. Falls Jocelyn unser Laborchemiker werden sollte, mußte ich ihr zu der entsprechenden Tarnung verhelfen. Ich würde sie als Doktorandin annehmen müssen.

»Und wie wollen Sie das als Emeritus bewerkstelligen?« schnaubte C3 verächtlich. »Wenn in Chicago ein Emeritus anfragt, ob jemand bei ihm promovieren kann, bekommt er ein schallendes Nein zur Antwort.«

»Stimmt«, pflichtete ihr Sepp bei. »Ich weiß genau, was ich zu hören bekäme, wenn ich das fragen würde: Nein, nein und nochmals nein.«

Ihr begeisterter Pessimismus brachte mich zum Schmunzeln. Aber ich fand, daß ich meine Möglichkeiten in Princeton besser kannte als sie. Ich würde es schon irgendwie deichseln. Ich mußte nur ein bißchen lügen – oder nötigenfalls eben die Leute unseres Fachbereichs ansprechen, die mir noch etwas schuldig waren. Die Lüge war kein Problem: Ich konnte behaupten, mich vor meiner offiziellen Pensionierung verpflichtet zu haben, Jocelyns Doktorvater zu sein. Wenn das nicht funktionierte, war bestimmt einer meiner Fachbereichskollegen damit einverstanden, pro forma den Doktorvater zu spielen, die eigentliche Arbeit aber de facto mir zu überlassen.

Die Gruppe schien zufriedengestellt zu sein, doch dann schnitt C3 eine weitere Frage an. »Da ist noch ein Punkt, der über die erforderliche Veröffentlichung hinausgeht und den wir noch nicht angesprochen haben. Falls DS erfolgreich ist, falls also wir vier eine brillante Entdeckung machen, läuft es dann – jedenfalls für Max und Sepp – letzten Endes nicht darauf hinaus, Diana Skordylis zu opfern?«

»Opfern?« fragte Hiroshi. »Was meinen Sie damit?«

»Sie meint damit verbrennen«, erläuterte Sepp.

»Ja, ja, das weiß ich«, sagte Hiroshi. »Aber warum?«

»Um Max' endgültigen Beweis für die intellektuellen Fähigkeiten und die Originalität einiger ...« sie zögerte kurz, »prägeriatrischer Wissenschaftler anzutreten.«

»Ha!« rief ich aus. »Das ist gut!«

»Ich wollte nicht ›ältere‹ sagen. Aber egal: Um das zu erreichen, was Sie beweisen wollen, Max, werden wir irgendwann bekanntgeben müssen, daß wir vier Diana Skordylis sind, und das ist dann das Ende von DS. Aber was passiert inzwischen mit Jocelyn? Wir können es nicht riskieren, daß ihr Name neben dem von Skordylis auf einer Veröffentlichung erscheint, solange noch niemand die Identität von DS kennt. Was ist, wenn Jocelyn nach ihrer Mitarbeiterin vom Renga-Institut gefragt wird?«

»Ich glaube, das können wir umgehen«, sagte ich. »Jocelyn wird ihre Forschungsergebnisse ganz allein veröffentlichen – ohne irgendwelche Mitautoren. Kein Max Weiss, keine Diana Skordylis – nur Jocelyn Powers. Das wird für sie bestimmt Vorteile haben. Sie wird zu den ganz wenigen Doktoranden in der Biochemie gehören, die alleine veröffentlichen.«

»Klingt vernünftig«, sagte Charlea. »*Vorausgesetzt,* Jocelyn kann die Laborarbeit alleine machen und weiß, wann sie den Mund halten muß. Aber das wird nur bei etwas ›Reinem‹ gehen – bei Experimenten, die auf einer neuen Idee basieren. Was ist mit den Projekten, über die wir alle in den letzten Tagen nachgedacht haben, den anfänglichen ›Aufräumungsarbeiten‹, die wir unter dem Namen Skordylis veröffentlichen wollen? Falls dabei experimentelle Hilfe erforderlich ist, kann das Mädchen wohl kaum mitmachen. Sonst würde sie ja automatisch einen Mitautor erben – zumindest D. Skordylis. Was dann?«

»In dem Fall wird wohl der, der das ›Aufräumen‹ besorgt, wieder ins Labor gehen müssen. Beispielsweise Sie, Charlea.«

Das sollte ein Scherz sein, doch Sepp fand das überhaupt nicht komisch.

»Ich nicht. Sie wissen doch, daß ich kein Labor mehr habe. Nicht einmal mehr ein Namensschild.«

»Sepp, das war nicht ernst gemeint. Keiner von uns hat in den letzten Jahren im Labor gestanden. Wir haben jedoch verschiedene Möglichkeiten. Zweifellos könnte Charlea, und vermutlich auch Hiroshi oder ich, für einige Zeit einen Laboranten einstellen, der für die ›Mitgift‹ sorgt, die wir für DS benötigen. Ich zum Beispiel könnte ein Laborantengehalt vermutlich von meinen derzeitigen NIH-Geldern abzweigen.«

»Und falls der experimentelle Aufwand größer oder komplizierter ist, könnte ich einen japanischen Forscher dazu bewegen, die Sache zu übernehmen«, fügte Hiroshi hinzu.

Ich nickte. »Tatsächlich könnte man auch Jocelyn einbeziehen. Im ersten Jahr braucht sie Forschungserfahrung: Sie muß sich mit speziellen Techniken vertraut machen, mit Geräten, die sie noch nie benutzt hat.«

Charlea hatte mich nicht aus den Augen gelassen. Ich konnte sehen, wie es in ihrem Kopf arbeitete. »Ich glaube, daß wir den Kleinkram von Skordylis handhaben können – und auch die Sache mit Jocelyn. Sie haben recht, Max – es könnte für sie ein gutes Training sein. Aber wenn Sie sie als Doktorandin akzeptieren, nehmen Sie eine große Verantwortung auf sich.« Sie wischte den Einwand beiseite, den ich ausnahmsweise gar nicht hatte vorbringen wollen. »Natürlich wissen Sie das selbst. Aber was machen Sie mit Jocelyn Powers, wenn wir vier *keinen* brillanten Einfall haben? Oder wenn wir auf eine tolle Sache stoßen, die wir alleine handhaben können, beispielsweise durch Computer-Modellierung? Was nimmt sie *dann* als Dissertationsthema?«

»In dem Fall werde ich das tun, was ich auch in den letzten dreißig Jahren schon getan habe, nämlich Jocelyn eine Auswahl aus meinem Fundus möglicher Dissertationsthemen anbieten. Falls einer von euch daran zweifeln sollte, so kann ich ihm versichern, daß dieser Fundus alles andere als leer ist.«

»Aber was ist, wenn Jocelyn Powers nicht interessiert ist? Wenn sie Ihnen einen Korb gibt?« fragte Charlea.

Ich hatte keine Lust, für jedwedes hypothetische Problem Antworten zu präsentieren. »Dieses Risiko müssen wir eben eingehen«, sagte ich. »Punktum.«

Diana hatte mir einen Wohnungsschlüssel gegeben für den Fall, daß unsere Diskussion zu lang dauerte. Kaum hatte ich aufgesperrt und war eingetreten, stand sie schon, noch in voller Kleidung, vor mir. Ich faßte kurz zusammen, wie der Abend verlaufen war. Ihre Reaktion überraschte mich.

»Sie vier wissen wirklich sehr wenig voneinander. Bei einer so engen Zusammenarbeit sollte man eigentlich etwas über das Innenleben der anderen wissen, finden Sie nicht?«

»Innenleben?« rief ich aus. »Bin ich denn von lauter verkappten Jungianern umgeben?« Ich wollte schon sagen, daß eine wissenschaftliche Zusammenarbeit in den meisten Fällen keinen psychologischen Striptease erfordert, aber statt dessen erzählte ich Diana von dem Gespräch, das Sepp und ich vor dem Schaufenster von Mark Cross geführt hatten.

D3 strich sich über das Kinn – eine Geste, die ich noch nie bei ihr gesehen hatte. »Vielleicht besteht noch Hoffnung bei Hiroshis Wissenslücken«, sagte sie, als ich geendet hatte.

»Hiroshi und Wissenslücken?« sagte ich lachend. »Gibt es das überhaupt?«

»Jeder Mensch hat von irgend etwas keine Ahnung. Hiroshis schwacher Punkt ist moderne japanische Geschichte.«

»Ich bin ganz Ohr«, sagte ich und machte mich auf etwas Abstruses gefaßt.

»Ich wollte wissen, was Hiroshis Töchter über die Stellung der Frau in Japan denken. Wollen Sie wissen, was er gesagt hat? Daß er das nicht wisse. Daß dies kein Thema sei, das er mit ihnen erörtere. Schlimmer noch, er gab vor, nicht das Geringste über die japanische Frauenbewegung zu wissen, sogar als ich ihm vorsichtig auf die Sprünge half, indem ich ihn daran erinnerte, daß die japanischen Sozialdemokraten in jüngster Zeit von einer Frau geführt würden.«

»Ein Mann kann nicht alles wissen.«

»Stimmt«, räumte D3 ein, »aber ich würde doch zu gern seine Frau kennenlernen und ihre Seite der Geschichte hören: über das Leben mit Hiroshi und ohne ihn.« Sie ließ sich in die Ecke des Sofas zurücksinken. »Wußten Sie, daß eine seiner Töchter Stewardeß bei der Lufthansa ist? Ich wette, daß sie der Rebell der Familie ist – und daß Hiroshi es nicht einmal weiß. Und seine Frau malt – wußten Sie das? Ich frage mich, ob das eine Berufung oder eine Flucht ist.«

»Beide gehen oft Hand in Hand«, bemerkte ich. »Zumindest führt das eine oft zum anderen. Vielleicht bringt er sie einmal mit, damit Sie sie fragen können.«

Sie schüttelte den Kopf. »Das wird er nicht tun. Er sagte doch zu Ihnen, daß sie kein Englisch spreche und zu traditionell sei, um sich hier wohl zu fühlen.«

Der Gedanke, Ehepartner dabeizuhaben, wäre mir nie in den Sinn gekommen. War das bei den Bourbakisten erlaubt? Nun, da Diana das Thema angeschnitten hatte, dämmerte mir, daß Hiroshis Frau, deren Namen ich nicht einmal kannte, die einzige mögliche Kandidatin war.

»Frauenfragen scheinen ihn überhaupt nicht zu berühren«, sagte sie sinnend. »Diese Geschichte mit dem Kaiserpreis.« Sie tat so, als schauderte sie.

»Preis des Kaisers«, verbesserte ich sie, »nicht Kaiserpreis.«

»Max, führen Sie sich nicht wie Sepp auf.« Es kam mir vor wie ein Klaps auf die Hand. »Dann eben der Preis des Kaisers. . . das ist doch belanglos. Aber nehmen Sie nur mal diese Geschichte und die ganze Phallozentrik ihrer Akademie.«

Ich gab vor, schockiert zu sein. »Ist das nicht ein bißchen hart?«

Diana ging mit einem Achselzucken darüber hinweg. »Und doch scheint Hiroshi ansonsten ein sehr gütiger Mensch zu sein. Er übersetzt Emily Dickinson! Würden Sie nicht wahnsinnig gern mehr über seine Lyrik erfahren? Glauben Sie, daß er mit den Frauen seiner Familie darüber spricht?«

»Mit seiner Frau schon, nehme ich an. Aber nicht mit seinen Töchtern. Der Generationsunterschied ist vielleicht doch zu groß.«

Einen Moment lang sah sie nachdenklich aus. »Sagten Sie, daß Sepp zwei Söhne hat?«

Ich fragte mich, wieso meine Erwähnung eines Generationsunterschiedes sie an Sepp hatte denken lassen.

»Ich wette, die sehen sich bei ihrem Herrn Papa mit einer wahren Kluft konfrontiert.« Sie brach ab, als hätte sie sich dabei ertappt, daß sie laut dachte. »Er erinnert mich an meinen eigenen Vater, nehme ich an«, sagte sie leichthin. »Autoritär, diszipliniert – irgendwie deutsch.«

»Sepp ist Österreicher.«

»Na und?«

Ich lachte. »Österreicher reagieren im allgemeinen empfindlich, wenn man sie den Deutschen zuschlägt.«

»Sie sagen das, als würden Sie da selbst empfindlich reagieren.«

»Vermutlich habe ich auf dem Gebiet tatsächlich meine eigenen Ansichten«, gestand ich – obwohl es mich überraschte, daß sie das gleich erkannt hatte. Ich hatte geglaubt, ihr schlicht eine Erklärung zu liefern. »Ich habe zwar einen deutschen Namen, aber mein Vater stammte aus Ungarn und kam nach Amerika, als seine Heimat noch zur Donaumonarchie gehörte. Und wie ist es bei Ihnen, Diana? Was haben Sie für Vorfahren?«

»Langweilige Angelsachsen, die vermutlich nie im Leben einem Ungarn begegnet sind.« Sie lachte und erhob sich. »Da ist ihnen etwas entgangen«, sagte sie lächelnd und streckte sich schläfrig. Mit einem leisen »Gute Nacht« ging sie hinaus und ließ mich allein auf dem Sofa zurück. Ich saß noch geraume Zeit da und dachte nach.

Kapitel 15

»Max, sind Sie nicht einsam, seit Sie alleine leben?«

Angeblich war D3 für einen Tag nach Princeton gekommen, um ihre Enkeltochter zu besuchen, aber schon ein paar Minuten, nachdem sie sich bei mir zum Tee eingefunden hatte, war ich zu der Überzeugung gelangt, daß der Hauptzweck ihres Ausflugs darin bestand, ihre Neugier bezüglich meines privaten Domizils zu befriedigen. Sie beäugte mich, als mache sie eine Bestandsaufnahme.

»Einsam?« sagte ich. »Nur wenn ich mir gestatte, darüber nachzudenken.«

»Das ist eine merkwürdige Antwort: ›wenn ich mir gestatte‹. Heißt das, daß Sie sich um Erlaubnis fragen, bevor Sie etwas fühlen?«

Ich setzte zum Sprechen an, doch sie fuhr fort, als hätte sie darauf keine Antwort erwartet.

»Sie haben mir nie von Ihrer Frau erzählt.« Ihre Augen starrten unverwandt auf die Papierserviette neben dem Tee, den ich ihr soeben in meinem Wohnzimmer serviert hatte.

Mir wurde klar, daß sie recht hatte. Warum hatte ich ihr eigentlich nie etwas von Nedra erzählt?

Es hatte eine Phase gegeben, wie ich genau wußte – auch wenn ich mich um nichts in der Welt darauf besinnen konnte, wann diese Phase geendet hatte –, in der ich mich häufig fragte, was Nedra unter diesen oder jenen Umständen gesagt oder getan hätte. Doch in letzter Zeit vergehen Wochen, ohne daß ich ein einziges Mal an unser gemeinsames Leben denke. Ist das der Grund, warum ich nie mit ihr über Nedra gesprochen habe? Nur weil Nedra inzwischen der Vergangenheit angehört und ich mich nicht für Geschichte interessiere? Aber warum ist mir dann ihre Frage peinlich?

»Das habe ich tatsächlich nicht«, gab ich zu. »Was möchten Sie wissen?«

»Wie war sie?«

»Ich könnte Ihnen Fotos zeigen . . .« Ich deutete vage in Richtung meines Arbeitszimmers.

»Wirklich, Max! Sie wissen, was ich meine. Ich hätte nichts dagegen, mir Fotos anzusehen – aus den ersten Jahren von Ihnen beiden –, aber wie war sie als Lebensgefährtin? Was hat sie Ihnen gegeben? Was haben Sie *ihr* gegeben?«

Was sie mir gab? Den Kitt der Ehe, hätte ich gerne gesagt – hauptsächlich in Form uneigennütziger Unterstützung, und zwar von der Art, die männliche Akademiker meiner Generation schlicht für selbstverständlich halten. Und Zuneigung. Aber seltsamerweise wenig Interesse für meine Arbeit. Ich hatte nie weiter darüber nachgedacht, da ich diesen Sachverhalt vermutlich auf ihre fehlende wissenschaftliche Bildung zurückführte. Das ist, wie ich einräume, die übliche Ausrede von Wissenschaftlern, die sich wenig Mühe geben, derartige Barrieren zu überwinden.

Und was gab ich Nedra? Sicherheit vermutlich. Sehr konventionelle Sicherheit.

»Haben andere Frauen Sie jemals gereizt?«

Ich schüttelte den Kopf. Was sollte ich dazu sagen? Natürlich war das vorgekommen, manchmal handelte es sich dabei sogar um Studentinnen, aber ich hatte diese Gefühle immer für mich behalten.

»Keine?«

Ich konnte nicht sagen, ob sie überrascht oder enttäuscht war.

»Ich bin wirklich sehr konventionell«, murmelte ich. »Ich habe früh geheiratet«, fügte ich lahm hinzu und merkte, daß D_3 diese Worte vielleicht für eine zusammenhanglose Bemerkung und nicht für eine Erklärung halten würde.

»Haben wir das nicht alle?« meinte sie nickend. »So verlangte es die gesellschaftliche Konvention – damals. Aber wie ist es heute? Sind Sie immer noch konventionell?«

»Ich weiß es nicht«, sagte ich langsam. »Wie ist es bei Ihnen?«

Ich glaube nicht, daß ich die Antwort hören wollte – hätte ich darüber nachgedacht, so hätte ich wohl kaum gewagt, eine derartige Frage zu stellen. Doch ich dachte nicht nach – ich versuchte nur, die Aufmerksamkeit von mir abzulenken.

»Ich bin *nicht* konventionell.«

»Daran zweifle ich nicht«, sagte ich, bemüht, einen Scherz zu machen. Aber ich wußte, daß wir über dieses Stadium bereits hinaus waren. »Und Sie?« hörte ich mich stammeln. »Sind Sie je in Versuchung geraten?«

»In Versuchung?« Sie schien sich das Wort auf der Zunge zergehen zu lassen. »Sicher. Aber sehen Sie, Max, an der Oberfläche habe ich mich stets an die gesellschaftlichen Konventionen gehalten. Früher jedenfalls. Und jetzt? Jetzt beginnt sich das zu ändern. Ich lebe allein. Ich weiß, wie schnell die Zeit vergeht. Mich faszinieren Frauen, die sich in ihren späteren Jahren über die Konvention hinwegsetzen. Zum Beispiel Marguerite Duras.«

Zur Abwechslung präsentierte sie mir diesen Namen nicht, um mich zu prüfen. »Diese Frau«, fuhr sie fort, »eine großartige Schriftstellerin, die auf die Achtzig zugeht, lebt mit einem Mann zusammen, der nicht einmal halb so alt ist wie sie. Genau das bewundere ich an Frauen wie ihr am meisten: diese völlige Unkonventionalität, diese Unabhängigkeit im fortgeschrittenen Alter. Bei Männern ist das ungewöhnlich. Bei Frauen? Sehr selten.« Sie schüttelte den Kopf, als mache sie sich von einem Tagtraum frei. »Ich wollte Ihnen keinen Vortrag halten. Es gibt andere Frauen dieser Art . . .«

»Charlea Conway«, hörte ich mich sagen.

»Charlea?« D_3 runzelte die Stirn. »Wenn ich es mir so überlege, haben Sie vermutlich recht. Ist das nicht seltsam? Sie und ich sind verwitwet; Sepp scheint geschieden zu sein; und Hiroshi verreist nur alleine; falls wir jemals ein Treffen abhalten, zu dem auch Partner eingeladen sind, wäre Charlea wahrscheinlich die einzige, die jemand mitbringen würde. Wie sie wohl ist?«

»Das frage ich mich auch«, erwiderte ich, obwohl ich nicht sicher war, ob D3 Charlea oder deren Lebensgefährtin gemeint hatte. »Ihr Tee ist kalt geworden. Ich mache Ihnen noch einen.«

Sie hinderte mich am Aufstehen. »Bemühen Sie sich nicht, Max. Warum gehen wir nicht ins Kino? Das haben wir noch nie zusammen gemacht.«

»Jetzt?«

»Warum nicht? Wann sind Sie das letzte Mal an einem Wochentag nachmittags ins Kino gegangen?«

»Noch nie«, sagte ich lachend. »Nicht seit meiner Pennälerzeit.«

Princeton ist natürlich nicht New York. Der einzige Film, der an diesem Nachmittag gezeigt wurde, war eine Wiederaufführung von *Eine verhängnisvolle Affäre*. Ich erinnerte mich, davon gehört zu haben, konnte mich aber nicht mehr darauf besinnen, was es war. Als die Leinwand vor uns zum Leben erwachte, flüsterte mir Diana zu: »Ich bin gespannt, wie Sie den Schluß finden. Er ist unheimlich, aber ich will nichts verraten.«

»Warum haben Sie mir nicht gesagt, daß Sie den Film schon gesehen haben?« flüsterte ich zurück.

»Es macht mir nichts aus, ihn noch mal zu sehen: Er hat auch seine positiven Seiten.« Bildete ich es mir nur ein oder hatte Dianas Zunge dabei tatsächlich mein Ohr gestreift? Ich konnte es nicht sagen – da war nur dieser flüchtige Schauer auf meiner Haut, der alles mögliche hätte sein können. Mit D3 neben mir hatten die Nervenenden in meinem rechten Oberschenkel ein beunruhigendes Gefühl der Nähe ausgesandt, der Wärme oder sonst ein Signal, das ich nicht zu deuten wußte.

Als sich das hinreißende Liebespaar auf der Leinwand im Aufzug betatschte und dann in die Wohnung der Frau drängte, während links und rechts Kleidungsstücke zu Boden fielen, war ich froh, daß es dunkel war. Ich hatte begonnen rot zu werden, als Michael Douglas seine Geliebte auf das Spülbecken hob, sie ihre nackten Schenkel um seine Taille schlang, die Kamera sich auf den knackigen Po von Glenn Close scharf einstellte, der über dem Rand des Spülbeckens hing, in dem sich schmutziges Geschirr stapelte, und sie dann mit einer Hand hinter sich nach dem Wasserhahn tastete. Als sie ihn fand, drehte sie ihn auf und spritzte sich zur Kühlung Wasser auf das nackte Gesäß, während ihr Liebhaber mit ihr kopulierte. Daß sie noch ihre Bluse trug, machte die Szene nur um so erotischer. Etwas Derartiges wäre mir nicht in meinen kühnsten Träumen eingefallen, aber nun, da ich diese Szene gesehen hatte, ließ sie sich wohl nicht mehr aus dem Gedächtnis löschen. Ich kam mir selbst nackt vor.

»Na?« fragte Diana, nachdem auch die Namen des letzten Beleuchters und des dritten Tonassistenten über die Leinwand gerast waren. »Was denken Sie über den Film?«

Da man meine Reaktion nicht gerade als »denken« bezeichnen konnte, war ich um die richtigen Worte verlegen.

Diana schien es nicht zu bemerken. »Finden Sie nicht auch, daß das eine unterschwellige Aussage war, die Frau nach hinten greifen und den Wasserhahn aufdrehen zu lassen? Dadurch schien sie die Situation zumindest teilweise unter Kontrolle zu haben.« Wir hatten das Kino Seite an Seite verlassen. Nun blieb sie stehen und wandte mir das Gesicht zu. »Fanden Sie es fair, ihr die Schuld an allem zu geben?«

Großer Gott, dachte ich, falls der Film eine unterschwellige Aussage gemacht hatte, dann war mir das völlig entgangen.

Ich beschloß, auf Nummer Sicher zu gehen. »Sie finden also nicht, daß Glenn Close, die ledige Frau, schuld daran war, was passierte?«

»Und nicht etwa Michael Douglas, der verheiratete Mann, der Bösewicht ist, weil *er* eine Affäre mit ihr hatte?« Als wir auf den Bürgersteig traten, nahm Diana meinen Arm. »Ich glaube, der Film wollte es von beiden Seiten betrachten – und das ist das Interessante daran. Als die ledige Frau schwanger wird, zieht sie eine Abtreibung nicht einmal in Betracht, sondern ist plötzlich bereit, ihren Beruf aufzugeben, um Mutter und Ehefrau zu werden. In dieser Hinsicht handelt der Film von einer Frau, die unter der Belastung zusammenbricht. Sie wird ihrer biologischen Uhr geopfert, während der untreue Ehemann, nachdem er seine Frau inständig um Verzeihung gebeten hat, ungestraft mit seinem Seitensprung davonkommen darf.«

Ich nickte wie ein braver Schüler, der eine besonders erhellende Darlegung quittiert. »Und was ist mit dem Schluß?« fragte ich.

»Ich glaube, ich hätte einige Punkte des Drehbuchs geändert«, erwiderte sie gutmütig. »Mit Sicherheit den Schluß. Ich hätte die Frau ihr Kind bekommen lassen – allein, ohne weiteren Kontakt zum Vater. Und am Ende hätte ich die beiden Frauen – Exgeliebte und Ehefrau – Freundinnen werden lassen.«

Ich war bestürzt. »Und der Mann?«

Diana zuckte die Achseln. »Der bekäme vermutlich seine wohlverdiente Strafe.«

Ich sah sie mit zusammengekniffenen Augen an. »Ich glaube kaum, daß ich darüber Genaueres erfahren möchte.«

Diana zuckte wieder die Achseln. »Ich habe auch noch nicht darüber nachgedacht. In meiner Version ist er einfach nicht sonderlich wichtig.«

Sie wandte mir wieder das Gesicht zu. »Und wie sieht Ihre Version aus, Max?«

Ich erstarrte wie ein Kaninchen, das fern seines Baus überrascht wird.

»Meine?« fragte ich. Selbst Kaninchen wehren sich, wenn sie in die Enge getrieben werden.

»Was würden Sie anders machen? Wenn überhaupt?«

Ich hatte genug gehört, um zu wissen, daß mein erster Impuls – den Weg des geringsten Widerstandes einzuschlagen und zu sagen, daß ich alles lassen würde, wie es war – mich einer bissigen Bemerkung aussetzen würde. Folglich entschied ich mich für das nächstbeste.

»Ich hätte ihn viel kürzer gemacht«, sagte ich, »und ohne eine Aussage.«

»Wie?«

»Ich hätte mit der Spülbeckenszene geendet. Und vielleicht das Wasser überlaufen lassen.«

Diana lachte schallend. »Das hätte ich von Ihnen nicht erwartet. Und welchen Titel würden Sie dem Film geben?«

Nahezu fatale Affäre terminiert, war ich versucht zu sagen. Abgekürzt NFAT, da ich immer Trost in meiner Arbeit finde. Aber ich sprach es nicht aus. Ich war nicht sicher, ob Diana sich daran erinnerte, daß NFAT das Akronym für meinen Nuklearfaktor aktivierter T-Zellen war, und wenn sie es nicht wußte, hätten umständliche Erklärungen die gewünschte Wirkung zerstört. Selbst bei D_3 gab es Grenzen, wie ich merkte, wieviel man als selbstverständlich voraussetzen durfte.

Auf dem Weg zum Bahnhof hatten wir gerade die Universitätsbuchhandlung passiert, als Diana noch einmal auf das Thema Film zurückkam. »Sie gehen nicht viel ins Kino, stimmt's, Max?«

»Sehr wenig. Die meisten Filme sehe ich im Flugzeug.«

»Und früher – als Sie noch verheiratet waren?«

»Mehr als jetzt. Meine Frau hat mich hin und wieder überredet.«

»Haben Sie beide sich jemals Filme angeschaut, die nicht jugendfrei waren?«

Diese Frage war mir noch nie gestellt worden, weder von einem Mann noch von einer Frau. Nicht daß Diana sie mit einem lüsternen Grinsen gestellt hätte; sie ließ die Frage einfach so vor mir fallen, als handele es sich um pure Neugier.

»Einmal.« Ich hoffte, daß eine klare Antwort ihrer Befragung ein Ende machen würde.

Ich hätte es besser wissen müssen.

»Erinnern Sie sich noch an den Titel?«

»*Deep Throat*.« Ich hatte nicht die Absicht, ihr zu verraten, daß es Nedras Idee gewesen war, in diesen Film zu gehen.

»Sie denken nicht mehr viel an Sex, stimmt's?« fragte sie. »Oder etwa doch?«

»Eigentlich nicht«, murmelte ich.

»Ich schon«, sagte sie. »Sie kennen ja die Redensart: ›Ein geküßter Mund wird niemals alt.‹ Man muß das nicht wörtlich nehmen – auch wenn Ihr Wissenschaftler dazu neigt.« Sie blieb stehen und tippte mir leicht an die Stirn. »Manchmal kann einen schon der Gedanke ans Küssen jung halten – oder zumindest jünger. Aber es gibt viel bessere Filme für Erwachsene als *Deep Throat*.«

Die Art und Weise, wie Diana ständig das Thema wechselte, machte mich ganz konfus.

»Das Problem mit Filmen wie *Deep Throat*«, fuhr sie sachlich fort, »ist, daß sie von Männern *für* Männer gemacht wurden. Die weiblichen Filmemacher sind die, die man sich ansehen sollte.«

»Ach«, erlaubte ich mir zu bemerken.

»Zum Beispiel Candida Royalle.«

»Nie von ihr gehört«, sagte ich bestimmt.

Sie sah mich streng an. »Sogar die ›New York Times‹ hat schon über sie geschrieben, Max. Die Zeitungen bezeichnen ihre Filme als ›Edel-Erotika‹.«

Ich sah mich schon einen Nachmittag in einem kleinen Kino in Princeton verbringen, umgeben von stimulierten, erregten Frauen, um dann, wenn das Licht wieder angeht, von Studentinnen aus meiner Abteilung angestarrt zu werden.

»Und wo sollte ich das Ihrer Meinung nach tun?« fragte ich.

»Zu Hause natürlich. Sie können alle in Videotheken ausleihen. Einer ihrer frühen Filme heißt *Femme* – wie das französische Wort.« Sie buchstabierte es auch noch, als wäre ich ein ausgemachter Trottel. »Sie müssen mir versprechen, sich einen anzuschauen – dann werden Sie zu würdigen wissen, was Colette einmal schrieb: ›Es gibt weniger Möglichkeiten, sich zu lieben, als man sagt, und mehr, als man denkt.‹«

»Ich verspreche es«, sagte ich und legte im Geiste zwei Finger übereinander, als ich die Worte aussprach. Sie hatte jedoch meine Neugier geweckt. »Sammeln Sie erotische Filme?« Da ich keine Hoffnung sah, das Thema zu wechseln, dachte ich, ich könnte es wenigstens in akademischere Worte kleiden.

Diana schüttelte den Kopf. »Eigentlich nicht. Ich besitze ein paar meiner Lieblingsfilme, aber im großen und ganzen sehe ich sie mir lediglich gerne an.«

»Was sammeln Sie dann?« fragte ich. Wieder war ich viel zu sehr damit beschäftigt, ihren Fragen auszuweichen, um innezuhalten und mir zu überlegen, in welche Richtung meine eigene Frage führen konnte.

Ich bemerkte, daß ihre Augenbrauen kurz nach oben wanderten, als wäre sie überrascht – angenehm überrascht. »In erster Linie erotische Literatur«, sagte sie gelassen. »Frühe Ausgaben. Hauptsächlich 18. und 19. Jahrhundert; französische natürlich.«

»Natürlich.« Es schien mir die einzige unverfängliche Antwort zu sein.

»Wenn Sie möchten, zeige ich Ihnen meine Sammlung einmal. Ich habe einige seltene Bände, die Sie vielleicht interessieren werden – vom bibliophilen Standpunkt aus. Zum Beispiel die allererste französische Ausgabe von Casanovas *Erinnerungen* – die stark überarbeitete Tournachon-Molin-Version, eine gekürzte Rückübersetzung der 1822 bei Brockhaus erschienenen Bände, die auf dem von Casanova eigenhändig geschriebenen Manuskript beruhen. Oder die zwölf Bände der ersten vollständigen französischen Ausgabe – die, die Laforgue in den dreißiger Jahren des letzten Jahrhunderts für Brockhaus herausbrachte.«

Ich empfand eine gewisse Erleichterung angesichts Dianas plötzlicher Verwandlung: Sie hatte die glänzenden Augen des sachkundigen Sammlers, nicht die eines Betrachters feministischer Erotika.

»Ist das alles, was Sie sammeln?« Ich konnte mir nicht helfen, aber inzwischen war mehr als nur meine Neugier geweckt.

»Nein . . .«, erwiderte sie.

»Na?«

»Ich habe eine ganz spezielle Sammlung erotischer Gegenstände – sehr klein.«

Ich wußte nicht, was das bedeuten sollte: daß die Sammlung klein war oder daß die Gegenstände klein waren? »Was für Gegenstände?« fragte ich, während ich gleichzeitig spürte, daß ich mich womöglich auf privates Territorium vorwagte.

Diana, die zunächst zurückzuweichen schien, sammelte sich wieder und lächelte beunruhigend. »Ich zeige sie Ihnen, wenn Sie nach New York kommen, um sich meine Casanova-Erstausgaben anzusehen.«

Kapitel 16

Wochen vergingen, dann Monate, und das Unternehmen Skordylis hatte begonnen, den Charakter einer Großfamilie anzunehmen, mit Diana als matriarchalischem Mittelpunkt. Jocelyn, deren Aufnahme in die Familie eher langsam begann, übernahm schon bald die Rolle der Ersatztochter. In dieser Periode kam es mir so vor, als liefen die Ereignisse um mich herum in erstaunlich hohem Tempo ab. Die meiste Zeit über befand ich mich in euphorischer Geistesverfassung. Alles lief offenbar wie geschmiert. Und zum ersten Mal seit Nedras Tod fühlte ich mich nicht einsam.

Am Anfang war ich Jocelyns einzige Verbindung mit der Gruppe. Ich fing an, ihr alles zu berichten. Sonst wäre sie zwangsläufig eine Außenseiterin geblieben, vor der wir unsere Worte sorgfältig hätten wählen müssen. Sie kapierte auf Anhieb.

»Das macht Sinn«, sagte sie nachdenklich, während sie mit ihren Haaren spielte, als führe sie mit einer Geste fort, die sie vor Monaten in meinem Büro begonnen hatte. »Jetzt verstehe ich, warum Großmama beschlossen hat, bei Ihnen mitzumachen. Aber Sie dürfen nicht vergessen, daß Sie ihr etwas bieten, was man selbst mit einem MacArthur-Stipendium nicht kaufen kann: die Gesellschaft von Menschen, die sie schätzt. Ich hoffe, daß Ihnen das bewußt ist.«

Ich gab die üblichen abwehrenden Geräusche von mir.

»Es stimmt wirklich«, fuhr Jocelyn, lebhafter werdend, fort. »Sie sehen das vermutlich nicht – ich glaube nicht, daß irgend jemand außerhalb der Familie es sieht –, aber hinter ihrer ganzen Autorität und Energie ist sie in den letzten Jahren sehr einsam gewesen.«

Ich sagte nur »ach«, allerdings so mitfühlend wie ich konnte. Doch ihre Anspielung auf die letzten Jahre hatte meine Aufmerksamkeit erregt.

»Als ich dreizehn, vierzehn war, war Großpapa Ditmus schon Ende Siebzig.« Sie brach plötzlich ab. »Entschuldigen Sie«, sagte sie. »Wahrscheinlich wissen Sie das ja schon.«

»Ganz und gar nicht«, sagte ich schnell. »Bitte sprechen Sie weiter.«

»Okay. Sie müssen folgendes wissen. Bis wenige Jahre vor seinem Tod war mein Großvater noch prima in Form, aber dann bekam er die Alzheimersche Krankheit. In seinem letzten Lebensjahr erkannte er keinen von uns mehr. Damals hat Großmama über die dem Selbstmord innewohnende Würde zu sprechen begonnen – darüber, einem erfüllten Leben ein Ende zu machen, bevor es nichts weiter als eine leibliche Hülle wird. Das waren ihre Worte«, fügte sie rasch hinzu, als fürchtete sie, ich könnte mit ihr zu disputieren beginnen.

Jocelyn hatte aus dem Fenster auf die sich im Wind wiegenden Blätter geblickt. Schließlich wandte sie sich wieder mir zu. »Ich glaube, sie muß in den letzten Jahren sehr einsam gewesen sein. Ich wette, daß sie Männern Angst einjagt: Für Männer ihres Alters ist sie zu jung und für jüngere zu stark. Daß sie ein MacArthur bekommen hat, ist auch nicht gerade hilfreich.«

Sie warf mir einen abschätzenden Blick zu. »Sie haben wahrscheinlich nichts davon bemerkt«, sagte sie. »Deshalb sind Sie alle ja auch so einsam.«

In den ersten Monaten war Hiroshi damit beschäftigt, seinen beträchtlichen Laden an der Universität Tokio dichtzumachen und in ein paar Labors an einer privaten Universität umzuziehen. Ursprünglich hatte er das überhaupt nicht im Sinn gehabt – wozu brauchte ein Lyriker schließlich ein Labor? –, doch dann sah er ein, daß es vielleicht wünschenswert wäre, über gewisse Versuchseinrichtungen zu verfügen, besonders in der ersten Phase, in der wir den Namen Skordylis beim wissenschaftlichen Publikum einführen wollten.

Bei Sepp lag der Fall anders. Er hatte in Innsbruck keinerlei Zugang zu einem Labor. »Es gibt hier rein gar nichts in diesem akademischen Notstandsgebiet«, hatte er mir eines Morgens am Telefon gesagt. »Das nächste wäre München oder Wien. Aber hier sagen sich doch Fuchs und Hase gute Nacht.«

Dann herrschte Schweigen in der Leitung. Als Sepp weitersprach, hatte seine Stimme etwas von ihrer Schroffheit verloren. Er klang beinahe wehmütig. »Deshalb habe ich wohl schon so jung den Lehrstuhl in Innsbruck bekommen. Eine Zeitlang war das Grund genug, hier zu bleiben. Und Innsbruck ist ja auch eine schöne Stadt«, fuhr er fort. »Meine Frau – sie kam aus einer alteingesessenen Tiroler Familie.« Seine Stimme verlor sich. Ich verfolgte dieses Thema nicht weiter: Eine Frage nach seiner Frau war nicht dazu geeignet, ihn in besinnliche Stimmung zu versetzen.

Also telefonierte ich von Zeit zu Zeit mit Sepp, um ihm zu berichten, wie Charlea und ich vorankamen. Er wiederum rief ein paarmal an, um uns mitzuteilen, daß ihm da »so eine Idee« in den Kopf gekommen sei, die er in der Bibliothek weiterverfolge. »Gott sei Dank«, fügte er mißmutig hinzu, »haben sie mich da noch nicht ausgesperrt.« Es sei noch zu früh, um über die Idee zu reden, der er da auf der Spur war, aber falls sie sich als vielversprechend erwies, wollte er sie bei unserer nächsten Zusammenkunft präsentieren.

Entgegen allen Erwartungen wurden somit Charlea und ich das erste Team, das etwas unter dem Namen Skordylis veröffentlichte. Unser Aufsatz durchlief das Gutachterverfahren bei ›Molecular and Cellular Biochemistry‹ praktisch ohne kritische Anmerkungen, was bei der ersten Veröffentlichung eines unbekannten Autors eine Seltenheit ist. »Na bitte!« verkündete Charlea. »Leistung setzt sich eben durch.«

Was Charlea jedoch am meisten freute, war, daß ich ihr bei der gemeinsamen Überprüfung meines früheren NFAT-Aufsatzes letzten Endes das Leben nicht sonderlich schwermachte. »Wir wollen uns zur Abwechslung mal nicht auf den Himalaja dieses Problems konzentrieren, Max, sondern auf das Vorgebirge.« Sie wollte, wie sie mir erklärte, lediglich die Möglichkeit prüfen, ob die NFAT-Induktion zwei Vorgänge umfaßte: die Translokation einer bereits vorhandenen Komponente und die Synthese einer Zellkernkomponente. Folglich war die erste Veröffentlichung von D. Skordylis (wir hatten den Autor absichtlich geschlechtslos gemacht) keine Korrektur des ursprünglichen Aufsatzes meiner Gruppe in Princeton, sondern vielmehr eine Weiterführung, was wiederum mich freute.

Wir überprüften Charleas Hypothese anhand des Immunsuppressivums Cyclosporin, von dem wir erwarteten, daß es den ersten, nicht aber den zweiten Schritt beeinträchtigen würde. Dies gestattete uns, sowohl Charleas Mutmaßung in bezug auf die NFAT-Induktion zu überprüfen, als auch Jocelyns Fähigkeiten zu erproben.

Sie bestand den Test, und unsere Hypothese nahm die Cyclosporin-Hürde – der Unterschied war nur, daß unsere Ideen das Licht der Welt erblickten (wenn auch unter anderem Namen), während Jocelyns Arbeit völlig ungewürdigt blieb. Unsere zweite Veröffentlichung – der Nachweis, daß an der NFAT-Komplexierung auch Fos/Jun-Proteine beteiligt waren – erschien (diesmal im ›Journal of Molecular Biology‹) wiederum mit »D. Skordylis« als einzigem Autor. Jocelyn hatte nichts dagegen: Sie sah ein, daß ich erst meine Einflußmöglichkeiten innerhalb des Fachbereichs ausschöpfen mußte, bevor ich darangehen konnte, sie offiziell unter meine Fittiche zu nehmen; wenn ich sie schon vorher in meinem Labor arbeiten ließ, würde das meine Behauptung untermauern, ich hätte ihr bereits vor längerer Zeit versprochen, sie bei mir promovieren zu lassen. Jocelyns Zeit würde auch noch kommen.

Ich versuchte, ihr gegenüber so ehrlich wie möglich zu sein: Daß sie ihre Dissertation einmal alleine veröffentlichen würde, war zwar eindeutig ein Plus, aber unsere Verfahrensweise hatte auch ihre negativen Seiten. Eine der großen Stärken der wissenschaftlichen Gemeinschaft ist, daß sie wirklich und wahrhaftig eine Gemeinschaft ist: Außer den Mitgliedern des eigenen Laborumfeldes trifft man bei Konferenzen und anderen Anlässen ständig mit Wissenschaftlern zusammen. Auf diese Kontakte würde sie weitgehend verzichten müssen. Ihre

Isolierung mußte sogar bis zu ihren unmittelbaren Laborkollegen gehen: Sie durfte sich nicht zu sehr mit den beiden Doktoranden, die noch bei mir promovierten, und den drei Postdocs einlassen, die ich mit meinen NIH-Geldern noch finanzieren konnte. Gewiß, die Doktoranden würden in ein bis zwei Jahren fort sein, aber ich hatte vorgehabt, einige Postdocs zu behalten, solange ich sie bezahlen konnte. Und es gab noch andere Risiken, wie ich ihr auseinandersetzte, außer der Isolierung. Jocelyn würde ungeheuer vorsichtig sein müssen: Sobald ihre erste Veröffentlichung erschien, würde sich unter ihren Kollegen zwangsläufig blanker Neid breitmachen. Wie viele unserer Doktoranden in den biomedizinischen Disziplinen dürfen heutzutage schon alleine veröffentlichen? Sie lassen sich an den Fingern einer amputierten Hand abzählen!

Das einzige, was ich Jocelyn als Entschädigung anzubieten hatte, war ein noch höheres Maß an Intimität in der intimsten wissenschaftlichen Beziehung überhaupt: der Beziehung zwischen Lehrer und Schüler. Die bloße Tatsache, daß ich selbst noch vorsichtiger sein mußte – schließlich konnte ich in weit mehr Situationen geraten, in denen der Skordylis-Schleier womöglich aus Versehen gelüftet wurde –, bedeutete, daß ich jeden Eingeweihten meines engeren Kreises ganz besonders schätzen würde. Und dieses Vertrauen würde wiederum Jocelyn mit den drei anderen älteren Wissenschaftlern in Berührung bringen, die ihrerseits gemeinsam Jocelyns Mentoren sein würden. Es gebe einen Witz, sagte ich zu ihr, wie wichtig ein guter Mentor sei: den von dem Fuchs, der ein Kaninchen beim Tippen seiner Doktorarbeit stört. Ich sah sie erwartungsvoll an.

»Den habe ich noch nicht gehört«, sagte Jocelyn.

Ich hatte zwar den Verdacht, daß sie ihn bereits kannte und nur eine pflichtbewußte Studentin sein wollte, aber ich erzählte ihn trotzdem. Die Geschichte ist nicht schlecht, selbst wenn ich sie erzähle.

»Das Kaninchen schreibt seine Doktorarbeit zusammen«, begann ich, »als ein Fuchs vorbeikommt.

›Bitte friß mich nicht ausgerechnet jetzt‹, sagt das Kaninchen. ›Laß mich erst das hier fertigmachen.‹

›Was ist das?‹ erkundigt sich der Fuchs.

›Meine Doktorarbeit‹, sagt das Kaninchen ganz stolz.

›Ach! Wie heißt der Titel?‹ fragt der Fuchs.

›Wie Kaninchen Füchse fangen.‹

›Aber das hast du völlig falsch verstanden! Es ist genau umgekehrt: Füchse fangen Kaninchen.‹

›Komm mit, ich zeig dir was‹, erwidert das Kaninchen und führt den Fuchs in eine nahegelegene Höhle. Nach einer Weile kommt das Kaninchen alleine zurück und beginnt wieder zu tippen. Bald darauf wird es von einem Wolf gestört, woraufhin sich die Szene mit dem Fuchs wiederholt.

Als das Kaninchen abermals an seine Schreibmaschine zurückkehrt, nähert sich ein Specht, der alles beobachtet hat. ›Was ist hier eigentlich los? Was hast du dem Fuchs und dem Wolf gezeigt?‹

›Du brauchst nur in die Höhle zu schauen.‹

Als der Specht vorsichtig in den Eingang späht, sieht er einen Löwen, der die Überreste des Fuchses und des Wolfes verspeist.

›Weißt du‹, sagt das Kaninchen, ›der Titel der Doktorarbeit ist nicht wichtig. Es ist sogar einerlei, wer sie schreibt. Das einzige, worauf es ankommt, ist der Doktorvater.‹«

Ich wartete auf das Gelächter, das dieser Witz gewöhnlich auslöst – insbesondere wenn er Doktoranden erzählt wird –, doch Jocelyn lächelte nur und brachte es mit ihrer natürlichen Anmut, die einem angeboren sein muß, fertig, daß ich mir etwas lächerlich vorkam. »Ich würde eine andere Pointe nehmen: Am Ende gibt das Kaninchen seiner Doktorarbeit einen neuen Titel: ›Wie Kaninchen Löwen ausnutzen.‹«

»Ach«, sagte ich. Warum glaubt heutzutage jedermann, meine Schlüsse umschreiben zu müssen?

Sie zuckte die Achseln. »Das wäre wohl die Doktorandenversion.«

Inzwischen glaubte ich, bei Charlea schon die meisten Stimmungen erlebt zu haben, doch an dem Morgen war ihre Stimme am Telefon nicht zu entschlüsseln. »Ich war immer der Meinung, daß wir nur *einen* Vorgänger hätten«, sagte sie.

»Nämlich Nicolas Bourbaki. Sie waren in dieser Hinsicht sehr überzeugend.«

»Einen Moment bitte, Charlea. Ich will nur den Lautsprecher einschalten.« Als ich mich auf dem Sofa ausstreckte – dem einzigen luxuriösen Möbelstück, das ich in mein neues Büro hatte quetschen können –, versuchte ich mich darauf zu besinnen, wer von uns angeregt hatte, bei langen Gesprächen Telefone mit Freisprecheinrichtung zu benutzen; auf jeden Fall war es uns zur Gewohnheit geworden. Man konnte sich dabei bequem Notizen machen, im Büro herumgehen oder, wie gerade jetzt, im Liegen zuhören. Es machte einen unweigerlich zu einem besseren Zuhörer.

Komm schon zur Sache, Charlea, hätte ich gerne gesagt. Aber ich wußte, daß mich das auch nicht weiterbringen würde. »Also?« sagte ich und wartete.

»Ich habe Neuigkeiten für Sie. Sie waren nicht der erste auf unserem Gebiet, der die Bourbaki-Idee aufgegriffen hat. Schon mal was von Isadore Nabi gehört?«

»Nein«, sagte ich, und ich fürchte, es klang ziemlich gereizt.

»Ha! Das dachte ich mir. Er – oder es oder sie – stand die ganze Zeit hier in Chicago direkt hinter mir.«

»Das hätten Sie mir aber sagen sollen.« Ich hatte noch immer keine Ahnung, wovon sie sprach, aber bei Charlea war es nie zu früh, zum Angriff überzugehen.

»Ich habe es erst gestern herausgefunden. Als ich mit Leigh Van Valen gegessen habe. Er ist der Herausgeber von ›Evolutionary Theory‹.«

»Soll das heißen, daß Sie ihm von uns erzählt haben?« Ich setzte mich kerzengerade auf dem Sofa auf.

»Seien Sie nicht albern, Max. *Ich* habe ihm gar nichts erzählt. *Er* hat *mir* etwas erzählt.«

»Sprechen Sie weiter«, sagte ich und legte mich wieder hin.

»Richard Lewontin, Richard Levins, Robert MacArthur und Van Valen – Mitte der sechziger Jahre allesamt Jungtürken in Chicago – gehörten zu den ersten, die sich der exakten mathematischen Ökologie bedienten und sie mit der Evolutionsbiologie in Zusammenhang brachten. Das ist nicht mein Gebiet, aber ich hatte von ihnen gehört, als ich in Chicago anfing. Einige von ihnen – vor allem Levins und Lewontin – erlangten auch politisch traurige Berühmtheit. Wußten Sie, daß Levins die Wahl in die National Academy of Sciences abgelehnt hat?«

»Das wußte ich nicht.« Ich wußte gar nicht, daß irgend jemand das jemals abgelehnt hatte.

»Oder daß er im *Who's Who* noch immer seine frühere Mitgliedschaft in der Kommunistischen Partei angibt? Und daß Lewontin aus der NAS *austrat?* Ein feiner Verein! Auf jeden Fall haben sie für die ›weichen‹ Evolutionsbiologen herzlich wenig übrig.« Ich konnte das höhnische Lächeln, mit dem sie ›weich‹ sagte, geradezu vor mir sehen. Es bestand kaum ein Zweifel, wo ihre Sympathien lagen.

»Sie hielten ihre eigenen kleinen Sommertagungen im Haus eines Verwandten in Marlboro, Vermont, ab. Sie wußten alles über Bourbaki. Eines Tages schlug Lewontin vor, sich einen Namen auszusuchen, unter dem die vier veröffentlichen würden.« Sie brach ab. Ich wußte, daß sie damit nur den Effekt steigern wollte, aber die Neugier war stärker als mein Stolz.

»Und? Welchen Namen haben sie ausgesucht?«

»Nabi. Isadore Nabi.«

»Müßte ich den Namen kennen?« fragte ich leicht argwöhnisch. Sollte sich das etwa als eine weitere Geschichte à la Charles Denis Sauter Bourbaki erweisen?

»Nur wenn Sie Hebraist sind. Sind Sie das, Max?«

»Das bin ich allerdings nicht«, räumte ich ein.

»›Nabi‹ ist angeblich das hebräische Wort für ›Prophet‹. Ein bißchen arg großspurig, wenn Sie mich fragen. Aber sie waren raffiniert. Wir könnten sogar einiges von ihnen lernen. Sie haben es doch tatsächlich geschafft, daß Nabi in *American Men & Women in Science* aufgenommen wurde. Ich habe den Band – Nummer 5 – hier vor mir liegen. Sie ließen ihn 1910 in der Tschechoslowakei zur Welt kommen, mit zwanzig Jahren heiraten und sechs Kinder zeugen« – Charleas schallendes Gelächter hallte in meinem Ohr wider –, »gaben ihm im gleichen Jahr ein Bakkalaureat der Universität Cochabamba und einige Jahre später einen Dr. med. der Universität Mexiko. Aber dann wurden sie ein bißchen dreister. Sie gaben ihm nämlich ein Guggenheim-Stipendium an der Yeshiva University. Und als derzeitige Adresse – halten Sie sich fest – geben sie den Fachbereich Biologie der Universität Chicago an. Das wäre so, wie wenn wir Diana Skordylis aus dem Labor für Biochemie in Princeton veröffentlichen lassen würden. Es überrascht mich, daß der Herausgeber von *American Men & Women in Science* den Braten nicht gerochen hat. Ich meine, einiges davon ist ja nun wirklich des Guten zuviel. Beispielsweise ist dieser Nabi gleichzeitig als Berater der Standard Oil Company und der Gerichtsmedizin des Kings County tätig.« Sie wieherte, aber ich war doch etwas zu beunruhigt, um das Witzige daran würdigen zu können.

»Und sie veröffentlichen unter dem Namen Isadore Nabi? Alle vier?«

»Keine Angst. Sie sind uns nicht überall zuvorgekommen. Sie haben den Namen Nabi für Polemiken benutzt, nicht für ihre originäre Forschung.«

»Aha!« Ich konnte meinen Triumph nicht unterdrücken. Welcher junge Wissenschaftler würde schon seine Ambitionen auf dem Altar der Anonymität opfern? Dazu bedarf es erst einer gewissen Reife.

»Sie haben Nabi für eine Menge Dinge verwendet, an die wir gar nicht gedacht haben. Sie ließen ihn Aufsätze verfassen, die Karikaturen von tatsächlichen Veröffentlichungen waren, die sie lächerlich machen wollten, und er wurde ihre Waffe bei echten Duellen. Als Lewontin nach Harvard ging, benutzte er Nabi, beispielsweise, um Edward Wilsons Ansichten über die Soziobiologie anzugreifen – seinen eigenen Kollegen, Max! Ist das zu fassen? Oder etwas besonders Apartes: Als Isadore Nabi veröffentlichte er in ›NATURE‹ einen Verriß von Richard Dawkins' Bestseller *The Selfish Gene* und setzte den Streit dann unter seinem richtigen Namen in einer anderen Zeitschrift fort.«

»Wo haben Sie das alles her?« Ich war verblüfft. Wo gruben diese Weiber – D3 bei Bourbaki und jetzt C3 bei Nabi – nur all diese Einzelheiten aus?

»Steht alles in dem Buch *The Dialectical Biologist* von Levins und Lewontin. Lewontin hat mir die Seiten gefaxt. Hören Sie sich folgendes an – das ist ein echtes Juwel und möglicherweise ein Charaktermodell für Skordylis: ›Nabis zurückhaltendes und bescheidenes Wesen in einer wissenschaftlichen Gemeinschaft, die durch Selbstanpreisung und intellektuelle Aggressivität gekennzeichnet ist, hat ihn gewissermaßen zu einem Rätsel gemacht, einer Art intellektuellem Yeti, dessen Fußspuren überall zu sehen sind, von dem jedoch kein Foto existiert.‹ Ein intellektueller Yeti«, sagte Charlea nachdenklich. »Fänden Sie es nicht herrlich, wenn man das auch über Diana Skordylis sagen würde?«

»Das haben sie veröffentlicht? Wie wollen sie da Nabis Identität geheimhalten?«

»Die ist kein Geheimnis mehr. Der Herausgeber von ›NATURE‹ deckte ihre Tarnung 1981 in einem Leitartikel auf. Tatsächlich sollten wir lieber den Ton von Maddox' Leitartikel beachten. Der Mann klingt nämlich ziemlich sauer: ›Erstens ist es eine Irreführung‹, sagte er. ›Zweitens erlaubt es Leuten, deren Ansichten über wichtige kontroverse Themen bekannt sind, den falschen Eindruck zu erwecken, ihre Ansichten seien gewichtiger, als es sich in Wahrheit verhält.‹«

»Aber Skordylis ist anders!« rief ich aus, als müßte ich mich vor der versammelten Redaktionskonferenz von ›NATURE‹ verteidigen. »*Sie* veröffentlicht nur originäre Forschung, keine Polemiken.«

»Max«, schnurrte Charlea durchs Telefon, »ich finde es herrlich, wenn Sie die weibliche Form benutzen. Sie machen jeden Tag Fortschritte.«

Kapitel 17

»Nabi? Ja natürlich. Warum fragen Sie?« Diana ließ das Lorgnon sinken, durch das sie den Ausstellungskatalog studiert hatte, und sah mich prüfend an. Wir saßen in der Cafeteria des Museum of Modern Art in New York.

»Isadore Nabi . . .« begann ich, doch sie unterbrach mich.

»Isadore?« fragte sie stirnrunzelnd. »Ich wußte nicht, daß die Nabis einen *prénom* hatten.«

Ich zwickte mich heimlich in den Schenkel, um gegen ein leichtes Schwindelgefühl anzukämpfen. Es konnte doch wohl nicht wahr sein, daß sie einen weiteren Nabi hervorzauberte! Dagegen sprach einfach zuviel. Andererseits . . .

»Sie kennen die Nabis?« fragte ich vorsichtig.

»Natürlich.« Sie wedelte mit ihrem Lorgnon in meine Richtung wie mit einer edlen kleinen Sense. »Bonnard, Vuillard, Vallotton – wenn ich mich recht erinnere, schloß sich sogar Maillot den Nabis an.« Sie wollte wieder zu ihrem Kräutertee greifen, doch ich hinderte sie daran.

»Von wem«, sagte ich klar und deutlich, »sprechen Sie eigentlich?«

Sie rührte in ihrem Tee, der gar nicht umgerührt zu werden brauchte, da sie nie Zucker nahm, mit einer Miene, die mir plötzlich zu gleichgültig erschien: Lächelte sie etwa? Aber sie blickte nicht auf.

»Ich weiß nicht mehr allzuviel über sie«, sagte sie leichthin, »aber wir können ja nach oben gehen und uns einige ihrer Gemälde anschauen. Sie wurden von Gauguin beeinflußt, was aber nicht lange dauerte. Ende des 19. Jahrhunderts hatten sie sich aufgelöst. Es war vermutlich zuviel für ihr künstlerisches Ego.« Sie sah mich über ihr Lorgnon hinweg an. »Aber was hat dieser Isadore damit zu tun, Max?«

So ruhig ich konnte, wiederholte ich Charleas Geschichte. Ich konnte nicht sagen, ob sie sie schon gehört hatte. Soviel ich wußte, kannte sie sie bereits. Vielleicht hatte sie den malenden Nabi aber auch nur erfunden. Ich machte mir im Geiste einen Knoten ins Taschentuch, diese Maler im Obergeschoß zu überprüfen.

»Übrigens, Max«, sagte sie, als ich geendet hatte. »Hatten Sie schon Gelegenheit, sich *Femme* anzusehen?«

Mein verständnisloser Blick verriet mich.

»Den Candida-Royalle-Film, von dem ich Ihnen erzählt habe, als ich Sie in Princeton besuchte.«

»Nein«, murmelte ich, »ich hatte zuviel zu tun.«

»Sie dürfen nicht immer nur arbeiten«, ermahnte sie mich. »Sie brauchen auch Unterhaltung. Soll ich Ihnen das Video schicken?«

»Bemühen Sie sich nicht«, sagte ich rasch. »Ich werde es mir in Princeton besorgen«, log ich und hoffte wider alle Vernunft, daß die Sache damit erledigt wäre.

»Na schön.« Sie griff nach ihrer Tasche, die unter dem Tisch stand. »Ich bin gespannt, was Sie davon halten.« Sie holte ihren kleinen Terminkalender heraus. »Verabreden wir uns für übernächste Woche bei mir, ja? Ich habe einige Erstausgaben, die ich Ihnen gerne zeigen würde.«

Wie es bei vielen unwesentlichen Dingen oft der Fall ist, stellte sich heraus, daß *Femme* mühsamer aufzutreiben war, als ich erwartet hatte. Es war schließlich nicht gerade *Der Pate* oder ein Woody-Allen-Film. Die einzige Videothek, die ich kannte, hatte nie davon gehört. Am Ende bat ich Jessica herumzutelefonieren. Sie sollte nur herausfinden, welcher Laden ihn vorrätig hatte, damit ich ihn bei Gelegenheit abholen konnte. Statt dessen fand ich am nächsten Morgen ein fest eingewickeltes, unbeschriftetes Päckchen auf meinem Schreibtisch vor. »Danke, daß Sie den Kram für mich besorgt haben«, sagte ich im lässigsten Ton, den ich aufbieten konnte, nachdem ich es geöffnet hatte – wobei »Kram« noch das neutralste Wort war, das mir in dem Moment einfiel. »Dr. Ditmus wollte, daß ich es besorge.« Am liebsten hätte ich »für sie« hinzugefügt, unterließ es jedoch. Ich verzog mich in mein Büro, bevor mir Jessicas forschender Blick vollends die Schamröte ins Gesicht steigen ließ.

Am Abend schob ich die Cassette in den Videorecorder und setzte mich, die Fernbedienung in der Hand, in meinen Sessel. Eine halbe Stunde später schaltete ich total verwirrt den Fernseher aus. Wieso wollte Diana, daß ich mir die reinste Pornographie ansah? Wenn das nicht der Gipfel der Ausbeutung der Frau war – die meisten weiblichen Personen waren in der Tat Huren –, dann verstand ich diesen Ausdruck nicht mehr.

Mir war nicht ganz wohl, als ich mich, etwa eine Woche später, in ihrem Wohnzimmer an den Tisch setzte, an dem wir unser erstes gemeinsames Abendessen in New York eingenommen hatten. Ich brachte eine ungemütliche Stunde damit zu, *nicht* zu genießen, was sie mir servierte, sondern auf die widernatürliche Frage »Wie hat Ihnen *Femme* gefallen?« zu warten.

Diana mußte etwas bemerkt haben. Beim Kaffee berührte sie mich leicht mit der Hand. »Ist irgend etwas nicht in Ordnung, Max?«

Ich war geneigt, eine gesellschaftlich akzeptable, heuchlerische Bemerkung zu machen, aber was ich statt dessen sagte, war: »Ich habe mir Ihren Film wie versprochen angeschaut.«

»Und wie hat er Ihnen gefallen?« In ihrem Ton und in ihrem Blick lag überhaupt nichts Lüsternes, nur eine winzige Spur Neugier. Was mich am meisten verwirrte.

»Das ist die Art von Unterhaltung, auf die ich gerne verzichten kann. Ich habe ihn nicht zu Ende angeschaut.«

»Nein?«

War sie enttäuscht?

»Er war ... wie soll ich sagen«, begann ich zu stottern. »Derart pornographisch, daß er aber auch in gar keiner Hinsicht künstlerisch wertvoll war.« War das nicht der Begriff, den Richter immer verwenden?

»Na hören Sie, Max, das kann doch nicht Ihr Ernst sein. *Femme* und pornographisch?«

»Jawohl«, sagte ich bestimmt. »Und offen gestanden, Diana, kann ich nicht um alles in der Welt begreifen, wie Sie darauf kommen, die Regisseurin habe den Standpunkt der Frau berücksichtigt. Oraler Sex mag ja schön und gut sein, aber *das* schießt denn doch den Vogel ab!« Die Wucht meiner moralischen Entrüstung gab mir etwas Trost.

»Max«, sagte sie, und auf ihren Wangen zeichnete sich eine leichte Röte ab, »Cunnilingus mag in Georgia verboten sein, wird aber ständig gemacht.«

»Wer redet denn von Cunnilingus?« konterte ich geziert.

»Wollen Sie mir erzählen, Sie hätten noch nie eine Fellatio gesehen?«

Inzwischen wurde ich wütend. War Diana eine gespaltene Persönlichkeit? Hatte ich eine Verrückte vor mir, von deren Existenz ich bislang nichts gewußt hatte?

»Diana! Glauben Sie etwa, ich lebe hinter dem Mond? Ich bin keineswegs prüde.«

Eine Sekunde lang dachte ich, sie würde gleich lachen, doch dann hielt sie sich rasch den Mund zu. »Natürlich nicht«, sagte sie mit leiser Stimme.

»Na schön. Nehmen wir nur mal den Helden des Films, falls Sie diese Rolle so hochtrabend benennen wollen. Schon in den ersten Minuten schlägt er den Freund der Frau brutal zusammen, um sie anschließend zu vergewaltigen. Die diversen Huren – zugegebenermaßen die sympathischsten Figuren, die ich sah – können ihn nicht befriedigen, also fängt er an . . .« Ich brach ab und wurde endgültig rot. Wie sollte ich die Szene beschreiben, die ich auf meinem Videorecorder gesehen hatte? Bis dahin hätte ich nicht gedacht, daß so etwas rein physisch überhaupt möglich ist, nicht einmal für einen Verrenkungskünstler.

Diana schien völlig perplex zu sein. »Ich habe keinen blassen Schimmer, wovon Sie reden.«

»Autofellatio«, stieß ich hervor.

Ein kurzer, scharfer Blick traf mich unter einer hochgezogenen Augenbraue hervor. »Warten Sie einen Moment.« Sie stand abrupt auf und verließ das Zimmer. Nach einigen Minuten rief sie mich von der Tür.

»Max. Kommen Sie ins Schlafzimmer und nehmen Sie Platz. Hier am Fußende, und zwar aufrecht, damit Sie nicht zu bequem sitzen. Wir werden uns jetzt zehn Minuten lang *Femme* ansehen. Das ist alles. Falls es Ihnen gelingt, mir auf dem Bildschirm die Dinge zu zeigen, von denen Sie da phantasiert haben, verspreche ich Ihnen, mir nie wieder einen Candida-Royalle-Film anzuschauen. Nein, ich gehe sogar noch weiter: Dann dürfen Sie jede Cassette in der Wohnung zensieren.«

Was sollte ich machen? Ich folgte ihr in ihr Schlafzimmer, nahm befangen am Fußende ihres Bettes Platz und verfolgte, wie der Filmtitel »Femme« in rosa Schrift erschien, gefolgt von einer Frauenstimme, die das Wort verführerisch aussprach. Einige Minuten später lachten wir beide – zunächst noch etwas nervös, während jeder von uns immer wieder einen Blick auf den anderen warf, um dessen Reaktion zu taxieren. Als ich mir die Tränen abwischte, legte mir Diana den Arm um die Schultern und drückte mich.

»Wir sollten uns unbedingt mal wieder einen Film ansehen«, sagte sie. »Nur wir beide, ja?«

»Einverstanden«, kicherte ich – ob über den Film oder aus Verlegenheit wegen meiner früheren Tirade, wußte ich nicht recht. Was hätte ich denn sonst sagen sollen? Gemeinsam kamen wir auf eine Erklärung: Meine untadelige Jessica mußte den falschen Film besorgt haben. Als ich nach Hause kam und mir die Cassette genauer ansah, entdeckte ich endlich den vollständigen Titel: *Femmes de Sade* von Alex de Renzy, was außen schlicht zu *Femmes* verkürzt war. Der eine zusätzliche Buchstabe am Ende hatte einen Riesenunterschied ausgemacht.

Als wir wieder ins Wohnzimmer gingen, blieb ich am Sideboard stehen, um mir eine Diät-Cola einzuschenken. »Hatten Sie nicht versprochen, mir Ihre Sammlung zu zeigen?« Zu meiner Überraschung hatte mich die richtige *Femme* so neugierig und mutig gemacht, wie ich seit Jahren nicht mehr gewesen war. Dennoch fiel es mir schwer, eine gewisse Lässigkeit aufzubieten. Mein Mund war nämlich ganz trocken geworden.

»Eis?« fragte Diana. Meine Nervosität ließ mir das Angebot richtiggehend gewagt erscheinen.

»Warum nicht?« erwiderte ich und war über meinen Ton erstaunt. Ich ließ die Eiswürfel in meinem Glas klirren und folgte Diana in ein kleines Zimmer mit Bücherregalen, die bis an die Decke reichten. An einer holzgetäfelten Wand, gegenüber dem Fenster mit den zugezogenen Gardinen, stand eine hohe Vitrine mit Glastüren. Das einzige Mobiliar waren zwei Ohrensessel, ein ovales Tischchen zwischen ihnen, auf dem eine Vase mit Seidenblumen stand, und eine Leselampe.

Mitten im Zimmer drehte sich Diana um. »Sie fragten mich, was ich sammle: nicht allzu viel, wie Sie sehen.«

»Sind das *alles* Erstausgaben?«

»Du meine Güte, nein!« rief sie aus. »Nur einige davon. Zum Beispiel die.« Vorsichtig zog sie einen Band aus dem Bücherregal, den sie nur mit den Fingerspitzen anfaßte, und legte ihn auf das Tischchen. *Mémoires de J. Casanova de Seingalt, écrits par lui-même* stand auf der Titelseite. *Edition Originale, Leipsic, F. A. Brockhaus, 1826.* »Es sind zwölf Bände, aber nur die ersten vier tragen den Namen Brockhaus. Und das«, sagte sie und nahm einen weiteren Band heraus, »ist die erste englische Übersetzung, erschienen 1894. Das ist eine der fünfzig mehrbändigen Ausgaben auf Van-Gelder-Büttenpapier.« Sie schlug das Buch auf, als wäre es eine original Gutenberg-Bibel. »Sehen Sie hier: *The Memoirs of Jacques Casanova written by himself now for the first time completely and literally translated by Arthur Machen into English in twelve volumes privately printed. H.S. Nichols, 3 Soho Square, London, MDCCCXCIV.*«

Was sagt man als gewöhnlicher Leser zu einem Bibliophilen? »Sehr interessant«, murmelte ich. »Wunderschöner Einband.«

»Ich habe auch die *Justine* in der Ausgabe von 1791.« Sie deutete für mich auf den Rücken des ersten bedeutenden Werkes des Marquis de Sade. Neben dem Buch, auf das sie zeigte, standen drei Bände, die in Saffianleder gebunden waren, mit der imposanten Aufschrift *INDEX LIBRORUM PROHIBITORUM* und daneben sechs in schwerem Leder: *Bibliographie des Ouvrages Relatif à L'Amour* von Jules Gay.

»Das ist *die* Bibliographie französischer Erotika. Was da nicht drinsteht, lohnt sich nicht zu haben.«

»Haben Sie das alles gelesen?«

»Was glauben Sie?«

»Offen gesagt, nein.«

»Und warum nicht?« fragte sie mit einer gewissen Koketterie in der Stimme.

»Weil Sie gar nicht die Zeit dazu gehabt hätten. Außer . . .«

»Ja?« half sie mir nach.

»Außer Sie haben sehr früh damit angefangen.« Ich lachte einmal laut und heftig auf.

Sie lachte ebenfalls kurz auf. »Sie haben natürlich recht.«

»Warum sammeln Sie dann diese Bücher? Wegen ihrer Seltenheit? Oder wegen ihres Inhalts?«

»Beides.« Sie ließ das Wort fein säuberlich zwischen uns fallen.

Einen Moment lang beäugte sie mich in Erwartung einer Antwort, aber mir fiel keine ein. »Wenn Ihr Französisch gut genug wäre«, fuhr sie fort, »würde ich Ihnen ein neues Buch leihen, das mir sehr gefallen hat: eine Abhandlung über Erotik und körperliche Liebe in der französischen Literatur des 17. Jahrhunderts.«

Ich merkte, daß sie den Titel des Buches übersetzte, das ich auf ihrem Nachttisch gesehen hatte: *Erotisme et Amour Physique dans la Littérature Française du XVIIe Siècle* von Roger Bougard. Daneben hatte Anaïs Nins *Delta der Venus* gelegen.

»Warum würde es mir gefallen?«

»Aus den gleichen Gründen wie mir, würde ich meinen: Neugier. Es ist faszinierend, zu erfahren, was die Menschen vor einigen Jahrhunderten erregte.«

»Vermutlich das gleiche wie heute.«

»Zwischen den Bettlaken schon. Aber zwischen den Deckeln eines Buches? Ich lese gerne, wie sie sich damals ausdrückten; wie offen sie waren; ihre literarischen Anspielungen auf Sex. Es hat ein zwei Seiten langes Glossar«, sagte sie grinsend. 5/6

»Was ist an einem Glossar so interessant?«

»Ich kann Ihnen einige Beispiele nennen, die keiner Übersetzung bedürfen. Denken Sie nur einmal an die Bandbreite von *barricade* oder *citadelle* bis hin zu *palais magnifique* und *remède et poison de l'amour*. Falls Sie es nicht wissen sollten, *remède et poison* heißt ›Heilmittel und Gift‹. Alles Bezeichnungen für die Geschlechtsteile der Frau, *les parties nobles de la femme,* wie Bougard sie nennt.«

»Was Sie nicht sagen«, war alles, was ich sagen konnte. »Und welche großartigen Metaphern brachten die Franzosen für die edlen Teile des Mannes hervor?« Noch während ich diese Frage stellte – so etwas hatte ich vermutlich nicht mehr gefragt, seit ich erwachsen war –, mußte ich an Nedra denken. Was hätte sie gesagt, wenn sie dabeigewesen wäre? Ausnahmsweise hatte ich keine Ahnung.

»Ach, so das Übliche.« Diana klang abschätzig. *»Pistolet, serpent, instrument de guerre . . .«*

Ich runzelte die Stirn. »Ich habe kapiert. Ihre Candida Royalle hätte das wohl kaum gebilligt.«

»Da kann ich Sie und sie trösten«, sagte Diana lachend. »Es gibt noch andere; zum Beispiel *instrument consolatif, lance d'amour.«*

»Touché«, gab ich lachend zurück.

»Ich werde Ihnen noch etwas Ungewöhnliches über die französische Sprache erzählen. Im Französischen ist die Vagina männlich, *le vagin,* während der Penis weiblich ist, *la verge*.«

Und genau da fiel mir etwas ein, was Sepp vor einigen Monaten zu mir gesagt hatte. »Seien Sie bloß vorsichtig, was Sie zu ihr sagen.« Er hatte mahnend den Zeigefinger erhoben. »Sie mag ja von Beruf Historikerin sein, aber wenn Sie mich fragen, dann ist sie in erster Linie Etymologin aus . . .«

»Berufung?« fragte ich zurück.

»Genau. Ich habe ihr von Innsbruck erzählt und einen unserer berühmtesten früheren Professoren erwähnt, den Endokrinologen Ludwig Haberlandt. Ich dachte, daß er für Frauen von Interesse wäre. Lange bevor gestagene und östrogene Hormone isoliert wurden, war er schon auf die Idee gekommen, daß sich Sekrete des Corpus luteum für empfängnisverhütende Zwecke nutzen lassen könnten. Ich wollte galant sein und habe sie gefragt, ob sie den Ursprung der

Wörter ›Östrogen‹ und ›Androgen‹ kennt. Kennen Sie ihn übrigens, Max?«

»Östrogen? Nein, tut mir leid.«

»Es kommt vom lateinischen *oestrus* oder dem griechischen *oistros*. Beide haben die gleiche Bedeutung: ›Leidenschaft‹ oder ›Viehbremse‹, aber auch ›Stachel‹. ›Ist das nicht schrecklich?‹ sagte ich, weil ich höflich sein wollte. Das Wort ›Androgen‹ heißt soviel wie ›den Mann verursachend‹, aber warum steht dann im Lexikon nicht ›Gynogen‹ für ›die Frau verursachend‹? Ich wollte mich nur als Gentleman erweisen. Aber was glauben Sie, was sie gesagt hat?«

Ich überlegte mir, was Nedra gesagt hätte. So wie ich sie kannte, hätte sie nicht das Wort ›Östrogen‹ verändert, sondern sich eine neue und witzige Alternative zu ›Androgen‹ ausgedacht.

»Was?« fragte ich.

»›Östrogen ist doch kein so schlimmes Wort‹, sagte die Frau Doktor. ›Gehören die Stechmücken nicht zur Insektenfamilie der Oestridae? Das Wort muß lange davor geprägt worden sein. Und werden männliche Tiere nicht von der Leidenschaft gepackt, wenn das Weibchen östrisch ist? Das muß alles schon bekannt gewesen sein, lange bevor die Östrogene isoliert und identifiziert wurden.‹«

Sie nahm mich beim Arm und führte mich zu der Vitrine. »Ich möchte Ihnen noch etwas zeigen, ich habe es Ihnen in Princeton versprochen.«

Sie öffnete die Glastür, hob einen kleinen Gegenstand auf und hielt ihn unter das Licht. Er funkelte. »Was ist das?« wollte sie wissen.

»Ein goldener Ring.« Ich versuchte, ihn an meinen kleinen Finger zu stecken. »Aber winzig! Nur ein kleines Kind könnte ihn tragen.«

»Genau.« Diana war in ihre eigene professorenhafte Art verfallen. »Die Römer benutzten sie am Anfang der christlichen Zeitrechnung als Talismane. Fällt Ihnen sonst noch etwas auf?«

Ich hielt den Ring unter die Lampe. Er war so klein, daß ich meine Lesebrille gebraucht hätte. »Da ist so eine längliche Gravur mit zwei Kreisen.« Ich blickte zu ihr auf. »Aber ich kann nicht erkennen, was es ist.«

»Hm«, murmelte sie in befriedigtem Ton und legte den Ring auf die Tischplatte. »Und das da?« Sie nahm eine kleine bronzene Originalkopie eines Vogels mit Schwingen aus der Vitrine.

»Ein Vogel natürlich.« Ihre scheinbar einfache Frage überraschte mich. Was sollte dieses Verhör?

»Sonst noch etwas?«

»Ich nehme an, daß es ein Amulett ist«, schloß ich. »Man könnte eine Kette durch das Loch im Schwanz ziehen.«

»Sehr gut«, sagte sie, während sich auf ihrem Gesicht ein ironisches Lächeln ausbreitete.

»Und was könnte das da sein, Max?« Behutsam hielt sie mit beiden Händen eine flache Keramikschale in die Höhe, bis ich das exquisite Gesicht mit den zwei riesigen schwarz gemalten Augen sah.

»Wunderschön«, murmelte ich. »Scheint ziemlich alt zu sein.«

»Zweite Hälfte des sechsten Jahrhunderts . . . vor Christus natürlich.«

Kein Wunder, daß sie es so vorsichtig hält, dachte ich. »Fällt Ihnen sonst noch etwas auf?« wollte sie wieder in diesem merkwürdigen, fragenden Ton wissen, während sie die Schale langsam umdrehte.

»Meinen Sie den kleinen Dreifuß an der Unterseite?«

Sie zuckte die Achseln. »Ich frage *Sie.*«

Ich zuckte ebenfalls die Achseln. »Nein.«

»Das dachte ich mir«, sagte sie triumphierend. So schnell, wie es die Sorgfalt erlaubte, stellte sie die Schale zu den beiden anderen Stücken auf den Tisch und griff wieder in die Vitrine. Das plötzliche Klingeln von Glöckchen verblüffte mich.

»Ein römisches Bronze-Tintinnabulum«, verkündete sie stolz. »Zweifellos das seltenste Stück meiner Sammlung.«

Es war die Statue eines kleinen behelmten Gladiators, an dessen Füßen und Rumpf winzige Glöckchen befestigt waren und der mit seinem Dolch ein wildes Tier angriff, das sein eigener riesengroßer Penis zu sein schien. Die Eichel hatte der Künstler in den Kopf eines Tieres mit gebleckten Zähnen verwandelt.

»Erstes Jahrhundert nach Christus«, sagte sie nur. »Man kann es wohl kaum erotisch nennen, oder? Trotzdem ist es komisch und ernst zugleich. Gegen den eigenen wilden Phallus anzukämpfen ist nicht gerade lustig.« Sie warf mir einen schalkhaften Blick zu. »Bei diesen drei Objekten verhält es sich anders.« Sie deutete auf den Tisch. »Bei allen ist Ihnen die Symbolik entgangen. Der eingravierte Penis auf dem kleinen Ring soll ein Glücksbringer sein.«

»Penis?« Ich nahm den Ring wieder in die Hand. »Ich sehe keinen Penis.«

»Sehen Sie die beiden winzigen Kugeln an der Basis des Reliefs?«

»Mhm«, räumte ich ein.

»Na also.«

»Wollen Sie etwa sagen, daß die Schale hier ebenfalls ein Phallussymbol ist?« fragte ich gereizt.

»Natürlich.« Ich sah von ihr zu der Schale und wieder in Dianas Gesicht. Man hätte ihre Miene als triumphierend bezeichnen können; auf mich wirkte sie schlicht selbstgefällig. »Schauen Sie sich den Dreifuß an: zwei Kugeln und ein Schaft.«

»Na ja«, murmelte ich, »aber ein erigierter Penis ist das nicht gerade.«

»Ich sagte nicht, daß er erigiert ist, Max. Ein Phallussymbol kann verschiedene Formen und Stadien der Erektion aufweisen. Aber ich weiß, was Sie in die Irre geführt hat: das Gesicht mit den großen Augen direkt über der phallischen Basis. Genau das ist der springende Punkt: Augen sind ein Talisman gegen den bösen Blick. Die Griechen sprachen dem Phallus besondere Kräfte gegen den bösen Blick zu. Diese Schale verlieh dem, der daraus trank, doppelten Schutz.«

»Ich verstehe«, sagte ich noch immer leicht zweifelnd. »Und der Vogel?«

»Elementar«, erwiderte sie. »Ein Phallusvogel. Sie brauchen sich nur den Schnabel anzusehen.«

»Ich gebe auf. Was haben Sie sonst noch da drin?«

»Mehr von der Art. Jetzt haben Sie eine Vorstellung davon.« Sie stellte die Gegenstände wieder in die Vitrine, bevor sie meinen gespannten Blick bemerkte. »Max!« rief sie aus. »Sie sehen mich an, als ob Sie das alles äußerst befremdlich fänden.«

Was sollte ich darauf sagen? »Was hat Sie veranlaßt, gerade diese Sachen zu sammeln?« fragte ich. Ich wußte nicht, wo ich sonst hätte anfangen sollen – und ich war noch immer nicht sicher, wohin das Ganze führen würde.

»Mein zweiter Mann. Zu jedem Hochzeitstag schenkte er mir ein Stück. Nach dem dritten habe ich selbst zu sammeln begonnen.« Sie wandte sich ab, machte die Vitrine zu und führte mich aus dem Zimmer.

Während ich ihr folgte, kam ich an einer kleinen Tuschezeichnung vorbei, die mir davor nicht aufgefallen war. Sie zeigte eine dralle, wohlproportionierte Frau mit einem schrägsitzenden breitrandigen Hut, die ein hochgeschlossenes elegantes Kleid mit Stickerei trug. Der Künstler hatte sie barfuß gezeichnet, im Begriff, in einen Bach zu steigen, den Rock hochgehoben, damit er nicht naß wird. Ihre nackten Beine waren bis zum Oberschenkel zu sehen. Den Hintergrund bildete eine mittelalterliche Landschaft. Ich blieb stehen, um das Bild näher zu betrachten.

»Sechzehntes Jahrhundert«, erläuterte sie. »Aus der Schweiz – angeblich von Urs Graf. Sehr selten. Die Erotik liegt in der Metapher: ›In den Bach steigen‹ bedeutet, seine Unschuld verlieren.«

»Dann sammeln Sie also auch Zeichnungen?«

»Nein.« Sie schüttelte den Kopf und ging zur Tür. »Das war ein Geschenk von Alex – zu unserem fünften Hochzeitstag. Wenn man das zweite Mal verheiratet ist, nimmt man Hochzeitstage ernster. Das wußten Sie wohl nicht, Max, stimmt's?«

Das hatte ich wirklich nicht gewußt. Schließlich war ich nur einmal verheiratet gewesen. Aber was sollte diese Erotika-Tour eigentlich? Wurde ich nur ausgefragt, so wie ich ja schon seit Beginn unserer Bekanntschaft examiniert wurde? Oder wollte D3 mir damit etwas über sich selbst mitteilen? Aber als Vorbereitung auf was? Ich erwecke bestimmt den Eindruck, ein prüder Mensch oder sexuell ein ausgemachter Trottel zu sein, doch in meinem Alter habe ich Angst, den Anstoß zu einem sexuell befrachteten Gespräch zu geben, weil ich nicht weiß, wohin es führen wird. Versuchte Diana mir zu helfen?

»Was haben *Sie* Ihrem Mann geschenkt?« fragte ich schließlich, da ich nicht wußte, wie ich die Frage formulieren sollte, die mich wirklich interessierte.

»Liebe und zärtliche Fürsorge.«

»Ich meine zum Hochzeitstag.«

»Wenn es Ihr Hochzeitstag gewesen wäre, Max, hätten Sie sich dann etwas Schöneres wünschen können?«

Kapitel 18

»Ich komme zur Speichel-Tagung nach New York«, verkündete Hiroshi eines Tages am Telefon. »Könnten wir uns alle treffen?«

»Was für eine Speichel-Tagung?«

»Das Erste Internationale Symposium über ›Speichel als diagnostische Flüssigkeit‹«, erwiderte er. »Es wird von der New Yorker Akademie der Wissenschaften im Waldorf veranstaltet. Ich soll über salivare Antikörper sprechen: Man will herausfinden, ob sie bei der Hepatitis-Diagnose und -Kontrolle verwendet werden können.«

Das hörte sich interessant an. »Wäre das auch bei HIV möglich?« fragte ich.

»Den Aspekt wird J. V. Parry aus London behandeln«, sagte er. »Glauben Sie, daß Charlea und Sepp nach New York kommen könnten? Es ist an der Zeit, daß wir uns wieder einmal treffen.«

Es war tatsächlich an der Zeit. Fast ein Jahr lang hatten wir den Kontakt untereinander mittels Fax, Eilbriefen und Federal Express aufrechterhalten, und nicht sosehr über Telefon. Konferenzschaltungen hatten wir praktisch aufgegeben, nachdem einige von ihnen fast im Streit geendet hatten: Wir unterbrachen einander zu oft. »Ihnen fehlt der Blickkontakt«, hatte Diana erklärt, als ich das Problem ihr gegenüber erwähnte. »In der Liebe und in der Debatte ist Blickkontakt unerläßlich.«

»Auf dem Gebiet tut sich zur Zeit nicht viel«, hatte ich geklagt.

»Auf welchem?«

»Auf beiden. Das Problem ist, daß wir Skordylis schleunigst auf ein wichtiges Projekt ansetzen müssen, daß aber jeder von uns an einer anderen Sache arbeiten will. Es gibt einfach keinen gemeinsamen Nenner.«

»Meinen Sie nicht, daß es an der Zeit ist, daß Sie sich zusammensetzen? Wie wollen Sie denn einen gemeinsamen Nenner finden, wenn Sie nicht einmal auf dem gleichen Kontinent sind?«

»Aber betrachten Sie doch einmal die andere Seite der Medaille.« Der flehentliche Ton paßte so gar nicht zu ihm.

»Verdammt noch mal, Sepp«, knurrte Charlea, »nicht jedes Ding hat seine zwei Seiten. Die Erde *ist* nun mal keine Scheibe.«

Man konnte deutlich sehen, daß Sepp verdutzt war. »Machen Sie Witze? Was soll das heißen: ›Die Erde ist keine Scheibe‹?«

»Genau das. In dieser Sache kann man nicht geteilter Meinung sein.«

Ich war zu spät auf Dianas Eröffnungssoirée erschienen, um zu wissen, worüber sie gestritten hatten, aber es schien nicht mehr wichtig zu sein. Charlea, eindeutig die Siegerin, zog sich in ihre Ecke des Wohnzimmers zurück. Jocelyn, die auf einem Kissen auf dem Boden saß, blickte unbehaglich von Sepp zu Charlea.

Für eine junge Doktorandin mußte es ein ziemliches Schauspiel gewesen sein: mitzuerleben, wie zwei wissenschaftliche Koryphäen die Zähne fletschen. Auf dem Fußboden war zwar kein Blut zu sehen, doch es lag auf der Hand, daß genauso viel Adrenalin ausgestoßen worden war wie in einer antiken Arena.

Während ich es mir in einem Sessel gemütlich machte – näher bei Jocelyn, im Zuschauerbereich, wie ich hoffte –, fragte ich mich, warum ich so daran interessiert war, unsere Wirkung auf Jocelyn zu studieren. Lag es daran, daß sie meine Doktorandin war – mein letztes Kind in einer langen Reihe von Kindern über einen Zeitraum von Jahrzehnten hinweg –, oder lag es an ihrer Beziehung zu Diana?

»Möchten Sie denn nicht wissen, worüber Sepp und ich debattiert haben?« fragte C_3.

Ich hatte gehofft, dieses Thema vermeiden zu können, doch Charlea schien noch nicht gewillt, sich auf ihren Lorbeeren auszuruhen.

»Quantenchaos. Sepp sagt, daß man ›Quantenchaos‹ nicht einmal definieren kann; deshalb verursacht es ihm eine Gänsehaut. Ich sagte, nur weil man etwas nicht definieren kann, ist das noch lange kein Grund, Fracksausen zu haben.«

Großer Gott, dachte ich, wieso mußten sie ausgerechnet *darüber* streiten?

»Verehrte Frau Professor«, sagte Sepp in sarkastischem Ton und mit einer spöttischen Verbeugung vor Charlea. »Wie sagt der Dichter doch so schön: Vorsicht ist die Mutter der Porzellankiste.«

»Merkwürdiger Dichter, Herr Professor«, sagte Charlea. Sie schien jederzeit zu einem neuen Schlagabtausch bereit zu sein. »Was verstehen Dichter schon von Quantenchaos?«

»Vielleicht mehr, als Sie glauben«, warf Hiroshi ruhig ein.

Bevor Charlea das verdauen konnte, schaltete sich Diana mit einer vernünftigen Frage ein.

»Ich weiß zwar so ungefähr, was Sie meinen, wenn Sie von ›Chaos‹ sprechen, Charlea – jedenfalls das, was ich in der ›Times‹ vom Dienstag gelesen habe. Aber was ist ›Quantenchaos‹? Und warum verursacht es Sepp eine Gänsehaut?«

»Weil unser Herr Professor hier viel zu ordentlich ist, um zu akzeptieren, daß überall Chaos ist.«

»Na schön, Charlea«, stimmte Sepp zu. »Bitte definieren Sie Quantenchaos für unsere Gastgeberin.«

»Freunde«, mischte ich mich ein. »Sind Sie sicher, daß Sie unsere kostbare Zeit mit einem Thema verschwenden wollen, das eigentlich nichts mit unserem Vorhaben zu tun hat?«

»Chaos hat nichts mit uns zu tun?« Charlea bemühte sich nicht einmal, ihren spöttischen Ton zu bemänteln.

»Vielleicht, vielleicht auch nicht«, setzte Sepp hinzu. »Aber ich würde doch gerne hören, wie Charlea sich an eine Erklärung herantastet.«

»Aber gerne, Sepp.« Charlea wandte sich direkt an D_3. »Falls

Sie auf dem laufenden sind, dann wissen Sie, daß ›Chaos‹ auf ein Zufallsverhalten verweist, das physikalischen und biologischen Systemen innewohnt, im Unterschied zu einer Unordnung, die durch äußere Einflüsse oder Geräusche verursacht wird. Dieses Zufallsverhalten ist in der Tat derart generell, daß es ein essentieller Tatbestand des Lebens in unserem Universum zu sein scheint. Was darauf hindeutet, daß es durch eine physikalische Theorie zu erklären sein müßte. Da derzeit die Quantenmechanik das Paradigma ist, sagte ich zu Sepp: ›Es wäre besser, sie wiese ein Chaos auf.‹ Woraufhin er Fracksausen bekam. Eine sehr weibliche Reaktion«, sagte sie und lachte schallend. Dann wandte sich C_3 wieder an Diana.

»Außer dem Chaos gibt es auch noch das Problem der Komplexität . . .«

Sepp murmelte in seiner Ecke etwas von Porzellankisten.

Charlea nahm keine Notiz von ihm. »Passen Sie auf«, fuhr sie fort. »Ich will es Ihnen anhand eines Beispiels erklären, das ich von Murray Gell-Mann gehört habe. Das ist der Mann, der für die Quarks den Nobelpreis bekommen hat«, erläuterte sie. »Angenommen, Sie wollen jemandem am Telefon ein Gemälde beschreiben, damit er eine Kopie anfertigen kann.«

»Eine merkwürdige Methode, ein Gemälde zu kopieren«, bemerkte Diana.

»Überhaupt nicht merkwürdig: Genau so funktioniert ja ein Faxgerät. Was ich hier beschreiben will, ist, warum Sie das Original dem Fax vorziehen würden. Oder auch, welches Gemälde Sie lieber faxen würden, wenn Sie die Wahl hätten.

Das hängt nämlich mit der Tatsache zusammen, daß es mehrere Arten von Komplexität gibt: einfache und tiefe. Ein Jackson Pollock zum Beispiel sieht sehr wirr aus – lauter Spritzer und Kleckse. Doch seine Komplexität ist in Wahrheit von der Art, die wir als einfach bezeichnen: Auf dem Bild ist zwar eine Menge los, doch besteht es im wesentlichen aus einfachen Formen: Spritzern, Klecksen und nicht viel mehr. Aufgrund dieser Einfachheit wäre es nicht schwer, einen Jackson Pollock am Telefon zu beschreiben, indem man systematisch, beispielsweise von links nach rechts, vorgeht: zeitraubend zwar, aber nicht allzu schwierig. Und eine Reproduktion, die auf dieser Beschreibung basiert – mit anderen Worten ein Fax –, würde selbst dann, wenn sie sehr viele Punkte, Kleckse und Flecken aufwiese, doch so aussehen wie das Original. Nämlich deshalb, weil das Original, obwohl es komplex ist, die Art von Komplexität besitzt, die wir als einfach bezeichnen. Um den Unterschied zwischen dieser Art von Komplexität und *tiefer* Komplexität zu verstehen, müssen Sie sich vorstellen, Sie sollten einen Breughel beschreiben.«

»O je«, sagte Diana.

»Genau. Hier geht bei der Übertragung sehr viel mehr verloren. Und genau das meinen wir mit tiefer Komplexität: etwas, das sich nicht auf einen rationalen Code reduzieren läßt. Und das Interessante daran ist, daß man einen Breughel zwar sehr viel leichter beschreiben kann als einen Pollock – ›Auf dem Breughel ist eine Bauernhochzeit zu sehen‹, beispielsweise –, daß man den Breughel aber dennoch nicht adäquat nach dieser Beschreibung reproduzieren kann. Dagegen ist ein Pollock verbal wesentlich schwerer zu beschreiben, aber leicht zu faxen.«

»Warum ist das so? Warum ist eine verbale Beschreibung tiefer als eine digitale?«

»Sehr gut«, strahlte Charlea. »Das hat ausschließlich mit dem Unterschied zwischen Wörtern und Zahlen zu tun. Stellen Sie sich ein Schachbrett vor, auf dem gerade eine Partie gespielt wird. Nun lassen Sie zwei Personen sich die Aufstellung der Figuren einprägen. Jemand, der nicht Schach spielt, für den das Brett ein Puzzle ohne jeden Zusammenhang ist, wird sehr lange brauchen. Für einen Schachmeister dagegen besteht das Brett aus vertrauten Mustern – Elementen, wie sie bei den Theoretikern heißen, oder Wörtern, könnte man sagen, die zum Schachvokabular gehören. Der Schachmeister, der das Brett in solche Elemente zerlegt, kann sich das Muster sofort einprägen und es reproduzieren. Für viele dieser Muster gibt es sogar verbale Beschreibungen: ›Die Sizilianische Eröffnung‹, ›Die Allgaier-Variante des Bauernopfers‹ und so weiter. Es sei denn, die Figuren wurden willkürlich auf dem Schachbrett aufgestellt. In dem Fall hat selbst der Meister Probleme.«

»Ist es nicht an der Zeit, daß wir uns auf unsere eigene Partie konzentrieren?« Ich hatte das Gefühl, C3 von ihrem Chaos-Komplexitäts-Trip wegbringen zu müssen. »Und dafür sorgen, daß unser Gambit letzten Endes zum Sieg führt?«

An dem Abend hatte Hiroshi zu Jocelyn gesagt, er sei auf eine seiner Veröffentlichungen gestoßen, bei der sich eine gründliche Überarbeitung lohne. Außerdem sei eine experimentelle Nachprüfung erforderlich, bevor man die überarbeitete Version unter dem Namen Skordylis veröffentlichen könne. Er erzählte es nur Jocelyn – keinem von uns. Wir hörten erst einige Tage später davon. Als Hiroshi die Sache schließlich auch uns vortrug, unterbrach ihn Jocelyn.

»Hiroshi sagt, daß er nichts dagegen hätte, wenn ich die Versuche für ihn durchführen würde. Nach dem, was er mir bereits erzählt hat, scheinen sie nicht allzu schwierig zu sein. Ich könnte sie leicht im Labor von Professor Weiss in Princeton durchführen.«

Er ist also schon »Hiroshi«, aber ich bin weiterhin »Professor Weiss«. Bevor ich Zeit hatte, darüber nachzudenken, bekam ich einen weiteren Schlag versetzt.

»Falls Probleme auftreten, die sich nicht faxen lassen, kann ich ja für ein paar Tage nach Tokio fliegen und sie mit Ihnen persönlich abklären.«

Das ist also meine letzte Doktorandin! Sie ist so verdammt reich, daß sie sich nichts dabei denkt, von einem Kontinent zum anderen zu flitzen.

Immer mit der Ruhe, ermahnte ich mich. Die Quintessenz des Skordylis-Experiments ist schließlich gemeinschaftliches Arbeiten. Sollte dies dann nicht auch für die jeweiligen Assistenten gelten? Und Reichtum? Erst da kam mir der Gedanke, daß Hiroshi vielleicht angeboten hatte, die Reise zu bezahlen.

Für den Rest des Abends hüllte ich mich in untypisches Schweigen. Hiroshi schwatzte drauflos, was genauso untypisch war: von Vögeln und Delphinen, Fischen und was weiß ich noch allem, dem ich nicht folgen konnte, da ich nur darauf achtete, wie begeistert Jocelyn ihm zuhörte. Genau wie alle anderen.

Zum Abendessen gab es Fisch. Diana hatte kaum die Gabel in die Hand genommen, als sie zu Hiroshi sagte: »Was meinten Sie damit, Hiroshi, die Japaner würden mit Fisch Russisches Roulette spielen?«

Hiroshi lächelte. »Nicht mit jedem Fisch.« Er führte einen Bissen zum Mund. »Es gibt eine japanische Redensart: ›Gestern abend aßen wir vier Fugu. Heute tragen wir drei seinen Sarg.‹ Fugu ist unser begehrtester Speisefisch und gehört zu den Kugelfischen. Wir schneiden ihn in hauchdünne Scheiben, die wir zu wunderschönen Mustern arrangieren, beispielsweise zu Kranichen oder Chrysanthemenblüten. Fugu ist eine Delikatesse, aber einige seiner Organe – insbesondere die Leber – können so giftig sein, daß man daran stirbt. Der dafür verantwortliche Stoff, Tetrodotoxin, wurde bereits isoliert und sogar synthetisiert. Er wird in der neurologischen Forschung eingesetzt, weil er im Grunde das gesamte Nervensystem lahmlegt: Er ist hundertmal toxischer als Cyanid.«

»Was Sie nicht sagen!« Obwohl Dianas Bemerkung an Hiroshi adressiert war, warf sie mir einen bedeutungsschwangeren Blick zu. Ich hatte das dumme Gefühl, daß ich, wenn wir das nächste Mal allein waren, um eine Ladung Tetrodotoxin gebeten werden würde. »Aber warum gehen die Japaner dieses Risiko ein? Oder essen nur potentielle Selbstmörder Fugu?«

Hiroshi zuckte die Achseln. »Warum gehen die Russen Pilze sammeln? Ich glaube, daß mehr Menschen an Pilzvergiftung sterben als an Fugu. Ich esse wahnsinnig gern Fugu. Vor einigen Jahren lud mich ein Freund ein, mit ihm nach Shimonoseki zu fahren, um eine Fugu-Auktion mitzuerleben.« Bei der Erinnerung daran huschte ein Lächeln über sein Gesicht. »Bei einer Fugu-Auktion trägt der Auktionator am rechten Arm einen langen, weiten Ärmel, der die ganze Hand bedeckt. Um mitzubieten, muß jeder Interessent die Hand in diesen Ärmel schieben und dem Auktionator ein geheimes Handzeichen geben. Während das vonstatten geht, leiert der Auktionator irgendeinen Unsinn – ähnlich wie bei Tabakversteigerungen in Ihrem Land. Er merkt sich alle Gebote, bis die Zeit um ist. Dann gibt er den Gewinner bekannt.« Er sah uns der Reihe nach an. »Erklärt das unsere Einstellung zu Fugu?«

Sepp schüttelte den Kopf; Charlea lachte laut. »Eigentlich nicht«, sagte sie. »Es hört sich bloß verrückt an.«

Hiroshi zuckte wieder die Achseln und nahm eine weitere Gabel voll Fisch. »Was soll ich dazu sagen?« Er blickte Charlea unter schweren Lidern hervor an. »Keiner kann die – nun ja – Verrücktheiten eines anderen verstehen. Würden Sie es so nennen?«

»Ich dachte, man würde es Vorlieben nennen«, sagte Diana.

»Ach«, grunzte Hiroshi. »Das ist das gleiche.«

Vor Beginn der Speichel-Tagung hatten wir vier Tage für Skordylis reserviert. Wir trafen uns abwechselnd im Century Club und in Dianas Wohnung, um uns auf breitere Themen zu konzentrieren, die das Projekt hervorbringen sollten, das DS einen festen Platz auf der wissenschaftlichen Landkarte verschaffen würde. Was für ein Projekt das sein würde, wußten wir noch immer nicht, aber Sepp hatte zu argumentieren begonnen, wir sollten unser Augenmerk auf die Methodologie richten.

»Wenn wir wirklich Furore machen wollen, dann nur mit einer wichtigen neuen Technik – mit etwas, das alle Welt binnen eines Jahres benutzen wird. Sie dürfen nicht vergessen, daß unser Skordylis nicht viel Zeit hat, sich einen Namen zu machen.«

»Unsere«, verbesserte ihn Charlea. »Aber Sie haben recht. Sie sollte endlich anfangen, ihren Lebensunterhalt zu verdienen.«

Ohne Sepp Gelegenheit zu geben, seine Bemerkung über methodologische Fortschritte weiter auszuführen, wandte sich Charlea uns übrigen zu. »Dann will ich jetzt mal einen Vorschlag machen. Lassen wir Skordylis eine allgemeingültige Theorie der Epigenetik aufstellen. Seit Waddington 1953 diesen Begriff prägte, hat er einen leicht abschätzigen Beiklang bekommen.« Sie schürzte scheinbar verächtlich die Lippen. »In erster Linie aus Unwissenheit. Wenn man die Aktivität oder Inaktivität eines bestimmten Gens während der Entwicklungsphase nicht durch Mutation oder einen anderen herkömmlichen Mechanismus erklären kann . . .«

»Beispielsweise die Steuerung durch einen Repressor«, warf Hiroshi ein.

Charlea sah ihn scharf an. »Natürlich. Aber angenommen, daß es das nicht ist. Angenommen, der Mechanismus ist nicht bekannt. In diesem Fall nennt man das einen ›epigenetischen‹ Mechanismus. Was man damit sagen will, ist, daß er unbekannt ist.« Sie legte eine kleine Pause ein wie im Hörsaal, in der wir uns vermutlich Notizen machen sollten.

Als sie mit »in der Tat« fortfuhr, mußte ich mir ein Lächeln verkneifen. Das sagen wir alle, wenn wir Vorlesungen halten, dachte ich, und heben mahnend den Finger, genau wie Charlea es nun tat. »In der Tat gibt es Grundprinzipien der Epigenetik, die heute akzeptiert zu werden beginnen – Regeln, die sich auf die temporäre Steuerung der Gen-Aktivität beziehen, auf die Abtrennung dieser Aktivität während der somatischen Zellteilung und sogar auf die Vererbbarkeit aktiver Zustände. Ich will hier lieber aufhören. Ich weiß, daß keiner von uns ein Gen-Freak ist, aber vielleicht wäre es von Vorteil, keine vorgefaßten Meinungen zu haben.«

Ich konnte es Sepp im Gesicht ablesen, daß er nicht bereit war, auf den Epigenetik-Zug aufzuspringen. »Da bin ich anderer Ansicht«, sagte er bestimmt. »Die meiste Zeit sind vorgefaßte Meinungen genau das, was man braucht. Ich wünschte nur, wir hätten welche.«

»Ich habe gestern abend nachgedacht«, sagte Hiroshi, als wir am Tag darauf zusammenkamen.

»Und?« fragte Charlea.

»Sie möchten, daß wir uns darauf einigen, auf dem Gebiet der Epigenetik zu arbeiten, und dieser Sache dann zu Hause weiter nachgehen.«

Ich sah zu Charlea. Wir konnten alle ein »Aber« kommen hören. C_3 ließ sich keine Reaktion anmerken, von einer deutlich wahrnehmbaren Verengung der Augen einmal abgesehen. »Aber ich habe das Gefühl, daß die Epigenetik nichts für uns ist. Nicht, daß sie nicht eine wichtige Sache wäre. Ich finde nur, daß sie für uns zu problematisch ist. Sie erfordert zuviel experimentelle Arbeit im Labor. Und das ist nicht zu schaffen nur mit Jocelyn und meinem japanischen Kollegen, der ein so fürchterliches Englisch spricht.« Er lächelte Charlea kurz an.

»Sprechen Sie weiter«, sagte sie ruhig.

Er nickte. »Ich habe nachgedacht. Es gibt da noch etwas, das wir in Betracht ziehen könnten. Etwas, das nicht voraussetzen würde, daß einige von uns völlig neues Terrain betreten.«

Ich wartete darauf, daß Charlea explodierte, aber soweit ich feststellen konnte, hatte sie kein Wort von dem, was Hiroshi gesagt hatte, in sich aufgenommen. Mir wurde plötzlich klar, daß Charlea im Grunde ein unlesbares Gesicht hatte.

Hiroshi war sich des Risikos, das er einging, aber offenbar bewußt. »Nehmen wir beispielsweise Ihr Wissen und Ihre Erfahrung auf dem Gebiet der Computer-Modellierung«, sagte er zu C_3. »Ihre brillante Veröffentlichung in den *PNAS* über die aktiven Zentren der . . .«

Die Veränderung in Charleas Ausdruck verblüffte mich: Unlesbarkeit hatte sich in Durchsichtigkeit verwandelt. Ich hatte nicht gewußt, wie empfänglich sie für Komplimente war – und auch nicht, wie gut Hiroshi sich darauf verstand. »Ihr Wissen auf dem Gebiet der Bindungstaschen-Chemie der Enzyme«, sagte er mit einem Nicken in Sepps Richtung, der sich ebenso merklich aufrichtete und geschmeichelt fühlte wie Charlea. »Und . . .«, wandte er sich mir zu, doch ich unterbrach ihn.

»Schon gut, Hiroshi. Fahren Sie bitte fort.« Er brauchte mich nicht auf seine Seite zu ziehen, und es bestand kein Grund, Charleas und Sepps Vergnügen zu schmälern.

»Lassen Sie mich daher ein völlig anderes Thema erwähnen, das wir verfolgen könnten – ein Thema, das sich unsere beträchtlichen Stärken zunutze macht. Sie, Charlea, sprachen über die Aristokratie: die Gene, DNA. Ich möchte über das Proletariat sprechen: die Enzyme. Präzise ausgedrückt über ein sehr anspruchsvolles Proletariat: katalytische Antikörper. Mir ist klar, daß ›anspruchsvolles Proletariat‹ wie ein Widerspruch in sich klingt. Aber denken Sie nur mal einen Moment darüber nach, warum unsere Automobil- und Elektroindustrie so erfolgreich ist. Die japanischen Arbeiter erfüllen höhere Ansprüche.«

Verglichen mit wem, hätte ich beinahe gefragt.

Er begann schneller zu sprechen. Nachdem er uns die Überschrift genannt hatte, wollte er uns nun auch den Text vorlegen. Zunächst konzentrierte er sich auf den ganz gewöhnlichen Leser, auf D3, die in Ermangelung anderer sowohl die Rolle des breiten Publikums als auch die des potentiellen Schiedsrichters übernommen hatte.

»Enzyme sind die Katalysatoren, die dafür sorgen, daß sich alle chemischen Reaktionen in unserem Organismus bei Körpertemperatur beschleunigen. Dazu muß das Enzym an das Substrat gebunden werden, das chemisch umgesetzt werden soll. Der Schlüssel sind dabei die aktiven Zentren der Enzyme – tatsächlich nur ein kleiner Teil dieser großen Proteinmoleküle. Auf diesem Gebiet haben Charlea und Sepp lange gearbeitet. Aber außer den Enzymen haben wir noch eine andere Klasse von Proteinen, die selektiv binden: die Antikörper.«

Ich wurde langsam ungeduldig. Hiroshi sprang ständig zwischen Schmeichelei, aufregenden Häppchen zu erwartender Informationen und elementaren Ausführungen hin und her. Doch dann fesselte er unser aller Aufmerksamkeit durch den simplen Trick, daß er eine Metapher gebrauchte, die keiner von uns je gehört hatte.

»Ich bezeichne das als ›Der kurzsichtige Uhrmacher kontra den blinden Uhrmacher‹.« Es funktionierte. Ich konnte es allen Gesichtern ansehen, und mir selbst erging es ebenso. Ist es der Dichter in ihm, der derartige Bilder hervorbringt?

»Der blinde Uhrmacher ist die Evolution. Selbst epigenetisch gesprochen.« Er lachte in sich hinein. »Es dauerte Millionen Jahre, um die optimalen Bindungsstellen in den abertausend Enzymen zu entwickeln, die die Arbeitskräfte unseres Organismus darstellen.«

»Und der kurzsichtige?«

Ich konnte die Nuance in Charleas Frage nicht analysieren. War es Sarkasmus oder Neugier? Eine Mischung aus beiden, schloß ich.

»Das Immunsystem«, sagte er kategorisch. »Und wir. Das heißt, falls Sie drei einverstanden sind.«

»Kommen Sie zur Sache, Hiroshi«, sagte Charlea.

»Gleich. Aber lassen Sie es mich auf meine Art tun. In der Art, wie ich auf diese Idee gekommen bin.« Er wandte sich an D3. »Das grundlegende Konzept hinter katalytischen Antikörpern ist ganz einfach. Die Antikörper sind die natürlichen Abwehrkräfte unseres Körpers; sie werden selektiv an eindringende Organismen gebunden. Unser Immunsystem ist vermutlich imstande, Milliarden *unterschiedlicher* Antikörper zu bilden, um mit den meisten potentiellen Eindringlingen fertigzuwerden. Zusätzlich . . .« Hiroshi machte eine Kunstpause, »kann der Antikörper sein aktives Zentrum aber auch durch einen Prozeß abstimmen, den wir Schnell-Mutagenese nennen. Dieser Prozeß dauert nicht länger als sechs Wochen, was in der Tat schnell ist, verglichen mit den Millionen Jahren der normalen Evolution, durch die die Enzyme lernten, sich selektiv mit den Substanzen zu verbinden, die sie in unserem Organismus beeinflussen. Außerdem ist dieser Vorgang nicht blind. Während der Mutagenese erreicht das Bindungszentrum des Antikörpers die optimale Form und Struktur, als säße die größte Biophysikerin«, er nickte C3 zu, »vor ihrem Computerterminal, um ein Molekül mit der größten Bindungsenergie zu entwerfen. Schnell-Mutagenese ist sehr gut. Aber wir« – er nickte uns übrigen zu – »sind noch besser. Wir haben beispielsweise Leute wie Sepp, die wissen, wie man *synthetische* Modifikationen aktiver Zentren durchführt.«

Ich mußte Hiroshi bewundern, wie geschickt er Diana als Vehikel benutzte, um Charlea und Sepp Tribut zu zollen.

»Trotz ihrer Verwendung als Therapeutika, als Diagnosemittel, bei speziellen Untersuchungen in allen möglichen Bereichen der neuesten biologischen Forschung haben wir bislang erst einen winzigen Bruchteil der Milliarden verschiedener möglicher Formen von Antikörpern angezapft.«

Hiroshi hatte sich über den Tisch gebeugt, und seine Worte überstürzten sich geradezu. »Wir können heute, mit Hilfe von Hybridomtechniken, Antikörper gegen so gut wie jedes Molekül produzieren, das uns interessiert. Warum sollte man nicht auch über Möglichkeiten nachdenken, katalytische Aktivität in Bindungsstellen einzuführen? Dadurch ergäben sich *neue Enzyme mit absolut maßgeschneiderter Spezifität*. Wir könnten Reaktionen ausführen, an die die Evolution – der blinde Uhrmacher – nicht einmal gedacht hat! Wir könnten zum Beispiel eine Bindungsstelle für einen Kofaktor anbringen oder eine entsprechend positionierte katalytische Aminosäure, um festzustellen, ob man die Reaktionsgeschwindigkeit beschleunigen kann.«

»Oder die Entropie-Bedingungen überwinden kann, die mit der Ausrichtung der Reaktionspartner zu tun haben.« Charlea hatte ihr anfängliches Mißtrauen überwunden. Sie schien es völlig vergessen zu haben.

»Oder ob man durch chemische Modifikation eine katalytische Gruppe direkt in das Bindungszentrum des Antikörpers einführen kann«, fügte Sepp hinzu.

»Oder dies durch Punkt-Mutagenese erreichen kann«, bemerkte ich im lässigsten Ton, dessen ich fähig war.

Charlea stand auf. Sie ging zu Hiroshi hinüber und nahm ihm die Brille ab. »Die brauchen Sie jetzt nicht mehr. Wer sagt denn, daß Sie kurzsichtig sind? Vergessen wir die Epigenetik.«

Hiroshi saß einfach da, mit ausgestreckten Händen, deren Flächen nach oben zeigten, ein zufriedener Buddha ohne Brille. Er hatte sich durchgesetzt.

Kapitel 19

Ich lag noch im Bett, schlief aber nicht mehr. Ich hatte gerade diesen himmlischen Dämmerzustand nach einem traumlosen Schlaf durchlaufen und sann darüber nach, was für ein Glück ich hatte, mich in Dianas Wohnung zu befinden, ohne die geringsten Schuldgefühle zu verspüren, als hartnäckig an meine Tür geklopft wurde. Es war Diana, die mich durch die geschlossene Tür anwies, das Telefon abzunehmen.

»Max«, kam dröhnend Sepps Stimme durch das Telefon. »Ich hab's.«

Da mir nicht bekannt war, daß Sepp etwas verloren hatte, war meine Antwort zugegebenermaßen ziemlich ungalant.

»Speichel, Max!« rief er, ohne die mangelnde Begeisterung für dieses Thema an meinem Ende der Leitung zu beachten.

Etwa zu diesem Zeitpunkt wurde mir klar, daß mir außer der Störung meiner morgendlichen Lethargie noch etwas anderes gegen den Strich ging. Ich hatte nie irgend jemandem, nicht einmal Jessica, gegenüber erwähnt, daß ich Dianas Wohnung in dieser Woche als Nachtquartier benutzte. Es wäre äußerst lästig gewesen, jeden Tag von Princeton nach New York zu pendeln.

»Woher wußten Sie, daß ich hier bin?« brummte ich.

»In Princeton hat niemand abgenommen.«

Und das heißt, daß ich bei Diana übernachte? Ich wollte ihn schon danach fragen, doch dann dachte ich: Was soll's? Was versuche ich zu verbergen? Sepp war jedoch viel zu sehr auf seinen Speichel fixiert, um darauf weiter einzugehen. »Ich muß

Sie unbedingt sprechen«, sagte er. »Jetzt gleich. Entweder übersehe ich etwas absolut Naheliegendes, oder aber das ist der tollste Einfall meines Lebens.«

»Erzählen Sie es mir am Telefon«, bot ich als Kompromiß an.

Ich konnte hören, wie er tief Luft holte. »Na schön«, sagte er. »Wissen Sie noch, was Hiroshi nach unserer Vormittagssitzung über Speicheluntersuchungen bei Infektionskrankheiten gesagt hat? ›Wir brauchen ein besseres Verfahren, um aus diesem ganzen Speichelmeer den richtigen Antikörper herauszufischen.‹ Außerdem brauchte er das auch für sein Projekt mit katalytischen Antikörpern. Hier ist ein Anwärter: in-vitro-Vervielfältigung ganz spezieller DNA-Sequenzen.«

»Das sagt sich so leicht. Aber wie wollen Sie das anstellen?«

»Wir könnten eine doppelsträngige Ziel-DNA denaturieren, an die flankierenden Bereiche der Ziel-DNA-Sequenz jedes einzelnen Stranges synthetische Primer anlagern und DNA-Polymerase dazugeben.«

»Einverstanden«, sagte ich leicht ungeduldig. Was sollte daran schon neu sein?

»Es entsteht ein neuer DNA-Strang, der am Endpunkt des Primers beginnt und sich über die gesamte Zielsequenz erstreckt.«

»Richtig, Sepp. Sie erhalten also eine Kopie. Tolle Sache.«

»Aha!« rief er triumphierend. »Aber wenn man das n-mal macht, erhält man die 2^nfache Anzahl von Zielsequenzen.«

»Na und?«

»Bei zwanzig Wiederholungen sind das eine Million Kopien. Ein einziges Antikörpermolekül mag in der Speichelprobe nicht zu finden sein, aber eine Million?«

»Aber Sepp«, sagte ich, »das ist zu einfach. Die Sache muß irgendwo einen Haken haben, sonst wären doch schon längst andere darauf gekommen.«

»Ich weiß«, erwiderte er. »Darum rufe ich Sie ja an. Sagen Sie mir: Was habe ich übersehen?«

An dem Vormittag kauten wir vier Sepps Konzept wieder und wieder durch; stellten eine These nach der anderen auf und zerpflückten sie. Die äußere Umgebung war ausnahmsweise unwichtig geworden. Wir hätten uns ebensogut in einem fensterlosen Kellerraum befinden können.

Diana kam, um mit uns zu Mittag zu essen, aber nach einigen Versuchen, sich an unserer Unterhaltung zu beteiligen, gab sie auf.

»Ihr vier habt euch in den arbeitswütigsten Haufen verwandelt, der mir je untergekommen ist«, sagte sie voller Bewunderung. »Ich kann es kaum erwarten, von Ihnen übersetzt zu bekommen, um was es hier eigentlich geht.«

»Nicht bevor wir es selbst ausgeknobelt haben«, erwiderte Charlea, die von einem Diagramm abgelenkt wurde, das sie gerade auf einen Notizblock skizzierte. »Bis jetzt sieht es nur so aus, als hätte Sepp einen neuen Angelhaken entdeckt. Und nun suchen wir alle wie verrückt nach einer passenden Schnur, an der wir ihn befestigen können.«

Und das würde nicht leicht sein, soviel war mir klar. Das Problem war nicht wissenschaftlicher Art – ich hatte vollstes Vertrauen, daß wir die passende Schnur mit der Zeit finden würden. Aber wie stand es damit, die passende Schnur für Skordylis zu finden? Ich hatte Dianas Argument nicht vergessen: Wenn ich das Konzept D_3 nicht erklären konnte, dann war es vermutlich nicht die weltbewegende Idee, die Skordylis zum Star machen würde. Aber wer hätte gedacht, daß ich bereits einen Tag nach Geburt der PCR aufgefordert werden würde, eine populärwissenschaftliche Beschreibung dieser neuen Methode abzugeben – einer Erfindung, die sich letztendlich als einer der größten Coups der modernen Biologie erweisen sollte?

»Was ist PCR?« fragte Diana mit erhobenem Bleistift.

»Geduld«, ermahnte ich sie. »Wir haben diesen Begriff erst vor wenigen Stunden geprägt. Zunächst müssen wir uns mit einem anderen Akronym beschäftigen, nämlich mit DNA.«

»Nucleinsäure«, warf Diana ein. »Sie brauchen nicht so herablassend zu sein, Max. Das weiß doch jeder.«

»*Desoxyribo*nucleinsäure«, verbesserte ich sie, bemüht, meinen Ärger nicht zu zeigen. »Die stoffliche Substanz aller Gene

– der abertausend Gene, die dafür verantwortlich sind, daß wir einzigartig und, gewissermaßen, unsterblich sind.« Ich fragte mich, was mich wohl zu diesem Zusatz veranlaßt hatte, mich, den letzten Zweig meines Stammbaumes.

»Ich wünschte, wir hätten wenigstens eine Kette mit bunten Perlen«, sagte ich, während ich aufstand und mich allen Ernstes umsah, als ob irgendwo in Dianas Wohnzimmer derartige Perlen zu finden sein müßten, am besten gleich mit der Aufschrift »Guanin«, »Thymin«, »Cytosin« oder »Adenin«. Wenn ich in meinem Büro wäre, dachte ich gereizt . . .

»Gingen auch Buntstifte, Max?« erkundigte sich Diana. Sie nahm mich gütig bei der Hand und ließ mich wieder Platz nehmen. »Ich bin gleich zurück«, sagte sie. Damals verstand ich nicht, warum sie so eigenartig lächelte.

Weiß der Himmel, wieso Diana Buntstifte hatte, aber sie kam tatsächlich mit 36 Stiften zurück, und zwar in Farben, deren Namen ich noch nie gehört hatte, wie »Gebrannte Siena« und »Krapprot«. Auf mich übten sie auf der Stelle eine beruhigende Wirkung aus.

»Wenn man über DNA spricht«, erklärte ich und griff zu Krapprot, »ist es ratsam, sich einer einfachen Kurzschrift zu bedienen. Sie besteht aus vier Zeichen – vier Buchstaben oder vier Farben –, die die vier chemischen Verbindungen darstellen, aus denen sich die DNA zusammensetzt.«

Diana sah ganz zuversichtlich aus.

»Es ist eine erstaunliche Tatsache«, fuhr ich fort, »daß die gesamte genetische Information dieser Welt« – ich machte eine Handbewegung, die alle fünf Anwesenden einschloß –, »die Struktur jedes lebenden Organismus sich im Endeffekt auf vier chemische Verbindungen reduzieren läßt: auf Adenin, Thymin, Guanin und Cytosin. Die Namen brauchen Sie nicht weiter zu stören«, fügte ich mit meinem entwaffnendsten Lächeln hinzu. »Wozu hat der liebe Gott denn die Buntstifte erfunden?«

Ich schrieb die Buchstaben A, G und C in Schwarz, Grün und Rot und malte für T – Weiß – ein leeres Kästchen.

»Warum gerade diese Farben?«

»Einfach so«, erwiderte ich leichthin. »Bei dem, was ich Ihnen heute erklären möchte, ist die Farbgebung genauso unerheblich wie die chemische Zusammensetzung dieser Verbindungen – Basen, wie wir sie nennen. Das einzige, worauf es ankommt, ist, wie sie zusammenpassen – wie sie sozusagen in einem Code funktionieren.

Stellen Sie sich einen ungeheuer langen Strang vor, bestehend aus Tausenden dieser vier Basen, die wie bunte Perlen aufgereiht sind. Hier: Ich werde Ihnen ein Segment dieser Kette anhand der Buchstaben TCCAGTTGTC veranschaulichen: Weiß, Rot, Rot, Schwarz, Grün, Weiß, Weiß, Grün, Weiß und Rot.« Ich schrieb die Buchstaben auf ein Blatt Papier und hielt es für meine Zuhörer hoch.

»Gibt es einen besonderen Grund für diese Reihenfolge?«

»Nein«, sagte ich und wurde schon wieder ungeduldig. »Das ist nur ein Beispiel. Es könnte genausogut CGGTAACGG oder eine andere Kombination sein.«

»Das sind nur neun«, sagte Diana mit Bedacht. »Aber ich sehe, worauf Sie hinauswollen.«

»Gut«, sagte ich gönnerhafter, als ich beabsichtigt hatte, und versuchte mich darauf zu besinnen, wo ich stehengeblieben war. »Die menschliche DNA besteht aus zwei derartigen Strängen, von denen jeder etwa drei Milliarden Perlen oder Basen lang ist.«

Ich hielt einen Moment inne, um die Zahl eindringen zu lassen. »Anders ausgedrückt: Bestünde diese Kette aus Basen von der Größe der Kästchen, die ich auf dieses Blatt gemalt habe, dann wäre ein Strang der menschlichen DNA fast 80 000 Kilometer lang.« Ich sah Diana an und stellte erfreut fest, daß sie sich leicht aufrichtete. »Das entspricht in etwa dem zweifachen Erdumfang.

Somit haben wir es hier mit einem sehr einfachen Code zu tun, aber mit einer ungeheuer langen Botschaft: extreme Komplexität, verursacht durch fast endloses Variieren eines einfachen Themas.« Und da erschien plötzlich Charleas Vortrag über Komplexität auf meinem geistigen Bildschirm. »Erinnern sie sich an Charleas Pollock-Gemälde?«

Ich konnte sehen, daß ich C_3 geködert hatte. Nun war es an der Zeit, das Bild auszuweiten. »Aber natürlich ist das Ganze etwas komplizierter – das ist es ja immer, nicht wahr?« setzte ich mit meinem entwaffnendsten Lächeln hinzu. »Und was die Sache kompliziert macht, ist die Paarung.«

Das ist eine Standardredewendung, die ich in meinen Vorlesungen schon seit Jahren benutze und auf die ich immer ein allgemein gehaltenes Lächeln folgen lasse. Diesmal jedoch bemerkte ich, daß Diana zurücklächelte, und hätte beinahe den Faden verloren. Ich nahm Zuflucht zu einem Faktum.

»Das menschliche Genom ist, wie Sie sich erinnern werden, kein Einzelstrang, sondern besteht aus zwei Strängen, die Base an Base parallel zueinander zu einer Doppelspirale gekoppelt sind.«

»Die Doppelhelix«, murmelte Diana.

»Genau«, sagte ich. »Und da fängt es an, kompliziert zu werden – ein klein wenig«, fügte ich hastig hinzu. »Weil nämlich das Koppeln der beiden Stränge nach ganz einfachen Regeln erfolgt.

Die beiden Stränge sind nicht willkürlich miteinander verbunden: Jede chemische Base kann sich nur mit einer einzigen anderen Base verbinden – mit ihrem Komplement, wie wir es nennen.«

Während ich sprach, hatte ich einen Strang aus zehn farbigen Kästchen gemalt, die jeweils mit A, C, G oder T gekennzeichnet waren. Mir wurde plötzlich bewußt, wie ungemein schwierig es ist, selbst relativ einfache chemische Konzepte in Worten zu erläutern, ohne wenigstens auf Papier und Bleistift zurückzugreifen.

»Zum Glück muß man sich nur zwei Regeln merken«, sagte ich ermutigend. »Weiß (T) geht mit Schwarz (A), Grün (G) mit Rot (C); andere Kombinationen, beispielsweise die Paarung Weiß und Rot (T–C), kommen nicht vor. Anhand dieser Regeln sollten Sie nun imstande sein, den einzigen Strang zu zeichnen, der sich mit der Zehnerkette verbinden würde, die ich hier aufgemalt habe.« Ich reichte Diana die Buntstifte. »Nur zu: Malen Sie einfach die Reihenfolge der neuen Kette.«

Mit einem schiefen Blick auf ihr Publikum nahm Diana die Buntstifte und schrieb schnell die korrekte Sequenz darunter: AGGTCAACAG.

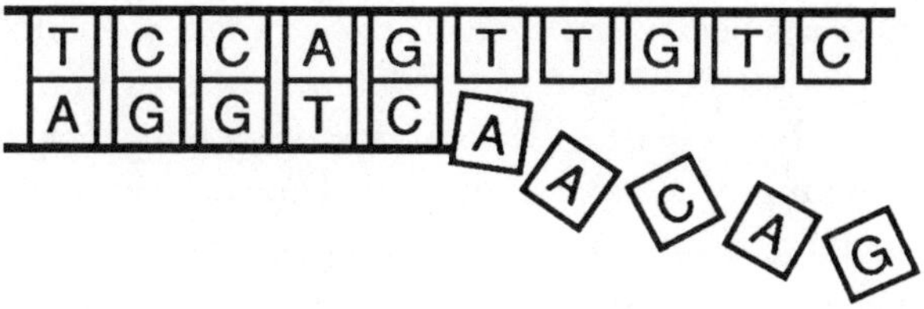

»Sehr schön«, sagte ich, als sie fertig war. »Nur eins noch, was Sie aber gleich wieder vergessen dürfen, weil es mit dem, was ich Ihnen erläutern möchte, nichts zu tun hat. Ich habe Ihnen nicht die ganze Wahrheit gesagt: Als ich diese vier Buchstaben vorhin als die Kurzschrift des Chemikers für vier ›Basen‹ bezeichnete, meinte ich damit, daß sie tatsächlich Abkürzungen für vier Bausteine namens ›Nukleotide‹ sind, die ihrerseits Verbindungen dieser Basen mit einem einfachen Zucker namens Desoxyribose und Phosphorsäure sind. Dieser Zucker ist für das ›D‹ des Akronyms DNA verantwortlich. Ich erzähle Ihnen das nur, damit mich meine Kollegen nicht der allzu groben Vereinfachung bezichtigen.« Ich deutete auf die drei Augenpaare, die auf mich gerichtet waren. Da ich nicht die Absicht gehabt hatte, Albert Einsteins Verbot der groben Vereinfachung bis ins letzte zu befolgen, hatte ich das Gefühl, wenigstens ein Lippenbekenntnis zu ihm ablegen zu müssen.

»Jetzt sind wir im Geschäft: Da Sie nun wissen, wie man eine aus zehn Basen bestehende Sequenz nach den Regeln der Komplementarität bei gegebener Vorlage schreibt, können Sie auch eine Sequenz mit Tausenden von Basen schreiben. Und wenn man Ihnen einen einzigen Strang der aus rund drei Milliarden Basen bestehenden gesamten menschlichen Nucleinsäure-Sequenz geben würde, könnten Sie den gesamten komplementären Strang darstellen, indem Sie die einfache Regel befolgen, daß sich T nur mit A und G nur mit C verbindet – außer daß Sie, wenn Sie rund um die Uhr arbeiten würden, etwa neunzig Jahre brauchten, um diese Arbeit zu vollenden. Dennoch haben Sie soeben entdeckt, wie es zu einer natürlichen Replikation kommt: Eine einzelne Doppelhelix teilt sich in die beiden separaten Einzelstränge, woraufhin jeder Strang individuelle Basen seines Zellumfeldes aufnimmt.«

»Okay. Aber eine Frage: Wenn sich die Stränge trennen, wie werden dann die Basen angefügt? Häufen sie sich einfach willkürlich irgendwo an, bis der Strang voll ist, oder hängen sie sich nach einem bestimmten System an? Ist es so ähnlich wie ein Reißverschluß? Und was zieht den Reißverschluß zu? Und was bringt sie überhaupt erst dazu, sich anzuheften?«

»Ich dachte, Sie sagten *eine* Frage.«

»Schon. Was mich interessiert, ist eigentlich: ›Wie funktioniert das?‹«

Es ist immer problematisch, intelligenten Zuhörern einfache Erklärungen zu geben: Selbst wenn die Betreffenden von der wissenschaftlichen Materie nicht viel verstehen, können sie doch Fragen stellen, die sehr schnell kompliziert werden. Ich ertappte mich dabei, daß ich hilfesuchend zu Charlea – unserem Komplexitätsguru – sah, deren Blick jedoch nicht zu deuten war.

»Könnten wir das ein andermal erörtern?« bat ich. »Ein Punkt Ihrer ›einen Frage‹ ist hier allerdings von Bedeutung. Was die Basen eine Bindung eingehen läßt, ist ein Enzym namens DNA-Polymerase. Wie Sie sehen werden, ist dies einer der entscheidenden Bestandteile von Sepps Idee und einer raffinierten Modifizierung, die Hiroshi heute morgen eingefallen ist. Aber da ist noch etwas, was Sie über die DNA-Kette wissen sollten. Die Informationen über die abertausend genetischen Merkmale sind in Segmenten der Kette kodiert, in den Genen – von denen jedes bis zu einhunderttausend Basenpaare enthalten kann. Um mit einem einzelnen Gen arbeiten zu können – um also die Teile der DNA zu isolieren, die für ein bestimmtes genetisches Merkmal verantwortlich sind, seien es blaue Augen oder eine tödliche Krankheit –, muß man den Abschnitt lokalisieren, der die Sequenz der Basenpaare dieses bestimmten Gens enthält, und sie aus dem Strang herausschneiden.«

»Schneiden?« fragte Diana. »Mit einer Schere?«

»Gewissermaßen. Nur, daß unsere Schere aus einer Reihe von Enzymen besteht, den Restriktionsendonucleasen.«

»Ich will einmal davon ausgehen, daß Sie wissen, wie man aus Enzymen eine Schere macht. Aber woher wissen Sie, wo Sie schneiden müssen?«

»Ah«, sagte ich, »genau da wird die Sache trickreich. Die Enzyme wissen es: Sie brechen die Kette jeweils dort auf, wo sie eine spezifische Basengruppe erkennen, im allgemeinen eine bestimmte Sequenz aus acht Basenpaaren. Je größer die DNA ist, desto öfter tritt eine derartige Basensequenz auf. Und genau da liegt die eigentliche Herausforderung. In einem E. coli-Bakterium beispielsweise wird die DNA etwa siebzigmal geschnitten, was nicht sehr viel ist; aus diesen siebzig Schnipseln die eine Sequenz herauszusuchen, die man haben will, ist nicht allzu schwer. Bei Hefe erhält man annähernd zweihundertdreißig Stücke, was immer noch nicht allzu schlimm ist. Aber bei der menschlichen DNA steht man nach dem Schneiden vielleicht vor fünfzigtausend Fragmenten. Wenn Sie sich nur für eines dieser Stücke interessieren, wird Ihnen bald klar, daß nicht das Schneiden des Strangs die eigentliche Herausforderung ist, sondern das Sichten der Bruchstücke. Sie suchen nach einer Nadel im Heuhaufen oder, genauer gesagt, nach einem ganz bestimmten Halm dieses Heuhaufens.«

In den letzten Minuten hatte ich ausschließlich Diana angesprochen. Nun lehnte ich mich zurück, um auch meine übrigen Kollegen einzuschließen. »Glücklicherweise haben wir heute automatische Sequenziermaschinen, die die Codes der einzelnen Fragmente lesen können, es gibt Trennmethoden, die das gewünschte Stück aus dem Rest des molekularen Abfalls herausfischen können, selbst wenn es nur in winzigem Umfang vorkommt; und schließlich haben wir gelernt, die Menge des bestimmten Segments durch Klonieren zu vergrößern. Klonieren«, setzte ich, nicht direkt an Diana gewandt, hinzu, »ist keine banale Operation: Dabei wird ein kleines Stück des gewünschten DNA-Fragments in einen Mikroorganismus, gewöhnlich ein Bakterium, eingebaut, der in einer Nährlösung zu einer Art Chemiefabrik wird, die identische Kopien des von uns gewünschten DNA-Segments produziert, bis wir eine ausreichende Menge haben, mit der wir arbeiten können. Was zwar gut und schön ist, aber eben ein sehr umständliches Verfahren.

Worauf ich hinaus will, ist, daß wir Mitte der achtziger Jahre das Stadium erreicht hatten, in dem alle diese Verfahren durchgeführt werden konnten, wenn auch langsam und mühsam. Alles klar?«

»Alles klar«, sagte sie. »Wenn Sie ›wir‹ sagen, heißt das, daß Sie vier sich das alles allein ausgedacht haben?«

»Großer Gott, nein!« rief ich aus. »Mit ›wir‹ meine ich viele Molekularbiologen und Biochemiker, darunter vermutlich ein Dutzend oder mehr, die den Nobelpreis bekommen haben.« Sah ich ein Aufleuchten in den Augen meiner Kollegen, als ich ›Nobelpreis‹ sagte, oder war es meine eigene unbewußte Reaktion?

»Heißt das, daß Sepp für seinen Geistesblitz den Nobelpreis bekommen wird?« fragte Diana grinsend.

Ich schüttelte den Kopf. »Das ist ein Teil des Preises, den wir alle zu zahlen beschlossen haben, als wir diese Gruppe gründeten. Es ist wie mit dem Zölibat, wenn man ins Kloster geht.«

»Doch nicht ausgerechnet das Zölibat!« protestierte sie und warf in gespieltem Entsetzen die Hände hoch.

»Ich meine die Anonymität«, sagte ich, indem ich leicht befangen Dianas Hand tätschelte – eine Geste, die ich von ihr übernommen hatte.

»Um Sepps PCR zu verstehen – die Buchstaben stehen für *polymerase chain reaction,* Polymerase-Kettenreaktion –, gehen wir einmal davon aus, daß diese zwei parallelen Linien die gesamte DNA einer Zelle darstellen. Der Einfachheit halber gehen wir des weiteren davon aus, daß dieses Genom nur zweihundert Basen lang ist. Irgendwo darin befindet sich eine Sequenz aus beispielsweise fünfzig Basenpaaren, mit der wir uns beschäftigen wollen. Natürlich ist das viel zu einfach, um in der Praxis aufregend zu sein, aber für heute erfüllt es den Zweck.«

Zwischen den beiden parallelen Linien hatte ich eine größere Anzahl von Querstrichen gezeichnet, die die Bindungen der beiden Stränge durch die einzelnen Basenpaare darstellten – also die Kombinationen A–T oder T–A sowie C–G oder G–C. »Nun erhitzen wir das Material, wodurch die Bindungen aufbrechen, so daß wir zwei separate Einzelstränge erhalten. Der ersten Perle am linken Ende jedes Stranges geben wir die Ziffer 1 und der letzten Perle am rechten Ende die Ziffer 200.

Aufschmelzen in getrennte Stränge

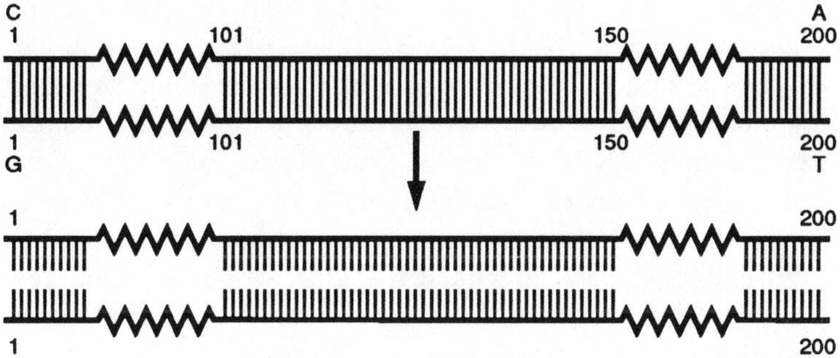

Nun komme ich zum springenden Punkt von Sepps Idee. Angenommen, die Nadel in diesem Heuhaufen, mit der wir uns beschäftigen wollen, ist die 50 Basenpaare lange Sequenz von Ziffer 101 bis 150. Wie können wir sie kopieren, ohne auf das umständliche Verfahren des Klonierens zurückzugreifen? Genau da hatte Sepp einen genialen Einfall: Statt in einem riesigen Heuhaufen nach einer einzelnen Nadel zu suchen, hat er sich eine Methode ausgedacht, die darin versteckte Nadel schnell und simpel zu vervielfachen, bis so viele Kopien vorhanden sind, daß man sie nicht mehr übersehen kann.

Diese konzeptionelle Umkehrung bildet den Kern seiner Idee, aber das schönste daran ist die Art der Ausführung. Für Sie ist das alles vielleicht eine arge Schinderei, aber haben Sie Geduld mit uns: Für uns ist dieses Konzept so aufregend, daß ich es mir nicht verkneifen kann, es nochmals im Detail durchzugehen. Und vielleicht hilft es uns festzustellen, ob wir etwas übersehen haben. Alles klar?«

»Werden wir später abgefragt?« fragte sie geziert.

»Nein«, sagte ich lachend. *»Sie* jedenfalls nicht.« Ich sah meine Kollegen an, die das keineswegs komisch zu finden schienen. »Aber wir anderen hier müssen uns die Sache irgendwie zusammenreimen. Was wir bis jetzt haben, ist folgendes. Als erstes wird, mit Hilfe einer Sequenziermaschine, die exakte Sequenz der gesamten Kette bestimmt. Dann werden, mit einem sogenannten DNA-Synthesizer, zwei Primer synthetisiert.«

Wie ein guter Lehrer schrieb ich das Wort »Primer« auf und unterstrich es. »Ein Primer ist eine kleine, einzigartige Basensequenz – zum Beispiel die aus acht Basen bestehende Reihe, die die enzymatische Schere erkennt –, die das eine Ende des gewünschten DNA-Abschnitts kennzeichnet, indem sie an ihn bindet. Bei einem 200 Basen langen Strang wie dem, den ich aufgemalt habe, tritt diese Acht-Basen-Reihe mit an Sicherheit grenzender Wahrscheinlichkeit nur ein einziges Mal auf, aber um ganz sicherzugehen, stellen wir zwei Primer her: Einen, dessen komplementäre Basen der Sequenz 101 bis 108 des oberen Strangs entsprechen, und einen weiteren mit acht Basen, die mit dem Abschnitt 143 bis 150 des unteren Strangs übereinstimmen. Denken Sie daran, daß wir die Stränge erhitzt haben, um sie voneinander zu trennen. Jetzt kühlen wir sie ab, damit sich die Primer an den jeweiligen Stellen der beiden Einzelstränge anlagern; an der Primer-Perle 101 des oberen Strangs machen wir einen chemischen Knoten, damit neue Perlen dort nicht binden können; bei der Replikation dieses Stranges werden nur neben der Position 108 weitere Perlen angefügt, so daß die komplementäre Kette nur ein Teilstück umfaßt, bestehend aus den Perlen 101 bis 200. Wir machen einen weiteren chemischen Knoten an Perle Nummer 150 des unteren Stranges, so daß diese Kette sich nur in Richtung der niedrigeren Ziffern vervielfältigt. Wenn jede Kette unter Verwendung unseres ›Perlenaufziehers‹, des DNA-Polymerase-Enzyms, ihren komplementären Strang bildet, ist das jeweilige Komplement zwar partiell, doch diese Teilstränge überlappen sich in der Sequenz 101 bis 150, für die wir uns interessieren.

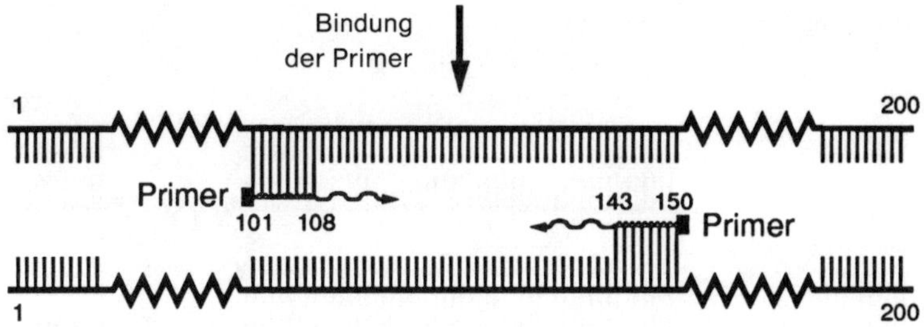

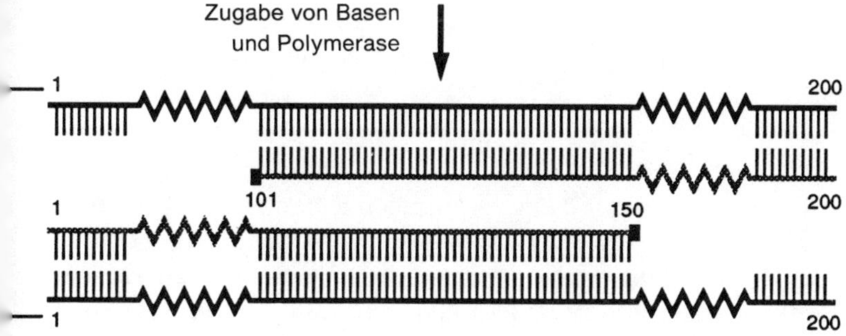

Von da an ist die Sache einfach. Jede Kette vervielfältigt sich, sooft sie kann, von ihrem Primer aus nach vorn oder nach hinten, und zwar binnen Minuten. Dann wird die Mischung erhitzt, um die neuen Doppelstränge zu trennen, und schon hat man vier Einzelstränge.« Ich zog vier Linien: die beiden ursprünglichen langen Linien mit den Ziffern 1 bis 200 sowie zwei kürzere mit den Ziffern 101 bis 200 beziehungsweise 150 bis 1. »Beachten Sie«, fügte ich hinzu, »daß wir die Stücke 101 bis 150, hinter denen wir eigentlich her sind, erst noch produzieren müssen.

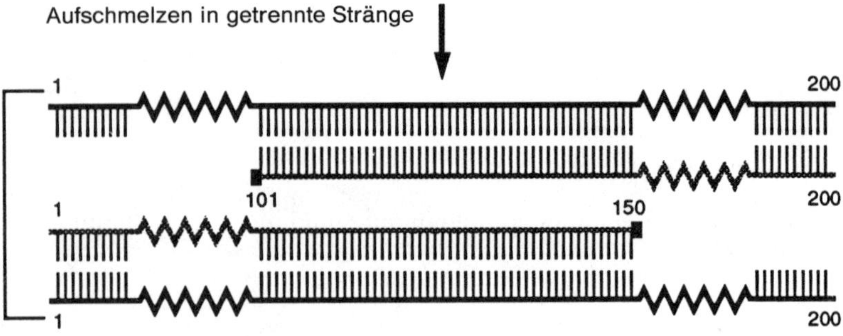

ZYKLUS 1 abgeschlossen
Keine Kopien von 101–150

Hier tritt nun Sepps Idee auf den Plan. Statt an diesem Punkt aufzuhören, wiederholen wir den Vorgang: geben wieder die Primer zu, lassen die Mischung abkühlen, damit sie sich an den vier Einzelsträngen aus dem ersten Arbeitsgang anlagern, geben wiederum Enzym und zusätzliche Basen zu und lassen das Polymerase-Enzym erneut seine Näharbeit tun. Wenn man nun die Produkte aus diesem zweiten Zyklus erhitzt, so erhält man *acht* Einzelstränge.« Ich skizzierte und numerierte rasch die acht Komponenten der vier neuentstandenen Doppelhelices. »Jetzt haben wir die ursprünglichen Eltern, also die beiden Stränge 1 bis 200; zwei Töchter mit der Länge 1 bis 150; und zwei, die den Bereich 101 bis 200 abdecken. Aber«, ich trommelte zur Betonung auf den Tisch, *»wir haben jetzt auch zwei Kopien unserer ›Nadel‹:* die Kombination 101 bis 150. Man könnte sie die Enkeltöchter nennen, die von den Vorfahren 101 bis 200 und 1 bis 150 abstammen, die im ersten Zyklus erzeugt wurden.«

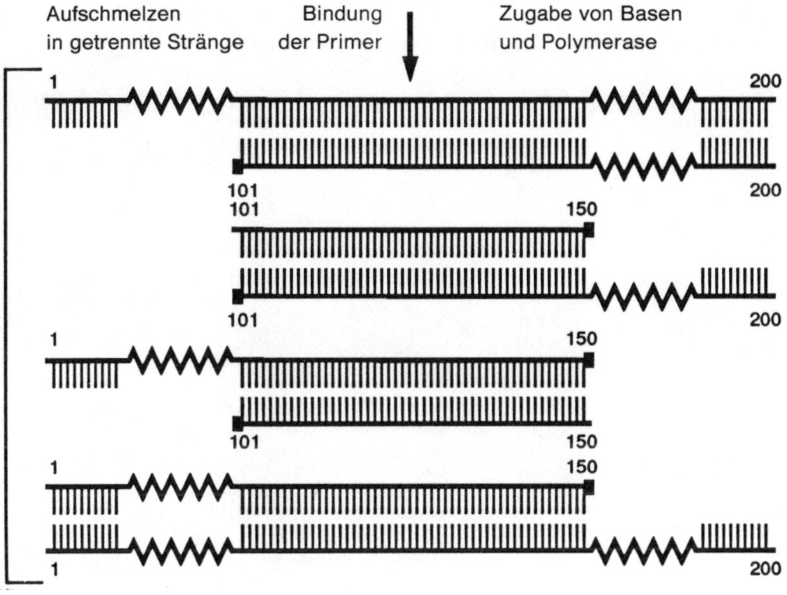

ZYKLUS 2 abgeschlossen
2 Kopien von 101–150

»Sie glauben wohl, daß ich Ihnen nicht folgen kann«, sagte Diana trocken. »Mir fällt jedoch auf, daß Sie noch immer ein Verhältnis von drei zu eins haben. Wie wollen Sie das, was Sie haben wollen, von dem trennen, was Sie nicht haben wollen?«

»Aha!« rief ich. »Genau hier kommt die Einfachheit von Sepps Idee ins Spiel. Ab jetzt werden die zwei Enkeltöchter-Stränge nämlich exponentiell vermehrt, die anderen Stränge dagegen wesentlich langsamer, nämlich linear. Nur zu«, forderte ich Diana auf, »arbeiten Sie nun den nächsten Zyklus hier auf dem Papier selbst aus. Nehmen Sie die acht Stränge, die wir gerade erzeugt haben, und stellen Sie fest, welche Zusammensetzung die daraus resultierenden sechzehn Stränge haben.«

Sie brauchte etwa fünf Minuten, um ihre Primer mit Bedacht an Position 101 und 150 jedes Stranges anzubringen, das Produkt zu zählen und dann nachzuzählen. *»Acht«,* sagte sie verwundert.

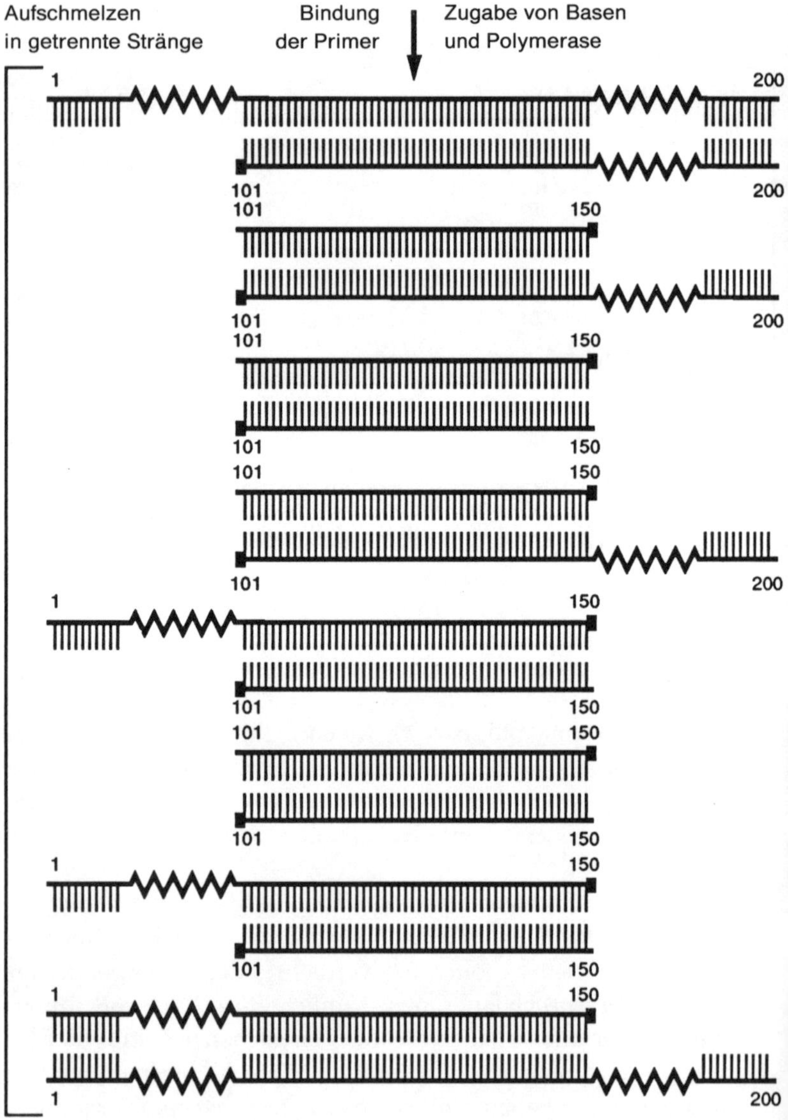

ZYKLUS 3 abgeschlossen
8 Kopien von 101–150

»Und jetzt sind wir fein raus«, sagte ich und lachte in mich hinein. »Man benötigt nur *dreißig* zyklische Änderungen der Reaktionstemperatur, um *eine Milliarde* Kopien unserer 101- bis 150-Sequenz zu erhalten. Charleas Berechnungen zufolge lautet die exakte Zahl 1 073 741 824. Das ist ein gewaltiger Haufen identischer Nadeln, verglichen mit der armseligen Anzahl der Stränge 1 bis 150 und 101 bis 200, die gleichzeitig produziert werden. Sepp prophezeit, daß dieser Vorgang nur ein paar Stunden dauern wird. Falls es funktioniert, wäre das eine enorme Errungenschaft.«

»Ich hätte da noch eine Frage an Sie, Max«, sagte Diana, »oder vielleicht an Sepp . . .«

»Lassen Sie mich vorher noch *eine* Sache klären«, unterbrach ich sie. »Sepps Konzept ist zwar von brillanter Einfachheit, aber immer noch mühsam, weil nach jeder Erhitzung erneut DNA-Polymerase-Enzym zugegeben werden muß. Dies ist deshalb erforderlich, müssen Sie wissen, weil das Enzym durch das Erhitzen denaturiert – inaktiv gemacht – wird. Hier trat nun Hiroshi in Aktion. Er hat uns daran erinnert, daß in Thermalquellen und vulkanischen Gebieten Bakterien auftreten, die bei hohen Temperaturen überleben, ja sogar prächtig gedeihen. Wenn sie überleben, dann überleben auch ihre Enzyme. Tatsächlich sind wir alle Nachkommen von Organismen, die früher heiße Quellen kolonisierten. Folglich haben wir vor, ein derartiges bakterielles Enzym zu benutzen, das nicht ergänzt werden muß. Charlea kennt bereits ein solches Bakterium: *Thermus aquaticus,* das im Yellowstone-Nationalpark vorkommt; es scheint eine ohne weiteres verfügbare Quelle eines thermostabilen Polymerase-Enzyms zu sein. Dadurch könnte sich die Zeit, die unser Prozeß insgesamt erfordert, beträchtlich verringern. Auf jeden Fall müssen wir jetzt erst mal Versuche durchführen, um herauszufinden, ob wir nicht doch etwas übersehen haben. Sind all diese Vorhersagen realisierbar? Wie lange wird der ganze Prozeß von der Nadel bis zum Heuhaufen tatsächlich dauern?« Ich lehnte mich zurück. »Was wollen Sie denn nun fragen?«

»Tja.« Sie zögerte. »Ich *glaube,* ich verstehe jetzt, *wie* Sie das Ganze anpacken wollen. Aber wozu ist es *gut?«*

Einen Moment lang war ich sprachlos. Hatte ich mir die ganze Mühe nur gemacht, um jetzt *das* zu hören? »Sie meinen, ob PCR *brauchbar* sein wird? Ob es praktische *Nutzanwendung* finden wird?«

»Genau das«, sagte Diana. »Ich frage mich oft, warum ihr Wissenschaftler euch gelegentlich nicht mit ernsten Problemen befaßt, zum Beispiel: Warum können wir unseren eigenen Knoblauch-Atem nicht riechen? Warum können wir uns nicht selbst kitzeln?«

Ein einziger Blick auf meinen Gesichtsausdruck veranlaßte sie, den Ton zu ändern. »Max, das sollte ein Scherz sein. Aber es muß doch Anwendungen geben, die *wir, die Öffentlichkeit,* nachvollziehen können. Sonst braucht sich ja niemand darum zu scheren.«

Anwendungen. Einen Moment lang fragte ich mich, was Diana sagen würde, wenn ich sie fragte, welche »praktische Nutzanwendung« sie für eine Bachsche Fuge präsentieren könne. Nichts treibt einen in der Forschung tätigen Wissenschaftler mehr in die Defensive als derartiges Gerede über Nutzanwendungen. »Geben Sie uns etwas Zeit«, sagte ich. »Wir arbeiten ja erst seit zwei Tagen daran. Im gegenwärtigen Stadium sprechen wir einzig und allein über die *theoretischen* Aspekte einer Methodologie, die erst noch experimentell überprüft werden muß. Wir sind ja noch nicht einmal sicher, *welche* Versuche wir durchführen müssen. Eine Debatte über die Nutzanwendung wäre derzeit verfrüht.«

»Soll das heißen, daß Sie über praktische Nutzanwendungen nicht einmal nachdenken werden, bevor nicht entschieden ist, ob es klappen wird?«

»Was stört Sie daran?« murrte Charlea. »*Nutzanwendungen!*« Sie sprach das Wort mit der ganzen Verachtung aus, derer ein Theoretiker fähig ist – und das will etwas heißen. »Es ist schon schwer genug auszuknobeln, ob es klappen wird. Warum sollten wir da noch ausknobeln, für was es gut sein könnte?«

»Zunächst einmal«, sagte Diana in ruhigem Ton, »weil sich die Frage erhebt, für was es schlecht sein könnte.«

»Schlecht?« wiederholte C3. Sie warf die Hände in die Luft. »Für was um alles in der Welt könnte es schlecht sein?«

Kapitel 20

Nur wenige Wochen nach der Speichel-Tagung hatte Jocelyn schon im Labor angefangen. Auch Charlea arbeitete auf Hochtouren. Eine Kultur *Thermus aquaticus* traf, samt einer exakten Beschreibung der optimalen Nährlösung, per Eilboten in Princeton ein. Wir rechneten mit den üblichen Anfangsschwierigkeiten einer neuen Versuchsreihe: zwei Schritte vor, ein Schritt zurück. Doch die Wochen vergingen, ohne daß sich uns unerwartete Schwierigkeiten in den Weg legten. Und als die Versuche Fortschritte machten, begannen die Telefonanrufe und Telefaxe zwischen den Mitgliedern unserer Gruppe die wachsende Spannung widerzuspiegeln. Ich ertappte mich dabei, daß ich zwei- bis dreimal am Tag im Labor vorbeischaute, bis die anderen Mitglieder meiner Laborgruppe sich zu wundern begannen. Jocelyn, unerschütterlich wie eh und je, schien meine zunehmend aufdringlicheren Unterbrechungen nicht weiter zu beachten. Schon nach wenigen Tagen bediente sie den DNA-Synthesizer so gelassen und effizient, als hätte sie damit seit ihrer Kindheit gespielt.

Die anderen *confrères* waren nicht so gelassen. Besonders Sepp ließ die Drähte heißlaufen und rief mich zu Zeiten an, die darauf hindeuteten, daß er entweder vergessen hatte, daß es Zeitzonen gab, oder daß er sich einfach nicht darum scherte. Schließlich konnte er es nicht mehr aushalten.

»Sepp kommt herüber«, teilte mir Diana eines Tages am Telefon mit. »Ich glaube, er ist plötzlich abergläubisch geworden: Er macht sich Sorgen, daß im letzten Moment etwas schiefgehen könnte. ›Ich will dabeisein, wenn es passiert‹, hat er gesagt. Ich habe ihn nicht gefragt, ob er den Triumph oder die Katastrophe meinte – ich habe ihm einfach ein Zimmer reserviert: im Empire Hotel, gegenüber vom Lincoln Center. Manhattan bietet genug Zerstreuungen, um ihn abzulenken – zumindest bis Jocelyn fertig ist.«

Ich war sprachlos. Warum hatte er D3 angerufen und nicht mich? Hatte er erwartet, daß sie ihn bei sich aufnehmen würde?

Vielleicht lag es an meinem Ton, daß Diana plötzlich defensiv klang. »Ich hielt es nicht für eine gute Idee, Sepp zu nahe bei Princeton unterzubringen«, erklärte sie – obwohl ich sie nicht um eine Erklärung gebeten hatte. »Was sollen denn die anderen Leute denken, wenn er sich zuviel im Labor herumtreibt?«

Aber sowohl D3 als auch ich hatten etwas außer acht gelassen: Sepps Ungeduld.

Wir sollten nicht lange Gelegenheit haben, sie außer acht zu lassen. Am Tag von Sepps Ankunft war ich wie üblich gegen vier Uhr nachmittags auf einen Sprung ins Labor gegangen, um zu sehen, wie Jocelyn vorankam. Doch ich fand nur eine Nachricht vor:

> *Professor Krzilska hat mich gebeten, mit ihm in Manhattan zu Abend zu essen, um ihn auf den neuesten Stand zu bringen.*
> *Jocelyn*

In den nächsten Wochen rief Sepp Jocelyn fast jeden Tag an. Von diesen Anrufen erfuhr ich nur, weil ich Jocelyns Platz bei meinen Laborbesuchen am späten Nachmittag immer öfter leer vorfand. Jocelyn erwähnte ihre verkürzten Arbeitstage im Labor so gut wie nie. Ich begann mir Sorgen zu machen, daß sie den Schwung verlieren könnte, aber es war mir unangenehm, das Thema anzuschneiden. Jocelyn war nicht nur meine Doktorandin; als stiller Partner von Skordylis gehörte ihre Zeit ebenso Sepp wie mir. Und schließlich war es Sepps Idee, der wir derzeit nachgingen – ein Argument, das er immer häufiger vorzubringen begann, wenn wir uns in New York trafen, was jeden zweiten oder dritten Tag geschah. Aber obwohl wir uns so häufig sahen, hörte ich die Nachricht von seiner Abreise ebenfalls aus zweiter Hand.

»Sepp reist übermorgen ab«, teilte mir Jocelyn eines Morgens mit. »Es hängt mit seiner Scheidung zusammen. Er sagt, daß es eine lange, schmutzige Geschichte gewesen sei, aber anscheinend ist es nun fast ausgestanden.«

Dann hatte Sepp also mit Jocelyn über seine Scheidung gesprochen? Und für sie war er »Sepp«, während sie zu mir noch immer »Professor Weiss« sagte? Es verlangte mich plötzlich danach, sie »Max« zu mir sagen zu hören, so wie Diana. Aber wie konnte ich sie bitten, dies im Labor zu tun, wo alle anderen mich noch immer höchstens »Prof« nennen? Wie konnte ich mich ausgerechnet von meiner *letzten* und jüngsten Doktorandin *erstmals* »maxen« lassen? Es ist ganz typisch für mich – zumindest pflegte Nedra das zu sagen –, daß ich dazu neige, unangenehme Dinge in einer geistigen Schublade zu verstauen. Und diese machte ich nun entschlossen zu.

»›Segeln nach Capri.‹ Genau der Titel für ein Gedicht über uns.«

Ich konnte nicht umhin, das damit verbundene Grinsen als undiszipliniert einzustufen. Gewöhnlich sparte sich Hiroshi seinen Frohsinn für sein Privatleben auf und gab ihn nicht freimütig an die Öffentlichkeit weiter; doch nun stand er ihm deutlich ins Gesicht geschrieben.

»Dies *ist* ein Land für alte Männer.« Hiroshi klang erfreut, während wir über die Reling des Tragflügelboots hinweg die entschwindende Küste des Golfs von Neapel betrachteten. Sepp sah mich fragend an, doch ich erwiderte seinen Blick nicht. Ich hatte keine Ahnung, wovon Hiroshi sprach, aber ich hatte nicht vor, es zuzugeben.

»Fängt nicht ein Gedicht von Yeats so ähnlich an wie ›Dies ist *kein* Land für alte Männer‹?« fragte Diana zögernd.

»Ja, ›Sailing to Byzantium‹«, gab Hiroshi zu und grinste dann einfältig. »Aber ich habe Skordylis zitiert, der sein eigenes Schicksal vorhersagt.«

»›Ihr‹ Schicksal, nicht seines.« Charlea stupste ihn zur Verdeutlichung mit dem Zeigefinger. »Sie und Sepp haben ständig Probleme, sich das Geschlecht unseres Autors zu merken.«

»Ich bitte um Verzeihung«, erwiderte er ohne eine Spur von Ironie. »Das ist der Japaner in mir: In unserer Sprache gibt es keine geschlechtsspezifischen Pronomen.«

Charlea grunzte skeptisch und blickte wieder auf das Meer hinaus. »Vielleicht ist es ein Fehler«, sagte sie eine Minute später, »daß wir nur ihren Anfangsbuchstaben benutzen. Ich meine, bei dem PCR-Manuskript sollten wir ›Diana Skordylis‹ benutzen.«

»Ich bin dagegen«, sagte Sepp und entfernte sich.

»Warum nennen wir es nicht ›Segeln zu Malaparte‹?« fragte ich Hiroshi, bemüht, das Gespräch wieder an seinen erfreulichen Anfang zurückzubringen. »Das klingt geheimnisvoller.«

»Ich bin dagegen«, sagte er im gleichen Tonfall wie Sepp. »›Capri‹ hört sich besser an.«

»Das können Sie laut sagen«, fiel Diana ein. »Ich bin immer noch erstaunt, daß Sie gar nicht abergläubisch sind, was die Wahl des Ortes betrifft. ›Malaparte‹ . . . ›schlechte Seite‹ . . .« Sie gab vor zu erschauern. Vielleicht war der Schauder aber auch echt: Die Sonne stand zwar hoch am Himmel, doch da wir Oktober hatten, kam vom Meer her ein kalter Wind. Ich trat näher zu ihr, bis wir Seite an Seite an der Reling standen.

Es war Sepps Idee gewesen. Nicht der Ausflug an sich: Wir waren alle der Meinung, daß wir einen Tapetenwechsel brauchten, während wir die Ergebnisse der PCR-Versuche zusammenschrieben. Doch das Ziel, die Villa Malaparte auf der Insel Capri, war Sepps Vorschlag gewesen. Bis jetzt, hatte er uns erklärt, sei immer *er* auf unsere Seite des Atlantiks gekommen. Ob es nicht an der Zeit sei, es einmal umgekehrt zu halten? Den Ausschlag gab jedoch, daß Sepp und Hiroshi zu einem NATO-Seminar in die *Stazione Zoologica* in Neapel eingeladen waren. Charlea konnte ihre Capri-Reise mit der Teilnahme an einer Tagung der Europäischen Biophysikalischen Gesellschaft in Heidelberg verbinden und folglich weitgehend aus ihren NIH-Mitteln bestreiten. Somit blieb nur ich übrig. Gewöhnlich waren meine Auslandsreisen wie Pizzas, deren Boden wissenschaftlicher Art war und mich nichts kostete. Ich brauchte nur den zusätzlichen Belag bezahlen: die touristischen Anchovis oder die Vergnügungspeperoni. Zum ersten Mal seit vielen Jahren mußte ich ein Flugticket nach Europa aus der eigenen Tasche bezahlen.

Sepp war wegen unserer Ankunft so aufgeregt, wie ich ihn noch nie erlebt hatte – ausgelassen und glücklich wie ein kleiner Junge. »Warten Sie ab, bis Sie die Villa Malaparte sehen«, hatte er stolz verkündet. »Die Lage ist unglaublich, einfach *fantastico*.« Er hatte die Villa vor Jahren bei einem Urlaub in Capri vom Wasser aus gesehen; ihr luftiger Standort – sie war faktisch nur mit dem Boot zu erreichen – auf einem zerklüfteten Felsvorsprung, in Sichtweite der aus dem Meer aufragenden Faraglioni, hatten bei ihm einen unauslöschlichen Eindruck hinterlassen. Vor kurzem hatte er erfahren, daß sie von einer Stiftung übernommen worden war, die Seminare für Architekten veranstaltete und sie gelegentlich auch Künstlern und Gelehrten als Refugium anbot. Ohne uns etwas davon zu sagen, war es ihm gelungen, die Fondazione Giorgio Ronchi dazu zu bewegen, uns eine Woche lang Kost und Logis zu gewähren.

Die Fünfte im Bunde war am Ende nicht Jocelyn, die ein obligatorisches Doktorandenseminar in Princeton nicht versäumen durfte, sondern Diana. Der Name »Fondazione Giorgio Ronchi« hatte ihr nichts gesagt, der italienische Schriftsteller Curzio Malaparte dafür um so mehr – genug jedenfalls, daß sie sich in unseren Schlupfwinkel auf Capri selbst eingeladen hatte. »Warum nicht?« sagte Sepp. »Es gibt ja sechs Schlafzimmer.«

Wir keuchten alle, nachdem wir den steilen Bergpfad hinaufgestiegen waren, der von der winzigen Anlegestelle zu dem im pompejischen Stil aus rotem Stuck und Ziegelsteinen errichteten Gebäude auf einer Felsspitze der Punta Massullo führte. Keilförmige Stufen, die sich entlang der gesamten rhombenförmigen Seite der zweistöckigen Villa erstreckten, führten auf die Dachterrasse; sie erinnerten mich an den Aufgang zu einem Maya-Tempel. Als wir dieses letzte Hindernis in Angriff nahmen, mußte ich unwillkürlich daran denken, daß es gegen jede amerikanische Bauvorschrift verstieß. An den übrigen drei Seiten hinderte weder ein Geländer noch eine Brüstung den Besucher daran, dreißig oder mehr Meter tief auf die Felsen am Meer hinunterzustürzen. Wir hüteten uns, dem Rand der Terrasse zu nahe zu kommen, sondern drängten uns in der Mitte, wo wir hoch über dem Tyrrhenischen Meer zu schweben schienen, auf beiden Seiten und hinter uns die dramatische Südküste Capris.

Nachdem wir uns in der Villa eingerichtet hatten, wartete Diana mit einem überraschenden historischen Häppchen auf, einer Information, die sie sich offensichtlich für unsere Ankunft aufgespart hatte. »Ist Ihnen bekannt, daß Malaparte eigentlich Kurt Erich Suckert hieß?«

Sepp blickte erschrocken auf, als hätte man ihn soeben bezichtigt, uns ein dunkles germanisches Geheimnis vorenthalten zu haben. Diana hatte jedoch nicht ihn angesehen, sondern auf die zerklüfteten Felsen geblickt, die vom Panoramafenster des Salons eingerahmt wurden; vor der halluzinatorischen Bläue des tyrrhenischen Himmels erinnerte mich der Anblick an eine elektronenmikroskopische Vergrößerung einer gefrorenen Zellscheibe.

»Er änderte seinen Namen Anfang der zwanziger Jahre«, sagte sie, »als so viele Leute unter Mussolini ihre Namen italianisierten. Er war zunächst Faschist« – ich glaubte plötzlich Sepps Unbehagen zu verstehen, das sichtlich wuchs, als sie weitersprach –, »doch dann wurde er zum ebenso leidenschaftlichen Antifaschisten. Und kurz vor seinem Tod im Jahre 1957 konvertierte er zum katholischen Glauben und hinterließ die Villa dem Vorsitzenden Mao!«

»Nun hören Sie aber auf, Diana!« begann ich einzuwenden. »Sie wollen uns doch nicht weismachen, daß wir uns in einer chinesischen Villa auf Capri befinden?«

»Es ist aber so«, sagte sie selbstgefällig. »Zu unserem Glück unterhielten die Chinesen und die Italiener Ende der fünfziger Jahre keine diplomatischen Beziehungen. Malapartes testamentarische Verfügung wurde nicht vollstreckt.« Sie sah uns an und begann schallend zu lachen. »Ich fand, daß ich meine

Hausaufgaben machen sollte, bevor ich mit Ihnen hierher fuhr.«

War dies schlicht der nervöse Tick des Historikers, oder wollte D3 uns etwas sagen? »Ist Ihnen bekannt, daß sein berühmtestes Buch *Kaputt* heißt?« Sie schüttelte den Kopf. »›Malaparte‹ ... ›kaputt‹ ... Sind Sie sicher, daß es kein Unglück bringt? Aber die Lage ist *wirklich* spektakulär.« Sie drehte sich um und flüsterte mir zu: »Max, Sie müssen unbedingt in mein Zimmer kommen – ich glaube nicht, daß Sie so etwas schon einmal gesehen haben.«

Unsere Schlafzimmer hatten mich überrascht, aber nicht so, daß ich mich veranlaßt gesehen hätte, sie anderen zu zeigen. Hiroshi, Sepp und ich hatten drei der vier Schlafzimmer im Erdgeschoß: kleine, dunkle, fast kahle Räume, die Mönchszellen ähnelten. Nur wenn man die hölzernen Jalousien öffnete, milderten das Licht und die Aussicht die klösterliche Atmosphäre. Charlea und Diana hatten die beiden Schlafzimmer im ersten Stock bekommen, die nur durch den Salon zu erreichen waren. Was war an ihnen so anders?

»Hier hatte Malaparte seine Mätresse untergebracht«, sagte D3, als sie die Tür aufmachte. Ihr Zimmer war zwar größer als meins und enthielt zwei Betten, aber ansonsten war nichts Besonderes daran, abgesehen von dem Fußboden aus geblümten Fliesen und dem ungewöhnlichen gekachelten Kamin in einer Ecke, der wie eine schlanke Pyramide bis zur Decke reichte. Nicht schlecht, verglichen mit meinem Zimmer, dachte ich, aber auch nicht gerade einer privaten Einladung würdig.

Als hätte sie meine Gedanken gelesen, flüsterte Diana: »Nicht das«, und führte mich in das angrenzende Badezimmer. »Das.«

Gegenüber der Tür befand sich eine luxuriöse eingebaute Badewanne – fast schon ein kleines Schwimmbecken –, die auf drei Seiten mit senkrechten grau und weiß gestreiften Fliesen gekachelt war. Der Steinfußboden schien aus Alabaster oder Marmor zu sein. »Nicht schlecht«, murmelte ich.

»Sehen Sie sich mal die Aussicht an.«

»Der Faraglione di Matromania.« Ich sprach die Worte

sorgfältig aus, da ich beweisen wollte, daß auch ich den Reiseführer gelesen hatte. »Spektakulär.«

»Nicht *die* Aussicht – die hier.«

Mein Gesichtsausdruck muß sehenswert gewesen sein, denn D3 bog sich geradezu vor Lachen. Und dann, nachdem ich alles in mich aufgenommen hatte, lachte ich ebenfalls. Gegenüber von dem Fenster, durch das ich die herrliche Landschaft bewundert hatte, befand sich ein hoher Spiegel, der praktisch vom Boden bis zur Decke reichte, und mitten davor ein Bidet. Diana hatte sich in voller Kleidung auf das Bidet gesetzt – vermutlich um etwas zu illustrieren, das keiner Illustration bedurfte. Wenn das Bidet von einer Frau benutzt wurde – und zwar so, wie es benutzt werden soll –, sah der Beobachter nur den nackten Po der Frau, umrahmt von den Faraglioni-Felsen, und darüber den Himmel und die Wolken.

»Wüßten Sie nicht gerne, was für ein Mensch Malaparte gewesen ist?« sagte ich endlich.

Diana stand vom Bidet auf. »Es könnte auch die Idee der Mätresse gewesen sein.«

Am nächsten Morgen hatten wir vier an zwei Seiten des massiven Holztischs im Salon Platz genommen. Diana hatte sich bewußt von uns abgesondert und zu dem einzigen Sofa vor einem der vier Panoramafenster begeben. Das Fehlen von Bildern und Bücherregalen – etwas Unerwartetes im früheren Haus eines Schriftstellers – erwies sich in dem sparsam möblierten, weiß getünchten und mit Steinfliesen ausgelegten Salon als sehr wirkungsvoll: Die Betonung lag auf dem spektakulären Ausblick. Sogar der untere Teil des Kamins war aus Glas. Ich versuchte mir vorzustellen, wie das Meer wohl durch die Flammen aussah.

Vor jedem Platz hatte man für uns einen kleinen Stoß weißes Schreibpapier bereitgelegt und auch für einen Vorrat an Kugelschreibern, Radiergummis und Klebstoff gesorgt. Ich hatte gerade jedem eine Kopie von Jocelyns Manuskript ausgehändigt:

Spezifische DNA-Amplifikation:
Verwendung von DNA-Polymerase aus dem extrem thermophilen Bakterium Thermus Aquaticus
Von Jocelyn P. Powers

»Was ist denn *das?«* knurrte Sepp.

Ich warf einen schnellen Blick auf Charlea, die jedoch plötzlich von der Aussicht in Anspruch genommen zu sein schien. »Das ist Jocelyns Manuskript«, erklärte ich.

»Das sehe ich selbst.«

»Was soll dann die Frage?«

»Ich dachte, der Zweck dieser Reise«, er klopfte einmal fest auf den Tisch, »sei das *gemeinsame* Abfassen der ersten Ankündigung.«

Das ist es also, was Sepp gegen den Strich geht, dachte ich, aber ich war nicht bereit, ihm beizuspringen. Wenn ihm etwas nicht paßt, beschloß ich, dann soll er es freiheraus sagen.

»Hätte Jocelyn nicht lieber warten sollen, bis sie weiß, was *wir* geschrieben haben? Und warum haben wir das nicht schon früher zu sehen bekommen?« Er sah mich nicht an, aber es lag auf der Hand, an wen die letzte Frage adressiert war.

»Weil ich es erst vor drei Tagen erhalten habe«, erwiderte ich ruhig. »Ich sah keine Veranlassung, es in die ganze Welt zu faxen, wo wir uns so bald hier treffen würden.«

»Dann hat es also noch keiner gesehen?« Er blickte mißtrauisch in die Runde.

»Außer mir natürlich.« Ich wurde langsam ärgerlich. »Jocelyn arbeitet praktisch direkt neben meinem Büro. Und sie hat das nicht im luftleeren Raum geschrieben.« Ich hatte nicht die Absicht, Sepp zu verraten, daß das meiste von dem, was er vor sich liegen hatte, in Wahrheit von mir verfaßt worden war. Jocelyn hatte noch nie eine wissenschaftliche Abhandlung geschrieben; und selbst wenn das der Fall gewesen wäre, war diese Sache viel zu wichtig, um sie ihr allein zu überlassen.

»Ach, regen Sie sich ab, Sepp«, sagte Charlea sarkastisch. »Das ist nur ein Entwurf. Außerdem kann uns Jocelyn ja nicht zuvorkommen. Ohne die theoretische Abhandlung, die wir noch nicht geschrieben haben, kann sie überhaupt nichts veröffentlichen. Aber vergessen Sie nicht, daß sie ohne Jocelyns Beitrag nicht viel wert wäre.« Ihre Stimme verlor etwas von ihrer Schärfe, aber der Groll vom Vortag blieb. »Wir sollten nicht noch mehr Zeit mit derartigen Lappalien vertun. Es wird ohnehin schon mühsam genug werden.«

Charlea hatte recht. Die ersten drei Veröffentlichungen zu schreiben war relativ einfach gewesen, da nicht viel auf dem Spiel stand. Die beiden ersten wurden größtenteils von Charlea und mir verfaßt, die dritte von Hiroshi. Bevor ich sie unter dem Namen D. Skordylis abschickte, hatten wir den Entwurf in der Gruppe durchgesprochen und ein bißchen am Inhalt gefeilt. Keiner von uns hatte sich sonderlich echauffiert, weil keiner erwartete, daß den ersten Artikeln eines unbekannten Autors große Beachtung geschenkt werden würde.

Wider Erwarten hatte der NFAT-Artikel ein kleines Problem aufgeworfen, das zwar ganz amüsant war, mir damals aber dennoch wie ein warnendes Anzeichen für künftige unvorhergesehene Komplikationen erschien. Eine Gruppe von der Scripps Clinic in Kalifornien hatte für Anfang Dezember ein Symposion über »T-Zellen und das Immunsystem« in La Jolla geplant – einem beliebten Ort für Wissenschaftler von der winterlichen Ostküste. Natürlich war ich eingeladen worden, da meine Gruppe seit Jahren auf dem Gebiet der T-Zellen tätig war. Aber kurz nachdem D. Skordylis' Weiterführung unserer ursprünglichen NFAT-Forschungsarbeit erschienen war, hatte der Veranstalter des Symposions eine Einladung an unser New Yorker Postfach geschickt. *Sehr geehrter Dr. Skordylis,* hatte darauf gestanden, *wir laden Sie hiermit ein, Ihre jüngste NFAT-Forschung am Renga-Institut im Anschluß an das von Professor Max Weiss aus Princeton gehaltene Hauptreferat zu erläutern.* Natürlich hatte Dr. Skordylis die Einladung abgelehnt und sich mit anderweitigen Verpflichtungen entschuldigt. Wir hatten alle herzlich darüber gelacht, als ich den anderen davon am Telefon erzählte. Dennoch war es ein warnender Hinweis darauf gewesen, was auf uns zukommen würde, falls »sie« etwas Brandaktuelles veröffentlichte.

Das Abfassen eines kurzen wissenschaftlichen Aufsatzes über ein wirklich brandaktuelles Thema muß nicht lange dauern, doch in diesem Fall brauchte es seine Zeit. In Princeton, wo ich mich mit Jocelyn zusammengesetzt hatte, war es einfach gewesen. Wir konzentrierten uns schlicht auf eine Beschreibung ihrer experimentellen Arbeit, da wir davon ausgingen, daß alles weitere in dem noch zu schreibenden Skordylis-Aufsatz stehen würde; außerdem hatte ich alles genau so machen können, wie ich wollte: Jocelyns Anteil an der eigentlichen Niederschrift war eher der einer Sekretärin als einer Mitarbeiterin.

Hier dagegen hatten wir vier Primadonnen, die eine Zeitlang nicht imstande zu sein schienen, sich auf irgend etwas zu einigen, geschweige denn, in einem strittigen Punkt nachzugeben. Wenn jeder von uns in die Rolle der Diana Skordylis schlüpfte, schienen wir habgierig zu werden.

Ich war froh, daß Jocelyn nicht anwesend war. Wie hätte sie wohl reagiert, wenn sie miterlebt hätte, wie wir darüber debattierten, ob dieser Satz Skordylis oder Powers gehörte? Ich merkte, wie nützlich es war, den Entwurf ihres Aufsatzes als stillen Schiedsrichter vor uns zu haben und daran erinnert zu werden, daß es sich hier um experimentelles Material handelte, das Miss Powers und nicht Dr. Skordylis gehörte; das hinderte uns zwar nicht daran, munter miteinander zu streiten, doch setzte es unseren großspurigen Prätentionen zumindest gewisse Grenzen. Ich kam mir geradezu tugendhaft vor, als ich mir in Erinnerung rief, daß ich in Princeton so gut wie keine Schwierigkeiten gehabt hatte, Jocelyn gegenüber fair zu sein: Im Endeffekt stand ihr Name unter dem Aufsatz; so weit zumindest war ich uneigennützig gewesen. Aber warum wälzte ich mich dann mit Sepp, Hiroshi und Charlea im theoretischen Schlamm, wo jeder darum kämpfte, diese Sache an sich zu reißen? Lag es daran, daß Jocelyn Powers ein Mensch aus Fleisch und Blut war, Diana Skordylis dagegen ein Machtvakuum?

Wir brauchten fast den ganzen Tag, um einen groben Entwurf des Skordylis-Aufsatzes hervorzubringen. Am Ende widerstanden wir dem Versuch, Jocelyns Manuskript auszuschlachten, sondern benutzten es als Verweis. Der in Princeton entstandene Entwurf wurde, mit geringfügigen Änderungen, zur endgültigen Fassung des Powers-Artikels. Und das erfüllte mich insgeheim mit Stolz, da ich mich erinnerte, wieviel davon von mir stammte.

Zur Teestunde kamen wir zu dem Schluß, daß wir nun lange genug beisammen gewesen waren; wir brauchten eine Pause, um einzeln darüber nachzudenken. Am nächsten Tag sollte jeder von uns für sich an dem Entwurf des Skordylis-Aufsatzes arbeiten; und am Tag darauf wollten wir wieder alle zusammenkommen und auf der Grundlage der vier überarbeiteten Versionen den endgültigen Text erarbeiten. Diese Verfahrensweise war zwar alles andere als ökonomisch; aber sie schien der Preis zu sein, den wir um des lieben Friedens willen zahlen mußten.

»Sie sehen ja alle so mißmutig aus«, bemerkte Diana, die als einzige von uns einen Erkundungsgang gemacht hatte. Obwohl alle Vorräte mit dem Boot in die Villa gebracht werden mußten, gab es auch einen schmalen Fußpfad, der den steilen Hang hinab durch zwei verschlossene Tore führte und schließlich in einen breiteren öffentlichen Weg mündete. Keine halbe Stunde von der Villa Malaparte entfernt, so berichtete Diana, konnte man die Straßen des alten Capri erkunden, die nur so breit waren, daß zwei Personen nebeneinander gehen konnten. Sie warnte uns vor unvermuteten Hindernissen, die die vierbeinigen Inselbewohner hinterließen: Auf den schmalen Wegen Capris könne man entweder die Aussicht genießen *oder* sich seines Schuhwerks ohne Hundescheiße erfreuen, aber nicht beides.

»Ich dachte, Sie würden Ihren Erfolg feiern. Max, sagten Sie nicht, daß alles so erstaunlich schnell gegangen sei?« Sie blickte kurz auf unseren Konferenztisch, der inzwischen für das Abendessen gedeckt worden war, und wartete sichtlich auf eine fröhliche Antwort.

»Freuden kommen in Wellen«, bemerkte Hiroshi.

»Auch in der Wissenschaft?«

»Besonders in der Wissenschaft. Und heute befinden wir uns in einem Wellental.«

Dianas Augenbrauen waren spöttisch verzogen. »Da ich

anscheinend die einzige bin, die sich oben auf dem Wellenkamm befindet, sollten Sie mich vielleicht aufklären, Hiroshi.«

Ich hatte geradezu griesgrämig mit meinem Suppenlöffel gespielt. War das ein Haar, was ich da in meiner Consommé herumschwimmen sah?

»Erst ist man ganz oben«, sagte Hiroshi gerade. »Man genießt seinen Erfolg. Aber das Zusammenschreiben der Ergebnisse – das ist weniger angenehm. Man ist froh, wenn der Aufsatz fertig ist; besorgt, ob er angenommen wird; euphorisch, wenn er endlich in Druck geht. Und dann beginnt man zu grübeln: Wird jemand etwas daran auszusetzen haben? Oder, noch schlimmer, niemand schreibt darüber oder ruft an. Dann ist man deprimiert. Da haben Sie Ihre Welle.«

Plötzlich spürte ich, wie ich aus dem Tal von Hiroshis Welle nach oben getragen wurde. »Hiroshi«, sagte ich laut. Es war das erste Wort, das ich an diesem Abend sprach. Ich senkte die Stimme und beugte mich näher zu ihm. »Sehen Sie sich die Flüssigkeit auf meinem Löffel an.«

»Ja?« sagte er mit einem verständnislosen Blick in den Augen.

»Was schwimmt da?«

»Ein Haar.«

»Sind Sie sicher?«

Ein Schatten der Besorgnis huschte über sein Gesicht. »Kein Grund zur Beunruhigung, Max – nur ein kleines Haar.«

Ich wurde ungeduldig. »Ich bin nicht beunruhigt. Aber angenommen, es wäre wichtig herauszufinden, ob es wirklich ein Haar ist? Und wenn ja, von wem es ist?«

»Ist das Ihr Ernst?« Er hatte seine Stimme gesenkt.

»Mein voller Ernst.«

»Analysieren Sie es. Schon allein die Aminosäurezusammensetzung wird Ihnen sagen, ob es ein menschliches Haar ist.«

»Okay«, unterbrach ich ihn. »Aber von wem?«

Hiroshi begann lebhafter zu werden. »DNA-Analyse . . .«

»Genau! Hört mal, Leute«, rief ich in die Runde, »Hiroshi und ich haben gerade über etwas Interessantes gesprochen. Angenommen, in dieser Suppe befände sich ein Haar.« Ich ließ die helle Flüssigkeit von meinem Löffel tropfen.

»Max!« rief Diana aus. »Ein Haar in *dieser* Consommé?«

»Nur ein einziges. Noch dazu ein sehr kleines. Das ist genau das, was ich brauche. Also«, sagte ich und sah Sepp und Charlea an, »wie könnte man feststellen, von wem das Haar stammt?«

»Sie meinen, ob es von einer Ratte oder von einem Menschen stammt?«

»Charlea!« Diana schien schockiert zu sein. »Rattenhaare in *dieser* Suppe?«

»Nein«, mischte ich mich ein, denn ich wollte weder, daß wir vom Thema abschweiften, noch zu verstehen geben, daß in der Küche der Villa Malaparte Nagetiere herumlaufen. »Menschliches Haar. Wie könnten wir den Besitzer identifizieren?«

»Besitzer? Ein merkwürdiges Wort.« Charlea lachte in sich hinein. »Ich nehme an, durch genetische Fingerabdrücke.« Die Pädagogin in ihr wandte sich an Diana. »So wie man die Herkunft von Spermaproben in Vergewaltigungsfällen bestimmt – indem man das genetische Material eines Verdächtigen mit DNA aus dem Sperma vergleicht, das bei dem Opfer gefunden wurde.«

»Richtig«, sagte ich rasch. »Aber wäre in einem einzelnen Haar genug davon?«

»Ah!« Jetzt war auch Sepps Interesse geweckt. »Mit der PCR wohl mit Sicherheit!«

»Wenn die Wurzel noch intakt ist.«

Wir sahen alle Charlea an. »Haarwurzeln enthalten genug Zellkern-DNA, um genetische Fingerabdrücke zu nehmen. Aber angenommen, es ist nur ein Haarschaft. Ich bin sicher, daß der in der Hauptsache aus getrocknetem Protein besteht.«

»Falsch!« Sepp sagte es derart schroff, daß wir alle verblüfft waren. »Ich bin überzeugt, daß der Schaft mitochondriale DNA enthält.«

»Mag sein«, sagte sie widerstrebend.

»Wenn dem so wäre, würde das die Sache erleichtern«, sagte ich.

»Wieso?« fragte Diana.

»Mitochondriale DNA ist stabiler als DNA aus Zellkernen.

Wenn das Haar alt wäre, würde uns das mitochondriale Material weiterhelfen.«

»Wie alt?«

Dianas ständige Fragen gingen mir allmählich auf die Nerven. »Ein paar tausend Jahre«, erwiderte ich, um komisch zu sein.

»Herrgott noch mal, Max!« rief Charlea aus, als hätte ihr jemand einen Eiswürfel in den Rückenausschnitt gesteckt. »Glauben Sie, daß die PCR sogar in der Archäologie zu verwenden wäre?« fragte sie aufgeregt.

Diesen Gedanken mußte ich erst verdauen. »Schade, daß wir nicht in Pompeji sind«, sagte ich langsam.

Und dann begann die ganze Gruppe wild durcheinander Ideen hervorzusprudeln, bis Charleas laute Stimme sich in dem Lärm durchsetzte. »Ich kenne jemanden, der mir Mumiengewebe besorgen könnte«, rief sie.

Das brachte uns zum Schweigen.

»Lassen Sie uns erst die entsprechenden Versuche mit frischem Haar durchführen«, sagte Hiroshi schließlich. »Mit und ohne Wurzel; den Grad der Reaktionsfähigkeit bestimmen; entscheiden, worauf wir uns konzentrieren wollen, wenn wir genug DNA amplifiziert haben. Wollen wir einfach beim Restriktionsfragmentlängenpolymorphismus bleiben?«

»Was reden Sie da nur für ein fürchterliches Kauderwelsch, Hiroshi?«

»Das ist im Moment nicht von Belang.« Ich wollte Diana von weiteren Unterbrechungen abhalten. »Es ist eine Methode, eine Art Supermarkt-Strichcode herzustellen.«

»Bei mitochondrialer DNA gibt es ein Problem«, fuhr Hiroshi fort. »Max hat recht: Sie ist tatsächlich stabiler. Aber im Gegensatz zur Zellkern-DNA wird die mitochondriale nur von der Mutter weitervererbt.«

»Und?« wollte Charlea wissen. »Ich sehe da kein Problem.«

»Wie wollen Sie zwischen Nachkommen von der gleichen Mutter unterscheiden?«

»Wen *kümmert* das schon, Hiroshi? Es gibt doch bestimmt genügend Fälle, in denen es von enormem Nutzen wäre, eine Probe auf eine bestimmte Familie einzuengen.«

»Hm.« Dianas einsilbige Unterbrechung war im ganzen Raum zu hören. »Als ich Sie damals in New York bat, mir zu sagen, für was PCR gut sein könnte, sind Sie mir fast an die Gurgel gesprungen. Aber kaum schlägt einer von Ihnen eine *praktische* Nutzanwendung vor« – sie betonte das Wort so stark, daß ich fast zusammenzuckte –, »schon geraten die übrigen ganz aus dem Häuschen. Trotzdem glaube ich noch immer nicht, daß Sie den entscheidenden Punkt ansprechen: Was ist, wenn Sie bei der ganzen PCR-Leserei haariger Texte Erfolg haben?«

Hiroshi schüttelte den Kopf. »Für diese Frage ist es noch zu früh. Es gibt eine japanische Redensart, die Sie vielleicht auch in Ihrer Sprache kennen: ›Wenn man nur einen Hammer hat, sieht alles wie ein Nagel aus.‹ Die PCR ist kein schlechter Hammer – davon bin ich überzeugt. Aber wer zum Hammer greift, muß aufpassen, daß er sich nicht auf den Finger schlägt.« Ein leises Lächeln spielte um seinen Mund, während er in die Runde blickte. »Vielleicht hat Diana Skordylis Glück, daß *vier* Personen hinter ihr stehen. Bevor wir entscheiden, welchen Nagel wir einschlagen wollen, ist immerhin der Finger aus dem Weg.«

»›Wer zum Hammer greift‹«, wiederholte ich. »Keine schlechte Anfangszeile für einen Malaparte-Renga.«

»Ah!« Hiroshis Ausruf klang hocherfreut. »Wer will der nächste sein?«

»›Darf auch die Beißzange nicht vergessen.‹«

Charlea sagte es so schnell, daß niemand sonst eine Chance hatte.

»Nein.« Sepp schüttelte heftig den Kopf. »Es muß so etwas sein wie ›muß alle Nägel einsammeln‹.«

»Sie können nicht einfach die Regeln ändern, Sepp.« Hiroshi drohte ihm mit dem Finger. »Sie kommen erst nach Charlea dran. Sie war die zweite.«

»Mit einer Beißzange kann ich nichts anfangen.«

»Ist das Ihre neue Zeile, Sepp?«

»Nein.« Er sah Charlea finster an. »Das ist meine Meinung. Nicht, wenn die PCR der Hammer ist.«

»›Und nicht die Geduld verlieren.‹«

»Das ist nicht fair.« Sepp schien beleidigt zu sein.

»Das ist meine Renga-Zeile.« Hiroshis Gesicht war eine Maske. »Sie dürfen das nicht persönlich nehmen. Und was ist Ihre Zeile?«

Sepp schüttelte verärgert den Kopf. »Nichts. Es gibt Momente, in denen die Renga-Form nicht funktioniert – weder in der Poesie noch in der Wissenschaft. Das ist so ein Moment.«

Anstatt mit Hammer, Beißzange und Nägeln verbrachten wir den nächsten Tag also mit Schere, Klebeband und Büroklammern. Aber bevor ich den Computer der Villa Malaparte benutzen konnte, um die aus Papierfetzen bestehende Konstruktion, die bei unseren Anstrengungen herauskam, in gedruckte Form zu bringen, mußten wir uns noch für eine Fachzeitschrift entscheiden.

»›*PNAS*‹?« Auf den ersten Blick erschien Sepps Vorschlag – die ›Proceedings of the National Academy of Sciences‹ – absolut einleuchtend. Auf unserem Fachgebiet war das wohl das renommierteste Blatt.

»Ausgeschlossen!« Charlea sah Sepp nicht einmal an. »Drei von uns«, sagte sie und deutete auf Hiroshi und mich, »sind immerhin Mitglieder der Akademie.«

Sie hatte natürlich recht. Obwohl (rein theoretisch jedenfalls) jeder etwas in den ›PNAS‹ veröffentlichen kann, müssen Beiträge von Autoren, die nicht der Akademie angehören, von einer Person eingereicht werden, die Mitglied ist. Charlea, Hiroshi und ich waren somit die einzigen, die ein Manuskript der unbekannten D. Skordylis einreichen konnten – als Unperson hatte sie schließlich keinen Kreis von Kollegen (oder Kolleginnen), die ihr hätten weiterhelfen können. Aber als ungenannte Autoren konnten wir unmöglich das Risiko eingehen, mit der Vorlage ihres Manuskripts in Zusammenhang gebracht zu werden. Charlea hatte recht, aber da Sepp nicht Mitglied war, hätte sie ruhig etwas diplomatischer sein können. Er blickte finster drein.

»›SCIENCE‹ ist die naheliegende Alternative«, fuhr sie fort. »Wenn wir nicht gerade einen Idioten als Gutachter bekommen, müßte der Aufsatz wie geschmiert durchgehen. Und ›SCIENCE‹ wird von jedem gelesen.«

»Da wäre noch ›NATURE‹«, gab Sepp zurück. »Ich ziehe ›NATURE‹ vor.«

Charlea sah aus, als wollte sie es auf einen Streit ankommen lassen, doch dann schien sie sich anders zu besinnen. »Stimmen wir darüber ab und bringen wir es hinter uns.«

Zu meiner Überraschung ging die Abstimmung unentschieden aus, und das quasi aus nationalistischen Beweggründen. Charlea und ich stimmten für ›SCIENCE‹ – die Redaktion war in Washington, und wir hatten beide viele unserer wichtigsten Artikel in diesem Blatt veröffentlicht. Sepp sprach sich mit Nachdruck für die britische Fachzeitschrift ›NATURE‹ aus und verkündete, daß nicht alles in der Wissenschaft – Geld, Postdocs, Nobelpreise – unbedingt in Amerika landen müsse. Zu meinem Erstaunen wurde er von Hiroshi unterstützt.

»Hol's der Teufel«, knurrte Charlea. »Da Sepp den Geistesblitz hatte, schicken wir es eben an ›NATURE‹.« Am nächsten Tag lagen, frisch aus dem Laserdrucker, säuberlich aufgestapelte Kopien von *»Die Polymerase-Kettenreaktion: Eine neue DNA-Vervielfältigungstechnik«* von Diana Skordylis vom Renga-Institut sowie Jocelyns Aufsatz, beide im ›NATURE‹-Format, auf dem Tisch, um von uns abgesegnet zu werden.

Den Rest der Woche verbrachten wir in einem Zustand erschöpfter Erleichterung, den jeder kennt, der ein Manuskript endlich zur Post gegeben hat, nur daß in unserem Fall der Umschlag noch nicht frankiert war. Wir hatten nicht die Absicht, ihn der italienischen Post anzuvertrauen. Ich versprach, ihn gleich nach meiner Ankunft in Princeton mit Federal Express nach London zu schicken.

Die meiste Zeit spielten wir Touristen, machten zahlreiche Ausflüge, einschließlich der obligatorischen Bootsfahrt zur Blauen Grotte und der Wanderung zur Villa Jovis auf dem Monte Tiberio an der Ostspitze der Insel. Wir besuchten Anacapri, um das Haus von Axel Munthe zu besichtigen, des anderen berühmten Schriftstellers, der hier *Das Buch von San Michele* geschrieben hatte. Munthes Villa war voller Touristen, so daß mich plötzlich ein gewisser Hochmut überkam, als ich an die streng gehütete Abgeschiedenheit unserer Villa Malaparte dachte. Aber während wir uns entspannten, ergaben sich ständig neue Auswirkungen unserer PCR. Jedesmal, wenn einer von uns einen neuen Kieselstein in den Teich warf, breiteten sich die kreisförmigen Wellen mit beunruhigender Leichtigkeit aus. Die größten Wellen entstanden, als wir uns der Möglichkeit zuwandten, die PCR als Werkzeug zum Aufspüren von Viren zu benutzen, die ernste Krankheiten verursachen.

»Hepatitis«, sagte einer von uns.

»Das Feststellen von Herpes ist wichtiger.«

»Eppstein-Barr-Syndrom, Zytomegalovirus, Papilloma beim Gebärmutterhalskarzinom . . .«

»Halt!« sagte Hiroshi warnend. »So kommen wir nicht weiter. Ich weiß, wie Sepp zumute ist, aber man kann nicht jeden Nagel einschlagen. Nicht einmal ein paar. Es gibt Hunderte von Krankheiten, bei denen die PCR ein diagnostisches Mittel sein könnte. Konzentrieren wir uns auf eines: Wenn wir irgend etwas mit dem Aids-Virus tun können, dann haben wir schon einen sehr großen Nagel getroffen.«

»Einverstanden.« Charlea sah sich nicht einmal zur Bestätigung um. »HIV könnte durchaus das dramatischste Beispiel sein. Aber wer ist *wir,* Hiroshi? Jocelyn kann nicht alles machen. Ich glaube nicht, daß sie auch nur die Sache mit dem Haar in Max' Suppe alleine bewältigen kann.«

»Jetzt, wo wir zwei Manuskripte haben«, schlug Hiroshi vor, »könnten wir einigen Leuten Vorabdrucke schicken, sie zur Mitarbeit gewinnen. Wenn einer eine neue Technik entwikkelt, muß sie in mehreren Labors Tests unterzogen werden. Ich kenne jemanden in Nagoya, der erstklassige Arbeit leisten würde . . .«

»Und wie würden wir den Namen Skordylis auf die japanische Veröffentlichung bekommen?« warf Sepp ein.

»Überhaupt nicht«, erwiderte Hiroshi. »Es wäre wie bei Jocelyn. Sie veröffentlicht allein – mit einem Verweis auf Diana Skordylis, die dankenswerterweise einen Vorabdruck ihrer Arbeit zur Verfügung gestellt hat.«

»Bei Jocelyn ist das etwas anderes.«

»Wieso?« mußte ich unwillkürlich fragen. Hatte es etwas mit

der Tatsache zu tun, daß Sepp Jocelyn seine privaten Probleme anvertraut hatte?

»Sie ist Dianas Enkeltochter. Sie ist eine von uns. Außer . . .« Sepp sprach den Satz nicht zu Ende. Er warf nur die Hände in die Luft.

»Aber wenn Diana Skordylis' Veröffentlichung in ›NATURE‹ erscheint«, sagte Charlea, »dann ist die Katze aus dem Sack. Dann wird die PCR für jeden Freiwild. Es ist nicht mehr wie in der guten alten Vorkriegszeit in Deutschland, als die Herren Professoren zu schreiben pflegten: ›Dieses Gebiet behalte ich mir selbst vor.‹«

»Von welchem Krieg sprechen Sie?« fragte Sepp argwöhnisch.

»Suchen Sie sich den passenden aus«, schnauzte Charlea zurück, »egal welchen. *Die* Zeiten sind endgültig vorbei.«

»Sepp«, versuchte Hiroshi zu vermitteln. »Vergessen Sie für einen Moment, *wer* an HIV arbeiten wird. Konzentrieren wir uns lieber auf das, *was* zu tun ist. Einer der wichtigsten diagnostischen Beiträge zum Aids-Problem könnte die Analyse der genetischen Mannigfaltigkeit und Entwicklung von HIV bei infizierten Personen sein. Dafür könnte die PCR ideal sein.«

»Was ist mit falschen Positiven?«

»Genau«, erwiderte Hiroshi. »Deshalb sollten ja auch mehrere Leute an diesem Problem arbeiten. Sepp, wenn wir eine Sache gelernt haben, dann die, daß es schon zu viele Nägel gibt.«

Das Frühstück in der Villa bestand aus einem Büfett, das in dem kleinen holzgetäfelten Raum neben der Küche angerichtet wurde. An diesem Morgen kam ich als letzter herunter, da ich erst lange nach Mitternacht eingeschlafen war. Ich strich gerade Honig auf mein Brötchen, als Diana auf mich zukam und mir ins Ohr flüsterte: »Sagen Sie den anderen, sie sollen sich nicht vor zehn treffen. Ich muß erst mit Sepp reden.«

In ihrer Stimme lag ein derart eindringlicher Ton, daß ich mich unwillkürlich umdrehte, doch da verließ sie bereits das Zimmer. Als ich etwas später aufstand und mich zum Gehen wandte, konnte ich durch die Tür Diana und Sepp in dem kleinen Innenhof stehen sehen. Trotz des hellen Sonnenscheins setzte D3, in T-Shirt und Hosen, ihre nackten Arme und ihr ungeschütztes Gesicht ausnahmsweise den ultravioletten Strahlen aus. Die beiden waren zu weit weg, als daß ich ihre Stimmen hätte hören können, aber ich sah, daß Dianas Hände Sepps steif gehaltene Arme gepackt hatten. Sie stand mit dem Rücken zu mir; die Sicht auf Sepps Gesicht war mir versperrt. Aber ich konnte sehen, daß er den Kopf schüttelte.

Wir wollten alle am späten Nachmittag mit dem Tragflügelboot zurück zum Festland fahren. Vor unserer Abreise war eine letzte Sitzung anberaumt worden. Da dabei hauptsächlich organisatorische Dinge besprochen werden sollten, schloß Diana sich uns im Konferenzraum an. Sepp saß mir am Tisch gegenüber. Seine Miene war finster.

»Sepp hat Ihnen etwas mitzuteilen«, sagte Diana mit unnatürlicher Stimme. Ihre Augen waren auf das vor mir liegende Manuskript gerichtet, als wollte sie mit ihrem Blick Löcher in das Papier brennen.

Hiroshi, Charlea und ich sahen uns an. Es war offensichtlich, daß keiner von ihnen irgendeine Vorwarnung gehabt hatte.

»Ich habe es mir anders überlegt«, verkündete Sepp und hielt einige Blätter in die Höhe. »Das kann nicht unter dem Namen Skordylis veröffentlicht werden. Dafür ist die PCR zu gut. Eine Idee von dieser Tragweite habe ich noch nie gehabt und werde ich auch nie wieder haben. Ich will meinen Namen darauf sehen.« Erst da hob er den Blick und sah uns der Reihe nach an. Der Schock muß sich in unseren Gesichtern widergespiegelt haben, da er schnell weitersprach. »Ich meine nicht alleine. Hiroshi hatte die Idee mit der DNA-Polymerase aus thermophilen Bakterien; und Sie, Charlea, und Max . . .« Er machte eine Handbewegung, die sich als wegwerfend oder als allumfassend interpretieren ließ, je nach Stimmung des Beobachters. »Wir sollten alle vier Autoren sein. Aber mein Name muß an erster Stelle stehen.« Als ich Sepp über den Tisch hinweg anschaute, sah ich, daß er die Fäuste geballt und die Lippen zu einem schmalen Strich zusammengekniffen hatte. Wenn er nicht so braungebrannt gewesen wäre, hätte sein

Gesicht ohne weiteres die Farbe von Lackmuspapier haben können, das mit einer Säure in Berührung kommt.

Ich weiß nicht, wie lange Schweigen herrschte – vermutlich nur ein paar Sekunden lang –, doch es kam mir wie Stunden vor, ehe ich Hiroshis Stimme hörte. Wenn er nicht neben mir gesessen wäre, hätte ich sie nicht wiedererkannt. Sie war von kalter Wut erfüllt.

»Sie ändern schon wieder die Spielregeln, Sepp. Aber hier handelt es sich nicht um ein Renga-Gedicht. Die Regeln des Renga-Instituts besagen, daß Diana Skordylis der Urheber ist. Darauf haben wir uns alle geeinigt, bevor wir uns zusammengetan haben.«

Charlea erhob sich. »Sollte ein Mann jemals die Frechheit besitzen, in meiner Gegenwart von wildgewordenen Hormonen bei Frauen zu sprechen, dann werde ich ihm erzählen, was in Capri passiert ist.« Bevor sie den Salon verließ, blickte sie noch einmal kurz auf Hiroshi. »›Kaputt bei Malaparte‹ – so können Sie Ihr Gedicht über alte Männer nennen.«

Kapitel 21

Im Halbdunkel des Raumes konnte ich nicht erkennen, wer mir auf die Schulter getippt hatte, um mir die Nachricht zu übergeben. Ich hielt den Zettel in das Lichtband aus dem Diaprojektor. *Jocelyn Powers anrufen,* stand darauf. *Dringend.* Geduckt, um mit dem Kopf nicht in den Projektorstrahl zu kommen, machte ich mich auf den Weg hinaus ins Foyer zum Münzfernsprecher. Es war 9.30 Uhr in La Jolla, mitten im ersten Vormittagsreferat des T-Zellen-Symposions.

Sie nahm beim ersten Läuten ab. »Haben Sie von Professor Krzilska gehört?« fragte sie ohne jede Einleitung. Sie klang besorgt.

»Ich habe vor ein oder zwei Wochen kurz mit ihm gesprochen . . .«, begann ich.

»Nein«, fiel sie mir ins Wort. »Hat er Sie heute oder gestern angerufen?«

»Warum hätte er anrufen sollen?« Ich war etwas beunruhigt. Nach dem Debakel in Capri hatten wir eine Abkühlungsperiode vereinbart, bis zu deren Ablauf noch fünf Tage blieben.

»Ich wollte es nur wissen.« Ich kam zu dem Schluß, daß Jocelyn eher unglücklich als verängstigt klang. »Eigentlich rufe ich wegen etwas anderem an.«

»Schießen Sie los«, sagte ich und machte mich auf das Schlimmste gefaßt.

»Haben Sie die neueste Ausgabe von ›NATURE‹ gesehen?«

»Ich weiß nicht, welche Sie meinen.« Ich wurde langsam ungeduldig.

»Die mit den PCR-Artikeln«, sagte sie kläglich.

»PCR?« Ich fühlte, wie mir etwas die Brust einschnürte. »Wollen Sie damit sagen, daß uns jemand zuvorgekommen ist? Nur wegen diesem gottverdammten Sepp?«

»Nein. Die mit den Veröffentlichungen von Diana Skordylis und mir.«

Es war eine schlichte Mitteilung von der Art, gegen die sich der Verstand auflehnt. »Das kapiere ich nicht«, sagte ich.

»Ich habe sie an ›NATURE‹ geschickt«, gestand sie. »Nach Ihrer Rückkehr aus Italien.«

»Sie?«

»Meine Großmutter hat mich überzeugt. Sie sagte, solange eine der Veröffentlichungen von mir sei . . .«

»Aber . . .«

»Sie hatten sich doch alle auf die endgültige Fassung geeinigt.«

»Ja, ja«, sagte ich hilflos. »Aber was ist mit Sepp? Haben Sie es mit ihm abgesprochen?« Ich konnte mir Sepps Reaktion vorstellen: Seit Capri hatte ich mir die ganze Zeit darüber Gedanken gemacht, wie ich verhindern konnte, daß Sepp absprang, wie ich verhindern konnte, daß sich meine Bourbaki-Idee genau in dem Moment in Luft auflöste, in dem sie in greifbare Nähe gerückt zu sein schien. Und nun das! Ja, ich konnte mir seine Reaktion vorstellen. Ich konnte mir nur nicht vorstellen, derjenige zu sein, der es ihm sagte. »Hat er zugestimmt?« fragte ich, obwohl ich die Antwort bereits kannte.

»Nein«, sagte sie. »Aber ich habe einen Psychoanalytiker konsultiert. Omi meinte, ich sollte das.«

Der Münzfernsprecher befand sich in einer offenen Zelle und war nur teilweise gegen die Geräusche in der Halle abgeschirmt. Summte es in meinem Kopf, oder handelte es sich um den Hintergrundlärm der Leute, die gerade in der ersten Pause herausgekommen waren? »Er ist Jungianer«, hörte ich sie sagen.

»Verdammt noch mal, Jocelyn!« fauchte ich. »Und wenn er ein rasender Reichianer wäre. Wieso ist da auf einmal ein Klapsdoktor im Spiel? Was hat er mit der PCR zu tun?«

»Der ›Klapsdoktor‹ ist Jakob Krzilska.« Jocelyns Stimme war ernst geworden. »Professor Krzilskas Sohn. Sein *Adoptivsohn.*« Sie sprach das Wort in einem Ton aus, als ob es mir etwas sagen müßte. Alles, was ich wußte, war, daß ich plötzlich das dringende Bedürfnis hatte, mich hinzulegen. Ich war inzwischen von der aus dem Symposion drängenden Menge umgeben, und es kam mir so vor, als ob einige der in der Nähe stehenden Teilnehmer mich anstarrten.

»Ich rufe Sie von meinem Hotelzimmer aus zurück«, sagte ich schwach. »Nach der Vormittagssitzung.«

Ich kann mich nicht mehr an die Themen der anderen Referate erinnern, die ich an diesem Morgen hörte. Ich wußte nur, daß ich von Glück sagen konnte, daß mein eigener Vortrag erst für den nächsten Tag angesetzt war.

In der Mittagspause rief ich Jocelyn an. Sie erzählte mir die ganze Geschichte. Während ich zuhörte, schweigend wie ein Analytiker, liegend wie ein Analysand, begann mir klar zu werden, daß sie viel mehr über Sepp wußte, als ich je vermutet hatte. Nicht nur, was in Capri vorgefallen war – es überraschte mich nicht, daß D3 ihr eine Zusammenfassung der Ereignisse gegeben hatte –, sondern auch über Aspekte seines Privatlebens, über die ich nur müßig spekuliert hatte, ohne mich damit abzugeben, ernsthafte Nachforschungen anzustellen. Ich erinnerte mich, daß ich ungerührt zur Kenntnis nahm, daß diese Geschichte die Diskrepanz zwischen dem Zeitpunkt von Sepps Eheschließung und dem Alter seines ältesten Sohnes erklärte; das war eine kleine Insel des Trostes in diesem Meer von Ungewißheiten. Aber nur eine kleine: Ich fragte mich ständig, ob das alles irgendwie meine Schuld war. Hatte ich irgendwie nicht verstanden, welche Beweggründe Sepp hatte? Hätte ich irgend etwas tun können, um die Sache zu verhindern?

»Wie haben Sie das alles herausgefunden?« gelang es mir schließlich zu fragen.

»Sepp hat es mir erzählt«, sagte sie schlicht.

»Aber wieso?« fragte ich und merkte, wie ich ärgerlich wurde. »Das ist ja nicht gerade ein Standardthema für Plaudereien nach Tisch.«

»Er wollte mit jemandem reden.«

Das, worüber Sepp hatte reden wollen, war anscheinend sein Adoptivsohn Jakob. Aber damit war die Sache nicht beendet: Jocelyns Gespräche mit Sepp waren nur der Anfang gewesen. Jakob hatte sie, auf Drängen seines Vaters, angerufen, als er anläßlich eines Jungianer-Kongresses in Boston war. Sie trafen sich in New York, und ein oder zwei Monate später beschloß Jocelyn, Urlaub in Österreich zu machen. Die Beziehung zwischen den beiden hatte sich so vertieft, daß sogar Jocelyns Großmutter davon wußte. Warum hatte D3 das mir gegenüber nie erwähnt? War es nur Taktgefühl, oder argwöhnte sie, daß Jocelyns enger Draht zur Familie Krzilska mich gestört hätte? Ich wußte, daß ich wegen Jocelyn und Sepp eifersüchtig war – aber war meine Eifersucht auch für andere derart augenfällig gewesen?

Jedenfalls hatte Jocelyn umgehend Jakob angerufen, als sie durch D3 von dem plötzlichen Verrat seines Vaters an unserem Gemeinschaftsprojekt in der Villa Malaparte erfuhr. Jakob hatte das nicht sonderlich merkwürdig gefunden; er hatte nie geglaubt, daß ein ernsthafter Wissenschaftler imstande sein könnte, ein neues Schiff unter falscher Flagge vom Stapel zu lassen. Er empfahl, Sepp – ja die ganze Gruppe – vor vollendete Tatsachen zu stellen. Und Diana hatte ihm beigepflichtet. Also hatte Jocelyn, ohne einem von uns etwas zu sagen, die beiden Manuskripte an ›NATURE‹ geschickt.

»Aber ich hätte nie gedacht, daß sie so schnell erscheinen würden«, rief Jocelyn. »Ich wollte doch nur die frühestmögliche Eingangsbestätigung von ›NATURE‹ haben – damit uns keiner zuvorkommt«, setzte sie lahm hinzu.

Dann hatte sich sogar diese junge Doktorandin schon mit dem Prioritätsvirus infiziert, dachte ich mit grimmiger Befriedigung. Jakob hatte vermutlich recht gehabt. Angesichts vollendeter Tatsachen sah ich keine Veranlassung, mich zu beklagen. Tatsächlich schien mir die beschleunigte Veröffentlichung durch die ›NATURE‹-Redaktion der endgültige Beweis für die Bedeutung der PCR zu sein.

»Es gab keine Kommentare von den Gutachtern«, fuhr sie fort. »Nichts. Nur eine Benachrichtigung aus London, daß die Manuskripte angenommen worden seien. Das hatte ich nicht erwartet. Ich dachte, sie würden wie üblich um eine Überarbeitung bitten. Ich dachte, daß Sie vier genug Zeit hätten, um darüber zu diskutieren. Daß es Ihnen helfen würde, zu einer Einigung zu kommen.«

»Und Ihre Veröffentlichung?« sagte ich, da mir trotz meiner Freude über das Ergebnis zu Bewußtsein kam, daß ich die von ihr an den Tag gelegte Selbständigkeit mißbilligte. »Falls wir nicht einverstanden gewesen wären? Was hätten Sie damit gemacht?«

Es folgte eine lange Pause. »Das kann ich nicht sagen.«

Sepps Treuebruch ließ sich natürlich nicht rückgängig machen. In gewissem Sinne hatte Jocelyns Intervention die Skordylis-Idee gerettet. Doch auf einer anderen Ebene war alles verloren: Das Vertrauen, das ein Projekt dieser Art voraussetzte – der gemeinsame Verzicht auf individuelle Anerkennung zugunsten des Gemeinwohls –, war zerstört. Kein Wunder, daß die ursprünglichen Bourbakisten ihre persönlichen Forschungsbeiträge für sich behalten und aus Nicolas Bourbaki keinen Erfinder gemacht hatten, sondern ihn in erster Linie Mathematik interpretieren und lehren ließen. Oder wie die Nabis ausschließlich als polemischer Kritiker an die Öffentlichkeit traten. Im Akt des Erschaffens fand das Ego seinen Daseinszweck; und genau darum konnte es sein Werk nicht loslassen.

Die erfundene Diana bestand fort. Die PCR hielt Skordylis nicht nur am Leben, sondern machte sie zu einem spektakulären Erfolg. Jeder schien auf neue Anwendungsmöglichkeiten zu stoßen, manchmal nur auf ein Stichwort hin. »Wie läuft eigentlich die Supermarkt-Strichcode-Sache?« fragte mich D_3 eines Tages.

Einen Moment lang herrschte in meinem Kopf völlige Leere. »Strichcode-Sache?«

»Ihre Haarforschung«, sagte sie lachend. »Zumindest haben Sie sie in Capri so bezeichnet.«

»Jocelyn arbeitet daran«, begann ich. »Sie kommt prima voran.« Dann hielt ich inne, weil das Wort »Strichcode« einen neuen Gedankengang ausgelöst hatte: Warum die PCR nicht als generellen Strichcode benutzen? Nicht im Supermarkt. Das wäre technologisch der reinste Overkill, aber ... »Ich muß jetzt auflegen«, sagte ich abrupt. »Ich habe einen dringenden Termin.«

Wie wäre es mit einem Strichcode, der mit einer DNA versehen wurde? Einem Strichcode, der dazu dienen könnte, die Herkunft eines Produkts zurückzuverfolgen? Charlea hatte bereits darauf hingewiesen, welche außergewöhnliche Kapazität als Informationsträger selbst relativ kurze DNA-Sequenzen besaßen: Hundert Basenpaare konnten Milliarden unterschiedlicher Sequenzen hervorbringen. Nun, da wir das Leistungsvermögen der PCR nachgewiesen hatten, war es ein Klacks, eine aus hundert Basenpaaren bestehende Sequenz zu vervielfältigen. Wie wäre es, wenn man Öl, Sprengstoff, Industriemüll, ja sogar Geld mit einem Etikett aus einem doppelsträngigen Nukleinsäuresegment markieren würde, das Informationen über Hersteller, Produktionsnummer, Herstellungsdatum und was weiß ich noch alles in DNA-Sprache enthielt? Angenommen, man würde Öl in dieser Weise kennzeichnen, bevor es in einen Tanker gepumpt wird? Mit Hilfe der PCR wäre es dann sehr leicht, durch Vervielfältigen des DNA-Etiketts und Lesen des Codes den Verursacher einer Ölpest zu identifizieren.

Errötend muß ich gestehen, daß ich in diesem Fall mit keinem über meine Idee sprach. Theoretisch sah ich keinen Grund, warum es nicht funktionieren sollte. Praktisch war mir klar, daß wir erst noch eine Vielzahl kleinerer experimenteller Hürden überwinden mußten. Selbst unser Haarprojekt war noch nicht abgeschlossen. Ich entschied mich, diese Idee so lange auf Eis zu legen, bis die Zeit reif war. Anfänglich erklärte ich diesen Entschluß ganz rational, indem ich mir sagte, daß derzeit schon zu viele andere Probleme gelöst werden müßten; warum sich das Leben schwermachen und ein weiteres präsentieren? Doch dann wurde mir sehr rasch klar, daß ich mit dem gleichen Virus infiziert wurde wie Sepp. Diese Idee sollte mir ganz allein gehören.

Wir brauchten nicht lange, um herauszufinden, wie schwierig es war, mit der Lawine von Briefen fertig zu werden, die via

Postfach des Renga-Instituts über Diana Skordylis hereinbrach. Die folgenden Monate entwickelten sich zu einem ausgedehnten Marionettenspiel, bei dem eine ganze Reihe von Händen erforderlich war, damit die Vorstellung weiterging.

Die einzige *reale* Person in diesem Stück war Jocelyn Powers. Wir mußten so darauf achten, Diana Skordylis vor der Öffentlichkeit abzuschirmen, daß ein Abglanz ihres Triumphes zwangsläufig auf Jocelyn fallen mußte. Die meisten Telefonanrufe sowie die gesamte Korrespondenz wurden direkt an sie weitergeleitet. Der ganze Trubel hätte ihr leicht zu Kopf steigen können, doch sie meisterte ihn in bewundernswerter Weise. Tatsächlich gab es Momente, in denen sie es in meinen Augen mit der Bescheidenheit zu weit trieb: »*Miss* Powers« betonte sie jedesmal, wenn jemand sie mit »Doktor« ansprach. Wenn die Anrufer entdeckten, daß sie mit einer Doktorandin im zweiten Jahr sprachen, trug dies nur noch mehr zu Jocelyns Renommee bei. Ich wagte mir nicht vorzustellen, wie sie mit der Eifersucht ihrer Laborkollegen oder Kommilitonen zu Rande kam. Schließlich wurden die Aufmerksamkeitsbezeigungen derart zahlreich und derart zeitraubend, daß ich mit ihr reden mußte.

»Sie müssen sich rarer machen«, sagte ich zu ihr. »Beantworten Sie Erkundigungen über experimentelle Verfahren per Post – Sie können Jessica um Hilfe bitten –, aber im übrigen sollten Sie erklären, daß Sie zu sehr mit Ihrer Dissertation beschäftigt sind. Falls Sie weiter soviel Kontakt mit Vertretern unseres Standes haben, muß ja früher oder später einer den Braten riechen. Und wir wollen nicht, daß Skordylis' Identität zu früh bekannt wird.«

»Warum nicht?«

»Nun ja, Sie wissen schon . . .« Mein Erklärungsversuch versandete. Ich hätte als Grund anführen können, daß wir noch mehr unter dem Namen Skordylis veröffentlichen wollten, bevor das Geheimnis gelüftet wurde. Aber dabei war mir nicht ganz wohl. Es wäre mir wie eine Lüge vorgekommen. Ich bezweifle, daß ich mir dieser Gefühle überhaupt bewußt gewesen wäre, hätte Diana nicht einige Tage davor etwas zu mir gesagt. »Sie werden sich irgendwann darüber unterhalten müssen.« Ich hatte sie verständnislos angesehen, und diese Begriffsstutzigkeit war nicht direkt vorgetäuscht. »Sie vier, meine ich«, sagte sie zur Erklärung, wohl wissend, daß ich sie auf irgendeiner Ebene verstand, aber willens, es mir dennoch zu erklären. »Sie haben nie darüber gesprochen, was vorgefallen ist. Indem Sie nichts unternehmen, tun Sie so, als ob überhaupt nichts geschehen wäre. Wie ein Ehepaar, das sich weigert, der drohenden Zerrüttung seiner Ehe ins Auge zu sehen und seinen Freunden gegenüber vorgibt, alles sei in schönster Ordnung. Ich habe nicht die Absicht, die Eheberaterin zu spielen«, hatte sie hinzugefügt. Damals wußte ich nicht, was ich darauf sagen sollte. Erst als ich mich mit Jocelyns Frage konfrontiert sah und mit meiner Abneigung, die Lüge ihr gegenüber aufrechtzuerhalten, begann mir klar zu werden, daß Diana recht hatte. Wir mußten uns tatsächlich darüber unterhalten, irgendwann. Aber im Moment schien alles so gut zu laufen. Solange wir nicht miteinander reden mußten und Skordylis' Ruhm weiterwuchs, konnte man so tun, als ob D. Skordylis noch am Leben sei. Das war um einiges leichter, als das Begräbnis zu organisieren.

Doch Diana ließ die Sache nicht auf sich beruhen. Eines Tages fragte sie: »Sind Sie noch wütend auf Sepp?«

Ich zuckte die Achseln. »Damals in Capri schon. Verdammt wütend sogar. Aber jetzt?« Ich wußte nicht, wie ich schließen sollte.

»Was ist jetzt anders?« fragte Diana weiter.

»Was hat es jetzt noch für einen Sinn?«

»Sie meinen damit, daß Sie keinen Sinn darin sehen, Sepp erneut in Rage zu bringen? Daß Sie hoffen, daß er darüber hinweggekommen ist?«

Ich will nicht sagen, daß sie die Frage verächtlich klingen ließ. Aber nachdem sie mir in dieser Form gestellt worden war, ließ sich der Schein nicht mehr aufrechterhalten, nicht einmal mir selbst gegenüber.

»Nein«, sagte ich. »Ich meine vielmehr, daß wir gut daran täten, uns mit einer unabänderlichen Tatsache abzufinden: Diana Skordylis ist tödlich verwundet.« Und als ich es erst einmal in Worte gefaßt hatte, war ich sicher, daß Charlea,

Hiroshi und besonders Sepp unbewußt das gleiche empfanden. »Unter diesen Umständen sollten wir die Patientin am besten möglichst schmerzlos sterben lassen. Und Pläne für das Begräbnis machen.«

Diana war auf dem Sofa näher an mich herangerückt. »Irgendwann hätten Sie es ohnehin tun müssen«, bemerkte sie. »Selbst wenn in Italien nichts vorgefallen wäre, hätten Sie Diana Skordylis früher oder später sterben lassen müssen, um Ihre Identität zu enthüllen.«

Ich nickte, aber es war kein Vergnügen, mir diese Tatsache einzugestehen. »Das ist richtig. Aber trotzdem«, sagte ich und hob den Blick, »wäre es schön, ein prächtiges Begräbnis zu inszenieren, stimmt's?«

Diana lachte. »Das prächtigste. Im Wikingerstil: mit Flammen und allem Drum und Dran.«

Ich lachte nicht. »Dann müssen wir DS noch ein bißchen am Leben erhalten«, sagte ich. »Und das erreichen wir nicht dadurch, daß wir auf Sepp wütend sind.«

Zum Glück trug gerade das Prinzip der PCR dazu bei, in Windeseile Aufmerksamkeit zu erregen. An sich war nicht nur das Konzept, sondern auch das Verfahren selbst so einfach, daß biomedizinische Labors überall auf der Welt in der Lage waren, diese Methode praktisch über Nacht zur Lösung einer atemberaubenden Fülle von Problemen zu nutzen. Die beiden potentiell kritischen Punkte – eine ausreichende Menge des DNA Enzyms aus *Thermus aquaticus* sowie die ziemlich mühsamen, aber ausschlaggebenden Schritte der Matrizendenaturierung und der Primeranlagerung – wurden von industriellen Unternehmern schnell überwunden. Scheinbar über Nacht tauchten in der biomedizinischen Literatur Anzeigen auf, die die kommerzielle Verfügbarkeit der bakteriellen DNA-Polymerase und eines Geräts propagierten, das die zyklische Denaturierung und Anlagerung automatisch ausführte.

Der überzeugendste Beweis für die rasche Akzeptanz der PCR-Methode war nicht die Anzahl der Sonderdruckanforderungen: Man weiß nie, ob die Leute sie nicht nur zur späteren Verwendung abheften. Es war vielmehr die Zahl und Mannigfaltigkeit – sowohl geographisch als auch thematisch – der *Vorab*drucke von Veröffentlichungen anderer, die sich mit Anwendungsmöglichkeiten der PCR-Methode befaßten und bei verschiedenen Zeitschriften im Druck oder in Vorbereitung waren, die sich in das Postfach des Renga-Instituts ergossen. Das Versenden derartiger Vorabdrucke ist fast immer ein Kompliment: eine Einladung, sich einem unsichtbaren Kollegenkreis von Wissenschaftlern anzuschließen. Wenn solche Vorabdrucke an zwei so unbekannte Autoren wie Skordylis und Powers gesandt wurden, dann ist dies möglicherweise das größte Kompliment, das ein Wissenschaftler machen kann: nämlich ein uneigennütziges.

Charlea war diejenige, die darauf drängte, daß Sepp über jede wichtige Postsache auf dem laufenden gehalten wurde, die an das Renga-Institut adressiert war.

»*Primus inter pares* – als das sollten wir Sepp behandeln«, empfahl sie. »Und sei es auch nur aus purer Dankbarkeit.«

»Dankbarkeit?« wieherte ich. »Ja, um Himmels willen, wofür denn?«

»Er hätte uns alle ganz schön blamieren können, wenn er sich bei ›NATURE‹ beschwert hätte. Aber er hat sich nicht einmal bei mir beschwert. Hat er Sie angerufen?«

»Nein«, sagte ich, da ich ihr nicht enthüllen wollte, was ich von Jocelyn erfahren hatte: daß es Jakob gelungen war, seinen Vater davon zu überzeugen, daß es nichts einbringen würde, wenn er einen von uns beschuldigte, Diana Skordylis' meteorhaftes Erscheinen auf den Seiten von ›NATURE‹ veranlaßt zu haben. Bis zum heutigen Tag bin ich mir nicht sicher, ob Sepp es tatsächlich akzeptierte, daß die alleinige Verantwortung für die Opferung seines Namens bei Jocelyn lag.

Trotz all unserer Bemühungen war Diana Skordylis' Korrespondenz innerhalb von drei Monaten so umfangreich geworden, und die gleichen Ausreden waren so oft wiederholt worden, daß wir uns zu einem drastischen Schritt entschlossen: Am 29. März sollte sich Diana Skordylis zu einer Krebsbehandlung in ein ungenanntes Krankenhaus begeben.

Als ich mich auf die Krankheit und letzten Endes das

Ableben von Diana Skordylis konzentrierte, wurde mir klar, daß ich mich gleichzeitig immer mehr für die lebendige Diana zu interessieren begann. D3 und ich hatten es uns zur Gewohnheit gemacht, uns mindestens einmal in der Woche abends in New York zu treffen, was häufig dazu führte, daß ich in ihrer Wohnung übernachtete, und gelegentlich verbrachten wir sogar das Wochenende gemeinsam, doch nun war ich derjenige, der den Anstoß zu den meisten Verabredungen gab. Folglich war es nur natürlich, daß ich sie ständig über die Anwendungsmöglichkeiten der PCR informierte, die auf der ganzen Welt auftauchten.

Ich widerstand der Versuchung, ihr zwei raffinierte Erweiterungen unseres ursprünglichen Ansatzes zu erläutern, die andernorts entwickelt worden waren: die »Inverted PCR«, bei der die DNA-Amplifikation außerhalb statt innerhalb der beiden Primer-Bindungsstellen stattfindet, und die »Anchored PCR«, um Gene zu studieren, die Proteine kodieren, für die Teilsequenzen bereits bekannt waren. Statt dessen hielt ich mich an einige der medizinischen Anwendungen, die sich am Horizont abzuzeichnen begannen: ein überaus einfaches Diagnoseverfahren zur Bestimmung der Sichelzellenanämie und die erstaunlichen Resultate auf dem HIV-Sektor. Einer Gruppe von der Northwestern University zufolge wurde, mittels der PCR, das Aids-Virus bei Personen aus Risikogruppen mindestens sechs Monate früher nachgewiesen als mit einem Antikörpertest.

Ihre Reaktion überraschte mich.

»Und das soll eine gute Nachricht sein?« Sie zog die Augenbrauen hoch.

Ich schwieg einen Moment, um die Prioritäten neu zu ordnen. »Wir lassen uns nun mal mitreißen«, sagte ich. »Nein, für den Patienten ist es wohl nie eine gute Nachricht. Aber es könnte zu einem besseren Screening von Spenderblut führen.«

»Was ist mit Krebs? Irgendwelche Fortschritte auf dem Gebiet?«

»Das ist mit Sicherheit als nächstes dran. Aber es gibt so viele verschiedene Arten . . .«

Wieder herrschte Schweigen zwischen uns. Was hatte sie

heute nur? Ich war so voller guter Nachrichten hergekommen, und sie wollte nichts davon hören. Ich kam mir wie ein lächerlich fröhlicher Tröster bei der Totenwache vor.

»Aber ist es nicht besser, Bescheid zu wissen?« sagte ich schließlich. »Dann kann man wenigstens Vorkehrungen treffen . . .« Ich brach ab, da mir plötzlich einfiel, daß uns das unter Umständen zum Thema unseres ersten Gesprächs auf Virgin Gorda zurückbrachte. Diana nippte an ihrem Tee, zuckte leicht die Achseln und strich mit gespreizten Fingern die Tischdecke glatt.

»Und was haben Ihre schlauen Kollegen sonst noch mit Dianas Arbeit angestellt?«

Ich begann, sie mit einer esoterischen Anwendungsmöglichkeit zu ergötzen, die bestimmt Dianas Sinn für Humor und ihr Interesse an Erotika ansprach.

»Bis vor kurzem ging man davon aus, daß weit über 90 Prozent aller Vogelarten monogam sind«, verkündete ich.

»Was Sie nicht sagen.«

»Die PCR scheint eine außerordentlich empfindliche und exakte Methode zur Vaterschaftsbestimmung zu sein.«

»Und?«

»Und als diese Methode bei eben flügge gewordenen, aber noch im Nest lebenden Vögeln angewendet wurde, stellte sich heraus, daß mindestens 30 Prozent von ihnen einen anderen Vater gehabt haben mußten als den männlichen Standvogel. Mit anderen Worten: Unter angeblich treuen, monogamen Vögeln gibt es sehr viel Ehebruch – und jede Menge Hahnreie. Und das ist nur der Anfang. Wissenschaftler haben inzwischen angefangen, bei einer monogamen Spezies nach der anderen der Frage nach der wahren Vaterschaft nachzugehen.«

»Du lieber Himmel!« rief sie mit gespieltem Entsetzen. »Sind Sie sicher, daß man diese Forschung fortsetzen sollte? Denken Sie nur an all die Illusionen, die dadurch zerstört würden.«

»Na schön«, sagte ich, und meine Stimme ließ eine Frustration erkennen, der ich mir nicht bewußt gewesen war. »Worüber *soll* ich denn reden?«

Sie warf mir einen Blick zu, den ich, wie mir klar wurde, in letzter Zeit öfter bei ihr gesehen hatte: ein bißchen traurig, ein bißchen – enttäuscht? Ich konnte ihn nicht deuten. »Was glauben Sie wohl?« sagte sie.

»Ich glaube, Sie meinen Skordylis«, sagte ich. Sie nickte. »Na schön. Bringen wir sie um.«

Warum hatte ich mich so direkt ausgedrückt? Ich wußte es nicht; aber wenn ich erwartet hatte, daß sie schockiert war, dann stand mir eine Überraschung bevor. Sie nickte lediglich, ein schlichtes Zeichen der Billigung, als hätte ich vorgeschlagen, das Licht einzuschalten. Im Zimmer wurde es nämlich dunkel.

»Wir können nicht dauernd Ausreden erfinden«, sagte ich, und es hörte sich an, als würde ich Ausreden erfinden. »Wir brauchen etwas ganz Eindeutiges.«

»Zum Beispiel?«

»Krebs«, sagte ich.

»Max!« rief sie aus, und diesmal schien ich sie tatsächlich aus der Fassung gebracht zu haben. »Warum muß sie Krebs bekommen? Warum nicht Gürtelrose, ein Bypass, ein schwerer Unfall . . .«

»Hören Sie auf, Diana«, sagte ich besänftigend. »Es muß nicht unbedingt tödlich sein. Nur eine längere Chemotherapie oder Bestrahlung. Gerade genug, um sie aus dem Verkehr zu ziehen. Sie muß nicht gleich sterben.«

Als ich geendet hatte, legte sie beide Hände auf meine und hielt sie fest. »Was mich stört, ist nicht, daß sie stirbt, Max, oder daß Sie sie umbringen – obwohl Sie sie nach mir genannt haben. Ich weiß schon länger als Sie, daß es sein muß.« Sie brach ab und ließ ihren Blick in die düsteren Bereiche des Zimmers wandern. »Der Tod an sich stört mich nicht. Nur die Art und Weise.«

Sie schwieg erneut, um sich dann, indem sie sichtlich das Rückgrat straffte, wieder zu fangen.

»Was mich reizte«, sagte sie schließlich, »war die Idee. *Diana* war amüsant, aber nicht so wichtig.« Sie sah mich voll an. »Haben Sie und Sepp je darüber gesprochen, was in Capri vorgefallen ist?«

»Eigentlich nicht«, erwiderte ich. »Die Urheberschaft, also

die Anerkennung, ist vermutlich das heikelste Gesprächsthema in der Wissenschaft – zumindest zwischen Gleichgestellten.«

»Seltsam«, murmelte sie wie zu sich selbst. »Sepp verstehe ich am wenigsten. Ich glaube, daß es ihn mehr als jeden von Ihnen nach persönlicher Anerkennung verlangte, weil er sein Leben lang in der akademischen Provinz tätig war. Hiroshi hatte schon die Vase seines Kaisers, darum schien es ihm mehr darum zu gehen, einer Art wissenschaftlichem Kabuki zu frönen.«

»Und Charlea?« wollte ich wissen.

»Ach, Charlea«, fuhr sie im gleichen Ton fort, »die Komplizierteste von Ihnen allen. Ich glaube, daß sie mehr als jeder andere von Ihnen die Grenzen der wissenschaftlichen Zusammenarbeit testen wollte.« Dann sprach sie mit lauterer Stimme weiter. »Ich möchte Ihnen etwas gestehen, Max. Bei mehr als einer Gelegenheit wollte ich Ihnen sagen, daß ich nicht glaubte, daß die Skordylis-Sache klappen würde. Sagen Sie jetzt nichts«, ihre Hand legte sich wieder auf meine, warm und schützend, »hören Sie nur zu. Die Idee, das kostbarste Gut, das man besitzt, nämlich den Verstand, einem Kollektiv zu opfern, erschien mir ungeheuer wichtig. Aber jeder von Ihnen hatte noch ein weiteres Motiv. Sie waren diesbezüglich ehrlich. Ihnen ging es um Rache.«

»Richtig«, gab ich zu, »aber das hatte sich zu ändern begonnen.«

»Vielleicht«, räumte Diana ein. »Dennoch fiel mir auf, als ich Sie vier besser kennenlernte, daß es immer eine Unterströmung von Konkurrenzdenken gab, selbst wenn Sie äußerst kollegial waren. Ich fange an zu glauben, daß dies das Wesen des wissenschaftlichen Animus ist. Ich fand es faszinierend, Sie vier zu beobachten: Sie haben mich nie gelangweilt, und ich habe eine Menge gelernt.«

»Auch Sie, Diana, sind auf Ihre Weise eine gute Lehrerin.« Ich hatte plötzlich das Gefühl, daß wir einander Lebewohl sagten. Das gefiel mir nicht.

Sie begann meine Hand zu tätscheln. »Ich bin nicht so sicher, ob Ihre Kollegen der gleichen Meinung sind. Aber schließlich kannte ich Sie als ersten. Die anderen sah ich immer hinter Diana Skordylis.«

Ich wollte etwas sagen; sie ging darüber hinweg. »Aber im tiefsten Inneren, Max, habe ich nie geglaubt, daß es funktionieren würde.«

»Und warum haben Sie mir das nicht früher gesagt?«

»Weil ich Sie nicht entmutigen wollte. Und ich dachte auch nicht, daß es so bald enden würde – vielleicht weil ich mir nicht vorstellen konnte, daß Sie vier so schnell ein derart bedeutendes Projekt präsentieren würden. Ich dachte, wissenschaftliche Großtaten würden länger dauern.«

»Das ist auch fast immer der Fall; oder aber jemand kommt einem zuvor.«

»Da sehen Sie es: schon wieder der Konkurrenzneid.« Diesmal war ihr Lachen ungetrübt.

Ich schüttelte den Kopf. »So habe ich es nicht gemeint. Es gibt Hähne, die glauben, wenn sie nicht gekräht hätten, ginge die Sonne nicht auf. Die meisten wissenschaftlichen Hähne wissen, daß die Sonne aufgehen wird; daß die Entdeckung gemacht werden wird. Wenn nicht von ihnen, dann von anderen.«

»Wie dachten Sie, daß es enden würde?« Ich hatte das dumme Gefühl, daß wir das unpersönliche »Es« in der Art gebrauchten wie schüchterne Menschen, wenn sie über Sex sprechen.

Diana sah mich aus den Augenwinkeln an. »Ich dachte mir, wenn Sie Ihre große Entdeckung gemacht haben, sie unter Ihrem Pseudonym veröffentlicht haben und sehen, wie Ihre Kollegen davon schwärmen – mehr oder weniger so, wie es derzeit zu sein scheint –, dann würden Sie sich ein wichtiges öffentliches Ereignis aussuchen und die Bombe platzen lassen.«

»Und wie sollten wir Ihrer Meinung nach die Explosion auslösen?« Bei dieser Metapher verzog ich unwillkürlich das Gesicht, da ich daran denken mußte, was Sepp in der Villa Malaparte getan hatte.

»Das liegt bei Ihnen.«

Kapitel 22

Am Ende mußte niemand über das Schicksal von Diana Skordylis entscheiden. Die PCR tat es für uns. Am 2. September griff das Schicksal in Form eines leicht ungehaltenen Telefonanrufs bei Jocelyn ein, die gerade von einem weiteren Kurzurlaub in Österreich zurückgekehrt war. Wie sie mir später erzählte, hatte sie den Berg Post, der sich angesammelt hatte, noch nicht einmal richtig angesehen, geschweige denn geöffnet, als das Telefon im Labor klingelte.

»Dr. Powers«, sagte eine Stimme, ohne Jocelyn auch nur Gelegenheit zu geben, sie mit ihrem üblichen »*Miss* Powers« zu berichtigen, »wir haben weder von Ihnen noch von Dr. Skordylis eine Antwort auf unsere Briefe von vor zwei Wochen erhalten. Heißt das, daß Sie den Levenson-Preis nicht annehmen?«

»Den Levenson-Preis?«

Jocelyn hatte noch nie davon gehört. Zum Glück wurde ihre Frage am anderen Ende der Leitung als ein Zeichen freudiger Überraschung, und nicht völliger Ahnungslosigkeit, aufgefaßt. »Welcher Brief?« fuhr Jocelyn fort. »Ich komme gerade aus dem Urlaub zurück.«

»Ich verstehe.« Der Verärgerungspegel war merklich gefallen. »Aber was ist mit Dr. Skordylis? Wir haben ihr an das Renga-Institut geschrieben . . .«

»Ich glaube, sie war im Krankenhaus.« Jocelyn hatte mittlerweile Erfahrung darin, Alibis für DS zu liefern. »Könnten Sie mir sagen, was in dem Brief stand?« Jocelyn hatte mit der einen

Hand in ihrer Post gewühlt; sie hatte den Brief von der Levenson-Stiftung gefunden und es geschafft, ihn zu öffnen, ohne den Hörer fallen zu lassen. Sie las ihn, während sie gleichzeitig eine blumenreichere Version über das Telefon hörte.

Mir hätte niemand erklären müssen, was der Levenson-Preis bedeutete. Aber obwohl ich im Laufe der Jahre mein Quantum an Auszeichnungen erhalten hatte, war der Levenson nicht darunter gewesen. Er bringt nicht viel Geld ein – sogar weniger als der armselige Preis des Kaisers von Japan. Und die Medaille ist auch nicht aus Gold; höchstens vergoldet. Aber das damit verbundene Prestige wiegt ihr Gewicht in Gold auf – genau wie der Pulitzerpreis, der ebenfalls von der Columbia-Universität vergeben wird. Der Levenson-Preis soll die wichtigste Errungenschaft des vergangenen Jahres auf dem Gebiet der biomedizinischen Wissenschaften würdigen. Statt es sich leicht zu machen – und ein allgemein anerkanntes wissenschaftliches Bravourstück zu ehren, das vor Auszeichnungen nur schon so strotzt –, setzt das Levenson-Komitee seinen Stolz daran, die neueste Arbeit aufzuspüren. Manchmal führt das dazu, daß wissenschaftliche Eintagsfliegen ausgezeichnet werden: spektakuläre Feuerwerke, die dann in der Versenkung verschwinden. Derartige Reinfälle sind jedoch schnell vergessen. Was in Erinnerung bleibt, sind die inzwischen nicht wenigen Triumphe, die Fälle, in denen die Levenson-Stiftung als erste eine neue Forschungsarbeit öffentlich würdigte, die dann später fast alle berühmten Preise bis hin zum Nobelpreis einheimste.

Die Stiftung bittet nie um Vorschläge. Um möglichst wenig Zeit zu verlieren, trifft sich vielmehr ein großes anonymes Gremium Mitte August für zwei Tage in der feudalen Verschwiegenheit des Levenson-Anwesens im Westchester County, um den ersten und den zweiten Preisträger auszuwählen. Dabei hätte ich zu gerne Mäuschen gespielt, um zu erfahren, wer die PCR aufs Tapet gebracht hatte.

Nachdem Diana und ich uns am Telefon beglückwünscht hatten, schwieg sie einen Moment. Als sie wieder sprach, schien sie das Thema gewechselt zu haben. »Können Sie heute abend mit mir essen und vielleicht auch über Nacht bleiben? Ich habe einen Plan.«

Wie ich am Abend erfuhr, handelte es sich bei diesem Plan um die Antwort auf unsere Frage nach der Opferung von Skordylis. Durch den Levenson-Preis bot sich eine Gelegenheit, wie Diana fand – und ein ethischer Imperativ.

»Sie können den Levenson nicht ablehnen, weil Jocelyn ihn sonst ebenfalls ablehnen müßte. Oder finden Sie, daß sie ihn nicht verdient hat? Daß sie zu jung ist?«

»Nein, nein«, versicherte ich ihr. »Sie verdient ihn wirklich. Außerdem läßt die Art und Weise, wie sie sich bisher verhalten hat, darauf schließen, daß sie durch den Preis nicht verdorben wird.« Ich wünschte, *mich* hätte man in meinen Zwanzigern so verdorben, hätte ich gerne hinzugefügt, unterließ es jedoch.

»Ich bin entzückt, Sie das sagen zu hören. Ich bin nämlich sicher, daß Harold keine Ahnung hat, daß Jocelyn meine Enkeltochter ist.«

»Harold?«

»Harold Levenson, der Ausschußvorsitzende, Absolvent der juristischen Fakultät der Columbia-Universität und früher Seniorpartner in der Anwaltskanzlei meines Mannes. Max, ich weiß ja nicht, wie Sie diese Sache handhaben wollen, aber auf gar keinen Fall können Sie vier auf dem Verleihungsbankett im November auftauchen und behaupten, Diana Skordylis zu sein. *Das* geht nun wirklich nicht.«

»Natürlich nicht«, erwiderte ich automatisch. Doch in meinem tiefsten Inneren fragte ich mich: Warum nicht? Allerdings hatte ich keine Ahnung, wie sich die anderen drei verhalten wollten. Faxe waren im Laufe des Tages an Hiroshi, Sepp und Charlea abgegangen. C3 hatte schon eine markige Nachricht auf meinem Anrufbeantworter hinterlassen: »Das wird ein Spaß werden!« Ich hatte keine Ahnung, was sie mit diesem »das« meinte, aber meine eigenen Gedanken hatten sich bereits in mehrere interessante Richtungen bewegt.

»Hier ist *mein* Vorschlag.« Diana sagte es in einem Ton, daß man sofort aufmerksam zuhörte, wie ich inzwischen wußte. Ich hatte das Gefühl, daß dies der Ton war, in dem sie an der New York University eine größere Reorganisation vorgeschlagen hätte. »Lassen Sie Jessica einen Brief schreiben, in dem sie im Namen von Diana Skordylis annimmt, die sich noch von ihrer Krebsoperation erholt. Sie wird sich ziemlich optimistisch zeigen, daß DS so weit wiederhergestellt sein wird, um teilnehmen zu können, und daß sie, falls die Ärzte ihr davon abraten, einen Stellvertreter schicken wird, der den Preis in ihrem Namen entgegennimmt. Jocelyn wird natürlich schreiben, daß sie persönlich kommt. Es versteht sich von selbst, daß Dr. Skordylis am Tag der Verleihung noch zu schwach ist, um teilzunehmen. Ihr Stellvertreter wird in ihrem Namen einige Worte sagen. Vielleicht sogar eine kleine Rede halten.« Sie bedachte mich mit einem zufriedenen Lächeln. »Was halten Sie von meinem Vorschlag?«

»Klingt ganz vernünftig. Aber wer soll dieser *eine* Stellvertreter sein?«

»Finden Sie nicht, daß es eine Frau sein sollte?«

»Vermutlich schon«, räumte ich ein, obwohl ich nicht wußte, warum der Stellvertreter eine Frau sein mußte. »Sie meinen Charlea?«

Diana schüttelte den Kopf. »Unmöglich. Wenn sie nicht auf der Stelle zugäbe, daß die ganze Sache ein Schwindel war, würde sie sich zumindest der arglistigen Täuschung schuldig machen.«

»Wer dann?«

Diana schürzte die Lippen – ganz leicht, aber dennoch merklich. »In Anbetracht der Tatsache, daß der halbe Preis eigentlich einer 250 Jahre alten Frau verliehen werden müßte, sollte es doch eher eine ziemlich reife Person sein, meinen Sie nicht?«

Ich schlug mir vor die Stirn. »Mein Gott!« stieß ich lachend aus und deutete auf sie. »Ich bin ein Trottel. Natürlich haben Sie recht. Wer sonst?«

Sie verbeugte sich bescheiden. »Aber es wäre wirklich tragisch – nein, sogar kriminell«, rief ich ihr in Erinnerung, »wenn wir vier an der Verleihungszeremonie nicht teilnehmen könnten. Und derartige Veranstaltungen sind alles andere als öffentlich.«

Sie machte eine begütigende Handbewegung. »Darüber

habe ich mir bereits Gedanken gemacht. Es wird nicht leicht sein. Jocelyn hat schon herausgefunden, daß das offizielle Bankett im Plaza stattfindet. Abgesehen von Leuten von der Columbia und Familienangehörigen werden, soviel ich weiß, hauptsächlich wissenschaftliche Koryphäen aus dem Raum New York eingeladen. ›Vielleicht bis rauf nach Yale und runter nach Princeton, oder auch von der Penn‹, hat Jocelyn gesagt. Sie meint, daß Sie vielleicht dazugehören könnten . . .«

Ich ließ mich nicht ködern. »Jocelyn könnte mich ohne weiteres als Gast mitbringen – ich bin schließlich ihr Professor. Vielleicht sogar Charlea – als eine Freundin aus Chicago. Aber wie viele Gäste kann sie schon mitbringen?« sagte ich besorgt. »Die Leute würden sich vermutlich wundern. Besonders, wenn sie Hiroshi sähen, den viele kennen. Ich fürchte, jemand würde sich die Sache zusammenreimen.«

»Daran hatte ich nicht gedacht«, sagte sie. »Ich hatte gedacht, wir könnten die eine Hälfte von Ihnen als Skordylis' Gäste hineinbekommen, die andere als Jocelyns Gäste.« Einen Moment lang war sie in Gedanken versunken, doch dann wurde sie wieder lebhaft. »Ich hab's!« sagte sie vergnügt. »Wir lassen die Veranstaltung auf Video aufzeichnen, angeblich für Diana Skordylis. Hinterher treffen wir uns alle in meiner Wohnung und sehen es uns auf meinem Videorecorder an.« Sie gab mir einen widernatürlich lüsternen Stups. »Film ist fast so schön wie selbst erlebt, Max.«

»Also wirklich, Diana!« Wurde ich tatsächlich rot? Nach ihrem Lachen zu urteilen, muß das wohl der Fall gewesen sein. Und danach konnte ich unmöglich einen anderen Plan vorschlagen. Dann sollte es eben eine Aufzeichnung sein. Trotzdem fand ich es beruhigend, daß mehrere Leute vor Dianas Fernseher sitzen würden.

Am Ende sahen wir uns die Fernsehübertragung nur zu viert an: Charlea und ich sowie Jocelyn und D3. Hiroshi hatte sich mit einer anderweitigen Verpflichtung entschuldigt. Er sollte auf einem binationalen Lyriker-Kongreß am East-West Center in Honolulu sprechen.

»Ich sehe schon, wohin Ihre Prioritäten tendieren, Hiroshi«, hatte ich ihn geneckt. Im Grunde verstand ich ihn jedoch: Dies war sein erster professioneller Auftritt als Dichter vor einer neuen Spezies akademischer Gleichrangiger – einer Gruppe amerikanischer und japanischer Literaten. Sich eine Auszeichnung einer weiteren wissenschaftlichen Verleihungszeremonie anzusehen, von der nur ein Viertel ihm persönlich galt, und das noch dazu anonym, war keine Konkurrenz für seinen ersten Auftritt im akademischen Dichterzirkus. Er konnte sich seinen Teil des Levenson-Preises jederzeit zu Hause auf Video zu Gemüte führen.

Sepps Abwesenheit stand dagegen auf einem anderen Blatt. Er war seit der Geschichte in Capri nicht mehr in den Staaten gewesen, und seit damals hatten sich unsere Kontakte in geradezu peinlicher Weise auf technische Dinge beschränkt, die mit der PCR zu tun hatten. Die Levenson-Feierlichkeiten hätten genau die Gelegenheit sein können, um die Atmosphäre zu reinigen, um Malaparte in einen Bonaparte zu verwandeln. Ich weiß nicht, ob ich es offen zugegeben oder auch nur mir selbst eingestanden hätte, daß ich anfing, mehr und mehr Verständnis für Sepp zu haben. In den zurückliegenden Wochen war ich mit wachsender Erregung der Möglichkeit eines industriellen Strichcodes auf PCR-Basis nachgegangen – einer Entwicklung von solcher Tragweite, daß ich in diesem Stadium noch nicht bereit war, diese Idee irgend jemandem mitzuteilen.

Doch Sepp hatte uns einen Korb gegeben – in einem Brief an D3.

Die meisten wissenschaftlichen Entdeckungen werden mit der Zeit entweder zum dauerhaften Mauerwerk eines ständig wachsenden Gebäudes, oder sie verwandeln sich in Schutt. Doch dann und wann ist das wissenschaftliche Haus nicht nur eine Anhäufung von Backsteinen und Mörtel, sondern weist eine spezifische, eigene Komponente auf: etwas, das funktionell und schön zugleich ist, so wie eine prächtige Säule. Meine bisherige Arbeit war größtenteils Mauerwerk – sehr wenig Schutt. Aber im späten Leben bin ich auf ein radikal neues Konzept gestoßen, die PCR – eine Säule, die eines Tages ein prächtiges Gebäude tragen wird. Ich möchte nicht an einer öffentlichen Ehrung dieser bahnbrechenden Entwicklung teilnehmen, deren Urheber anwesend, aber nicht anerkannt ist. Um ganz ehrlich zu sein: Es schmerzt mich zu sehr.

Am Abend der Verleihung warteten Charlea und ich stundenlang auf die Rückkehr der anderen. Charlea saß still in einer Ecke und las; ich brachte die meiste Zeit damit zu, in Dianas Wohnzimmer auf und ab zu gehen. Schließlich meinte Charlea, ich solle mich abregen. »Sie führen sich auf, als ob das Ihre erste Auszeichnung wäre«, sagte sie sarkastisch.

»Ich begreife nicht, was sie so lange aufhält«, sagte ich und versuchte, es mir in einem Sessel bequem zu machen.

»Sie wissen doch genau, was sie aufhält. Jocelyn bleibt, bis ihr auch der letzte gratuliert hat. Weiß der Himmel, was Diana im Schilde führt.« Sie blickte nervös auf den Fernsehapparat, als ob er irgendwie auf das Plaza eingestellt wäre. »Vermutlich wartet sie auf Jocelyn. Aber hören Sie um Himmels willen mit dem Herumgelaufe auf! Man hat eindeutig nachgewiesen, daß die subjektive Zeit sich für jeden verlängert, wenn im Umkreis von zehn Metern ein anderer auf und ab geht.«

»Wirklich?« sagte ich trocken.

»Sie können es nachschlagen«, schnaubte sie und wandte sich wieder ihrem Buch zu.

Danach beschäftigte ich mich unendlich lange mit der Frage, was die Kontrollgruppe dieser Studie empfunden haben mochte.

Endlich trafen die beiden Frauen ein, mindestens eine Stunde später, als ich erwartet hatte. Diana trug ein hochgeschlossenes Abendkleid aus schwarzer Seide, dessen strenge Linien ihre schlanke Figur betonten. Sie schien in rätselhaft übermütiger Stimmung zu sein.

»Zuerst müssen wir unbedingt eine Flasche Champagner aufmachen, um auf meine Enkeltochter zu trinken«, sagte sie und drückte Jocelyn an sich, »erst dann lasse ich Sie und Charlea das Video sehen.«

Kaum hatten wir miteinander angestoßen, da richtete Charlea auch schon die Fernbedienung auf den Apparat. Er ging an.

»Schnell, Diana: das Band. Wenn Max es nicht bald zu sehen bekommt, platzt er.«

Diana holte die Cassette und legte sie ein; nach einigem Flimmern verdichtete sich das Bild endlich und zeigte uns eine statische Ansicht eines Podiums, das mit den üblichen Würdenträgern besetzt war.

Harold Levenson war ein distinguierter älterer Herr, groß, weißhaarig – die Hollywood-Version eines Richters. D_3 saß zu seiner Rechten, Jocelyn zu seiner Linken. Er stand an einem Lesepult, das sich mitten auf dem Tisch befand, und schien gerade die anderen Komiteemitglieder der Levenson-Stiftung sowie ein Häufchen Dekane und Kanzler der Columbia-Universität vorgestellt zu haben. Er schilderte kurz die Bedeutung von Jocelyns Arbeit, was er von Notizen ablas, die offenbar ein anderer für ihn geschrieben hatte, und schloß mit einem Nicken in Jocelyns Richtung, die sich erhob, die ausgestreckte Hand des Vorsitzenden ergriff und die Urkunde und die Medaille entgegennahm. Die beiden stellten sich den Fotografen, bis das Blitzlichtgewitter erlosch. Jocelyn sah schick und gelassen aus in ihrem Hosenanzug aus grünem Satin, unter dessen männlich geschnittener Jacke sie keine Bluse trug, so daß ein Hauch von Décolleté zu sehen war. Ich glaubte in diesem Aufzug den Witz ihrer Großmutter zu erkennen. »Grün steht Ihnen hervorragend, Joss«, sagte Charlea. »Das sollten Sie öfter tragen.«

Jocelyn, die in eben diesem Anzug neben uns saß, bedankte sich geziert. Es schien ihr schwerzufallen, die Augen vom Bildschirm zu nehmen.

Genau wie mir.

Nach einer leicht humorigen Einleitung, die in erster Linie um die Feststellung kreiste, daß Jocelyn der erste Preisträger ohne Doktortitel war, ein Sachverhalt, der sich in naher Zukunft ändern würde, überließ Levenson das Mikrofon Jocelyn. Sie sprach frei.

»Meine Kollegen in Princeton haben mich warnend darauf hingewiesen, daß ich durch Ihre Anerkennung meiner Arbeit aller Wahrscheinlichkeit nach verdorben werde; daß erfolgreiche Forschung im allgemeinen viel länger dauert und verschlungenen Pfaden folgt; und daß Glück zwar hilfreich, einem aber nicht allzu oft beschieden ist. Dennoch habe ich beschlossen, es darauf ankommen zu lassen und den Levenson-Preis mit tiefer Dankbarkeit und in aller Bescheidenheit, derer ich gegenwärtig fähig bin, anzunehmen.« Mit einem entwaffnenden Lächeln verneigte sie sich vor dem Publikum und setzte sich. Ich spürte, wie ich mich in die Brust warf.

»Gut gemacht, finden Sie nicht auch?« bemerkte ich, ohne die Augen vom Fernsehgerät zu nehmen.

»Sie hätte Ihrem Doktorvater danken können.«

Ich drehte mich um und sah Charlea an. War das ein Scherz, oder wollte sie mich auf die Probe stellen? »Das wäre Ihnen gegenüber unfair gewesen«, sagte ich. »Ich finde, Jocelyn hat das genau richtig gehandhabt.«

»Gesprochen wie ein wahrer Skordylis«, sagte Diana.

»Pst.« Charlea legte den Finger an die Lippen. »Ich möchte hören, was Sie zu sagen hatten.«

Für das Verlesen des zweiten Teils der Laudatio brauchte Harold Levenson wesentlich länger. »Die Levenson-Stiftung hat es sich zur Aufgabe gemacht, zukunftsschwangere Beiträge anzuerkennen und . . .«

»Schwanger ist gut«, warf Charlea laut lachend ein.

Da der berufliche Werdegang von DS erstaunlich mager war, konzentrierte sich Levenson auf die Gründe für ihre Abwesenheit. »Aber dafür«, dröhnte seine Stimmung aus dem Lautsprecher, »ist es mir eine besondere Freude, daß Dr. Diana Doyle-Ditmus, eine hervorragende frühere Dekanin der Geistes- und Naturwissenschaften der New York University, heute hier ist, um den Preis im Namen von Dr. Skordylis entgegenzunehmen, weil Dr. Ditmus außerdem die Großmutter unserer zweiten Preisträgerin ist.« Das Geraune im Publikum ließ darauf schließen, daß diese Verwandtschaftsbeziehung den meisten Gästen unbekannt gewesen war. »Diana«, sagte er mit einer Verbeugung vor D3, »Sie haben das Wort.«

»Danke, Harold«, erwiderte sie knapp. »Meine Damen und Herren.«

»Gut gemacht, Diana«, flüsterte Charlea.

»Sie hat doch noch gar nichts gesagt«, flüsterte ich zurück.

Charlea lachte. »Sie kapieren mal wieder gar nichts, Max«, setzte sie mir auseinander. »Eine reife Frau unter diesen Umständen mit dem Vornamen anzusprechen, ist herablassend. Und mit ihrem ›Harold‹ hat sie ihn in seine Schranken verwiesen.«

Auf dem Fernsehschirm hatte Diana zu sprechen begonnen. »Wie ich weiß, sind die meisten Wissenschaftler nicht in der Lage, ohne visuelle Hilfsmittel zu reden. Da ich im Namen von Diana Skordylis hier stehe, gestatten Sie mir, ein einziges Dia zu benutzen. In Anbetracht der Tatsache, daß Dr. Skordylis nicht anwesend ist und bisher relativ unbekannt war, erschien es mir angebracht, Ihnen zu zeigen, wen Sie heute abend ehren. Würden Sie bitte das Licht dämpfen?« Als die Lichter erloschen, leuchtete hinter Diana eine riesige leere Bildwand auf.

»Was um alles in der Welt geht hier vor?« fragte ich, an Diana gewandt. »Was gibt es da zu zeigen?« Sie hatte ein leicht selbstgefälliges Lächeln im Gesicht.

»Großer Gott!« rief Charlea aus.

Ich blickte wieder auf den Fernseher, dessen Bildschirm ein außergewöhnliches menschliches Wesen füllte: ein aus mehreren Teilen bestehender multirassischer Hermaphrodit. Ich rang noch nach Atem, als Charlea in schallendes Gelächter ausbrach.

»Hiroshi Krzilska! Oder ist das Sepp Nishimura? Und schauen Sie sich meine Beine an! Wieso habe ich die all die Jahre übersehen?«

Charleas Reaktion war in der anschwellenden Kakophonie, die aus dem Lautsprecher kam, kaum zu hören. Es handelte sich um ein vielschichtiges Geräusch, bestehend aus Gelächter, Pfiffen, Klatschen und unverständlichen Worten. Am Ehrentisch hatte sich Empörung breitgemacht. Diana tat, als bemerke sie die Unruhe nicht, die ihr Dia ausgelöst hatte, bis sie auf Harold Levensons entsetztes Gesicht hinuntersah. Sie bat mit einer Handbewegung um Ruhe.

»Kann ich wieder Licht haben?« Ein bis zwei Sekunden hing das Skordylis-Bild noch über der Szene, bis das Licht anging und die Aufmerksamkeit sich wieder auf das Podium richtete.

Das Bild noch immer vor meinem inneren Auge, versuchte ich zu begreifen, was Diana da getan hatte. Sie hatte sich irgendwie Einzelaufnahmen von Charlea, Sepp, Hiroshi und mir in voller Größe besorgt und dann jede zweimal durchgeschnitten, so daß vier Teile entstanden: das linke obere Viertel von Sepps verstümmeltem Körper und das rechte von Hiroshi; Charleas und (vermutlich) mein Bein. Das sich dabei ergebende eurasische Gesicht war faktisch nicht wiederzuerkennen. Weder hatte ich je derart frivol hohe Absätze an Charleas Schuhen gesehen, noch je bemerkt, daß ihre Fesseln – zumindest die rechte – so wohlgeformt waren. Obwohl Charleas Gesicht fehlte, verlieh ihr Viertel dem Bild einen seltsam hermaphroditischen Charakter. Lag eine tiefere Bedeutung darin, daß ich – der ursprüngliche »Kopf« der Skordylis-Idee – hier zum Fuß degradiert worden war? Ich fragte mich, ob ich jemals den Mut aufbringen würde, Diana ein derart scheinbar triviales Detail entgegenzuhalten.

»Ich sehe an der Miene unseres Vorsitzenden«, D3 berührte Harold Levensons Schulter mit einer beruhigenden, fast ätherischen Geste, »daß er denkt, ich hätte gerade einen Scherz von zweifelhaftem Geschmack gemacht.« Sie warf ihm abermals einen Blick zu, doch sein finsteres Gesicht starrte geradeaus ins Publikum. »Harold«, sagte sie mit größerem Nachdruck und wartete dann, bis er schließlich zu ihr aufsah, »Sie irren sich in beiden Fällen.« Sie wartete, bis sich das allgemeine Raunen gelegt hatte. »Es gibt keine geeignete Form, Diana Skordylis visuell darzustellen, es sei denn, ich würde Ihnen vier individuelle Fotos zeigen. Diese wären jedoch unpassend, da sie dem Kopf hinter der Erfindung der PCR nicht gerecht würden. Einem Kopf, wie ich vorausschicken möchte, der über 250 Jahre alt ist.« Sie machte wieder eine Pause; ich hörte, wie das Raunen hinter ihr verstummte und dann wieder lauter wurde.

Sie beendete es abrupt. »Die vier Köpfe hinter dieser ›Diana Skordylis‹ genannten Person gehören einer Frau und drei Männern, die alle über sechzig Jahre alt sind und, mit einer Ausnahme, aufgrund der Bestimmungen ihrer jeweiligen Einrichtungen faktisch in den Ruhestand geschickt wurden.

In der Überzeugung, einer wissenschaftlichen Welt, die ihre Fähigkeiten zu verschmähen begann, noch viel geben zu können, beschlossen sie, gemeinsam – *und anonym* – unter dem

Namen Diana Skordylis zu arbeiten. Die beabsichtigte Lektion war, soweit ich weiß« – an dieser Stelle blickte sie in die Kamera, um uns vier abwesende Preisträger anzusprechen –, »zu beweisen, daß nicht der einzelne zählt: daß es auf die *Arbeit* ankommt, nicht auf den Charakter, die Figur, das Geschlecht oder die Physiognomie des Wissenschaftlers. Worauf es in der Wissenschaft – das heißt in der wahren Wissenschaft – ankommt, ist das Streben nach Wahrheit. Und darum sollte es auch an den Einrichtungen gehen, die letzten Endes dazu da sind, der Wissenschaft zu dienen: an unseren Forschungsakademien und in den Stiftungen, die die wissenschaftliche Forschung unterstützen und anerkennen. Wenn es sich anders verhält, dann gereicht dies weder der Person noch Ihrer Stiftung zur Ehre. Abschließend möchte ich darauf hinweisen, daß der diesjährige Preis Ihnen Gelegenheit geboten hat, beides zu tun: einzig und allein die Arbeit in den Mittelpunkt zu stellen, indem Sie die eine Hälfte des Preises an Diana Skordylis verliehen, die es vorzieht, anonym zu bleiben; und einen Wissenschaftler persönlich auszuzeichnen, indem Sie meine Enkeltochter bedachten.« Diana deutete eine Verbeugung an, als hätte sie geendet. Der einsetzende Applaus zeigte, daß Diana den Sieg davongetragen hatte. Doch dann hob sie noch einmal die Hand. Sie war noch nicht fertig.

»Harold«, sagte sie zum Vorsitzenden, der sich beim ersten spärlichen Applaus zu erheben begonnen hatte. »Darf ich noch ein paar Minuten um Ihre Geduld bitten?« Sie wartete, bis er wieder saß, bevor sie weitersprach.

»Bitte, verstehen Sie mich nicht falsch.« Wieder brach sie ab, um zunächst Harold Levenson und dann die anderen Mitglieder des Levenson-Komitees rechts und links von ihr anzusehen. »Ich will Ihre Ziele weder in den Hintergrund drängen noch kritisieren. Es gibt eine Stiftung, genau gesagt die MacArthur-Stiftung, die spezielle Stipendien an ältere kreative Personen verleiht, oft an Menschen über siebzig: um ihr Vertrauen zum Ausdruck zu bringen, daß Personen dieser Altersgruppe – wie die vier Skordylis – noch immer voll kreativer Fähigkeiten sind. Doch wie alle anderen Preise würdigt auch sie Kreativität dadurch, daß sie die Person und nicht sosehr das Werk ehrt. Ich möchte heute abend dem Wunsch Ausdruck verleihen, daß sich dieser Sachverhalt bei Gelegenheit ändern möge. Ich bin nicht sicher, ob sich dieses Ideal tatsächlich in einer Gruppe von Wissenschaftlern verwirklichen läßt, denen individuelle Anerkennung im allgemeinen so unsäglich viel bedeutet. Schließlich haben sogar Sie, die Levenson-Stiftung, bis heute – zumindest indirekt – zu diesem persönlichen Ehrgeiz beigetragen. Lassen Sie uns hoffen, daß irgendwann in der Zukunft eine andere Skordylis den Levenson-Preis erhält. Ich danke Ihnen für Ihre Aufmerksamkeit.«

Charlea drückte auf den Knopf der Fernbedienung.

»Halt!« rief ich. »Es ist doch noch gar nicht zu Ende.«

»Was Diana Skordylis betrifft, war's das.« C3 sah mich mit zusammengekniffenen Augen und einem unlesbaren Ausdruck im Gesicht an. »Ein tolles Weib – Ihre Diana.«

Kapitel 23

»Grämen Sie sich nicht zu sehr, Max«, sagte Diana ein paar Tage nach dem Levenson-Bankett. »Skordylis war so erfolgreich, wie Sie es sich nur wünschen konnten; sogar mehr als das. Niemand außer den Insidern weiß, was nicht funktioniert hat. Und schließlich ist da immer noch die PCR. Haben Sie mir nicht gesagt, daß sie die biochemische Forschung auf Jahre hinaus verändern wird?«

»Das ist ja alles schön und gut«, sagte ich zerstreut. »Ich sehe es nur leider etwas persönlicher: Ich weiß nicht, was ich jetzt machen soll.«

Genau das war es. Diana Skordylis war die Antwort auf diese Frage gewesen, seit ich, scheinbar vor einer Ewigkeit, Diana von meinem Plan erzählt hatte. Skordylis war für mich ein Schutzschild gewesen, wie ich erkannte, etwas, das ich zwischen mir und den Dekanen dieser Welt in die Höhe hielt, eine Identität, die ich bei weitem dem »Emeritus des Fachbereichs Biochemie« oder auch dem »emeritierten Professor« vorgezogen hatte. Diesen Schutzschild gab es nun nicht mehr. »Ich weiß einfach nicht, was ich machen soll«, sagte ich schwach.

»Ist das alles?« fragte sie.

Nein, das war nicht alles. Und es war auch nicht die Zukunft, die mir Sorgen bereitete, wie mir klar wurde. Ein kalter Schauer überlief mich, als ich mir eingestand, daß ich das, was Sepp getan hatte, zum Teil verstand.

»Herrgott noch mal, Diana«, sagte ich, »ich will einfach die mir zustehende Anerkennung.«

»Wofür?«

»Für die PCR. Ich bin zwar nicht auf die Idee gekommen, aber ein Teil der Arbeit stammt von mir. Denken Sie nur an einige der Anwendungsmöglichkeiten . . .« Ich lächelte ironisch. Vor nicht allzu langer Zeit hatte ich Diana ihre Frage »Ist es nützlich?« verübelt. Und nun behielt ich einige der nützlichsten Anwendungen für mich. »Es war ein wunderbares Projekt, ein wichtiges und leider auch . . .« Meine Stimme verlor sich.

»Ihr letztes?« Diana berührte meinen Handrücken. »Warten Sie ein oder zwei Jahre, Max. Sie haben Zeit.« Sie lächelte gütig. »Glauben Sie mir. Sie werden neue Ideen haben. Und in der Zwischenzeit können Sie vier eine Annonce in ›NATURE‹ oder ›SCIENCE‹ setzen, um alle Welt wissen zu lassen, wer die Köpfe hinter Diana Skordylis sind.«

Ich lachte. »Keine schlechte Idee. Das wäre ganz lustig. Oder aber tragikomisch. Aber das ist nicht die Art und Weise, wie man im wissenschaftlichen Bereich Public Relations macht.«

»Warum nicht?«

»Weil es, neben vielen anderen Gründen, zu spät wäre. Bis die Annonce erscheinen würde, gäbe es schon Hunderte von Veröffentlichungen mit Verweisen auf die beiden ursprünglichen Artikel in ›NATURE‹ – die von Skordylis und Powers. ›Skordylis, D.‹ kann nicht mehr aus der wissenschaftlichen Literatur entfernt werden. Und selbst wenn wir in dieser neumodischen Art Anspruch darauf erheben würden, wäre es doch eine nutzlose Geste – die PCR ist kein Weg zur Unsterblichkeit. Neue Techniken sind nicht wie neue Theorien: Eine Theorie wird oft nach ihrem Urheber benannt, aber wenn eine Technik im Werkzeugkasten des Wissenschaftlers erst einmal zur Standardausrüstung gehört, wird sie schon bald öffentliches Eigentum. Niemand weiß, wer den Hammer erfunden hat. Und niemand zerbricht sich den Kopf darüber, wer auf die HPLC gekommen ist. Oder die DC. Oder die ESR . . .«

»Du liebe Güte, Max! HPLC?«

»Hochdruckflüssigkeitschromatographie, Dünnschichtchromatographie, Elektronenspinresonanz. Nicht einmal ich erinnere mich an die Namen der Leute, die hinter diesen

Erfindungen stehen. Niemand spricht mehr von ihnen. Dabei wurden alle diese Entdeckungen im Laufe meines Berufslebens gemacht. DC und HPLC werden routinemäßig in meinem Labor benutzt – vermutlich sogar in diesem Augenblick. Also können wir Diana Skordylis ihre Lorbeeren ruhig lassen – bevor sie welk werden.« Ich spreizte die Hände, die Flächen nach oben, um anzudeuten, wie einem Dinge zwischen den Fingern zerrinnen.

Sie nahm meine Hand und hielt sie ganz fest – eine Geste, an die ich mich gewöhnt hatte und die mir gefiel. Es war in der Regel der Auftakt zu etwas Beruhigendem. »Max, ich möchte Ihnen zwei Vorschläge machen.«

»Ja?«

»Was halten Sie davon, einen neuen Skordylis zu gründen?«

Damit hatte ich nicht gerechnet. Ich schüttelte entschieden den Kopf. »Sie wissen doch, daß es nicht funktionieren würde. Sie haben es selbst gesagt. Es war ein nobles Experiment, aber ich bin jetzt davon überzeugt, daß es in der Wissenschaft nicht machbar ist. Vielleicht deshalb, weil ›nobel‹ gewöhnlich ›Nobel‹ geschrieben wird. Wie lautet der andere Vorschlag?«

»Sind Sie einsam, Max?«

»Das ist eine Frage, kein Vorschlag.«

»Das weiß ich. Aber eins nach dem andern. Erst eine Frage, dann der zweite Vorschlag. Sind Sie einsam?«

»Das haben Sie mich schon einmal gefragt«, rief ich ihr in Erinnerung.

»Wissen Sie noch, was Sie damals in Princeton geantwortet haben?«

»Daß ich mich nur einsam fühle, wenn ich mir gestatte, darüber nachzudenken.«

Sie sah mich forschend an. »Nun gut. Gestatten Sie es sich?«

»Ich glaube schon, wenn ich nicht zu beschäftigt bin, aber . . .«

»Max«, fiel sie mir ins Wort, da sie offenbar die Geduld mit mir verlor. »Ich schlage vor, daß wir heiraten.«

Ich bin ganz sicher, daß mein Gesicht puterrot wurde. Aus einiger Entfernung hörte ich mich »Wir?« sagen, dann »Warum?« und schließlich schlicht »Wann?«.

»An Silvester. Und falls die nächste Frage lauten sollte: ›Wo?‹, dann lautet die Antwort: Genau hier. Aber Sie müssen Ihre Galoschen tragen, Max. Sie können nicht mit nassen Füßen heiraten.« Sie beugte sich vor und zerzauste mir das Haar.

Ich kam allmählich wieder zur Besinnung. »Wir können nicht heiraten. Sie sind . . .«

Diana ließ mich nicht aussprechen. Mit der einen Hand hielt sie mir den Mund zu, während die andere unter meinem Kinn lag. Und das war gut so, denn ich hätte nicht gewußt, wie ich fortfahren sollte. »Zu alt?« In mancher Hinsicht war Diana mindestens zehn Jahre jünger als ich – vielleicht auch mehr. Hatte sie mir deshalb von Diane de Poitiers und Marguerite Duras erzählt?

»Seien Sie nicht albern, Max. Keinem von uns steht mehr unbegrenzt Zeit zur Verfügung.« Hatte sie meine Gedanken gelesen? »Genießen wir, was uns bleibt, gemeinsam und mit Stil. Sie sind nicht gerade mittellos. Vielleicht trinken Sie nicht jeden Tag Petrus, aber ich sehe Sie auch nicht ›Pennerglück‹ süffeln. Ihre Kleidung ist nicht fadenscheinig – wenn auch ziemlich konservativ, wie ich gestehen muß. Sie haben schon in einem der elegantesten Ferienorte der Karibik überwintert . . .« Sie gab meinen Mund frei und trat einen Schritt zurück, mit einem wunderbar warmen Blick in den Augen. »Max, was wir beide brauchen, sind SE. Nichts Technisches, sondern schlicht und einfach Streicheleinheiten.«

Und dann küßten wir uns.

Wir verschickten nicht viele Anzeigen, und die, die wir verschickten, besagten: Keine Hochzeitsgeschenke. Nur zwei Leute hielten sich nicht daran. Der eine war Hiroshi, der eine exquisite Tuschzeichnung schickte, die seine Frau gemalt hatte. Die Kalligraphie sagte uns natürlich nichts, bis Diana den beiliegenden Brief öffnete. Auf der Karte stand nur: *Das Gemälde meiner Frau illustriert einen Haiku von Moritake aus dem 16. Jahrhundert. An ihn mußte ich denken, als ich von Ihrer Heirat erfuhr: »Die fallende Blüte / die ich zurück auf den Ast schweben sah / war ein Schmetterling.«*

Die andere Ausnahme war ich. Ich brauchte geraume Zeit, um auf das passende Geschenk zu kommen. Ich stöberte in zahlreichen Geschäften Manhattans herum, bis ich genau das fand, was ich suchte: ein kleines Holzkästchen aus dem 18. Jahrhundert, mit einer Maserung wie eine Stradivari-Violine, exquisit gearbeitet und mit rotem Samt ausgeschlagen. Es war in tadellosem Zustand und sündhaft teuer, doch darauf achtete ich kaum: Es war schließlich nur der Behälter für mein eigentliches Geschenk.

»Haben Sie auch antike Phiolen?« fragte ich den Inhaber. »Sie sollten in das Kästchen passen. Zwei gleichartige.« Sie mußten unbedingt antik sein.

»Für Parfum?«

Ich schüttelte den Kopf. »Nein, nicht für eine Flüssigkeit.«

Er hatte nichts Geeignetes, aber bei einem anderen Händler im Greenwich Village fand ich genau die richtige Größe. Er versicherte mir, sie rechtzeitig zur Hochzeit graviert zu haben.

Ich bin kein besonders guter Geschenkeinpacker. Außerdem wollte ich dieses Kästchen nicht in Papier eingepackt haben. Ich dachte an roten Samt, an ein sattes, dunkles Rot, passend zur Auskleidung des Kästchens. Der Händler versprach, ein kleines Samtsäckchen mit einem edlen Zugband zu besorgen.

Die Zeremonie war für den Spätnachmittag des 31. Dezembers in Dianas Wohnzimmer vor dem Kamin angesetzt, nicht allzu weit von der Stelle, an der ich drei Jahre davor meine eiskalten Füße aufgetaut hatte. Die Trauung fand im denkbar kleinsten Rahmen statt: ein Standesbeamter und zwei Zeugen, nämlich Charlea und Jocelyn. Letztere war am Tag davor mit dem Flugzeug aus Wien gekommen, wo sie Weihnachten mit Jakob Krzilska verbracht hatte. Der Standesbeamte, ein verhältnismäßig junger Mann Anfang fünfzig, war offenbar bestürzt, als Diana verkündete: »Max wird zwangsläufig mein letzter Ehemann sein. Schließlich heirate ich diesmal einen jüngeren Mann.«

Und da dämmerte mir, daß ich noch immer nicht das genaue Alter meiner Braut kannte. Die gelegentlichen Andeutungen (»Es macht dir doch nichts aus, Max, daß ich mir seit Jahren die Haare färbe, oder?«); die Anspielungen auf einen französischen

Schönheitschirurgen; meine sporadischen Berechnungen (beispielsweise auf der Basis von Jocelyns Alter – einem festen Bezugspunkt – und unter Berücksichtigung plausibler Abstände zwischen Mutter und Großmutter); all diese zusammenhanglosen Beweise deuteten auf Anfang siebzig hin. Oder älter? Ich kam zu dem Schluß, daß derartige Feinheiten in meinem Alter keine Rolle mehr spielten. Außerdem konnte ich ja nicht gut ein paar Minuten vor der Hochzeit fragen: »Ach, übrigens, Diana, wie alt bist du eigentlich?« Ich beschloß, daß das warten konnte.

Nach der Trauung und den Trinksprüchen, als der Standesbeamte fort war, gingen wir vier zu einem privaten Hochzeitsessen in ein italienisches Lokal, das Ristorante Serbelloni, eine Hommage an unseren Aufenthalt in Italien. Diana hatte mich nie in italienische Lokale geführt, wenn wir in Manhattan essen gegangen waren. Darum wollte ich, daß es diesmal anders war, aber doch reizvoll. So wie ein neuer, dritter Ehemann.

Der ganze Abend ähnelte dem Zitronensoufflé, das es zum Dessert gab – einer zarten Vermählung von Süß und Sauer.

Als wir beim Espresso angelangt waren, machte Charlea mir in typisch herber Conway-Manier ein Kompliment.

»Diana, als ich Max damals in Washington kennengelernt habe, konnte ich mir nicht vorstellen, daß irgend jemand mit ihm leben kann. Mit ihm arbeiten? Ja. Aber leben?« Sie grinste liebevoll meine Frau an. »Aber du hast etwas in ihm zum Vorschein gebracht, das mich veranlaßt hat, meine Meinung zu ändern.«

»Ich würde gerne einmal deine Lebensgefährtin kennenlernen«, entgegnete D3.

»Das wirst du auch. Sie ist schon neugierig auf dich. Und sogar auf dich, Max«, sagte sie augenzwinkernd.

Wir erhoben die Gläser. »Auf Diana Skordylis«, sagte Diana, »die uns zusammengebracht hat. Und ohne die Joss nie Jakob Krzilska kennengelernt hätte. Sollen wir es ihnen sagen, Joss?«

»Sag du es ihnen«, sagte Jocelyn. Es war das erste Mal, daß ich sie rot werden sah.

»Heutzutage scheint man sich nicht mehr zu verloben«, sagte

D3. »Jedenfalls nicht in diesem Land. Aber in Wien ist es offenbar noch üblich.«

Bevor ich einen Toast auf das junge Paar ausbringen konnte, deutete Jocelyn mit ihrem Glas auf mich. »Wie soll ich dich denn jetzt nennen? ›Opa Max‹?«

»Sag einfach Max zu mir«, sagte ich und stieß mit ihr an.

Wir waren wieder in »unserer« Wohnung – zumindest nannte Diana sie so, als wir beide, endlich allein, am Fenster standen und über den dunklen Vordergrund des Central Park hinweg auf die Skyline von Manhattan blickten. Die Perle der Diana hing am Himmel: der zweite Vollmond in diesem Monat. Das war der richtige Moment, mein Geschenk zu überreichen. »Hier«, sagte ich und öffnete die Schublade des Beistelltischchens, in der ich das Samtsäckchen versteckt hatte. »Ein Geschenk für meine Frau.«

»Max!« rief Diana aus und drohte mir mit dem Zeigefinger. »Wir hatten doch abgemacht, daß wir uns nichts schenken würden.«

»Das, mein Schatz, ist etwas Besonderes«, sagte ich leise. »Warum schaust du es dir nicht an?«

Wir nahmen beide auf Sesseln neben einer Tischlampe Platz. Wie ein kleines Mädchen tastete Diana das Samtsäckchen ab, ohne es zu öffnen, um die Vorfreude zu verlängern. »Ein kleines Kästchen?«

»Nicht schlecht geraten.«

Sie zog das Zugband auseinander und nahm das Kästchen heraus. Unter der Lampe warf das polierte Holz das Licht zurück, so daß jedes Detail der Maserung deutlich hervortrat. »Wie macht man es auf?« fragte sie, als sie es verschlossen fand.

»In dem Säckchen liegen zwei Schlüssel, für jeden von uns einer.«

»Hier!« rief sie, als sie in das Säckchen griff. Und dann öffnete sie das Kästchen.

Ich sah, wie sie die Stirn runzelte, nicht ärgerlich, sondern voller Verwunderung. Sie nahm eine der kleinen Kristallphiolen heraus, die bis zum Rand mit einem weißen Pulver gefüllt waren. Es war die, auf der »ER« stand. Einen Moment lang studierte sie das Wort, als wäre es ein Satz aus einer fremden Sprache.

Sie nahm »SIE« in die Hand und hielt die Phiole ins Licht. Das geschliffene Glas funkelte hell. »Max, mein geliebter Max ...« begann Diana und brach dann ab. »Ist es wirklich Cyanid?«

Ich legte die Hand auf ihre Hände und bedeckte so auch die beiden Behälter. »Lies das«, flüsterte ich und holte die kleine Karte aus dem Kästchen.

Selbstmörder haben ihre eigene Sprache.
Wie Zimmerleute wollen sie wissen, welches Werkzeug.
Sie fragen nie, warum man baut.

Sie sah auf, und Tränen traten ihr in die Augen. »Mein Liebling, ich hätte nie gedacht, daß jemand den Mut haben würde, ein solches Geschenk zu machen.

»Mein Schatz«, erwiderte ich. »Es ist ein Geschenk für uns beide – oder vielleicht nur ein Placebo. Stell das Fläschchen wieder an seinen Platz und schließ das Kästchen ab. Und vergiß nicht: Den einzigen anderen Schlüssel habe ich.«